ME EN[illegible]E LA ESPERANZA

ME ENAMORÉ DE LA ESPERANZA

LANCALI

Obra editada en colaboración con Editorial Planeta – España

Título original: *I Fell in Love with Hope*

Bajo el sello editorial CROSSBOOKS M.R.
Avenida Presidente Masarik núm. 111,
Piso 2, Polanco V Sección, Miguel Hidalgo
C.P. 11560, Ciudad de México
www.planetadelibros.com.mx

Primera edición impresa en España: enero de 2024
ISBN: 978-84-08-28219-8

Primera edición en formato epub en México: marzo de 2024
ISBN: 978-607-39-1119-1

Primera edición impresa en México: marzo de 2024
ISBN: 978-607-39-1111-5

Impreso en los talleres de Litográfica Ingramex, S.A. de C.V.
Centeno núm. 162-1, colonia Granjas Esmeralda, Ciudad de México
Impreso en México – *Printed in Mexico*

Para mi Sam,
y para todas aquellas personas en el mundo
que necesitan sentirse un poco menos solas

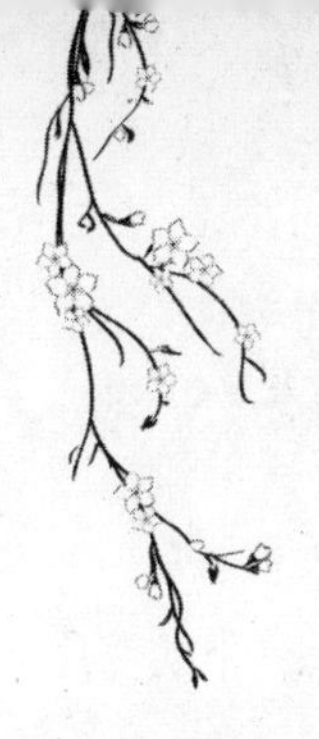

Prólogo

Esta historia está hecha de pequeños pedacitos de mi corazón hecho letras. La amistad, el pecado, la enfermedad, el amor y todo aquello que nos hace humanos son conceptos que, narrados de forma omnisciente, se exploran en estas líneas.

Estas páginas están llenas de recuerdos reales. Es importante mencionar que muchos de los tecnicismos de las enfermedades se describen de manera ficticia en la novela, por lo que no deben interpretarse como casos médicamente revisados.

Esta historia contiene violencia doméstica, trastornos alimentarios, violencia física intensa, autolesiones, suicidio, violación, depresión, ansiedad y descripciones explícitas sobre enfermedades.

Los trastornos autoinmunes son un tema complicado para quien los vive desde fuera, y aún más para quien los vive desde dentro. Abarcan un amplio espectro, son un péndulo que oscila entre crónico y terminal. Una gran mayoría de las personas con enfermedades autoinmunes puede esperar llevar una vida normal, mientras que una pequeña minoría no.

Esta historia es para ambos grupos. También es para todas aquellas personas que conocen la soledad y para las que se buscan a sí mismas.

Espero que tú, al igual que yo, consigas reconocer una parte de ti en Sam, Hikari, Neo, Sony y Coeur.

Antes

El amor de mi vida se quiere morir.

Y es trágico pronunciar estas palabras en voz alta. No. Quizás no sea trágico. Puede que tan solo sea injusto. Pero, a medida que empieces esta historia, te darás cuenta de que *tragedia* e *injusticia* no son conceptos tan alejados.

Antes de que el amor de mi vida decidiera que no quería seguir viviendo, me dijo que las estrellas nos pertenecían. No nos separábamos ninguna noche; nuestros cuerpos se entrelazaban suavemente sobre las ásperas tejas mientras memorizábamos los patrones del cielo. Así que, incluso mientras él se marchitaba, mientras su cuerpo se volvía menos cuerpo y más cadáver, creí que nuestras estrellas le darían fe. Creía que, siempre y cuando pudiera mirar hacia arriba y ver que no se habían caído, seguiría con vida.

Esta noche, él y yo nos paramos en un puente mientras vemos cómo el río se precipita negro. Las farolas arrojan un halo dorado sobre nuestros dedos entumecidos por el invierno.

—¿Estás enojado conmigo? —La pregunta se la hago porque esta noche le he contado mi verdad. Esa verdad que nadie sabe. El secreto que me hace diferente a cualquier persona que conozca. Lanzo la pregunta a modo de salvavidas, como si fuera una lazada que arrojo alrededor de su cuello para evitar que dé ese último paso hacia la oscuridad.

Sacude la cabeza mientras se agarra al barandal.

—Tengo curiosidad. —Los ojos de destellos amarillos en los que siempre me he sumergido encuentran los míos—. ¿Qué se siente al ser tú?

—Sientes como si hubieras robado algo —digo—. Como si tu cuerpo no fuera realmente tuyo.

Una confesión puede ser brusca o sonar a rendición. Sin embargo, en mi caso, el tono es amable. La verdad acerca de quién soy no tiene sentido, pero no tiene por qué tenerlo. Él lo sabe. Lleva enfermo desde que nació. Estar enfermo te enseña que las razones no son más que intentos inútiles de justificar las desgracias. Parecen dar respuesta a un porqué, pero «¿por qué?» es una pregunta que hace mucho ruido, mientras que la muerte es silenciosa.

—¿Me crees? —pregunto.

Asiente.

—¿Todavía me amas?

—Por supuesto que todavía te amo. —Suspira sosteniendo mi cara con la palma de su mano, a la vez que su pulgar acaricia mi mejilla.

El amor es nuestro sustento básico. El amor nos hizo adquirir la capacidad de fingir.

Cuando éramos más jóvenes, nos imaginábamos que el hospital era un castillo y que éramos sus caballeros. Solíamos jugar a las cartas y él siempre me dejaba ganar. Comíamos en la planta baja mientras inventaba historias sobre los plebeyos que pasaban en bata. Dormíamos en la misma cama mientras me susurraba qué aventuras nos esperaban fuera de los muros de palacio. Luego me besó porque estábamos a solas, porque estábamos bien, porque todo iba bien.

Teníamos que fingir.

El aire era escaso. Esa era la razón por la cual sus pulmones no podían respirar. Es tan simple como que ese día estaba triste. Por eso su corazón no podía latir por sí solo. Como sentíamos cansancio, sus músculos cedieron y se derrumbó en mis brazos.

Pasamos toda nuestra vida en compañía mutua y fingiendo. Pero si finges demasiado, la realidad te recuerda de una forma u otra que no le gusta que la insulten.

Esta noche, hemos discutido como nunca antes; y creo que ha venido a este puente solo para alejarse de mí. No lo tengo del todo claro. Ahora que mi secreto vuela libre, ahora que sabe quién soy, qué soy... la ira que ambos compartimos se disipa, como si hubiera estado alojada en un músculo dolorido que ahora empieza a sanar.

Me cubre los hombros con su abrigo cuando empiezo a temblar. Sus brazos se deslizan por debajo de los míos y me estrecha contra él. Me acurruco en su calor, justo cuando nuestra silueta se ve enmarcada por manchas blancas que interrumpen la escena.

—¿Se están cayendo las estrellas? —pregunto.

—Es nieve —susurra. Desliza su mano a lo largo de mi columna, la risa hace eco en su pecho cuando comenta—: es solo nieve.

La nieve cae sobre mis labios, fresca y delicada.

—¿La nieve también es nuestra? —pregunto.

—Sí —responde mientras sus labios se apoyan sobre mi cuello—. Todo es nuestro.

—Gracias. —Mis dedos se entrelazan en su cabello—. Por darme todo.

—No, gracias a ti. —El dolor se apodera de su voz. Me presiona aún más fuerte contra sí. Como si pudiera fundirse en mí y desaparecer si lo intentara—. Por hacerme querer perseguirlo.

Intenta reírse de nuevo, pero esta vez no se trata de una de esas risas suyas que siempre he amado, de esas que hacen eco. No es una de esas risas que he hecho brotar de su pecho cuando yacía con agujas atravesándole las venas. En esos momentos, él solía apretarme la mano, desesperado por aferrarse a algo real. Ahora su risa no se va desvaneciendo, sino que se apaga de forma abrupta.

—Mi amor —digo con la voz medio perdida—, ¿por qué has venido a este puente?

La luz parpadea. Las estrellas empiezan a caer con apremio. La oscuridad se adueña de los bordes del halo que desprende la farola.

Tensa la mandíbula y se le entrecierran los ojos cuando la nieve llama a sus lágrimas.

—Lo siento, mi dulce Sam. —Contiene la respiración—. Ojalá contigo pudiera seguir fingiendo.

Nuestro castillo se alza a nuestras espaldas como testigo de nuestra conversación. Mientras llora sobre mi hombro, solo soy capaz de sentir cada uno de los momentos en los que abrió los ojos cuando yo pensaba que ya era imposible que lo hiciera. Siento las sonrisas compartidas cuando la muerte decidió devolvérmelo, una y otra vez.

Así que solo soy capaz de susurrar una frase.

—No lo entiendo.

Presiona su frente contra la mía mientras un río en llamas surca sus pómulos helados. Su abrazo está empañado de un miedo al que yo me había acostumbrado demasiado.

—Me alegro de que me hayas contado tu secreto —dice. Las lágrimas se precipitan por la curva de su sonrisa—. Estoy feliz de que tú sigas viviendo incluso cuando yo me haya marchado.

Me besa. Nuestros labios se unen entre nieve y sal.

Me besa como si esta fuera su última oportunidad para hacerlo.

—Recuérdame —pronuncia—. Recuerda que, aunque las estrellas caigan, no significa que no haya valido la pena pedirles un deseo.

—No lo entiendo. —Pero el beso ya ha terminado cuando pronuncio estas palabras.

Su piel ya no roza mi cara. Se ha dado media vuelta y se ha alejado. Me acerco a él de nuevo para entrelazar nuestros dedos, para tirar de él como siempre he hecho, pero es la muerte quien le toma la mano esta vez.

—Espera. —Sus huellas se desdibujan bajo un manto blanco. Se han borrado—. Espera.

No me oye. Solamente puede oír el llamado de la noche que, desde el otro lado del puente, le lanza una promesa de paz.

—Espera..., por favor...

Y lloro. Lloro porque, por mucho que lo intente, no puedo seguirlo.

La forma de nuestros recuerdos se vuelve cada vez menos nítida. Recuerdos que, desapareciendo del resplandor de la farola, se sumen en las sombras.

—No es posible. No lo has hecho. —Niego con la cabeza—. No puedes irte todavía, no te puedes marchar... tú no.

Precisamente tú.

Mi luz, mi amor, mi razón.

—Te vas a morir.

El miedo se me clava entre las costillas. Me rompe el cuerpo, los pulmones y el corazón.

Cuando la oscuridad se traga lo último que queda de él, la realidad viene a reclamar su parte. Una realidad que aguanta sobre su mano un dolor tan pesado como una guadaña.

La nieve se convierte en tormenta. Trato de reunir en mi mano los destellos que bailan en el aire, e intento enviarlos de vuelta a su cielo. Mis rodillas caen al suelo y arden por el frío. Mi castillo me contempla con piedad. Mis lágrimas llueven sobre el río, mis gemidos se vuelven sollozos y mis recuerdos se vuelven nada.

Mis estrellas están cayendo.

Y yo no puedo salvarlas.

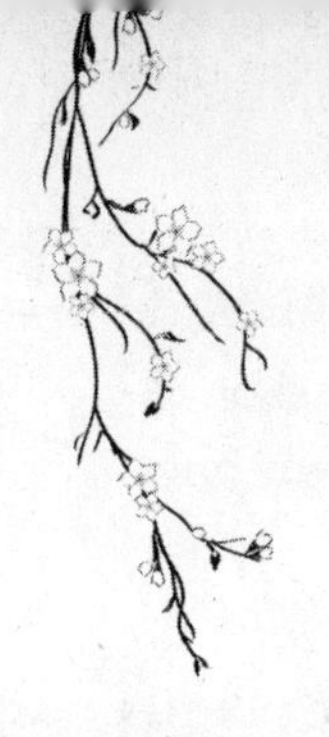

1
Ojos de destellos amarillos

Años después...

Cuando murió, me convertí en otra persona.

Solía soñar con una vida conjunta. Creía que podía contar con que esos destellos amarillos en sus ojos formarían parte de nuestro futuro, pero el futuro siempre es incierto. Nada como ver cómo alguien a quien quieres se marcha para darte cuenta de esto.

Nada como crecer en un hospital para entenderlo.

Ese ruido blanco y constante mantiene a raya tu cordura. Las camillas van pasando mientras el personal camina por el carril que le ha sido asignado, como si se tratara de una especie de autopista médica. Aparte de eso, la comida es aburrida e insípida; igual de aburrida e insípida que la decoración, para no desentonar. En verdad, un hospital no es más que eso, básicamente. No es un lugar para recuperarse o para que te administren un tratamiento, sino un lugar en el cual esperar.

Imagina que tienes una bomba encadenada a tu muñeca. Hace los mismos ruidos que un monitor cardíaco. Día y noche, hay una cuenta atrás. Una cuenta atrás que, por cierto, es invisible. Mira tu bomba, sostenla en el aire como si se tratara de un reloj. Toda la información que recibirás de vuelta es una luz roja parpadeante acompañada de esos estridentes pitidos. Información que te recuerda que, un buen día, la bomba estallará, solo que no sabes cuándo.

Eso es lo que significa la espera hasta la muerte.

Una bomba con nombre de enfermedad que corre por tus venas.

No puedes negarlo. No puedes destruirla. No puedes escapar.

El tiempo, la enfermedad y la muerte disfrutan tejiendo lazos de miedo, y les encanta jugar.

Las sombras son sus herramientas. Sus dedos se aferran a tus hombros y te estremeces. Te arrastran hacia la oscuridad llevando consigo tu cuerpo, tu mente y todo lo que les plazca.

El tiempo, la enfermedad y la muerte son los mayores ladrones del mundo. O al menos lo eran.

Hasta que se formó nuestro grupo. Un grupo de cuatro personas que no creían en bombas.

Sony no irrumpió en mi vida postrada en una cama de hospital, sino dándole patadas a una máquina expendedora que le había robado el chocolate. Apenas me vio y su frustración se desvaneció, compartimos un asqueroso chocolate y hablamos de sueños inverosímiles en el frío suelo de un pasillo. Aunque yo en ese momento no lo sabía, ella acababa de sobrevivir a una pérdida mucho mayor que la de uno de sus pulmones. Su cabello es color fuego y su corona es la libertad. Es una auténtica gladiadora y la ladrona más valiente que conozco.

Coeur es un ser mucho más tranquilo. Es como si fuera nuestra fuerza, ese músculo al que siempre echarle la culpa.

Su madre es francesa, su padre, haitiano, ambos se pasaron de optimistas al darle ese nombre a su hijo. *Coeur* significa 'corazón', pero el corazón que hay dentro del cuerpo de C está roto. Literalmente. Sin embargo, su alma alberga el corazón más grande de nuestro grupo. Él es el apasionado, y también el peor ladrón.

Neo es escritor. Amargo poeta. A diferencia de Sony, es silencioso y, a diferencia de C, no tiene remordimientos. Su columna vertebral es frágil, pero sus palabras lo compensan. Es bajito y huesudo, tan pequeño que lo llamamos Bebé, aunque, para ser un bebé..., vaya temperamento que se gasta. Tengo la certeza de que nunca ha sonreído en su vida. Él es a quien conozco desde hace más tiempo y, aunque tenga ese punto de malicia y se vea siempre de mal humor, se trata de una máscara, es su forma de protegerse. También es la persona más inteligente que conozco. Es observador, creativo y resiliente. Él es quien planifica y registra nuestras grandes hazañas de robos. Siempre dice que Sony y yo somos dos personas extrovertidas que lo secuestraron y obligaron a ser su amigo, pero, aunque no lo reconozca, yo sé que disfruta de nuestra compañía. Antes de encontrar a tu gente, los hospitales te pueden hacer sentir muy solo.

Han pasado varios años desde que Neo, Sony y C empezaron a entrar y salir del hospital.

Ahora, cuando vuelven a casa, no duran mucho allí. La enfermedad es codiciosa y va tomando pedacitos de ti hasta que ya no te reconoces. Esto es precisamente lo que les ocurre a Neo, a C y a Sony, que ya no se reconocen a sí mismos fuera de este lugar.

Tengas o no tengas una enfermedad, la noche siempre creará espejos en las ventanas. Esos espejos solían mostrarles imágenes de cadáveres a mis amigos: esqueletos con huesos desnudos de piel, órganos saliéndose de una caja torácica y sangre derramándose por una boca. Antes solían temblar ante tales predicciones, casi podían rozar con las yemas de los dedos la superficie de esa proyección. Diagnósticos, pastillas, agujas y un sinfín de espejos nuevos que nunca quisieron ver materializados. Esos reflejos se convirtieron en su realidad.

Entonces, en lugar de conocer aquellas nuevas versiones de sí mismos, vulnerables a causa de las camas en las que dormían o las batas que usaban, mis amigos apagaron la luz. Subieron por una escalera y se vieron en la azotea. Dejaron que las yemas de sus dedos rozaran el cielo sin ninguna barrera que les impidiera tocar las estrellas.

Desafiantes.

—Deberíamos robarlo todo —dijo Sony. Era valiente incluso cuando su llama estaba más débil—. Robemos todo lo que podamos antes de irnos.

—¿Todo? —preguntó C.

—Todo.

—Todo significa una lista muy larga —sentenció Neo.

—Les han robado la vida —dije—, ¿por qué no robar algo de vuelta?

Ese fue el día en el que nació nuestra Lista Negra. Pero, por ahora, aún no lo hemos conseguido todo.

Robar es un arte, y todavía tenemos que convertirnos en artistas, pero eso no quiere decir que no lo estemos intentando.

Salimos del hospital en una tarde despejada. Sony está al mando, C empuja la silla de ruedas de Neo a través del bulevar. Bajamos por la banqueta y entramos en un pequeño supermercado. Sony se banqueta sigilosamente a una vitrina llena de lentes de sol y se pone unos de aviador. Examina el lugar y asiente con la cabeza.

—Ahora —dice con la etiqueta del precio colgando de la patilla.

C se dirige hacia los refrigeradores.

—¿Ahora? —Neo mira hacia arriba mientras acaricia el libro que siempre lleva consigo. Su copia de *Grandes esperanzas*. Es algo que ya forma parte de él, como un lunar o la forma de su nariz. Tiene el lomo igual de doblado que él.

—Ahora —ordena Sony con el pecho henchido.

—¿No nos atraparán? —susurro mirando alrededor del súper de la gasolinera. Tres personas deambulan por los pasillos y el cajero está hojeando una revista.

—Está claro que nos van a agarrar —dice Neo.

Sony sonríe burlona con la mirada por encima de la montura de los lentes de sol que está a punto de robar.

—¿Y por qué iba a pasar eso? —lo provoca.

Neo resopla.

—Porque eso es lo que ocurre siempre.

—Hoy es diferente. Hoy la suerte está de nuestro lado —proclama Sony. Luego da un respiro profundo y dramático—. ¿No lo saboreas, Neo?, ¿este aire tan dulce?

—Estamos en el pasillo de los dulces, idiota. —La silla de ruedas de Neo cruje cuando gira la cabeza para mirarme—. Sam, dile que es idiota.

Lo haría, pero valoro mi vida.

—Sony, eres idiota —dice Neo. Acto seguido, saca de su silla un bolígrafo y un cuaderno que abre de golpe para garabatear: «16:05.- Sony es idiota».

Neo es nuestro escriba, el que registra nuestras grandes hazañas. Bueno, de acuerdo, no es que él mismo haya accedido del todo a hacer ese trabajo. Ni siquiera había aceptado acompañarnos en esta misión. Pero cuando tu columna vertebral tiene forma de gancho, no puedes escapar a los grilletes de la amistad. La silla de ruedas rechina cuando la empujo fuera del alcance de Sony.

—Qué raro que necesites una cirugía de espalda, ¿verdad, Bebé? —Sony no tiene un trabajo específico; ella es la que los asigna, y la encargada de ser ese diablillo en mi hombro que exhibe su descarada sonrisa—. Seguro que ese palo que tienes en el trasero te puede servir como columna vertebral, ¿no?

—Sueltas un montón de mierda para ser alguien que ni siquiera es capaz de subir un tramo de escalera —gruñe Neo.

Hago su silla de ruedas un poco más atrás.

—Lo mío es un don. —Sony suspira con su único pulmón lleno de ambición—. Ahora mira cómo trabajo y no interrumpas mi concentración.

Neo y yo observamos cómo Sony se dirige hacia el mostrador principal mientras sus sucios tenis blancos rechinan contra los azulejos con cada paso que da. La muy diablilla no olvida meterse una paleta en el bolsillo en el camino.

—Cleptómana —se queja Neo.

—Disculpe... —Sony mueve los brazos por encima de la cabeza para llamar la atención del cajero. Su mirada de soslayo cobra otro matiz tras mirar una segunda vez. Sony es guapa. Posee ese tipo de belleza salvaje, autoritaria y de ojos brillantes. Pero me imagino que la sorpresa del cajero tiene más que ver con las puntas nasales que asoman debajo de su nariz y le cubren las mejillas.

Los cigarros que señala detrás del mostrador cavan su propia tumba.

—Quería esos de ahí, por favor —pide Sony.

—Señorita, yo... —El empleado de la gasolinera interrumpe su propia frase para echar la mirada hacia los cigarros antes de volver a ella—. ¿Está segura? No creo que se los pueda dar con la conciencia tranquila.

—Pues para mirarle la delantera sí tiene la conciencia tranquila —masculla Neo como si fuera a morder el puño sobre el que apoya su cabeza.

—Oh, no, señor, no son para mí, emm... —Sony retrocede bajando la cabeza—. Estas personas de aquí y yo, bueno, hemos... —El diablillo no tiene ningún problema a la hora de fingir que está llorando. Presiona la mano contra sus labios—. No sabemos cuánto tiempo nos queda. A Neo, el chico que está ahí, lo operan mañana de cáncer.

Nos señala por encima de su hombro. El cajero hace contacto visual con Neo y conmigo y apartamos la mirada al instante. Él incluso aparenta estar buscando chicles y mirando los ingredientes de la parte de atrás.

Sony se sorbe la nariz sin mocos y se limpia las inexistentes lágrimas.

—Solo queríamos subir a la azotea, como en los viejos tiempos, y ser un poco rebeldes —dice encogiéndose de hombros y riéndose de sí misma—. No sé qué haré si él no sobrevive. Es un alma tan buena... Perdió a sus padres en un incendio, ¿sabe?, y también a su cachorro, yo...

—Está bien, está bien. —El cajero toma uno de los paquetes—. Toma, aquí tienen.

—Vaya, gracias. —Sony sonríe, los acepta sin pensarlo dos veces y avanza dando brincos hacia la puerta.

Neo y yo la seguimos, nos sorprende que el truco haya dado resultado. Neo se las arregla para colar una bolsa de ositos de goma entre su pierna y el reposabrazos. Una vez que salimos y la puerta se cierra a nuestras espaldas, exhalamos dejando ir nuestros nervios, mientras Sony da unos cuantos pasos más hasta detenerse.

—Anótalo —ordena Sony señalando el cuaderno de Neo.

Neo obedece y escribe en su cuaderno: «16:07.- la idiota ha engañado con éxito a un mirón de tetas para que le regale cigarros».

Sony gira el paquete en el aire y lo agarra con una mano.

—No tengo cáncer —dice Neo.

—Efectivamente, pero el cáncer nos acaba de ahorrar diez dólares, que es lo mejor que puede ofrecernos a corto plazo.

—Sony —la increpo.

—¿Qué? Los niños con cáncer del hospital me aman. Siempre se ríen cuando los persigo y me acabo desplomando por falta de aire. *Quid pro quo*, ¿sí?

—¿Estás segura de que lo que hacen no es llorar?

—¿*Quid pro quo?* —pregunto.

No suelo saber las cosas que la mayor parte de la gente sabe. No se me dan bien los sarcasmos, ni las ironías, ni las frases hechas, ni el deporte. Todas estas cosas se me escapan siempre, hasta que Neo las explica:

—Significa 'algo por otro algo' en latín —dice. Él lo sabe todo.

—¡Sí! —interviene Sony—. Como cuando matas a alguien y ese alguien te mata a ti. Igual que en la ley del karma. Así es como funciona el *quid pro quo*.

—¿Así funciona? —Miro a Neo.

—Pues no. ¿Hay alguna razón por la que tuviera que estar presente hoy aquí? —pregunta.

De pronto, su silla de ruedas cruje con el peso depositado en el compartimento inferior. Neo frunce el ceño. Se gira tanto como su espalda se lo permite hasta ver cómo están colocando un paquete de seis cervezas bajo su asiento.

La fuerza de nuestra misión ha llegado. C parece más hombre que niño. Es alto y guapo. Con las manos en los bolsillos, empuja la cerveza suavemente con el pie para esconderla mejor.

—¿Cómo te fue? —pregunta C.

Sony se apresura a mostrar el botín.

—Nos ahorramos diez dólares gracias al cáncer.

C inclina la cabeza hacia un lado.

—¿En cigarros?

—Y en ositos de goma —digo. Neo lanza la bolsa por encima de su hombro, hacia el pecho de C.

—Vamos, C. —Sony pone los brazos en jarras—. Qué seríamos sin ironía sino clichés aburridos, ¿no crees?

—¿Serían entonces gente que no usa a pacientes en sillas de ruedas como mula? —Neo intenta alejarse empujando la silla, pero C se agarra al respaldo de esta como si fuera el cuello de su camisa.

Neo pone los ojos en blanco. Saca otro cuaderno del bolsillo lateral, este con la tapa arrancada. Mientras comenzamos a cruzar la calle, de regreso a casa, agrega las conquistas de hoy a nuestra Lista Negra:

- Cigarros (esos geniales de las películas de Bond)
- Cerveza
- Una paleta
- Lentes de sol de mierda
- Ositos de goma
- Una tarde afuera
- Un montón de nervios

Los hospitales son lugares insípidos en los que prima el mal gusto. Pero, aunque ya no sueñe como antes, no hay compañía más emocionante que la de unos ladrones.

—Bebé, eres un pilar —dice Sony con el orgullo y la camaradería iluminando su rostro—. Sin ti, la misión se vendría abajo. ¿Quién sino podría hacer el seguimiento de nuestras gloriosas historias?

—Además, eres un carrito de súper excelente —agrega C acariciándole la coronilla.

—Mira, C, hay tráfico —dice Neo señalando la calle—. Empújame hacia dentro. —C le mete a Neo un puñado de dulces en la boca mientras emprendemos el camino de vuelta.

Sony salta las líneas blancas del paso de peatones, igual que saltan las piedras que se lanzan sobre un arroyo. Justo detrás de ella, va C empujando la silla de Neo; dos patitos en fila india. Al final de la cola estoy yo, quien narra la historia. Ellos siempre llegan antes a la meta.

Neo lleva nuestra Lista Negra en su regazo. Un destello de luz se refleja huidizo en las espirales de metal del cuaderno, como si quisiera jugar con ellas. Levanto la vista para seguir su halo, más allá de la fila de coches que se bifurca después de la intersección.

Mi corazón se cae.

Justo después de los coches, un río corta la ciudad en dos. El puente es lo único que une ambos lados. Un puente que he conocido toda mi vida, que crea un agujero en mi pecho. En lugar de ver extraños riéndose y niños tirando monedas al agua, solo veo la nieve sobre el barandal. Veo solo la oscuridad.

Empiezo a mirar hacia otro lado, dejo ir el pasado, pero algo más emerge detrás de este.

El color amarillo.

Solo una pequeña pincelada.

Los grises se acobardan dejando paso a hebras de colores arrastradas por la brisa del río. ¿Acaso el sol ha bajado a la tierra y ha decidido pasar un día entre sus súbditos?

Estiro el cuello para ver mejor, pero hay demasiada gente en el puente: parejas, turistas y niños que me tapan la vista. Las ciudades son impacientes, el sonido de un claxon me trae de vuelta a donde estoy, y mis amigos me están esperando justo al otro lado.

—¿Sam? —me llama C.

—Perdón. —Emprendo el camino de vuelta a paso ligero. Entramos a la vez en el hospital y, pese a que mi barbilla sigue enganchada a mi hombro, el puente ya está demasiado lejos para hacerme daño. Sigo mirando hacia atrás hasta que mi reflejo se desvanece a través de las puertas acristaladas.

—Vaya, vaya —dice Sony con la paleta entre los dientes—. La tripulación contrabandista regresa tras un día en el mar. —Se mete los cigarros en la manga una vez que llegamos al patio.

Como la mayoría de los hospitales infantiles, el sitio es viejo y da esa sensación de falsa alegría.

Globos con diseños extravagantes y losetas de colores desteñidas intentan iluminar un espacio donde muchos entran y salen sintiendo que se apagan. Las paredes están cubiertas de pósteres y carteles sobre tratamientos e historias reales de éxito, pero son igual de viejos que el resto de la decoración. Y el toque final: enfermeros y médicos que vienen y van.

—Ahora démonos prisa —dice Sony—. Vamos a subirlo todo antes de que... ¡Hombre, Eric!

Nuestro más célebre carcelero (enfermero) de planta se llama Eric, y tiene el gran don de la oportunidad. Enarca una ceja ante el tono de Sony mientras su pie va dando golpecitos contra el suelo. Su detector de mentiras es un arma afilada. Si de verdad estuviéramos en una prisión, no querría vérmelas nunca probando su ira.

—Y, justo delante de las narices de la idiota contrabandista, la historia se repite una vez más —narra Neo—. ¿Debería decir «te lo dije»?, ¿o debería delatarte por haberme secuestrado? —C le mete otro puñado de dulces en la boca mientras yo tomo el libro de su bolsillo lateral y lo abro para ponérselo en la cara.

—¿Dónde estabas? —pregunta Eric. Las bolsas debajo de sus ojos hacen juego con su cabello oscuro, y tiene los brazos cruzados delante del pecho. Está preocupado. De lo contrario, no hubiera dado todo el paseo hasta aquí abajo para llevarnos hasta casa.

—Eric, querido Eric..., antes que nada, ¿es nuevo este uniforme? —pregunta Sony señalando pausadamente de arriba abajo—. Te ilumina la cara...

—No te lo decía a ti. —Eric levanta la mano para mandarla callar. Luego me mira directamente.

Ojalá pudiera ser invisible ahora mismo.

—Solo estaba tomando un poco de aire fresco —digo mirando al suelo mientras me rasco la nuca.

—Conque aire fresco, ¿eh? —Eric frunce el ceño poco convencido—. ¿Acaso te has olvidado de que tenemos un piso entero dedicado a eso? —Se refiere al jardín del sexto piso.

Cuando la espalda de Neo aún estaba bien, solíamos escondernos en los arbustos allí arriba. Hicimos un plan para vivir toda nuestra vida en el jardín fingiendo ser leñadores que vivían de bayas silvestres. El plan funcionó bien durante unas tres horas, pero luego nos dio hambre y frío, y C estaba al borde de las lágrimas por no poder cargar su teléfono para escuchar música. Volvimos llenos de restos de plantas y con olor a tierra.

Desde entonces, a Eric no le emociona la idea de perdernos de vista.

—¡Vaya! —Sony no se da por vencida—. Bueno, a ver, discúlpanos por querer buscar un cambio de aires...

—Basta. —Eric alza los brazos y nos apretamos más—. No tendría que hacer falta que les dijera que no fueran imprudentes.

—A ti te operan mañana —dice señalando a Neo. También a C justo después—. Tú tienes una ecografía. —Luego a Sony—. Y tú se supone que ni siquiera tendrías que levantarte de la cama. ¡Y ahora arriba todo el mundo!

C empuja la silla de Neo hacia adelante mientras nos apresuramos hacia los elevadores. Sony aprieta el botón con la suela del zapato. Una vez en el último piso, C levanta a Neo de la silla: alza su cuerpecito delgado, prestando especial atención a la columna. Desde aquí, tenemos que subir la escalera para llegar al tejado. Yo sujeto la silla de ruedas mientras Sony empieza a subir los escalones.

A mitad de camino, Sony y C necesitan hacer una parada.

Sony cierra los ojos y se apoya en el barandal. La mitad de su pecho se eleva, rápido y profundo, pero ella se niega a abrir la boca para respirar. Admitir tal derrota es una satisfacción que jamás estaría dispuesta a otorgarle a un mero aumento de altitud.

C también se tiene que apoyar en el barandal. Tiene la oreja de Neo pegada al centro de su pecho.

—¿Suena a música? —pregunta con apenas un hilo de voz.

—No —dice Neo—. Suena como un trueno.

—Los truenos suenan bien.

—No cuando hay una tormenta entre tus costillas. —Neo toca las cicatrices de los vasos sanguíneos que trepan por la clavícula de C—. Tus venas son una fábrica de relámpagos que parecen estar intentando escapar.

C sonríe.

—Está claro que eres escritor.

—Sí. —Neo se acomoda para volver a pegar el oído a su latido—. Respira, Coeur.

Todo esto también forma parte de sus rituales: es necesario que estemos un minuto en silencio debido al medio par de pulmones de Sony y a ese medio corazón de C.

Sony es la primera en abrir los ojos y empezar de nuevo. Le da una patada a la puerta de la azotea hasta abrirla de par en par. Estira ambos brazos hacia los lados tanto como puede. Y silba la melodía propia de una delincuente no condenada, mientras acompaña su canción con unos ligeros golpecitos de pies.

—¡Lo conseguimos!

—Lo conseguimos —susurro apoyando la silla de Neo en el suelo y ajustando las puntas nasales en la oreja de Sony. C baja a Neo suavemente, mientras le entrega algunas páginas que saca de su bolsillo trasero.

—¿Te gustó? —pregunta Neo.

—Sí. —Neo y C están creando una novela juntos. Neo es el escritor, C es la inspiración, el lector, la musa; es el que tiene ideas que no siempre puede transformar en palabras.

—Pero me preguntaba una cosa —dice C haciendo un repaso mental al capítulo en su cabeza—. ¿Por qué acaban dándose por vencidos así sin más?

—¿Qué quieres decir? —dice Neo mientras hojea las páginas.

—Ya sabes, me refiero a lo que ocurre con el personaje principal, ellos descubren que la persona a la que llevaban amando todo ese tiempo les ha estado mintiendo. No gritan, ni se enojan, ni lanzan nada contra la pared como cabría esperar. Simplemente... se quedan.

—Ese es el punto —dice Neo—. El amor es algo difícil de dejar ir, incluso aunque duela. —Se acaricia distraídamente el vendaje de la parte interior del codo. Un trocito de algodón cubre todavía un piquete de aguja reciente—. Tú intenta alejarte de alguien que te conoce tan bien que podría hundirte, ya verás cómo te das cuenta de que es imposible amar a otra persona. Y, de todos modos, si te diera el final que quieres, no lo recordarías.

Neo no solo escribe historias, se convierte en ellas. La mayoría de sus pequeños fragmentos suenan tanto a verdad que dan cierto escalofrío. No obstante, la mayoría de estos pequeños relatos acaban borrados o en el bote de basura. Y así ha sido siempre.

Sony coloca un cigarro entre los labios de Neo, luego otro entre los míos. Sujetándolo firmemente en su boca, Neo ahueca una mano a modo de escudo contra la brisa. El encendedor de Sony parpadea hasta que la llama consigue prender el cigarrillo.

Neo no inhala. En su lugar, observa igual que yo; deja que el olor hormiguee en sus fosas nasales y va viendo cómo el humo se eleva hasta alcanzar la unidad con las nubes. C y Sony no dan sorbos al brebaje que burbujea bajo las tapas de las botellas. Lamen la espuma y pegan la lengua a su paladar.

Seremos seres a quienes les guía la codicia, sí, pero no mostramos falta de gratitud. Para admirar las armas, no hace falta participar en la destrucción.

—¿Creen que la gente nos recordará? —pregunta Sony mirando al cielo y jugueteando con su collar. C se acaricia las cicatrices y el relámpago que reside en ellas. Neo frota la silla con sus huesos protuberantes.

Por injusto o trágico que pueda resultar, mis amigos se van a morir.

Entonces, ¿qué más queda por hacer aparte de fingir?

—No lo sé.

Todo el grupo me mira.

—Nuestro final no nos pertenece.

Sony sonríe.

—Entonces, robemos de vuelta nuestro verdadero final.

—Precisamente por eso hemos subido aquí hoy, ¿verdad? —añade C—. Dijimos que hoy íbamos a planear nuestra gran escapada del hospital. —Neo le dirige una mirada. La posibilidad de hacer lo que hemos hecho hoy, pero a lo grande, crece en nuestras mentes. C se encoje de hombros—. ¿Qué nos detiene?

De repente, la puerta se abre con un chirrido.

—Aquí estamos. Se supone que no se puede venir aquí, pero a veces a los niños les gusta... —La voz de Eric nos da un susto. C casi rompe su botella al tropezarse con ella, mientras Neo y yo tiramos nuestros cigarrillos tan rápido que casi nos prendemos fuego a las manos mutuamente.

Justo en el momento en el que nos ponemos de pie y nos damos la vuelta, Eric ya está furioso, pero, en medio del caos, el tiempo se ralentiza. Una melodía familiar toca una sola nota despertando la atención de toda la orquesta.

Me quedo en silencio.

Una luz amarilla emerge detrás de la silueta de Eric.

Y un sol se esconde detrás de él en forma de niña con destellos de color amarillo en sus ojos.

2
Amanecer

Aún sigo viéndolo a veces.

Él juguetea, es un niño que no siente el peso del lugar en el que vive. Sus manos juegan con las mías. No sostiene nada (*sostener* sería la palabra equivocada).

—¿Las manos pueden besar? —pregunta. Las preguntas son su forma favorita de jugar.

—No lo sé.

—Creo que pueden.

Su risa dura tres latidos, y va trazando el camino hacia sus dedos. Nuestras manos se están besando.

Se acomoda en su cama durante las horas de más dolor. Su cuerpo está invadido por agujas, tubos y máquinas con nombres demasiado difíciles para pronunciarlos enteros. Él mismo es una máquina. Una máquina rota que ingenieros y atentos médicos tratan de arreglar.

Sus nervios protestan intensamente, como una punzada en las costillas. Veo los síntomas en su rostro crispado, en los cambios y los gemidos sutiles. Ninguno inhibe su curiosidad. Pese a que su cuerpo no puede hacerlo, su mente se divierte. Continúa jugando con mis manos de todas las maneras posibles. Se ríe cuando sus costillas se lo permiten.

—Las agujas son espadas —dice.

Fingir algo es el más espléndido de sus juegos, y añade:

—Las pastillas son gemas.

—¿Qué son las gemas? —le pregunto.

—Son piedras —dice—. Piedras muy bonitas. Algunas incluso brillan, igual que el cielo.

—¿Acaso no todas las piedras son bonitas?

—No —dice. Su voz cambia al cambiar su cuerpo, entrando en un terreno en el que el juego quita demasiada energía. Se vacía poco a poco. La enfermedad lo agota y agobia.

—Me siento como una piedra —dice hundiéndose en la cama.

Entrelazo nuestros dedos moviéndolos a lo largo de las articulaciones, para que sepa que todavía estoy aquí. Nuestras manos se besan.

—Entonces tú eres una gema —digo—. Como el sol.

Le gusta tocar tanto como le gusta fingir, preguntar, hablar, incluso cuando no tiene nada que decir. Esto le hace sentir como si tuviera un propósito mayor que el de simplemente evitar la muerte.

Me sonríe, pero su rostro se crispa. Se gira, mueve las sábanas, mira por la ventana.

—El sol sale todos los días —dice. La luz de entre las persianas acaricia cariñosamente su piel—. ¿Crees que sale y se eleva hacia arriba porque antes se ha caído?

Él no entendía que, en aquel momento, no hubiera podido responderle.

Nunca supe más de lo que él me enseñó. Sabía que las manos podían besar y que quería acariciar su rostro como lo hacía la luz.

Él era mi luz. Él era mi atardecer. Intenso en color. Pacíficamente ahogado por la oscuridad.

Eso fue hace mucho tiempo.

Ahora vive en mi memoria. Enterrado. Rebelde, como solía ser. A veces, emerge por el rabillo de mi ojo. Su risa perdida entre la multitud y los remanentes de sus preguntas aún esperan respuesta en la noche.

La verdad es que la noche no me asusta en absoluto.

Vivo en ella. Mis ojos se han adaptado, mis manos se han acostumbrado a no ser besadas, y mi corazón se ha instalado en un letargo. Así le sucede a todo el mundo. La noche no es el enemigo que pretendo dibujar, sino el estado natural de las cosas cuando el sol se consume.

Así que el color me toma por sorpresa cuando, varios años después de que mi sol se haya puesto, un rayo amarillo se eleva desde el hueco de la escalera. Un rayo que eclipsa el gris...

Amarillo.

Su cabello es amarillo. Ni rubio, ni ceniza, sino amarillo. Como dientes de león o limones. Ese color cubre las raíces oscuras, pero no lo suficiente como para saber que ese amarillo es una elección propia. Su rostro está enmarcado por unos lentes que descansan sobre su nariz. Los ojos que hay al otro lado parpadean, y apenas si puedo respirar cuando se posan sobre mí.

—¡Eric! —Sony extiende los brazos y las piernas como si, al abrir sus alas, fuera posible disimular las botellas de cerveza espumosas y el hedor a tabaco—. ¿Ayudaría si te dijera que tus zapatos son impresionantes?

Mientras aún mantiene la puerta abierta, Eric lanza un gesto: se lleva la mano al cuello simulando que le da un corte a modo de «estas acabada». Sony se calla enseguida.

—Hikari. —Eric suspira—. Estos son Neo, Sony, C y Sam. Se llama Hikari...

¿Sabe Hikari que tiene el sol en los ojos?

—¡Qué hay! —grita Sony saludando con la boca abierta, mientras C saluda más sutilmente y Neo simplemente asiente con la barbilla.

—Hola —dice Hikari. Su voz es líquida, fluida, sensual. Es fresca como la sombra que se crea en un día caluroso en el pliegue de su comisura.

—Guau —dice Sony abriéndose paso hasta llegar al espacio personal de Hikari—, eres guapa.

—Sony —la regaña Eric.

—No pasa nada —dice Hikari divertida, e incluso encantada por la fascinación que Sony muestra por ella.

—¿Eres divertida? —pregunta Sony—. Pareces divertida.

—Me gusta pensar que sí.

—Hikari —dice Neo pronunciando concienzudamente cada sílaba. Y mientras lo hace, se empuja con la silla hasta quedar, deliberadamente, enfrente de Sony—. ¿Eres de Japón?

—Mis padres lo son —dice Hikari—, pero yo soy de las afueras de la ciudad.

—Igual que yo —interviene Sony.

Neo pone los ojos en blanco.

—No sabía que la periferia estaba en el infierno.

Por supuesto, se lleva un merecido golpe en la sien por esas declaraciones.

—¡Eh! —se lamenta.

—Este es Neo —dice Sony acariciándole la cabeza—. Es nuestro bebé.

—¡Su prisionero es lo que soy! —dice Neo mientras le quita la mano de un golpe—. Hikari, tú que tienes piernas, corre.

—Por el amor de Dios. —Eric suspira entre sus manos, y yo empiezo a preguntarme si en la carrera de enfermería enseñarán a cuidar niños.

—Este es C —dice Sony señalándolo—. Su nombre es tan largo y francés como él, así que le llamamos C a secas.

—Hola, Hikari. ¿Necesitas ayuda para instalarte? —C se inclina sobre los mangos de la silla de Neo apoyando el peso de la parte superior de su cuerpo sobre ellos. La silla de ruedas se inclina hacia atrás haciendo que Neo esté a punto de caerse, por lo que empieza a golpear a C con su cuaderno hasta que las ruedas tocan de nuevo el suelo.

—Yo la ayudo —se ofrece Sony.

—Ya lo creo que no. —Eric agarra a C y a Sony por las mangas y usa el pie para bloquearle el paso a Neo.

—Pero...

—No quiero oír una palabra. Ah, y ¿cigarros?, ¿en serio? Un poco más de clase, por favor. —Comienza a tirar de ellos hacia la puerta, que se mantiene abierta por un bloque de cemento—. A sus habitaciones.

—Pero, Eriiiiic —se queja Sony tratando en vano de volver a donde está la recién llegada—, ¿qué pasa con el ritual de iniciación? Ni siquiera le he contado mis chistes...

—He dicho que abajo. Ah, Hikari. —La cara de Eric cambia al instante. Gira la cabeza con una radiante sonrisa de bienvenida dibujada en el rostro—. Sam te llevará de vuelta a tu habitación. Si necesitas algo, no dudes en preguntar.

—¡Adiós, Hikari! —dice Sony agitando el brazo por encima de su cabeza—. ¡Iremos a verte en cuanto escapemos!

—¡Vamos, andando! —interviene Eric.

La puerta se cierra de un crujido sepultando con ella las voces de mis amigos y de su secuestrador. Hikari se queda quieta y solo se gira cuando ya no queda nadie más aparte de mí.

Me quedo inmóvil porque, por esa fracción de segundo en la que gira la cabeza, capto la sombra de alguien distinto en su lugar, la expresión de otra persona, alguien con los mismos ojos y la misma voz, pero de una vida diferente.

—Tú eres Sam... —dice Hikari sin llegar a entonar la pregunta, que hace malabares en sus labios.

—Sí. —Respiro y navego entre el asombro y el aturdimiento. Con un miedo atroz.

Hikari inclina la cabeza hacia un lado, su mirada viaja a mi alrededor como si mi ropa fuera un mapa en el que ella estuviera descifrando los símbolos. Una sonrisa torcida se le dibuja en una comisura y pregunta:

—¿Eres una persona tímida, Sam?

—Yo... e-eh. —Mi voz tartamudea traicionera—. No lo soy, no creo, vaya. Simplemente no se me da bien existir.

—¿Eso qué significa?

—Es solo que... supongo que nunca he sentido que este cuerpo me pertenezca.

Su sonrisa, lejos de desvanecerse de golpe, se ensancha tan divertida como antes y juega con sus facciones.

—¿Lo robaste?

Hikari es paciente del hospital y, a juzgar por la pulsera blanco brillante que lleva en la muñeca, va a estar aquí un tiempo. Esto solo puede ser de esta manera: seguimos intercambiando este tipo de bromas, me ofrezco a ayudarla en lo que necesite, ella acepta parte de mi ayuda y rechaza amablemente el resto. Luego nos separamos y nos convertimos mutuamente en una persona que solo está ahí de fondo. Así es como funciona siempre. Esa parte de mí a la que le aterroriza su existencia necesita que los acontecimientos se desarrollen de esta manera.

—¿Quieres que te dé un *tour*? —pregunto retrocediendo y tratando de mirar al suelo en lugar de mirarla a ella—. Podría enseñarte la cafetería o los jardines...

Hikari se ríe mientras va deambulando por la azotea a paso lento y coqueto. Su risa dura tres latidos.

—No —dice ella.

—¿No?

—No soy muy fan de los *tours* —dice. Lleva puesta una camiseta blanca y holgada que le queda bastante grande. La falda deja al descubierto sus piernas y baila con el viento. Su cabello gotea como oro líquido hasta sus antebrazos; a partir de allí, los vendajes ocultan el resto, desde la muñeca hasta el codo. Aunque quiero preguntar por qué está en el hospital, los planes de Hikari son distintos.

—Tengo una agenda que seguir —dice ella—. Y eso por no mencionar que me gusta explorar las cosas de una en una.

—¿Estás explorando la azotea?

—Te estoy explorando a ti. —Hikari apoya la barbilla en su hombro. Su picardía me sonríe—. ¿No lo sabías, Sam? La gente tiene historias escritas en la piel y alrededor de ella. Historias escritas en sus pasados y futuros. A mí me gusta averiguarlas.

Por invasivo que parezca, el viento capta su aroma, dulce pero contundente, y me distrae con él. Prácticamente me inclino hacia el olor; me recompongo rápido, pero Hikari se da cuenta y sonríe. Empiezo a darme cuenta, mientras me mira como si fuera un libro que quisiera arrancar de la estantería, de que esta chica puede llegar a ser más problemática que cualquiera de mis ladrones.

—Sam —pronuncia. No a mí, sino al cielo, como si estuviera poniendo a prueba mi nombre. Como si yo fuera un verso que no consiguiera ubicar—. Es curioso. Siento como si ya nos hubiéramos conocido.

El corazón se me sube hasta la garganta. Trago saliva, incapaz de sacar nada más que un hilo de voz:

—Puede que haya sido en otra vida.

El viento nos interrumpe haciendo que las botellas choquen entre sí. La mirada de Hikari se desvía hacia las marcas de ceniza y el alcohol derramado bajo mis pies.

—Robaron los cigarros y las cervezas, ¿verdad?

—Técnicamente, fueron Sony y C los que robaron el tabaco y las cervezas.

—Así que tú solo eres cómplice —dice. Hikari reemplaza su actitud afable por un largo suspiro—. Bueno, pues parece que tendrá que bastar contigo.

Sin decir una palabra más, Hikari se echa el cabello hacia atrás para hacerse una coleta y se dirige a la puerta.

—¿A-Adónde vas?

—Tengo algo que robar y tú me vas a ayudar a hacerlo.

—Yo..., p-pero yo... —tartamudeo, pero, finalmente, la intensidad de mi capricho es más fuerte que esa incómoda sombra sobre mi hombro diciéndome que esta es una mala idea, así que, ¿qué puedo hacer sino seguirla?—. ¿De dónde habías dicho que eras?

—De un pueblecito infernal en mitad de la nada.

—¿En mitad de la nada?

—Es uno de esos típicos lugares en los que todo el mundo quiere saber los secretos de los demás.

—Bueno, eso suena bastante a lo que pasa en todas partes.

—¿De dónde eres, Sam?

Esa es una pregunta que me suele costar responder. Y eso por no mencionar que, mientras sigo a Hikari por las escaleras y espero el elevador, no puedo hacer nada más que mirarla; y cada vez que la miro mis pensamientos ya no tienen principio ni final, sino que se mezclan entre sí hasta convertirme en una maraña de incoherencia y nervios. Se me sonrojan las mejillas y las mariposas hacen de mi estómago un *parque de diversiones*.

Me aclaro la garganta. Llega el elevador. Hikari entra primero y presiona el botón de la planta baja.

—Soy de aquí —digo.

—¿De la ciudad?

—Del hospital.

La expresión de Hikari pierde ahora ese aire divertido. Se aferra al barandal trasero como yo. Es tan poca la distancia que separa mi mano de la suya, que me pregunto cómo me sentiría si se besaran.

—¿Sam?

—¿Mmm?

—¿Qué tienes? —pregunta Hikari. Y lo dice muy suavemente, teniendo en cuenta lo serio que es el asunto sobre el que está preguntando.

Este es un momento obligado entre personas enfermas. Una regla no escrita que establece que cuando conoces a alguien dentro de estos muros, debes preguntarle una cosa: «¿Qué tienes? ¿Quién es tu asesino?». Son formas diferentes de una misma pregunta. La cuestión es que ella quiere saber por qué mi confinamiento en el hospital es tan largo que ya hasta parezco una extensión del mismo. Quiere saber hasta qué punto me estoy muriendo.

Observo sus vendas y el resto de su aspecto saludable. Quiero lanzarle la misma pregunta, pero...

—Se supone que no debes preguntar eso —miento.

En lugar de asentir o decir que lo entiende, Hikari tiene otro ataque de risa tonta que sacude su pecho. Otra vez vuelve a durar tres latidos. Como si su corazón se riera con ella.

—Esta parece tu prisión. Bueno, okey, ¿qué haces aquí?

—Pues, aparentemente, ser cómplice de hurtos menores.

—Bien —responde en un tono final insinuante—, entonces esta no es la primera vez que ayudas a alguien a robar.

Las puertas del elevador se abren, pero ni Hikari ni yo hacemos ademán de movernos.

Como ya le he contado, me gusta observar a la gente, pero a veces me cuesta hablarles. Cuando, como yo, llevas viviendo tanto tiempo en el mismo lugar, descubres que la gente no sabe qué decirle a alguien si cree que ese alguien se está muriendo. Las personas se sienten incómodas con la gente enferma, por lo que fingen que la enfermedad es invisible. Evitan esa verdad que nadie quiere oír, tan descaradamente, que se nota que no pueden pensar en otra cosa que no sea eso. De forma no intencionada, crean una distancia por comodidad.

Pero no todo el mundo se ciñe a ese patrón. Hikari cree que me estoy muriendo. Eso lo tengo claro. De lo contrario, no necesitaría a una persona que hiciera de guía a la que, por cierto, han convencido para ayudarla a cometer un crimen. Y, sin embargo, Hikari se empeña en acortar la distancia que intento crear entre ella y yo. Con su curiosidad, su tono burlón, su bella imagen y, sobre todo, su lenguaje.

—No eres de ese tipo de personas que hablan mucho, ¿verdad, Sam?

Maldición. Otra vez ese embobamiento al mirarla.

—Emm, lo-lo siento.

—¿Por qué lo sientes? —pregunta.

Salimos del elevador a la planta baja y se detiene para ver el patio. La luz atraviesa el techo acristalado. Cuando me mira de nuevo, vuelvo a comprobar cómo esa sonrisa juguetona se adueña de su cara.

—Soy tan buena en eso de hacer plática que valgo por ti y por mí; pero en realidad es bastante adorable que sientas nervios.

Me arde la cara y, de repente, no puedo hilar ni una sola sílaba, y mucho menos una frase con la que responder.

Hikari sonríe.

—Hay una biblioteca aquí, ¿verdad?

Asiento con la cabeza y, como tengo la certeza de que no sabré qué quiere hacer hasta que lleguemos, la guío hasta allí. La biblioteca es diferente al patio: está más aislada, es menos médica, menos imprescindible. Es donde los pacientes pueden venir a leer en las sillas aterciopeladas; y encontrar pequeños mundos a los cuales escapar.

—¿Disculpe? No consigo encontrar este libro —le dice Hikari a la voluntaria al otro lado del mostrador. Menciona un título y un autor al azar, así que puede que los haya inventado—. ¿Cree que podría ayudarme?

La voluntaria asiente secamente y dice que mirará en el almacén.

—No creo que sacar un libro de la biblioteca cuente como robar, a menos que tengas la intención de no devolverlo nunca —susurro.

Hikari arquea una ceja.

—¿Por qué roban, Sam? ¿Tú y tus ladrones?

—No preguntes eso.

—¿Por qué no?

—Porque no creo en razones.

—¿Por qué no?

Entrecierro los ojos. Es incapaz de contenerse cuando se trata de provocarme.

—Hicimos una Lista Negra —le digo—. Y robamos para ir cumpliéndola.

Hikari me descubre mirando por encima de su hombro.

—¿Despejado?

—¿Eh?

Entonces me doy cuenta de que no era el libro lo que Hikari tenía en su punto de mira. Sin vacilar, salta al otro lado del mostrador. Me quedo con la boca abierta y estiro frenéticamente el cuello de lado a lado para asegurarme de que nadie esté mirando.

—Pero ¿qué...?

Sin preocuparse, Hikari se pone a desmontar el sacapuntas eléctrico de la recepción y usa un bolígrafo para sacar la pieza que corta. Su maniobra produce un ruido como de cristal roto que me hace estremecer. Hikari lo sostiene a la luz, probando la autenticidad de la hoja, pero frunce el ceño al darse cuenta de que aún está unida a parte del plástico por unos tornillos.

—Está volviendo —susurro. Hikari no se molesta ni en mirar. Toma unas cuantas hojas de papel y un lápiz ocultando su botín debajo de ellos. Luego salta hasta el otro lado del mostrador agarrándome de la manga de la camisa para arrastrarme con ella.

Entro en pánico. Todos y cada uno de los nervios de mi cuerpo están en guardia. La distancia finita que queda entre su piel y la mía es tan pequeña que prácticamente puedo sentir el calor que irradia bajo sus vendajes.

—Date prisa. —Hikari se ríe. Me suelta, me guiña un ojo y echa a correr conmigo como su sombra.

Observo los papeles que sostiene firmemente, pero sin arrugar.

—¿Eres artista?

—Algo así —dice girando la cabeza y riéndose al ver cómo la voluntaria mira a su alrededor para saber adónde hemos ido. Ocupa uno de los elevadores vacíos, bloqueando la puerta con el pie para que pueda alcanzarla. Una vez que las puertas se cierran, echa la cabeza hacia atrás, dejando al descubierto toda su garganta. Una cicatriz que no puedo evitar apreciar se asoma desde su cuello mientras busca aliento.

—¿Una Lista Negra?

—¿Cómo?

—Antes dijiste que habían hecho una Lista Negra —repite Hikari suavizando su mirada esta vez. Sus ojos están ahora diluidos en un color más oscuro, como si una oleada de comodidad y cansancio la hubiera golpeado.

—Para matar a nuestros enemigos —le digo.

—Qué poético.

—¿Apruebas robar porque es poético?

Hikari sonríe. Una sonrisa contagiosa que, ladrona, intenta robar también mis labios sin éxito.

—No hay nada más humano que el pecado —dice encogiéndose de hombros—. Bueno, ¿dónde puedo encontrar un desarmador, mi cómplice?

Que diga que soy algo suyo hace que se me ruboricen de nuevo las mejillas y que vuelva a tartamudear.

—¿P-para qué necesitas un desarmador?

—Pensaba que no creías en razones.

No puedo evitar acompañar mi resoplido de una leve risa. Sacudo la cabeza para disiparla. Rara vez sonrío, ni siquiera con mis ladrones, pero incluso este miedo que no puedo explicar carece de poder en comparación con ella.

Llegamos al piso en el que se encuentra su habitación. Durante todo el camino, la distancia que nos separa se convierte en un juego.

De los numerosos empleados de mantenimiento que hay en el hospital, hay uno que siempre deja su bolsa de herramientas desatendida. Es el mismo que, pese haberse caído varias veces de una escalera de mano defectuosa, aún no ha aprendido la lección. Hikari y yo nos asomamos al cuarto de suministros en el que yo sabía que se encontraría. Está arreglando un foco a nuestras espaldas, tambaleándose mientras la escalera amenaza con fallar de nuevo.

Apoyo un dedo sobre mis labios. Hikari asiente y me observa entrar en el cuarto. Las herramientas están esparcidas fuera de la bolsa, y hay un desarmador en la esquina. Lo agarro tan rápido como puedo, pero luego la escalera se dobla. El empleado de mantenimiento se cae al suelo y por poco me aplasta.

—¡Eh! —grita. Salto sobre él mientras Hikari chilla y cierra la puerta detrás de mí, antes de echarnos a correr de nuevo.

—Me estabas ocultando tus habilidades. —Hikari se grita.

—Esto no lo había hecho nunca.

—¿Nunca robas?

—Nunca corro.

—Bueno. —Hikari respira—. Para mí sí que corriste. La luz del pasillo nos ilumina y llega un grupo de médicos que nos interrumpe. Pasan corriendo. Los residentes, renacuajos de la alberca de entrenamiento, van siguiendo a su adjunto. Hikari y yo retrocedemos contra la pared como coches que se apartan con la llegada de una ambulancia. Las batas blancas de los médicos pasan como una oleada; dos enfermeras van en la retaguardia: una lleva un estetoscopio colgado del cuello, la otra está mirando su bíper. Sus expresiones son ilegibles, esto también forma parte de su entrenamiento.

Hikari sigue al equipo con mirada preocupada. Yo no me molesto en hacerlo. El paciente al que atienden está en su propio limbo y nuestro desasosiego no hará nada por él.

Hikari no se relaja ni siquiera una vez que los perdemos de vista. La rapidez con la que reanudo nuestra huida, como si nada hubiera pasado, la descoloca más de lo esperado.

—Llevas toda la vida viviendo aquí, ¿verdad? —Esta vuelve a ser una pregunta a medias. En esta ocasión, en realidad, la suposición es innegable dados los hechos. Como he dicho antes, veo siempre las mismas cosas, día tras día. La constante repetición nutre la apatía. Y yo le hago el mismo caso a los médicos del que tú le harías a un soplo de aire.

—Puede que *vida* no sea el término más adecuado para describir esto —respondo.

Por fin se da cuenta, entiende que puede que yo no sea exactamente como el resto de los pacientes u otras personas que haya conocido en su vida. El narrador siempre conforma el paisaje de una historia de forma natural, hasta que nos paramos a mirarlo más detenidamente.

—¿Quién eres, Sam? —pregunta y, cuando lo hace, en sus ojos bailan destellos amarillos—. Algo me dice que eres más que una persona desconocida que me resulta familiar.

Imagina mirar a una persona y ver en ella a alguien que conociste en el pasado. Pregúntate, entonces, si crees en la reencarnación. Pregúntate si crees que es posible que un alma nunca muera del todo; ¿reside ahora esa alma en otro cuerpo?, ¿en otra mente, otra vida, otra realidad...? Si tu respuesta es sí, te lo tengo que preguntar: ¿qué es aquello que hace real a alguien?

¿Real significa poder tocarlo?, ¿sentir el palpable calor que emana?, ¿sentir la textura de su piel?, ¿o el ritmo palpitante de sus venas? O ¿acaso alguien es real cuando pronunciamos su nombre en voz alta? Cuando un aire que antes estaba vacío, se llena con el respirar de cada letra.

Hikari se acerca y un antiguo miedo que conozco muy bien, envuelve sus garras alrededor de mis hombros.

Puede que para ti no tenga sentido, pero hasta ahora solo había conocido a una persona que podría compararse con la luz que ella emana. Lo que más me cautiva es que podría incluso parecerse a él, actuar como él.

Él está muerto. Es un fantasma, como también lo es lo que compartimos. Así que no los comparo. Solo comparo lo que son. Y a veces el sol brilla tanto, que te obliga a mirar hacia otro lado.

El miedo me invade de la misma forma en la que lo hizo cuando percibí su color en ese puente. Ese miedo que al oído me susurra cuáles son las reglas del juego: si ella es lo que yo creo que es, no debo, bajo ninguna circunstancia, real o imaginada, pronunciar su nombre. Por mucho que sienta la tentación de hacerlo, por muchas invitaciones que reciba por su parte, por mucho que nos acostumbremos a acompañarnos... nunca debo acortar la distancia que nos separa. No debo permitir que ella sea real.

—Yo soy...

—¡Hikari! —Su semblante cae. Por el pasillo se acercan, a grandes zancadas, un hombre y una mujer con pases de visitante.

—Lo siento, persona desconocida —suspira Hikari—, se acabó la diversión.

—Yo me encargo —digo. Hikari mira confundida mis palmas extendidas—. Les diré que ha sido mi culpa, que yo he robado esto. De una forma u otra, soy cómplice, así que qué más da que confiese.

—Estás jugando a que este es un cuento en el que me salvas, ¿verdad? —Hikari desliza el material robado en su bolsillo, y usa los papeles para ocultar el desarmador y el sacapuntas—. No te preocupes, un día tendrás la oportunidad de robar para mí de nuevo.

—¡Hikari! —comienza su madre. La preocupación crispa su rostro por completo, y el regaño sale a borbotones por su boca en un idioma que no entiendo. Hikari no dice nada. Ni siquiera parece importarle que le estén gritando.

Sin embargo, cuando su madre se dirige hacia mí frunciendo el ceño con más fuerza, Hikari se coloca justo delante y, saliendo en mi defensa con los brazos en cruz, contesta a su madre. Ojalá pudiera seguirla cuando se la lleva de la mano.

Cuanto más la alejan de mí, más intensamente me asalta un pensamiento: a medida que Hikari conozca este lugar y se vuelva parte de ella, más se dará cuenta de las verdades que solo nuestros asesinos pueden enseñarle. La verdad es que da igual lo que robemos, las noches son largas, y un día se transforma en un espejismo, uno tan real como las propias razones.

—¡Sam!

Sony no siempre necesita la oxigenoterapia. Su único pulmón funciona eficazmente, pero está claro que, supuestamente, no debe correr. Bajo ninguna circunstancia. Por eso, cuando ella y C vienen corriendo por el pasillo sin nadie siguiéndolos en silla de ruedas, se me cae el mundo encima.

—¿Por qué no están en sus habitaciones?

—Es Neo —dice Sony—. Va a entrar en quirófano antes de tiempo.

—¿Qué?

—Sus padres están aquí —agrega C, y sabemos que, si no nos damos la suficiente prisa, será un desastre.

3
Resiliencia

Tres años atrás

Hoy ha ingresado un chico en el hospital. Es malo, está flaco. Su cara está inundada por un sarpullido rosa en forma de mariposa cuyas alas besan su nariz.

Acuna una caja de cartón en sus brazos. Se detiene en la puerta de su nueva habitación. La que antes pertenecía a otra persona. El no saber en qué estado la dejó su antiguo dueño hace que su paso sea vacilante.

Finalmente, se acomoda en la cama, todo lo bien que uno se puede acomodar en una cama que aún no es suya. Las piernas le cuelgan del borde, los zapatos pesan sobre sus tobillos como bloques de cemento soldados a un par de palos.

—Deberías intentar hacer amigos, Neo. —La madre de Neo busca a tientas la cruz que cuelga en su cuello. Está de pie en una esquina, lo más lejos posible de él. Siente un estrés desbocado, una especie de preocupación intangible por su hijo que la distancia de él.

—Vamos, hijo. —Su padre es un hombre más alto, de brazos corpulentos y voz profunda, todo lo contrario a Neo. Parece uno de esos tipos chapados a la antigua que se quejan del Gobierno—. Que tengas que quedarte aquí por un tiempo no significa que no puedas conocer gente nueva. Seguro que tu perspectiva cambia una vez que regreses a la escuela. Saca la cabeza de esos libros, ¿okey?

—Esto es un hospital, papá —dice Neo—. Las pocas personas a las que conoceré no estarán aquí mucho tiempo.

Hasta aquí escucho.

Mi puesto está hoy en la estación de enfermería, que resulta estar justo enfrente de su habitación. Como es nuevo, las persianas no están bajadas y la puerta está abierta. Cuando ocurren estas cosas, mi curiosidad aprovecha la oportunidad para sentarse en primera fila.

Eric se da cuenta.

—¿Te has ido a presentar? —pregunta mientras repasa gráficos, marca casillas (y hace lo que quiera que se dedique a hacer Eric normalmente).

Niego con la cabeza a modo de respuesta.

—¿Por qué no le llevas la bandeja con la cena? —Señala el carrito—. Entabla una conversación.

—¿Una conversación?

—Sí, una conversación.

—No sé cómo se hace eso.

—Probablemente, él sí lo sepa.

—¿Estás intentando deshacerte de mí?

—Efectivamente. Tengo trabajo que hacer, y tú hace horas que no te mueves. Así que, andando. —El bolígrafo de Eric es un arma poderosa. Me golpea la frente, implacable. Aunque Eric tiene razón en una cosa: no me he movido en todo el día.

Médicos, pacientes, enfermeras y técnicos caminan por este pasillo durante todo el día. Yo los observo desde detrás del escritorio como un percebe pegado al casco de un barco. De hecho, me paso la vida observando a la gente desde diferentes cascos por todo el hospital. La mayoría de los momentos que presencio son fugaces, unos segundos de emoción de los que alimentarse hasta que los pacientes, los visitantes o los extraños se van. Esos momentos sacian mi curiosidad mientras espero a que pase algo más.

Pero hay algo diferente en Neo. Él es discreto y su silencio alimenta mi curiosidad. Así que, sobre las siete, cuando sus padres se han marchado, le llevo la cena.

Ahora está solo.

Por lo que parece, y pese a estar a solas, el silencio de Neo solo es de cara al exterior.

La caja de cartón, ahora vacía, vigila la habitación desde el otro lado de la puerta. Los papeles están esparcidos sobre su cama y las sábanas sumergidas en un mar de líneas entintadas.

Es un barco que escribe a la velocidad del viento, sin pausa, mientras la pluma baila sobre las olas. Tiene un libro apoyado en su regazo. Un libro que aporta unidad a la habitación, que le da un toque de color. El título, *Grandes esperanzas*, está escrito en negrita sobre una portada de bordes desgastados.

Neo no se da cuenta de la impresión que esto me provoca al principio. Se limita a mirar en mi dirección. Luego, al darse cuenta de que no tengo pinta de ser alguien del personal, mira por segunda vez.

—¿Qué estás haciendo? —pregunta en tono de sospecha.

—Eric me dijo que te trajera tu bandeja.

Neo entrecierra los ojos. Dirige una mirada a la bandeja y luego vuelve a mí.

—¿Te han enviado mis padres?

Uf. Por un momento pensé que le preocupaba que lo fuera a envenenar. Por su tono, deduzco que preferiría eso a que sus padres me hubieran enviado allí.

—No, me envía Eric. —Hago un gesto hacia la comida para ofrecérsela—. Tu bandeja.

Neo no me dice nada más. Simplemente, deja la bandeja en la mesita de noche y regresa a su océano. Antes de irme, me fijo en un fragmento de línea en la parte superior de la página:

> Los humanos tienen un don para la autodestrucción. Solo aquellos que amamos las cosas rotas sabremos por qué.

Neo cubre rápidamente esa hoja con otras y me lanza una mirada hostil. Mi curiosidad no es bienvenida. Inclino la cabeza a modo de disculpa y doy media vuelta, dejando a Neo entre palabras y libros.

A pesar de su actitud, me marcho con cierta satisfacción. Porque Neo no es un chico silencioso. En absoluto.

Neo es escritor.

Durante las noches de la siguiente semana, le llevo la comida a Neo. Cada vez robo un detalle de su personalidad. No se cepilla el cabello. Sus manos están siempre impecablemente limpias, y sus dedos son largos y delgados. Su ropa es una talla más grande, le cuelga alrededor de los brazos y nunca es de un tono más vivo que el gris. Le gustan las manzanas, las come a todas horas.

Escupe sus pastillas. Le entra ansiedad cuando su padre está de visita. Se estremece ante su más mínimo movimiento. Cuando es su madre la que viene, está tranquilo. Si sus padres vienen juntos, se pone triste.

A Neo se le cae el bolígrafo a veces. Suele llevar la mano a su brazo, y aprieta el pulgar y el índice alrededor de su muñeca como si fuera una cuerda. Aprieta hasta que sus nudillos se ponen blancos, como si quisiera hacer que el hueso se volviera más pequeño.

A medida que se suceden las noches, me vuelvo más audaz. Empiezo a robar sus obras. Verás, Neo y yo apenas intercambiamos palabra alguna. Él nunca dice «gracias» y yo nunca digo «de nada». Nuestra comunicación consiste en una mínima transferencia básica y un par de miradas entre frase y frase.

«La destrucción es adictiva —escribe—. Cuanto más soy, menos quiero ser. Cuanto menos soy, en menos me quiero convertir».

Esa línea en particular se entretiene en mi cabeza. Ocupa espacio.

Me paseo por una sala contigua mientras reflexiono al respecto.

Justo cuando giro sobre mis talones para cambiar de dirección, choco con el pecho de Neo y lo que sostenía entre sus manos se estrella contra el suelo. Es una bandeja que me es muy familiar, una llena de comida que he dejado en su habitación hace apenas media hora.

Neo se queda ahí parado durante un instante. El plato que había se ha volcado, el vaso de gelatina se ha partido, y se ha derramado toda el agua. Resopla al contemplar el desastre. Se me hace raro verlo aquí, ya que me he acostumbrado a que haya un mar de literatura a su alrededor.

—Déjalo así —dice arrodillándose. Los pantalones se arrugan alrededor de sus delgados y enfermizos muslos. Me pregunto cómo consiguen tan siquiera ayudarle a mantenerse en pie.

Yo también me agacho y le ayudo a recoger.

—¿Tanto complejo de persona salvadora tienes? —se burla Neo.

—No —respondo—, pero creo que tienes un trastorno alimentario.

Neo empalidece. Su mirada está fija en mí mientras se incorpora.

Se ha quedado de piedra.

Parpadeo ante el silencio y el mínimo espacio que nos separa. Hasta ahora, nunca me había fijado en lo mucho que sobresalen sus pómulos, ni en la intensidad que tiñe sus ojos cuando la emoción los atraviesa.

—Cada vez que te traigo la bandeja y vuelvo a buscarla, solo falta la mitad de la comida y la envoltura del plástico —le explico mientras coloco el vaso de agua vacío a la izquierda y el vaso de gelatina partido a la derecha—. Supongo que con eso envuelves la comida antes de tirarla por el inodoro. Si hubieras estado vomitando, tus médicos ya se habrían dado cuenta.

Colocamos el plato en el centro de la bandeja; las servilletas absorben todo el líquido. Finalmente, me encuentro con la mirada de Neo, que sigue fija en mí. Sin embargo, esta vez, diría que sus ojos no denotan confusión, sino pánico.

Tomo la bandeja y se la extiendo torpemente, tratando de devolver algo de liviandad a nuestra relación, y le pregunto:

—¿Estás bien?

Neo no responde ni acepta la bandeja. Su rostro se retuerce, sus dientes se aprietan con la fuerza de piedras de molienda.

Sujeta una de las esquinas de la bandeja hasta volcar todo su contenido, que choca nuevamente contra las baldosas. Luego se marcha y me deja recogiendo de nuevo el desastre. Esta vez, lo hago sin él.

Esa noche, pese a nuestro encontronazo, le llevo la cena a Neo.

No está escribiendo. Ha disminuido su ira, pero se muerde las uñas, gira el bolígrafo y va dando golpecitos con los dedos sobre las superficies, igual que su madre.

—¿Se lo has contado a alguien? —pregunta.

Le dejo la bandeja en la mesita de noche y niego con la cabeza.

Entrecierra sus ojos, inquisitivo.

—¿Por qué no? ¿Qué quieres?

—No sé muy bien lo que quiero —le respondo—, pero no se me da bien hablar. Así que no, no se lo he contado a nadie.

—¿Eres autista o algo así?

—No.

—Entonces, ¿solo se trata de rarezas tuyas?

—Sí, eso ya me lo han dicho antes. Pero no es que tú seas tampoco muy bueno con las palabras. —Neo frunce el ceño, esperando a que siga. Mis insultos vienen en dos tandas—. Eres malo —continúo—. Las cosas que me dices no me gustan.

—Largo de aquí, bicho raro —murmura. Destapa el bolígrafo con los dientes y lo sumerge en su océano, haciéndole caso omiso al plato de comida.

Me fijo mejor en su cuerpo. La ropa que lleva es holgada, pero no oculta tanto como él cree. Tiene la piel más grisácea, el cuello y los tobillos son considerablemente más huesudos de lo que eran cuando llegó. Aún no se ha marchado porque no está mejorando, sino todo lo contrario.

Tengo la sensación de que solo Neo y yo conocemos esta parte de él.

Es un secreto.

Los secretos vuelven a la gente vulnerable. La vulnerabilidad es una fuerza que aísla, que aleja a la gente.

—Me gusta lo que escribes —digo con la mano en la perilla de la puerta. Neo me mira fugazmente y, por un momento, creo que por fin ha bajado la guardia—. Tus escritos suenan como a música.

Al día siguiente, cuando le dejo la bandeja a Neo, este no levanta la vista. Sin embargo, me tiende algo.

—¿Un libro? —pregunto.

La portada, cubierta de azules y dorados, tiene dibujados un par de ojos que me sostienen la mirada. En letras finas y elegantes está escrito: *El gran Gatsby*.

—Sí —dice Neo—. Léelo.

—Okey.

Camino hasta la esquina de la habitación y me siento en la silla, abriendo el libro en la primera página.

—Pero ¿qué...? ¡Aquí no!

Había olvidado que a Neo no le gusta la compañía. Su vulnerabilidad se estremece ante la idea de que me quede allí. Así que leo por mi cuenta. En el pasillo. En la sala de espera. En las salas de estar de los médicos. En los jardines. Leo allá donde puedo hasta que las páginas que me quedan se vuelven menos que las que he leído.

—¿Ya casi has terminado? —pregunta Neo entrando a la sala de enfermería.

—Ajá —asiento desde el otro lado del escritorio. Los tórridos asuntos de Gatsby me han cautivado.

Neo no dice nada más. Coloca otro libro frente a mí. Este es *El señor de las moscas*. Es un poco más corto. En la portada hay un cerdo sangrando por los ojos. Tardo un día en acabarlo. Le devuelvo ambos libros esa misma noche.

—Este no me gustó —le digo.

Neo arquea una ceja sosteniendo una manzana en su mano.

—¿Por qué no?

—No me gusta la violencia.

—No es violencia real —dice metiendo los libros de nuevo en la caja.

—Parece real.

—Bicho raro —refunfuña Neo. Toma otro libro y me lo entrega. Este se llama *Cumbres borrascosas*. En la portada hay una casa antigua; también hay una mujer y un hombre ocupando el primer plano bajo un cielo lúgubre.

Hay tantos libros por leer, que mi curiosidad se vuelve irrevocablemente insaciable, y se pregunta cómo serán todas esas hermosas líneas que escribe Neo, ¿qué historias evocará su mente?

—¿Podría leer algo tuyo?

—No. Vete.

Así que eso hago, me marcho a leer *Cumbres borrascosas*.

A la mañana siguiente, corro ardiente en ganas de contarle a Neo lo increíble que es esta historia. Deseando explicarle que ha sido mi favorita hasta ahora, que no conseguía parar de leer. Que, a pesar de la violencia, es una obra maestra. Corro a su habitación, sin la bandeja esta vez.

—¡Creía que esto ya estaba superado!

Derrapo hasta detenerme antes de llegar a la puerta. Está cerrada, pero las voces sangran a través de las paredes.

—Cariño —dice la madre de Neo. A través de la cortina, veo cómo le aprieta el codo a su marido para que se relaje—. Cálmate.

—No salgas en su defensa —dice su padre. Solo que no lo dice, más bien lo escupe. Arruga varios papeles en su puño, papeles que reconozco, mientras su madre sostiene la cruz alrededor de su cuello. Él empieza a romper las historias de su hijo en pedazos, con él de testigo.

—Está bien, estás confundido. Eres joven. No te culpo —dice acercándose a la cama con pasos silenciosos y amenazantes. Alza en sus manos los restos de los papeles y los arroja a los pies de Neo—. Pero no quiero volver a encontrar esta basura de nuevo, ¿está claro?

No escucho nada más. Solo veo a Neo mirando por la ventana. Su semblante inerte. Solo el índice y el pulgar se mueven, apretando ese lazo imaginario alrededor de su muñeca.

Esa noche no llevo *Cumbres borrascosas* cuando llego con la comida de Neo. Deposito la bandeja sobre la mesilla y veo el desastre. La caja de cartón está tirada en el suelo. No queda ningún libro, salvo *Grandes esperanzas* acurrucado en los brazos de Neo.

—No es lunes —dice Neo. Su voz, mojada en la parte posterior de su garganta, suena exhausta. Toma la manzana del plato.

Los lunes hay manzanas.

—Creo que las manzanas crecen cualquier día de la semana.

—Gracias —dice Neo, aunque no le da un mordisco.

No le pregunto por los pedazos de papel triturado esparcidos por el suelo, ni tampoco por el bolígrafo roto que rezuma tinta. No le pregunto qué ha sido de los libros, y él no me pregunta por *Cumbres borrascosas*.

—¿Hay televisores en este sitio?

Asiento con la cabeza.

—¿Quieres ver algo?

Neo se encoge de hombros.

—Bueno.

El derecho a ver la televisión es un bien codiciado al que los niños del hospital pueden optar solamente cuando no hay nadie más interesado. Sin embargo, la generosidad de Eric (y sus desesperados intentos por que lo dejemos en paz) hace posible que consigamos el control remoto.

Neo y yo vemos películas durante toda la noche. Él mastica su manzana y la escupe a la basura cuando cree que no estoy mirando. Fuera de la habitación, distraído, parece encontrarse más a gusto. Si algo bueno tienen los libros y las películas, es que tienen la capacidad de hacerte olvidar durante un rato.

Y olvidar es parte fundamental del duelo.

Cuando a la mañana siguiente veo a Neo, deposito una copia de *El gran Gatsby* en la caja de cartón, que empujo bajo su cama.

Su ya típica ceja de sospecha se arquea.

—Ese no te lo he dado yo.

—Lo tomé de la biblioteca.

—¿Lo has robado?

—Supongo que sí.

—Bicho raro.

—¿Ahora me dejas leer tus historias?

—Yo no escribo historias.

Giro la cabeza hacia él. Nunca una frase de Neo me ha roto tanto el corazón como esta.

La pena que siento me oprime de repente las entrañas. Los textos de Neo son algo muy valioso para mí, aunque no los haya escrito yo. Y son otro de nuestros secretos. Una vez leí en una de las esquinitas de sus páginas:

El papel, mi corazón. Las plumas, mis venas. Devuelven palabras que robo, sangre para pintar una escena.

Si eso es cierto, del corazón de Neo no queda más que un cementerio. Se encuentra en una pila de escombros en el suelo de su dormitorio, como la silueta de un cadáver. No se ha molestado en recoger los pedazos de papel del suelo. Sabe que, si lo hace, su corazón solo se romperá de nuevo.

El padre de Neo es una persona que arrasa con todo, pero ya no le queda nada más que usurpar. Cuando viene de visita él solo, Neo nunca sale ileso. La primera vez, fue un hematoma de color verde botella y sombras moradas. Cuando Eric le preguntó qué había pasado, Neo le dijo que se había caído en el baño. La segunda vez, son gotas de sangre que salpican su nuca. Se le ha caído parte del cabello o, más bien, se lo han arrancado.

Y ha habido más incidentes, pero nunca hablamos de ellos.

Así es que, cada día, le llevo manzanas, y cada día se las come hasta solamente dejar el corazón. Por la noche, vemos películas. Por la tarde, vamos a la biblioteca. Dice que está aprendiendo francés, así que yo le ayudo cuando el tiempo lo permite.

Hay días en los que no podemos hacer ninguna de las dos cosas. Hay días en los que el dolor azota sin previo aviso y su cuerpo se rechaza a sí mismo, como si estuviera viviendo una guerra civil agresiva.

Hay días en los que siento que lo pierdo. Esos días son los peores.

A veces, los ataques son especialmente malos: su piel se vuelve cérea y el sudor empapa las sábanas. Neo aprieta los puños y jadea acostado boca arriba. Durante sus peores días, acerco una silla a la cama y me siento a su lado. Presiono las yemas de mis dedos contra sus nudillos. No puedo hacer mucho por él. Pero puedo ser otro cuerpo, otra alma, para que sepa que no está solo.

El peor de los peores días llega cuando Neo estaba, supuestamente, lo suficientemente bien como para volver a casa durante algunas semanas. Regresa a través del servicio de urgencias. Su rostro está magullado de la frente a la barbilla por un lado, como si lo hubieran empujado contra algo. Tiene los dos huesos de una de las muñecas rotos a la mitad, y no puede mover la columna durante casi todo un mes.

—Neo —susurro—. ¿Se lo has contado a alguien?

—No fue él —dice.

—Tienes la muñeca rota, y tu espalda...

—No fue él —me espeta regresando a su silencio—. Solo déjame en paz.

No me voy. Me uno a él en silencio. Pero no se me escapa la lágrima que escurre por su rostro.

Los peores días finalmente llegan a su fin. Neo consigue sentarse erguido cuando empieza a hacer buen tiempo. No escupe las pastillas con tanta frecuencia. Empieza a comer más. Y, pese a que le toma algunos meses, finalmente considera volver a escribir.

Está claro que hay algo que me apetece mucho hacer. Robo algunos bolígrafos de la estación de Eric y pido unos cuadernos. Eric acaba accediendo, ya que no dejo de dar lata. Vuelve con cuadernitos de raya de cincuenta centavos hechos de cartón y hojas delgadas. Al llegar a la habitación de Neo, los lanzo en la caja de cartón lo suficientemente fuerte como para que se dé cuenta. Nos ponemos a hablar de nuestras lecturas y yo hago ruidos: mi pie empuja inocentemente la caja hacia delante y hacia atrás. A Neo no le pasan por alto mis intentos de llamar la atención sobre los objetos que hay dentro. De hecho, hace todo lo posible por ignorarlos. Solo se detiene a mirarlos cuando coloco uno de los cuadernitos directamente en su regazo.

Es difícil ignorar lo que amas, incluso cuando su existencia es tan temporal como lo que odias.

Neo roza el borde del cuadernito con cautela, como si de su interior emanara un calor palpable. Las páginas en blanco lo intimidan. Hace mucho que no se encuentran cara a cara. Una vez que deja que el peso del bolígrafo se asiente en la palma de su mano y se arma de valor para apoyarlo sobre el papel, empieza a recrear su océano. Gota a gota.

Ahora escribe todos los días. En momentos diversos. En superficies diversas. Ambos vemos películas en la tableta de Eric por la noche y leemos durante el día. Toma notas en los márgenes de los libros y para la película y echa mano del papel cuando se le ocurre una idea.

Cuando tiene fuerzas suficientes, paseamos. Nos tumbamos en los jardines para tomar el aire cuando está fresco. En una mañana en la que el dolor apremia, se pone a escribir en las mangas de mi camiseta y en la pernera de sus pantalones. Juntos, escondemos sus historias. Le llevo comida y, siempre que vienen sus padres, me pasa la caja. De verdad que hay veces en las que, cuando vuelvo con ella en la mano, en su cara se ilumina una sonrisa.

Esta noche, las cosas cambian.

Esta noche, nuestra rutina se rompe. Hoy voy a ver a Neo, bandeja en mano. De camino a su habitación, robo una manzana de la cesta de la cafetería. Desafortunadamente, al abrir la puerta, veo que no está solo.

—Si vuelves a obtener estos resultados otra vez, te llevamos a casa. Me da igual si tengo que meterte la comida por la garganta con un embudo.

El padre de Neo deja de hablar en el momento preciso en el que yo entro a la habitación. Está de pie junto a la cama de su hijo, con los papeles apretados en un puño; esta vez son análisis de sangre. Se cierne sobre Neo, pero este no se inmuta. Deja que su cabeza cuelgue, como resignándose a que lo que sea que se cruce en su camino será, y ya está.

—Perdón, tendría que haber llamado —murmuro pegando la barbilla a mi pecho. Neo se sienta; la mitad inferior de su cuerpo está cubierta por la sábana. Su rostro, tan abatido como el mío. El cabello le cubre los ojos. Está apretándose la muñeca con el pulgar y el índice.

—No hay problema —dice su padre amablemente. Me hace avanzar con un gesto y señala la bandeja—. Puedes dejarla.

Este hombre no me asusta, pero una de mis reglas es no interferir nunca. No puedo romperla pero, pese a que hay muchos momentos en los que me gustaría poder hacerlo, nunca he tenido tantas ganas como ahora.

El padre de Neo pasa por alto, o no le importa, el dolor que tiñe los labios de su hijo cuando dejo la bandeja. Lo mira fijamente. No lo hace con odio, ni con afán de ridiculizarle, sino con expectación. Finalmente, se limita a asentir para darle ánimos.

Va a quedarse mirando cómo come. Porque los trastornos alimentarios no tienen que ver con la vanidad, sino con el control. Y él quiere acabar con lo poco que quede de ello.

Cuando la puerta se cierra detrás de mí, no puedo soportar la idea de marcharme. Me acerco a la estación de enfermería y espero. Más de una hora. Espero y sigo esperando, hasta que los relojes se burlan de mí y avanzan lento a favor del tiempo. Espero hasta que, por fin, el padre de Neo se marcha. Espero hasta que se pone el abrigo, desaparece por el pasillo y se mete en el elevador.

Entonces corro.

Abro la puerta de golpe. Neo no está en su cama. La habitación está sumida en la oscuridad y las sábanas deshechas, tiradas a un lado. Esta vez no hay libros desgarrados ni páginas hechas trizas. Solamente queda la bandeja, esa bandeja cuyo peso he acabado memorizando. Está boca abajo en el suelo, igual que el día que Neo la tiró en un ataque de ira. Solo que, esta vez, está vacía.

Por debajo de la puerta del baño no solo se cuela la luz, sino también sonidos de arcadas hacia los que voy avanzando con la garganta llena de miedo. Al otro lado de la puerta no hay un niño sentado, sino solamente una fracción de este.

Ahí está Neo, aplastado contra la pared, con las comisuras de la boca manchadas de vómito. Sus lágrimas caen de unos ojos inyectados en sangre. La realidad de lo vivido envía constantes espasmos a su pecho; esto nunca tendría que haber llegado tan lejos.

Se jala el cabello, las palmas de la mano le cubren los ojos. Se golpea la cabeza contra la pared y empuja todo su cuerpo contra ella como si quisiera que esta pudiera absorber su cuerpo. Como si quisiera desaparecer.

La vulnerabilidad anhela el aislamiento porque es el lugar donde la desesperación llora tranquila.

Al principio se resiste. Cuando me arrodillo para estar a su altura, me empuja con los puños cerrados y gime. No digo nada. Solo le ofrezco mis brazos y mi tranquilidad a la espera de que sea suficiente para alejar su miedo. Solo espero que con eso baste, y él se derrumba y llora en mi hombro.

—Lo odio, lo odio con todas mis fuerzas —dice jadeando en busca de aire. Mi palma dibuja ritmos lentos sobre su columna para guiar su respiración.

—Solo me quiere porque está obligado a hacerlo —solloza Neo—. Eso es peor que odiar a alguien. Él sabe que nunca seré quien quiere que sea. Yo no soy nadie en esa casa. Sabe que prefiero morir aquí antes que ser la persona en la que me quiere convertir. Yo no soy nadie en esa casa. ¡Allí no hay nada para mí!

Su voz es un coro de notas ásperas; su ira está estallando. La vida de Neo no era suya, ni siquiera antes de enfermar. Nunca lo fue. Los sollozos húmedos muestran un dolor bajo la superficie, el dolor de darse cuenta de que tal vez, de hecho, su vida nunca le pertenezca.

—No soy nada —dice sin aire, cual fantasma. Creyéndose cada palabra.

—No es verdad que no eres nada.

—Prefiero no ser nada que odiarme a mí mismo.

Los poemas y páginas destrozadas de Neo duelen como extremidades fantasmas. Se muerde el labio para contener un gemido, un grito de dolor por esas inexistentes extensiones propias. Un llanto por el chico que su padre nunca lo dejará ser.

—Yo solía creer en Dios, ¿sabes? —dice—. Él me hace odiar a Dios.

El amor y el odio no son intercambiables. No significan lo mismo, pero tampoco son términos opuestos. Si fuera un médico o un enfermero quien le estuviera provocando este dolor y humillación, no le importaría. En absoluto. Ellos no tienen cabida en su vida más allá de pertenecer a momentos fugaces. Su padre sí es un animal poderoso en ese sentido. Quiere a Neo, y Neo lo quiere a él también. Incluso aunque solo sea por obligación. El amor concede a las personas la capacidad de ser peligrosas. Que alguien con quien compartes un vínculo de ese tipo te haga daño es agotador: es como una aguja bajo la piel o un cuchillo clavado en las costillas.

El odio es una elección. El amor no.

No hay nada que esté tan fuera de nuestro control como eso.

—No le debes nada —susurro—. Tienes derecho a amar los libros y todo aquello que esté roto.

Su padre tarda bastante en volver. Está de viaje de negocios, según me explica Neo. Es su madre la que viene. La calidez que le falta, la compensa con paciencia. No importa cuánto tarde Neo en hacer contacto visual o en tomar el tenedor. Ella espera, como suelo hacer yo. Creo que esa es la característica que lo hace sentirse seguro. Nunca se separa de *Grandes esperanzas*, pero al menos ha dejado de frotarse la muñeca tan ansiosamente con el tiempo.

Un buen día, dejo de llevarle la bandeja a Neo. En su lugar, solamente le traigo manzanas, y él me da libros. Este ciclo de intercambios continúa hasta que, un día, se pone a escribir mientras yo leo a su lado...

—¿Cómo te llamas?

—Sam.

—Te gustan las historias de amor, ¿verdad, Sam?

—Ajá.

—¿Has vivido el enamoramiento en primera persona?

Una pregunta incómoda. Trae consigo vulnerabilidades que no sé compartir.

Me encojo de hombros mientras miro al suelo.

—No me acuerdo.

—Eso es que nunca lo has vivido —dice Neo—, de lo contrario te acordarías.

Mis dedos se tensan alrededor del libro que sujeto entre mis manos.

—Tal vez no quiera recordar.

Neo nunca ha experimentado mi dolor. Solo el suyo.

No existe compartimento alguno que pueda albergar un sentimiento de lástima en su alma. En ella solo caben comentarios contundentes, ingenio y, en ocasiones, cierta dulzura.

—Lo siento —dice amablemente.

—¿Tienes alguna historia de amor para mí? —pregunto.

—No. —Neo relee las últimas líneas que ha escrito. Luego toma los papeles bañados en tinta hasta los bordes y los ajusta hasta asegurarse de que ninguno sobresale por encima del resto—. Pero, al menos, no hay violencia.

Entonces sucede algo extraordinario.

Neo me ofrece un tesoro de las profundidades del océano.

Frunce el ceño ante mi asombro.

—¿Por qué demonios estás sonriendo? Toma.

Y eso hago. Tomo las hojas en mis manos como si fueran lo más frágil del mundo. Porque cuando un escritor te otorga un regalo tan valioso como su obra, te está regalando su confianza, su control, su corazón hecho letras.

Antes de irme, Neo me llama.

—Sam —dice. Me giro levemente para mirarlo por encima de mi hombro, y él me devuelve la mirada—. ¿Qué vemos esta noche?

No tengo por costumbre hablar con los pacientes. Sin embargo, cuando miro a Neo y pienso en las semanas que llevamos conociéndonos, me doy cuenta de una cosa ahora que ambos estamos en silencio: este no es el principio de una conversación.

Este es el comienzo de una amistad.

4
Soliloquios

Hay algo mundano en ella. No es elegante ni delicada. No se anda con adornos ni disculpas. Posee ese tipo de belleza que solo se logra con autoconfianza. Da igual el lugar al que vaya o la persona con la que se cruce, Hikari siempre es esa pieza de rompecabezas universal. Pertenece allí donde pisa.

Hikari es imprudente esta noche, incluso en la oscuridad. Tiene el cabello liso y fino, un poco rizado por arriba. Lleva puesto un camisón con florecitas amarillas esparcidas por toda la tela que le llega justo debajo de las rodillas. De lejos, se podría confundir con una bata de hospital. Se desliza entre sus piernas mientras deambula por los pasillos. Aun cuando ya ha pasado el toque de queda, va curioseando por las habitaciones y espiando a la gente.

Una a una, las ventanas le van dando la bienvenida. Ellas, igual que la noche, crean esos horribles espejos. Pero Hikari no se para a mirar durante mucho rato. Se recoge el cabello detrás de las orejas, se ajusta los lentes, se arregla. No se detiene en los vendajes de sus brazos, ni en la cicatriz de su cuello. Ella retoma el control y el poder de lo que el espejo se atreve a reflejar de su enfermedad.

Simplemente se dedica a ignorarlo.

—¿Sam? —Cabe mencionar que me estaba escondiendo tras una esquina del pasillo, pero parte de mi cabello parece haberse asomado, delatándome. Pego un brinco, me giro y veo a Eric a mi lado con los brazos en jarras—. ¿Qué estás haciendo?

Debido a nuestros actos delictivos, Sony y C han estado confinados en sus habitaciones y, aunque no me importaría unirme a ellos en un día normal, ahora sufro el deseo de mi insaciable curiosidad. Siento ese deseo de seguir al sol que ha iluminado mi hogar.

—Absolutamente nada.

Intento sonreír, pero Eric no parece convencido.

—Ve a hacer absolutamente nada a otra parte.

—Okey.

Vuelvo a seguir a Hikari de la manera más discreta posible. Además, tengo una misión que cumplir.

A Neo lo están operando de la espalda. Sus padres esperan en su habitación. Una habitación en la que, por cierto, no hay páginas que destruir. Esta noche me toca a mí proteger su corazón, lo cual es una carga bastante pesada cuando hay que hacerlo al mismo tiempo que seguir a una chica.

Hikari llega a los elevadores unos minutos más tarde, dibujando en los papeles que ha robado antes. El pasillo es corto, por lo que me toca esperar al otro lado para evitar que me descubra. Aunque, cuando miro, ella ya desapareció.

Solo hay un lugar al que podría haber ido desde aquí, y mi curiosidad y yo sabemos cuál es.

La puerta de la azotea cruje cuando la abro, ya que el viento se vuelve salvaje en la noche y entra como una ráfaga en el hueco de la escalera. Las únicas luces que hay son las de los insomnes habitantes de la ciudad, que mantienen las luces encendidas y las de las parpadeantes estrellas del cielo despejado.

Luego, hay una tercera fuente de luz, ese amarillo que coquetea con la noche. Solo que, ahora, el color amarillo no está explorando el tejado. Allí en la cornisa, se dibuja la silueta de una niña de pie de cara a la luna.

Se me congela la sangre. La caja se me escapa de las manos, anunciando mi presencia de forma más abrupta de lo que lo hizo la puerta.

—Anda —dice Hikari, como si yo fuera una agradable sorpresa en una noche sin otro acontecimiento destacable más allá del presente—. Hola, Sam.

—¿Qué estás haciendo ahí?

—La vista está bastante bien, así que pensé en acercarme para ver qué ofrecía de noche.

—Para algo tenemos ventanas, ¿o no?

—Qué tontería es esa. ¿Cómo voy a hacerme amiga de la brisa detrás de una ventana?

—La brisa te va a tirar, por favor. Yo...

—Mira las estrellas, Sam. —Hikari levanta la barbilla hacia el cielo, sus ojos derraman asombro. Como si el viento no estuviera jugando con la tela de su camisón, como si no estuviera acariciándole el cabello de una forma casi amenazante—. Su luz es tan tenue esta noche. —Un suspiro interrumpe su discurso—. ¿No desearías poder intensificar su luz?

—No entiendo.

—Las estrellas no son eternas. Deberían arder y brillar con todas sus fuerzas mientras puedan —dice—. Esas cinco de ahí, ¿las ves? —Se inclina hacia atrás y señala hacia arriba las motas parpadeantes de blanco contra negro—. Casi se puede trazar una estrella de cinco puntas si las unes.

Hikari me mira de nuevo. Cuando el peso de su cuerpo vuelve a caer sobre sus talones, me estremezco. Cada movimiento que hace es como un dedo a punto de quitar el seguro de una granada. Mis pulmones se detienen cuando su mano alcanza el lápiz detrás de su oreja para añadir un detalle a su dibujo.

Entonces me doy cuenta de que está haciendo lo mismo que yo hacía con mis amigos cuando contemplábamos el humo de los cigarrillos y la espuma burbujeando en las botellas de cerveza. Está admirando un arma.

La verdad es que he estado pensando en ella. ¿En qué más iba a pensar sino? Cuando tomé la caja de Neo y él yacía anestesiado en su cama, pensé en que Hikari le podría dar una razón para sonreír antes de su arduo viaje.

Durante mi pequeña excursión nocturna, he estado pensando en cada palabra que ha pronunciado Hikari, en su color amarillo, en esa voz tan coqueta y juguetona, en sus llamativos vendajes y en esa cicatriz. También me han surgido varias preguntas: ¿se habrá disgustado con el regaño de sus padres?, ¿qué habrá hecho con el sacapuntas y el desarmador?, ¿habrá estado pensando en mí?... El simple hecho de imaginarla y escucharla en mi cabeza hace que no pueda pensar en nada más allá de mis ganas. Las ganas, que no he sentido en años, de desear algo.

—Por favor —suplico. Tan solo por cómo respiro, Hikari puede por fin notar el pánico en mi voz—. Me estás asustando. ¿Puedes bajar, por favor?

Los lentes de Hikari muestran mi reflejo. Un reflejo mucho más amable que el reflejo de la noche. Esa sonrisa suya tan contagiosa se curva hacia un lado; si las circunstancias fueran otras, me dejaría arrastrar por esa marea.

—Pero solo porque dijiste por favor —susurra mientras se sienta en la cornisa, coloca las piernas hacia el lado seguro, y salta. Como si se tratara de un columpio—. Me has estado siguiendo.

—Sí, lo siento.

—¿Por qué? —pregunta—. Habría sido decepcionante que no lo hicieras.

Hace girar el lápiz en su mano mientras me mira de arriba abajo. Mi atención se posa en su muñeca, en esa banda blanca que la rodea. Es brillante y reflectante, a juego con sus vendas. Una de ellas parece más reciente que las demás, ya que los bordes han absorbido motas de color rojo.

—¿Por qué robaste el sacapuntas y el desarmador? —pregunto.

Hikari se encoge de hombros mientras da vueltas a mi alrededor.

—¿Por qué roba la gente?

—¿Para pecar?

—¿Para ser humana? —Su sonrisa me recuerda que soy un mero objeto de diversión para ella, un rompecabezas que desea resolver para saber cómo encajar dentro—. Aunque a ti no se te da demasiado bien eso de ser persona, ¿verdad?

—Me da la sensación de que, supuestamente, me tendría que ofender con ese comentario.

—Probablemente, tampoco se te dé bien ofenderte. Tienes bastantes rarezas.

—Pues tú eres bastante desagradable. Empiezo a darme cuenta de ello.

—Cuéntame tu historia, Sam —exige—. Sacia mi bastante desagradable curiosidad y entonces puede que te diga por qué robé lo que robé.

—Algo me dice que tu curiosidad es insaciable.

—Háblame de la Lista Negra —dice. Cuando lo hace, su olor y su voz me envuelven como un torbellino capaz de envolver todo lo demás hasta que yo no le cuente lo que quiere oír—. ¿Qué finalidad tiene más allá de anotar lo que roban?, ¿a quién están matando?

—Al tiempo —digo.

—Aah —se burla—. Astuto enemigo.

—A la enfermedad.

—Cruel enemiga.

—A la muerte.

No me doy cuenta de que estoy retrocediendo hasta que mi talón se topa con la caja de Neo; el cartón y el contenido se mueven y se quejan reclamando atención. La recojo del suelo y le sacudo el polvo a modo de disculpa.

—¿Cómo se mata al tiempo, a la enfermedad y a la muerte? —pregunta Hikari.

—Robándoles lo que te han robado.

—¿Tabaco y cerveza?

—Momentos —corrijo—. Infancias. Vidas.

Hikari deja de dar vueltas. Me contempla durante un buen rato. Debería contarle más. Debería hablarle acerca de los grandes planes que tenemos de escapar de este lugar, de ir a los confines del mundo y regresar. Este es el plan de C, el plan de Sony, el plan de Neo. Queremos llegar a un lugar en el que no tengamos que robar nada.

—¿De verdad crees que soy mala? —pregunta Hikari después de un rato.

Me encojo de hombros.

—Un poco.

—Mmm.

—Neo también es malo.

—¿De verdad?

—Constantemente. —Aprieto su caja más cerca de mi pecho—. Pero me necesita.

Neo apenas cumplía los requisitos para poder someterse a la intervención. Sus médicos llevaban años queriendo operarlo. La columna está empezando a desplazar sus órganos, que ya de por sí están debilitados debido a su malnutrición. No les quedaba otra que jugársela. Hay una cosa que me asusta más de lo que me gustaría admitir: que, después de esta noche, puede que su corazón sea solo mío.

Así que me ayuda poner toda mi atención en una chica desagradable y en sus bellas palabras.

—Es un chico muy leído —dice mirando los títulos de los libros de bolsillo esparcidos por la caja—: *Hamlet, El señor de las moscas, Matadero Cinco, Cumbres borrascosas*.

—*Cumbres borrascosas* es mi favorito —digo intentando impresionarla.

—«Dijiste que yo te había matado, ¡pues entonces persígueme!» —recita. Al pronunciar esas palabras siento como si Hikari le estuviera presentando mi nombre al cielo. Es la letra de una canción. Es el verso de un poema. Prosa. Cala muy dentro de mí. Me aclara la visión. Me quedo con la boca abierta hasta que vuelvo a cerrarla y me trago mi asombro.

—Qué deseo tan estúpido —murmuro.

—¿Tú crees?

—Los muertos no se aparecen, por mucho que les supliques que lo hagan.

—Sam.

—¿Sí?

—¿Qué haces deambulando por ahí esta noche con los libros de Neo?

—Es complicado —respondo—. Neo nunca pide nada. Custodiar sus historias es lo mínimo que puedo hacer. —Hikari me insta con los ojos a que siga contándole más—. Sus padres han venido para la operación. A ellos no les gustan ni sus libros ni sus historias —explico—. Lo quieren, o eso creo, pero...

—Pero hay veces en las que a los padres les gusta más la idea de quiénes son sus hijos que la persona que son en realidad.

Con esa frase acaba de emerger una pieza más áspera del rompecabezas que es Hikari. Observa los libros mientras sus dedos juegan con su camisón, arrugando la tela contra su muslo.

—Ese tipo de amor es sofocante. —Igual de sofocante que apretarse la muñeca con los dedos.

—¿Qué haces vagando de noche por las cornisas? —«Hikari...»—. ¿No tienes miedo de caerte?

—Por supuesto que sí —dice—, pero el miedo es solo una gran sombra con pocas agallas.

Mi propio miedo gruñe ante esa idea, resentido con ella, pero no presto atención. Su gravedad gana.

—Eres escritora —pronuncio en voz baja, como si hubiera encontrado otro tesoro más de este mundo.

—Lectora, más bien —dice—. *Hamlet* fue mi peor influencia.

—¿Leer te hace feliz? —pregunto. Quiero saber todo aquello que la hace feliz.

—Leer me hace sentir —responde.

Sentir.

No tengo la mejor relación del mundo con las emociones. Lo nuestro es amargo y distante... como un divorcio. A las emociones les doy asco. Son como una ráfaga de viento al otro lado de la cornisa. E incluso aunque jueguen con mi cabello o acaricien mi piel, yo las ignoro. Las emociones están junto a los fantasmas que enterré; son solo cáscaras de lo que eran, pesadillas huecas. Pero ¿quién sabe?, tal vez Shakespeare pueda desenterrarlas.

—Todavía no he leído *Hamlet* —digo mirando la portada.

Hikari me mira como si tuviera alguna clase de idea retorcida. Como te podrás imaginar, la idea ya me conquista incluso antes de escucharla.

Leemos en la azotea durante una hora. La brisa, sin embargo, siempre tiene que meter las malditas narices donde no es bienvenida. Así que le pregunto a Hikari si podemos leer adentro, donde no haga frío. Pura mentira. Aquí no hace frío, la calidez de Hikari se expande por toda la azotea. Es solo que quiero alejarme del viento. Me da envidia lo libre que es de tocarla.

Hikari accede y nos instalamos en el recodo de un pasillo por el que sé que no suele pasar mucha gente. Solía ser una extensión del departamento de cardiología, pero ahora es más bien un callejón sin salida donde los médicos vienen a atender una llamada telefónica o a calmarse en medio de un turno por estar al borde del colapso. En cualquier caso, a mí me gusta este lugar. No hay viento. Y es un lugar en el que antes se sanaban corazones.

Hikari y yo nos sentamos contra la pared. Yo soy quien sostiene el libro y ella la que asigna los papeles de la obra. Se queda algunos personajes y me da al resto. Entonces leemos en voz alta. Pese a que tengo por costumbre leer de manera más pasiva y menos intensa, esta forma también me gusta. Disfruto escuchando cómo su voz viaja, las pausas dramáticas, y lo que se entrega a su público de una única persona.

A veces se me acerca un poco más y, cuando lo hace, un extraño sentimiento hormiguea en mi pecho. Creo que, aunque sea de otro modo, a ella también le gusta escuchar mi voz. Le gusta que tartamudee al mirarla, que trague saliva por los nervios, el carraspeo gutural. Lo que en realidad le gusta no es cómo reacciono ante *Hamlet*, sino ante ella.

Mantiene la distancia. Compartimos el libro. Jugamos con él, como si fueran un par de manos más.

En el reloj pasan las horas, pero yo no las noto. No hay ventanas a nuestro alrededor. Quizás incluso se haya hecho de día ya, y la paciencia de Hikari se va agotando con el amanecer. A medida que llegamos a ciertas escenas, las que ella define como el clímax, se vuelve menos actriz y más directora de escena.

—Sam, lo estás haciendo todo mal. —Hikari golpea su cadera con ambas manos—. Ponte de pie.

—Ya estoy de pie.

—Eso no es ponerse de pie, eso es encorvarse.

Observo mis pies con desconcierto.

—¿Encorvarse?

—Sí, encorvarse. ¿Acaso no tienes brazos?

—Mis brazos están justo aquí. —Los extiendo, alejándolos de mi cuerpo lo máximo posible. El libro aún está abierto en las palmas de mis manos.

—Eso no son brazos —dice Hikari—. Como mucho son apéndices.

—Estás empezando a herir mis sentimientos.

—Sam, ven aquí.

—¿Y qué hay de *Hamlet*?

—Yo soy Hamlet. —Por supuesto, pidió ese personaje. Sin embargo, esas palabras no encajan bien en sus labios—. ¿Qué? —Hikari capta mi desacuerdo por la forma en la que arrugo la nariz—. ¿Acaso actúo mal?

—No. Es solo que no tienes nada en común con Hamlet.

—¿Porque no tengo ese punto amargo?

—Porque Hamlet no es el sol.

Hamlet es terrenal.

—¿Crees que soy el sol? —pregunta Hikari ladeando la cabeza.

—Eres luminosa —le digo. Extiendo la mano con los dedos separados, como si quisiera alcanzar algo. Como si quisiera tocar a Hamlet que está al otro lado—. Siento que si nos tocamos, me quemaré como un papel.

La imagen de ella se tamiza sobre las colinas de mis nudillos. Ella está allí, prestando atención. Ese tipo de atención que notas cuando sabes que solo te pertenece a ti.

Me retiro recogiendo el brazo.

—Lo siento.

—No lo sientas. —Hikari eleva los hombros una vez. La diversión pellizca sus labios, medio fruncidos, medio curvados—. Pues la verdad es que tú me recuerdas a una luna.

—¿A una luna?

—Sí. Gris, sutil, que solo es valiente por la noche. Puede que eso es lo que hayamos sido en nuestras vidas pasadas.

«Quizás esa fuera nuestra primera vida», pienso para mí.

Hikari levanta la mano. Su palma me mira y es como el anuncio de una ola. Da un paso hacia mí, se acorta la distancia que nos separa. Todo mi cuerpo se encuentra en tal estado de alerta que doy un paso brusco hacia atrás. Es como si yo fuera una presa y su mano, unas fauces abiertas. Hikari se detiene ante el leve sonido que emite mi ropa al moverme y el crujido del suelo bajo mi zapato. Dirige su mirada a mi rostro y dice:

—No te quemaré. Te lo prometo. —Hikari pronuncia cada palabra en un susurro. Pero no importa. No puedo tocarla. Hacerlo significaría admitir que es algo más que un fantasma de mi imaginación. Admitir que es real.

Lo peor de todo es que deseo con todas mis fuerzas que sea real.

—No pasa nada —me dice.

Me obligo a dejar a un lado la vacilación y levanto la mano tal y como ella lo ha hecho. La coloco paralela a la suya, de tal forma que se crea un espacio entre nuestras palmas.

—Bien. —La palabra roza sus dientes, que apenas permiten dejarla salir—. Ahora imagina que soy tu espejo.

Sus dedos se mueven hacia la izquierda arrastrando también consigo la palma de su mano. Yo hago lo mismo siguiéndola con la derecha. Luego cambia de dirección, y yo vuelvo a imitar su movimiento. Sube, baja. Hace dibujos en el aire y yo con ella, como si unas cuerdas imaginarias nos unieran.

—¿Te estás burlando de mí? —le pregunto.

—Te estoy enseñando.

—¿A ser persona?

—Tienes tanto empeño en intentar no existir, Sam —susurra—. Si tan solo consiguieras dejarte llevar, verías lo fácil que es. ¿Nunca has soñado con que bailas?

—Yo no sueño.

—¿Nunca?

—Ya no.

—¿Por qué? —pregunta. No puedo evitar sentir cierta satisfacción al percibir su tono trágico.

—Soñar no forma parte de mí.

—¿Quién te robó esa parte? —Me dan ganas de sonreír. Su ingenio tiene cabida incluso en los momentos más tristes—. Seguro que hay algo que deseas.

—Quiero respuestas —respondo.

—¿Respuestas?

—Razones.

—Creía que las razones no existían.

—Desearía que hubiera una de ellas que existiera.

—¿Y cuál sería esa razón?

Nuestras palabras se van plegando entre ellas. Bailan juntas mientras nuestras manos van replicando esa danza, como si dirigiéramos nuestra propia obra. Esa distancia, tan cómoda como frustrante que nos separa, es lo único que la hace mía, no real, un fantasma. Sin embargo, sus preguntas, su voz, su olor... son tan palpables que quiero embotellarlas.

—Quiero saber por qué la gente muere —digo. Pero hacer esta pregunta sería equivalente a pedirle a un muerto que se apareciera para contestarla. No hay nadie que te pueda dar una respuesta—. Sé que es una tontería...

—¿Cuánto tiempo te queda?

—¿Qué?

—¿Te estás muriendo?

—Todo el mundo se está muriendo —bromeo.

—Yo no lo veo así.

—Da igual cómo lo veas. Todo el mundo al que conoces se acabará muriendo.

—Ah, ¿es por eso?

—¿Por eso qué?

—¿Es por eso por lo que tienes tanto miedo de unirte a la gente?

La caja de libros de Neo tiene ojos. Mira a derecha e izquierda, como si estuviera esperando a que hubiera alguien que ganara.

Hikari es un mar de sueños. Sueños que, tras sus ojos, inundan su ser y pesan sobre su cuerpo. Los viste de color amarillo, en forma de flores en su camisón; los veo también en su naturaleza confiada. Es una sentimental. Está casada con los sentimientos. Es adictivo para mí.

Sea lo que sea lo siguiente que sienta, sé que lo veré escrito en ella, como si colgara de sus gestos y expresiones.

Y eso es precisamente lo que él solía hacer. No había escudos en su comportamiento. Se comunicaba con el mundo sin necesidad de hablar, bastaba solo una mirada en su rostro. Un rostro del que no me acuerdo.

No, no recuerdo su cara, apenas me acuerdo de él. Solo me quedan trizas de recuerdos, detalles escapados del marco del ataúd. Elijo no recordar, igual que elijo no hacerme demasiadas preguntas. Ni sentir. Ni soñar.

—Sam. —Hikari no se da cuenta de que mi nombre tiene un poder en sus labios. Un poder de larga columna y tenue sombra. Así que, pese a que digo todo eso de que debo alejarme, sabes que no lo haré.

—¿Sí?

—Nos veremos aquí mismo cada noche.

Pestañeo.

—¿Eh?

—Ya que todo el mundo está inevitablemente destinado a morir, yo seré Hamlet, y tú serás Yorick, y esta será nuestra tumba. —Mira a su alrededor. La sala está vacía, como si fuera una casa que aún no es un hogar, y me devuelve una sonrisa que dibuja ambición al curvarse—. No estoy segura de lo que eres. Todo lo que sé es que eres un hermoso conjunto de huesos y algo de curiosidad unidos por el gris, y quiero traerte a la vida. Creo que eso me haría feliz.

Cuanto más se afloja mi mandíbula, más se relaja todo en mí mientras su persona me cautiva.

—Quiero verte —susurra. Hikari saca un trozo de papel del tamaño de la palma de mi mano de un pliegue de la venda de su codo. Alisa la arruga del centro y me entrega un dibujo de una figura que sostiene una caja de libros con estrellas rodeándola como bailarinas.

—¿Ves belleza en mí? —suspiro.

—La veo en toda aquella persona que lee —dice Hikari—. Buenas noches, persona desconocida.

Cuando vuelvo a levantar la vista, ya se ha ido.

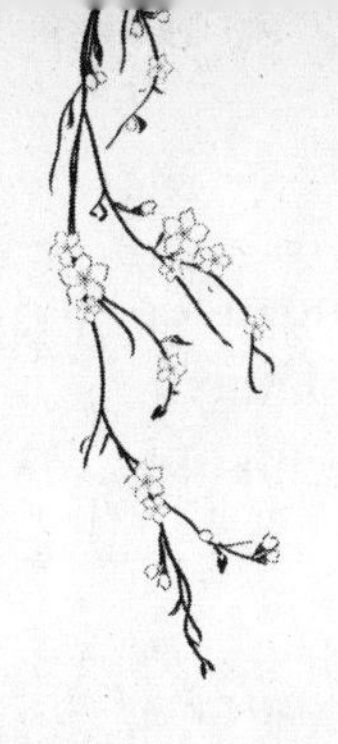

5
Elle

Nuestra Lista Negra es, básicamente, una lista de robos. Un robo consta de tres fases:

Planificación.

Ejecución.

Huida.

Cuando acordamos por primera vez ser ladrones, Sony se centró en la segunda etapa. Desbordaba entusiasmo. Aquella noche, en la azotea, señaló varios puntos de la ciudad: la tienda de golosinas, la librería y los puestos de vendedores ambulantes. A Sony no le interesaba lo tangible del robo, sino el acto en sí. Ella lo que quería vivir eran las prisas, los nervios, las carreras.

Neo siempre ha sido más de planificar la logística y plantear diferentes hipótesis. Caminó (por aquel entonces aún no iba en silla de ruedas) hasta su habitación. Buscó en su caja de cartón y encontró un viejo cuaderno con las páginas unidas por la espiral metálica del lomo; un cuaderno del que solía arrancar páginas cuando no le gustaba el resultado de su trabajo. Una vez en la azotea, lo sostuvo con los brazos en alto por encima de su cabeza y lo dejó caer sobre el cemento, bajo el cielo nocturno.

Neo lo tenía todo bajo control. Él fue quien acuñó el término *Lista Negra*. La llamábamos así porque no solamente robábamos, sino que también matábamos. Escribimos los objetivos en tinta negra en las primeras páginas:

- Tiempo: el tiempo siempre debe ser la prioridad.
- Enfermedad: nada de patógenos o de títulos derivados del latín, sino la esencia de la palabra enfermedad. El nombre del sufrimiento.
- Muerte: la muerte siempre irá al último.

Y la lista continúa. Hay un sinfín de nombres a los que queremos robarles algo.

En la siguiente página escribimos la declaración. Lo sé, suena dramático, pero la envergadura de nuestra lucha requería de ello:

> Si nos has robado, te desafiamos. Has provocado al mundo y lo has destruido, pero ¡intenta destruirnos! Nuestras mentes son más fuertes que nuestros cuerpos, y nuestros cuerpos no te pertenecen, por lo que no puedes afirmar que son débiles. Te mataremos de todas las formas posibles. Y así, cuando nos toque irnos, la balanza se habrá equiparado.
> El tiempo se detendrá. La enfermedad supurará. La muerte morirá.

La declaración es de C. Fue Neo quien la escribió, bolígrafo en mano, pero C tejió las palabras solo, como si compusiera una canción. Bueno, todo menos la última línea, que es de Neo. A C nunca le interesó la planificación ni tampoco la ejecución. Su fuerte era la presencia, siempre se volcaba en el momento, dejando de lado todo lo demás. Se limitó a escribir lo que todo el grupo pensaba pero no sabía cómo expresar.

En las siguientes páginas plasmamos los resultados de nuestra ejecución. Escribíamos aquello que queríamos. Aquello que robaríamos. Por supuesto, cosas materiales, pero no solo eso. También sentimientos. Deseos. Oportunidades. O todo aquello que nos robaban nuestros tres enemigos.

Aun así, no nos limitábamos a robar solo por la emoción, y por eso nos quedábamos con lo que robábamos.

Nuestra huida se trata de una colección de páginas por escribir, esas hojas que se encuentran al final de nuestra Lista Negra. Allí aguardan pacientes hasta que reunamos el valor para marcharnos a un lugar en el que no nos atarán nuestras vidas. Felices, en compañía, sin miedo.

Lo llamamos paraíso.

Para cuando terminamos de escribir, nuestros huesos doloridos se habían quedado pegados al asiento.

El amanecer golpeó el horizonte, iluminando el cuaderno que había cobrado vida y alma. Sony se agarraba de los tobillos, mientras se mecía de un lado a otro lanzando cada idea que se pasaba por su mente. C, tumbado, se dedicaba a escuchar las palabras de Neo que yo iba leyendo en voz alta.

Todo esto forma parte de nuestras vidas. El hospital está lleno de aburrimiento: despertarse, comer, medicarse, someterse a tratamientos, ceñirse a dinámicas que no nos pertenecen.

Dinámicas que pertenecen al tiempo. A la enfermedad. A la muerte.

Sin embargo, ¿los momentos de la Lista Negra?

Esos son nuestros.

Neo está entre consciente e inconsciente. C y yo estamos junto a su cama, esperando a que vuelva a entrar en el mundo de la vigilia. Hace más de veinticuatro horas que no lo vemos despierto, y nadie está más preocupado por él que C.

Intenta distraerse hojeando una revista que ni siquiera está leyendo. El simple hecho de ver a Neo así después de la operación ya es bastante duro. Tiene un moretón que le recorre el cuello hasta el hombro, y esto hace que C no pare de tensar la mandíbula y apretar los dientes. Una vez que acaba la revista, vuelve a empezarla desde el principio. Es un tic nervioso como otro cualquiera.

—C —lo llamo.

—Dime.

—¿Qué significa la belleza en alguien?

—¿Belleza en qué sentido? —pregunta—. ¿Como la belleza de una flor?, ¿la de una chica?

—Como la belleza de la calavera de Yorick en *Hamlet*.

—¿Como la qué de quién?

—Creo que eso era yo en su metáfora. ¿O usó la palabra *huesos*?

—¿En la metáfora de quién?

—Imagino que en realidad son lo mismo.

«Sí, tanto los huesos como las calaveras son huecos», decido para mis adentros.

—¿Estás hablando de Hikari? Me da la sensación de que no estamos hablando de lo mismo.

—Me ha dicho que ve belleza en mí.

La mirada de C me escanea de abajo arriba.

—Y tiene razón.

—Pero dice que no tengo brazos. —Los extiendo para enfatizar mis palabras.

—Tienes un par de preciosos brazos.

—Dice que me encorvo.

—Sí tienes un poco de joroba, sí. Perteneces a Notre Dame. —Esto último lo dice en francés, así que no le entiendo. Pero dado que probablemente sea algo ofensivo, ni pregunto.

—¿Tú sabes cómo se hace para soñar?

—Claro.

—Ella dice que me hace falta soñar.

—Parece que te preocupa bastante lo que esta nueva chica piense de ti —dice C como si me hubiera enamorado en el recreo del jardín de niños—. Me cae bien. El otro día Sony y yo desayunamos con ella. De hecho, me recuerda a ti, porque es así como rara, pero a la vez simpática. Solo que de un modo menos torpe que tú.

—¿Menos torpe?

—Bueno, imagino que ella sabe soñar y mantenerse erguida, o entender el sarcasmo.

—Ella lo entiende todo —digo acompañando mis palabras de una mueca.

—¿Le tienes envidia? —pregunta C soltando una risita.

—Lo que me pasa es que estoy sufriendo.

—Eso está claro.

—Ella es la que me está haciendo sufrir.

—Eso es lo que hacen las chicas.

Esta chica. Amarilla y amorosa. Es una historia. Una novela que ya leí, pero en otro idioma.

—Me asusta, C —digo. Y empiezo a reconocer que esta es la cruda realidad.

—¿Por qué? —pregunta C en voz baja mientras cierra la revista.

No puedo responder. Cuando conoces a alguien y te encaprichas, alguien a quien puedes mirar y escuchar hasta olvidarte del tiempo, alguien en quien piensas constantemente... entra en juego la fuerza de una creciente adicción. Nada de lo que es adictivo nos hace bien. Como no lo son Hikari ni, especialmente, *Hamlet*.

C me pasa una mano por la espalda y me da una palmadita.

—No lo pienses demasiado. Siempre piensas demasiado. Y es por eso por lo que no tienes brazos.

Una tos llena la habitación. Una muy ligera. C se levanta y se apresura a prestarle atención a Neo.

—Eh —susurra quitándole el cabello de los ojos—. ¿Cómo te encuentras?

Los ojos de Neo, rodeados de un color más oscuro, se abren.

—Todo lo bien que probablemente denote mi aspecto.

—Ajá —murmura C. Luego reacomoda las sábanas a su alrededor para asegurarse de que el corsé de la espalda no le pellizca la piel—. Tómate el jugo.

—Ay —se queja Neo mientras C le coloca el popote a la fuerza entre los labios.

—Ahora. Por favor —dice C.

—Tendría que haber pedido más sedantes.

—Por fin estás despierto, ¿eh? —Eric entra y empieza a tocar los botones del monitor junto a su cama. Sujeta el brazo de Neo suavemente para cambiarle la vía.

—¿Acaso no me ha maltratado ya suficiente el personal médico...? ¡Ay! —Neo se queja mientras Eric le da golpecitos en la parte delantera del codo.

—Solo estaba buscando una vena —dice nuestro enfermero en tono inocente.

C suspira. Está claro que está preocupado.

—Neo... —susurra acariciando la mancha morada que se extiende junto a su clavícula.

—No digas nada —dice Neo en un hilo de voz a causa del dolor.

—Sé que esto no es por la operación.

—Parece que insinúas algo.

A C no le da tiempo de defenderse, ya que la puerta se abre de golpe e irrumpen en la habitación un par de tenis blancos y sucios.

—¡Hola, queridos infieles! —Sony entra con los brazos abiertos de par en par, y sosteniendo una bolsa de tela que parece contener dentro algo que se mueve—. ¡Eric! No te había visto.

—¿Por qué se mueve tu bolsa? —pregunta Eric entrecerrando los ojos.

Sony sostiene la bolsa más cerca de su cuerpo.

—No tengo ni la menor idea de lo que estás hablando.

—¿Has robado un bebé o algo así? —pregunta C.

—¿Robar, yo? C, ¿cómo osas acusarme de tales actividades tan perversas? Hikari, ven a defender mi honor.

Caminando tras la diablesa, emerge mi sol de anoche. Fácil y cálido en la mañana. Ella y Sony parecen haber hecho buenas migas de la noche a la mañana. Imagino que eso es lo que hacen las llamas, encariñarse entre ellas sin importar de dónde venga su luz.

Hikari se ríe ante el comentario de Sony. Saluda a Neo con esa voz suave que va más allá de las palabras, mientras le toca el corsé y le hace preguntas. A Neo no parece importarle que lo haga. Está ahí con ella, presente a pesar de los medicamentos, escuchando, respondiendo y no mirando por la ventana que tanto le gusta. Me había olvidado de que ella lo entiende todo. Entiende incluso a alguien que está tan empeñado en esconder sus páginas.

—Vaya, mira, flores —dice Sony arrugando la nariz con desagrado.

A mi lado, en el alféizar de la ventana, hay ramos de flores junto a tarjetas no leídas en las que le desean una pronta recuperación en cursiva desordenada. No siempre he entendido las ironías, pero debo decir que esta me gusta particularmente: regalar algo que se está muriendo a alguien que quieres que viva.

—¿Qué tienes en contra de las flores? —pregunta Hikari tocando el papel encerado y los pétalos.

Llevo tanto tiempo mirándole la cara, que no había visto la pequeña vasija de arcilla que sostiene en sus manos. Son dos, de hecho. Apenas ocupan el espacio de una tacita de café respectivamente. De la tierra, asoman unas plantas de escasos centímetros que aún están creciendo. Coloca una al lado de los ramos a modo de ofrenda. La suya está viva, y no tiene tarjeta.

—No tengo nada en contra de las flores —dice Sony tomando un tallo y moviéndolo entre sus dedos—. Pero sí mucho en contra de los cadáveres de flores.

Hikari mueve la pequeña maceta para que quede bajo la luz mientras acaricia las hojas, todavía tímidas. Las desempolva y posiciona de manera que reciban el beso luminoso del sol a través de las persianas.

—¿Has dormido bien, Sam?

Al dirigirse a mí, Hikari se apoya sobre los talones. Tiene una pierna cruzada sobre la otra, y la barbilla apoyada en el hombro. Quiere que responda a la pregunta, y usa el lenguaje de las flores al formularla. Está actuando. Lo dice con sátira. Sí, me está tomando el pelo.

—No —respondo—, porque esta noche ha salido el sol.

—Ah, y no te dejaba dormir, ¿verdad?

—Bueno, en realidad eso ha sido cosa de *Hamlet*.

Finge un grito ahogado.

—¿Cómo se atreve?

—No pasa nada. —No puedo evitar devolverle la broma—. Hamlet es precioso.

—Así que es su belleza lo que te gusta...

—Y su maldad.

—Ya veo, su maldad también... Pues a mí me gustan los brazos de Yorick.

Lo de esta chica es broma, tras broma, tras broma.

—Toma —dice.

Hikari me tiende la segunda maceta que sostiene en el espacio entre su índice y pulgar.

—¿Qué es esto? —pregunto aceptándolo en mi mano. Su calor sigue atrapado en la arcilla, y esa idea viaja como una descarga eléctrica hasta las yemas de mis dedos.

—Solo un detallito.

Yo no me he sometido a una operación. ¿Qué he hecho para merecer su amable regalo? ¿O acaso lo hace por el curioso caso de mis brazos mutilados?

—¿Qué hago con ella?

Hikari se encoje de hombros.

—¿Qué hace una persona con las plantas sino verlas vivir?

—¿He pasado de ser una calavera a ser un cactus? —pregunto.

—Es una suculenta —corrige Hikari.

—Muy bien. Ya estás listo, Shakespeare. Ve con cuidado —dice Eric acariciándole la cabeza a Neo y volviendo a comprobar los signos vitales en su gráfico—. Trátenlo bien, ¿sí? —advierte señalándonos.

Sony se lleva una mano al pecho, ofendida.

—¿Por qué me miras a mí? —Pero en cuanto Eric sale de la habitación, su indignación se esfuma.

La puerta se cierra de un golpe y sale un ruido de la bolsa de Sony. Separa las asas de tela para abrirla y de ella asoma la cabeza de una criatura. Tiene el pelaje enmarañado, los ojos verdes apagados, la nariz triangular llena de cicatrices y el hocico fino.

—Ay, un gatito —dice C con cariño.

El gato se siente como en casa, sin inmutarse por su limitado habitáculo en forma de bolsa de mano que Sony deja en el suelo. Se estira para desperezarse y sale. Le falta media oreja y su pelaje negro tiene un acabado ceniciento.

Neo arquea una ceja.

—¿Qué le pasa en la pata?

—¿Qué pata? —pregunta Sony.

—Eso mismo pregunto yo.

El gato de tres patitas se abre paso hasta la cama de Neo, olisqueándole la cara.

—Hikari y yo hemos estado persiguiendo a este gatito por la calle. Lo salvamos de ser atropellado por un camión.

«Por supuesto, ¿quiénes lo hubieran hecho sino ustedes?», pienso.

—Es hembra, idiota —dice Neo elevando la barbilla para alejarse de la gata.

—¿Y qué más da? La cosa es que actúa de forma masculina. Para no generar ningún problema, he decidido ponerle de nombre Elle —explica Sony.

—Hola, Elle —dice Hikari con voz tierna. El felino salta de la cama de Neo a sus pies y juega con el cordón de su zapato. Ella (o Elle) me mira, de igual a igual. Es como si su mirada estuviera intentando decirme algo. Se sienta en el pequeño espacio entre mis pies y restriega su cabeza contra mi pierna.

—Vamos, Elle. —Sony se agacha y la toma en brazos—. Ponte en el regazo de Neo para que no tenga frío.

—Eso no hará falta —dice Neo.

La gata, en cambio, no es tan protestona como Neo. La aventura en la ciudad bajo el reinado de Sony ha dejado agotado al animalito. Se hace un ovillo, acurrucándose en el estómago de Neo mientras C le acaricia la cabeza.

Sony también se deja caer en la cama. A Neo le da un escalofrío y esta se quita la sudadera para taparle las piernas. Mientras lo hace, Sony se fija en el cuello de Neo, deteniéndose en el moretón que asoma por encima de su hombro.

No dice nada. Como siempre. Sin embargo, veo que le sigue dando vueltas. Para quitárselo de la cabeza, saca la Lista Negra de la caja bajo la cama.

—La siguiente parte de nuestro todo. —Sony respira hondo. El bolígrafo comienza a deslizarse por la sexta página. Está bañada en tinta hasta los topes, que son testigos de nuestros tesoros robados. Saca ligeramente la lengua entre sus dientes mientras dice en voz alta lo que está escribiendo:

—Elle. Animalito robado de la muerte. Mejor amiga de Bebé.

—No te pases —refunfuña Neo.

—La infame Lista Negra —dice Hikari.

Sony suelta una risita.

—Debería añadirte en ella.

—¿A mí?

—Te robamos. Bueno, más bien fue Sam quien lo hizo.

Hikari me sonríe.

—Es un placer que me hayas robado, Sam.

Me sonrojo tanto que C no puede evitar taparse la boca para disimular una sonrisa.

La lista de fechorías que despliega Sony cubre hasta los márgenes de las páginas y reza así:

- Cosas tangibles robadas: Manzanas, El Gran Gatsby, seis cervezas, un paquete de cigarrillos, una taza de café con la tapa rota, un osito de peluche abandonado, un gato.
- Cosas intangibles robadas: mirar el parque, un día riendo hasta que nos duelen las costillas, un tramo

entero de escaleras de un solo tirón, una tarde en la biblioteca a la que tenemos vetado el acceso.

- Todo. Cualquier cosa que queramos robar.

—Ese sí que es un broche de oro —dice Hikari—. Todo.

Pronuncia esta última palabra respirándola. Como si el concepto fuera una ola lejana arrastrada hasta la orilla.

—¿Nos ayudarías, Hikari? —Sony me mira en todo momento mientras formula la pregunta. Luego se gira hacia la chica que está a mi lado, a la vez que exhibe su ancha sonrisa rebosante de emoción—. No estaría mal contar con una ayudita extra para conseguirlo todo.

—Solo tienes que añadir algo más a la lista, lo que tú quieras —dice C mientras le lanza el bolígrafo—. Ese es el ritual de iniciación.

—¿Y si lo que quiero robar es para otra persona? —pregunta.

—Yo puedo robarlo contigo —digo. Hikari me dirige la mirada tras mi intervención—. Me-me refiero a que todo el grupo podría escribir alguna cosa que promete robar para otra persona.

Sony se levanta de un salto.

—¡Me gusta la idea!

—Podríamos arrancar una de las páginas vacías de nuestra lista y dividirla en cinco trozos. Luego, en el papelito escribimos esa parte de todo lo que pensamos robar para la otra persona. —Hikari se detiene interrumpiendo por un momento su explicación. Los cristales de sus lentes son testigos de la constelación que se está formando en estos momentos—. Somos una estrella ladrona de cinco puntas.

—Me gusta. —Nos giramos hacia Sony pero, para nuestra sorpresa, no es ella quien ha hablado. Neo se gira tanto como el corsé se lo permite. Acaricia la cabeza de Elle, perdido en los pensamientos que le surgen tras escuchar a Hikari, a la que mira solo de reojo—. ¿Puedo robarte la idea?

—¿Para tus historias? —pregunta.

—Sí.

—Claro. —Hikari accede divertida, halagada y, sobre todo, agradecida.

—Hikari, tú robarás algo para Sam —dice Sony tendiéndole uno de los trozos de papel—. Sam, tú robarás para mí.

—Todo un honor —digo. Sony me alborota el cabello.

—Yo robaré para Neo.

—Genial. —Bebé ni siquiera se molesta en fingir entusiasmo.

—Neo lo hará para C, y C para Hikari.

Sony es la primera en escribir la nota para Neo. Lo hace entre risas. Neo es el siguiente; no lo piensa dos veces.

C se inclina hacia él y le dice:

—Si quieres puedes volver a conseguirme otros ositos de gomitas.

—Cállate —responde pasándole el bolígrafo junto a la nota que acaba de escribir. C la lee con casi tanta impaciencia como la que tenía Neo al escribirla.

C exhala feliz.

—Eres adorable —susurra.

—Y tú sigues sin cerrar el pico —dice Neo poniendo los ojos en blanco.

Es el turno de C, que lo piensa un rato mientras hace girar el bolígrafo entre sus dedos. Finalmente, se decide y le cede el turno a Hikari.

Se toma su tiempo, mientras Neo discute con Sony y C pone música. Ella espera mientras interactuamos.

Ya sabe perfectamente lo que quiere robar. Solo empieza a escribir tras asegurarse de que yo también he empezado a hacerlo. Se sirve de la rodilla a modo de apoyo para que su objeto de robo, sea lo que demonios sea, quede plasmado en tinta. Inmortal. Luego Hikari se limita a levantar mi maceta y colocar la nota debajo, sin pronunciar palabra alguna.

—Muy bien, escúchenme. Tan pronto como Bebé vuelva a tener energía en las piernas, la venganza empieza —dice Sony con la Lista Negra en la mano—. ¿Todo claro, Hikari, Sam?

—Ajá.

—Clarísimo.

—¿Ustedes, chicos, listos? —pregunta Sony.

—Sí —responde C alzando el pulgar.

—Lo que sea con tal de que me dejes de molestar —dice Neo. Sony le pica el tobillo con la punta del bolígrafo.

—Esto es lo último que nos falta por atar antes de tenerlo todo, antes de nuestra gran huida —dice Sony colocando el cuaderno en horizontal sobre su regazo, de tal forma que podamos ver el gran plan que precede a las páginas aún por rellenar—. Nuestro paraíso nos está esperando.

El trozo de papel bajo la suculenta me mira. Levanto la macetita con ambas manos y me la acerco. Luego, leo la nota de Hikari. Es un poema de tres latidos que me dedica.

Para Sam:
yo te daré
un sueño

Como si el día que compartimos no hubiera sido ya un auténtico sueño para mí.

La habitación en la que estamos es más oscura que la de Neo. Las persianas están bajadas y todo está teñido de azul, como si estuviéramos bajo el agua. Uno de los médicos de Sony, acompañado de un residente, lleva consigo un gráfico.

Sony está sentada a los pies de la cama, acariciando las sábanas, como si Elle estuviera ronroneando bajo su palma. Solo que no está allí. Su gatita está con Hikari, que a su vez está con C y con Neo. Aquí solo estamos ella y yo, regodeándonos en la tristeza.

—¿Sony? —Su médico se aclara la garganta—. ¿Oíste lo que acabo de decir?

Es un buen hombre. Hay médicos víctimas del ego o a los que les falta dedicación, pero él lleva cuidando a Sony casi tanto como Eric. Por eso, precisamente, se le hace tan difícil darle una noticia que, honestamente, es una sentencia de muerte.

Créeme, he intentado ahorrarte los detalles más feos.

En estas líneas, te he contado la historia de cuatro personas al final de su adolescencia. Te he transmitido pinceladas de sus luchas, pero no te he dado demasiados momentos de verdad.

No te he contado que la piel de Sony es casi traslúcida, delgada. Sus ataques de hipoxia debilitaron algunos de sus tejidos. Su garganta está cicatrizada a causa de las infecciones y por eso a veces se le quiebra la voz al terminar las frases. Hay días en los que no puede levantarse de la cama. Se ve perfectamente que está enferma; se nota que empeora con el tiempo. Incluso aunque ya haya superado esto antes, una persona solo puede ganar un número limitado de batallas.

—Sí, te estaba escuchando —dice Sony.

El amable médico suspira. Empuja el puente de sus lentes para ajustárselos.

—Aun así, existe la posibilidad de que tu pulmón sobreviva. Probablemente, hay entre un cinco y un diez por ciento de...

—Las probabilidades no me interesan, ya lo sabes. —Sony muestra cierta timidez y contiene una risa amarga. Se acaricia el espacio bajo la clavícula, como antes acariciaba las sábanas. Y siente como su pulmón sube y baja—. Así que dime —susurra—, ¿cuánto tiempo me queda?

6
Pasión

Hace dos años

Neo se queda dormido mientras me enseña a entender el sarcasmo. Me explica que, en literatura, la ironía se suele usar para mostrar que la apariencia superficial puede oponerse directamente al significado real. Yo le comento que lo entiendo, que el sarcasmo es una forma de usar la ironía para herir mis sentimientos. Sin embargo, cuando ya llevamos dos horas y aún no he conseguido distinguir ningún ejemplo sarcástico, Neo se da por vencido y se queda dormido.

Durante nuestra charla, le pregunté si era irónico que llamáramos *demonios* a los ángeles caídos. Él me contestó que ya me lo contaría cuando fuera al infierno.

Algunas veces, sus pesadillas vienen de visita a principios de la noche, así que me quedo con él; en segundo plano, en la silla que está al otro lado de la habitación. Los invitados no deseados vagan libres en la mente de Neo, haciéndolo retorcerse y revolver las sábanas. Se mueve como si alguien lo estuviera sujetando, como si su cuerpo estuviera atado por una cuerda invisible. Cada vez que esto ocurre, acerco mi silla a la cama y le sujeto la mano. Aunque esté dormido, aferrarse a algo real le calma la respiración.

Quizás no sepa mucho sobre ironía, pero conozco muy bien a las personas enfermas. Sé cuándo necesitan más cuidado del que aparentan necesitar. Esto es algo que me recuerdo constantemente desde aquel día en el baño en el que Neo lloró en mis brazos.

Una vez pasada la primera hora de sueño, me voy, dejando a Neo en manos de sueños mejores.

Últimamente, he estado dejando a un lado la costumbre de pegarme a los cascos del barco como un percebe para observar a la gente, pero parece que el destino tiene otros planes. Cuando las puertas del elevador se abren en la planta baja, lo último que esperaba encontrarme era a una chica salvaje pateando sin piedad una máquina expendedora.

—¡Arggg! —La chica se ha quitado su tenis blanco con el que golpea el cristal de la máquina, dejando al descubierto un calcetín afelpado y de intensos colores. Resopla por el esfuerzo sujetando en cada puño la bata del hospital mientras esta se mueve entre sus piernas desnudas. Mira fijamente la máquina, como si la fuera a matar.

Está claro que debo tener más cuidado a la hora de decidir en qué planta me bajo. Entiendo que dar marcha atrás no es una opción cuando las puertas se cierran a mi espalda.

Al oírlo, la paciente golpeadora voltea en mi dirección, haciendo que su cabello rojo fuego se agite también con ella. A mí también me mira como si me fuera a matar.

Parpadeo y mi deseo de existir menos se convierte en un deseo de no existir en absoluto.

—¿Quieres una foto mía o algo? —me dice.

—Yo, mmm, no... no traigo cámara.

—Pero ¿y a ti qué te pasó? —Me mira de arriba abajo, frunciendo el ceño—. ¿Te atropelló un autobús o algo así?

—Pues yo, emm...

—¡Arggg! —me interrumpe. Da otra patada a la máquina.

—Tienes que apretar el botón durante más tiempo y luego meter la mano en el compartimento —le digo.

Se despereza en mí la curiosidad. Extraño observar a la gente.

Levanto las manos en señal de rendición, doy un paso adelante, presiono el botón situado bajo los números e introduzco el brazo en el compartimento. La pantalla emite un pitido, se oye un clic en el interior y caen dos barritas. Las saco y se las ofrezco como si fuera una bandeja de comida.

—¿Todas funcionan así? —pregunta la niña, mucho más tranquila ahora que ya tiene la comida delante.

—Solo esta.

Su rostro se ilumina divertido al aceptarlas y me fijo ahora en sus rasgos; sus labios agrietados se curvan estirando los cortes frescos de su mejilla.

—¿Qué pasa? —le pregunto.

—Nada. —Sus dedos recorren el cristal que han rallado sus golpes, a modo de disculpa—. Es solo que las cosas rotas parecen quererte.

Las cosas rotas. Esas dos palabras parecen gustarle tanto como a Neo.

—¿Estás sola? —le pregunto.

—Mi madre está durmiendo en la habitación —dice sentándose en el suelo junto a la máquina expendedora; enemiga convertida en amiga—. Toma. —Me tiende una de sus barritas—. Siéntate conmigo.

Sinceramente, la acepto porque me da un poco de miedo rechazarla. Ella desenvuelve la suya con impaciencia y se sienta con las piernas cruzadas y la cabeza echada hacia atrás. Me siento a su lado, a medio metro.

—¿Nunca habías visto una barrita de chocolate? —Antes de que pueda responder, me quita la barrita y muerde la esquina del envoltorio hasta rasgar el papel con los dientes. Luego me la devuelve. Su gesto parece más una presentación que otra cosa—. Yo soy Sony.

Sony.

Me doy cuenta de que todos los actos de Sony tienen una fortaleza especial. Hay agresividad en ella, como en las palabras excesivamente sinceras de Neo. Al mismo tiempo, rebosa juventud por cada poro. Lo ojos y el cabello le brillan con una excitación que, a mitad de la noche, solo puede vestir una niña.

—Me llamo Sam —digo.

Ella sonríe chocando nuestras barritas como si fueran copas de champán.

—Tienes un aspecto horrible, Sam.

—Tú tampoco tienes muy buen aspecto.

—Sí. —Mastica más despacio—. No he tenido un buen día.

—¿A ti también te atropelló un autobús? —bromeo, cosa que Neo dice que hago fatal. Cada vez que intento hacerlo con él, me tira un libro a la cabeza. Pero a Sony no le molesta, más bien le gusta. Incluso se ríe dándome un codazo en el hombro con tanta fuerza que casi me caigo.

—¿Te gusta el senderismo, Sam?

—¿El senderismo?

—Yo ayer estuve de excursión. Creo que es lo que más me gusta del mundo.

Trago saliva. Unos moretones que parecen ser tan recientes como los arañazos de su cara trepan por su brazo.

—¿Por eso estás aquí? —le pregunto—. ¿Te lastimaste?

Sony deja de masticar de golpe. Sus brillantes ojos se empañan de algo que le produce dolor y se dirigen a su regazo a la vez que se toca el estómago con la mano.

—Sí —afirma, pero es mentira—. ¿Has hecho senderismo alguna vez?

—No.

—Es increíble, Sam. Tienes que probarlo. —Me da un empujoncito para enfatizar su emoción—. Yo hasta hace poco estaba muy cerca de la cima de una montaña, ¿sabes? Podía ver el océano desde allí arriba y todo.

Su voz adquiere una calidad maravillosa, como si en lugar de un vestíbulo lúgubremente iluminado y un trío de puertas de elevador de acero, el mar se estuviera desplegando ante nuestros ojos.

—Ojalá tuviera alas —dice, como si fuera un ángel caído que solía tenerlas en la espalda—. De tenerlas, habría podido volar libre sobre el agua toda mi vida.

Escuchar a alguien perderse de este modo me parece algo íntimo. Es como leer las palabras que Neo deja ver a tan poca gente.

Sony sonríe con los dientes manchados de chocolate.

—Tendrías que venir conmigo de excursión algún día.

Sony y yo nos quedamos hablando casi toda la noche. Descubro el chocolate y el senderismo por primera vez. El chocolate, tal y como me hacen saber tanto Sony como mis papilas gustativas, es una de las mejores cosas del mundo; junto con *Cumbres Borrascosas*, claro. Ella me dice que no lee mucho, y yo le hablo de Neo. Al principio, no cree que sea una persona real. Me habla de su madre, una mujer tranquila que crio a un pequeño demonio. Sony se ríe de sí misma durante un rato más y, cuando se empieza a cansar, le enseño el hospital. Los primeros rayos del amanecer se cuelan por las ventanas; regresa a su habitación y baña a su madre en besos.

Tras esa misma noche, le dan el alta a Sony. Pasa un tiempo antes de que la vuelva a ver, y la máquina expendedora extraña nuestra conversación. Yo sigo el rastro de los momentos que se han quedado en mi memoria después de conocerla; e incluso le hablo a Neo sobre el chocolate. Él me dice que el chocolate no es ningún descubrimiento y que me tengo que dejar de estupideces. Yo lo ignoro, y seguimos viendo películas mientras comemos golosinas.

Unos meses más tarde, estoy leyendo *El señor de las moscas* en un banco del tercer piso cuando oigo las chispas de un fuego que me resulta familiar.

—¿Dónde está Sam?

Levanto la vista y veo a una chica pelirroja. Lleva en la espalda una mochila coloreada con marcadores y está hablando con la enfermera de uno de los mostradores.

La enfermera en cuestión trabaja en la unidad de esta planta y no se encarga ni de Sony ni de mí, por lo que inclina la cabeza a un lado tras la pregunta.

—¿Disculpa?

—Busco a una persona de... esta altura, de aspecto un poco raro —dice Sony haciendo un gesto con las manos—. Vamos, sí, de seguro lo has visto, no hay pierde, ni siquiera había probado el chocolate en toda su vida.

—¿Sony? —la llamo.

Voltea.

—¡Sammy! —Una risita alegre sacude su pecho al verme—. Ajá, bonita sonrisa la que luces hoy.

—Qué buen aspecto tienes —le digo. Los cortes que tenía en la cara se han curado y las pecas bailan libres por su nariz.

Me guiña un ojo y me susurra:

—Esta vez he conseguido esquivar al autobús. —Se quita la mochila de un hombro; busca entre cachivaches, ropa y lo que sea que haya metido dentro y saca un chocolate—. Te he traído esto por si aún estabas aquí. —Me acaricia la cabeza como a un perrito.

—Sony. —Detrás de ella aparece una mujer con las mismas pecas—. Tenemos que ir a ver a la médica ahora, cariño.

—Maldita sea —responde ella.

La madre de Sony pone los ojos en blanco y rodea a su hija con un brazo. Sony se acaba resignando tras el contacto.

—Ahora tengo que hacer un par de cosas aburridas, pero luego vengo a buscarte y nos divertimos.

Sony me obliga bruscamente a abrir la palma de la mano y escribe en ella su número de habitación con un bolígrafo que ha sacado de la mochila sin fondo. Saca la lengua entre los dientes; su letra es torcida, inestable, como la de un niño pequeño.

Inclino la cabeza para leer lo que ha escrito justo cuando ella termina.

—No te vayas, ¿okey? —susurra. Tiene un tubo de oxigenoterapia alrededor del cuello y su voz es más frágil que la noche que nos conocimos. Sin embargo, su alegría no se esfuma ni cuando su respiración se entrecorta. Cuando se dispone a seguir a su madre, le doy un apretón de manos a modo de promesa y la veo desaparecer por el pasillo.

Dos noches después, operan a Sony. La operación dura seis horas, durante las cuales me siento afuera de su habitación junto a su madre. Me pregunta si Sony es mi amiga; yo asiento con la cabeza y le digo que ella me da chocolate. Una expresión de satisfacción se dibuja en su rostro, una de esas sonrisas que tienen las madres cuando recuerdan la idiosincrasia de sus hijos. Pero solo con pensar en que esos recuerdos sean todo lo que le puede acabar quedando de ella, su corazón se acelera, se muerde el labio y su pie golpea nervioso contra el suelo. Yo le pregunto si quiere estirar un poco las piernas y ella asiente, así que la llevo a nuestra máquina expendedora.

Seis horas después, Sony se despierta en su cama atontada por la anestesia. Su madre no espera la aprobación de los médicos; va al lado de su hija y le llena la cara de besos. Le dice que está orgullosa de ella y que puede comer todo el chocolate que quiera. Sony emite un sonido gutural; está conectada a mil máquinas y su cuerpo está agotado por el mero hecho de estar despierta.

No sé qué tiene Sony exactamente, hay tantas enfermedades que afectan a la respiración... La asfixia es una de las estrategias favoritas de la muerte. La enfermedad de Sony arrasó con uno de sus pulmones, dejándola con una infección tras otra que su cuerpo no pudo manejar por sí solo.

Pero Sony no es de las que se rinden ante nada.

Sus alas aún están por crecer.

—¡Sammy! —Su sonrisa me saluda amable cuando entro en su habitación y me coloco a un lado de la cama. Sony me toma de la mano, la misma en la que apuntó su número de habitación, y la estrecha contra su pecho—. ¡Mira, siéntelo! Ups, perdona, esa es mi teta, pero ya verás.

Se nota un vacío, una respiración totalmente hueca que Sony tiene que captar a boca abierta.

—Ese lado está vacío ahora —susurra—. Solo me queda un pulmón.

Los medicamentos hacen que tenga que cerrar los ojos con cada palabra. Sony es una criatura llena de vida, y la enfermedad le ha robado la mitad de sus aventuras futuras.

Suelta una risa entre dientes.

—No creo que vuelva a hacer mucho senderismo. —Deja caer la cabeza sobre la almohada—. Pero al menos puedo respirar.

—Respiremos, entonces —susurro.

—Suena bien.

Pero esa alegría se desvanece demasiado rápido, ya que el aire y los fluidos que llenan el espacio de su caja torácica se oponen a ella. Frenan su energía desbocada y sus oleadas de risa.

Al menos, a pesar del dolor, su fortaleza sigue intacta. Esa llama viva que conocí en mitad de la noche está lejos de apagarse.

Sony me aprieta la mano.

—No me dejes, ¿okey, Sam?

Me siento a su lado.

—Okey...

Sony se recupera rápidamente y tiene un apetito voraz a todas horas. Quiere empezar la casa por el tejado, correr antes de levantarse; y quiere hacerlo con los cordones desatados. En más de una ocasión está a punto de caerse de bruces contra el suelo por intentar usar su bastón intravenoso de patineta, lo cual nos exaspera tanto a su madre como a mí.

Sony me enseña a jugar carreritas. Le encantan. En cualquier lugar, a cualquier hora. Por el pasillo, por las escaleras que a duras penas consigue subir, hacia los elevadores, al baño, o a su habitación. Literalmente, en cualquier lugar. También le gustan los juegos: juegos de mesa que son totalmente nuevos para mí, rompecabezas que es demasiado impaciente para terminar o el escondite inglés (que básicamente se trata de una carrera).

Un día me dice que quiere leer, así que le presento a Neo.

—Vaya, de verdad eres pequeño.Vaya que si tienes libros.

No había tomado en cuenta que Sony no tiene filtro antes de abrir la puerta de Neo sin avisar. Cuando entra, su atención está dividida entre el chico que está en la cama, las pilas de papeles y los libros del suelo. Incluso a su capacidad de atención le gusta correr.

—Hola, Neo —lo saludo sosteniendo el capítulo de la semana pasada en la mano, y lo dejo sobre la mesita auxiliar—. ¿Tienes lista la siguiente parte para poder leerla?

—¿Quién diablos es esa? —dice mientras señala con el bolígrafo a la chica que está hojeando uno de sus libros.

—¿Te llamas Neo?, ¿viene de *neonato*? —pregunta Sony, prácticamente brincando hasta su cama—. Pareces un bebé.

—Neo es de Neo a secas. No toques eso —dice arrancándole el libro de las manos. Sony da un respingo, como si le acabaran de ladrar.

—Bebé gruñón.

—¡Saaamm! —grita Neo arrastrando la sílaba de mi nombre con los ojos muy abiertos, suplicando una respuesta a su pregunta anterior.

—Neo, esta es Sony —digo con orgullo, como si hubiera encontrado una adorable mascota y la estuviera trayendo a casa—. Me da chocolate.

Neo levanta el labio superior en una mueca, claramente molesto.

—¿Qué eres, un perro? No puedes seguir a la gente solo porque te den cosas.

—Eso es lo que hice contigo —murmuro girando la barbilla hacia otro lado.

—Ooh, qué *cool* —dice Sony con ambas manos agarradas detrás de la espalda mientras hojea los papeles en el regazo de Neo—. ¿Puedo leerlo?

—¡No! Con un bicho raro ya tengo suficiente. Fuera.

—¿Es este el siguiente capítulo? —pregunto agachándome a la altura de Sony e intentando captar las palabras que puedo a través de los huecos.

—Voy a tener que empezar a cerrar la puerta —se queja Neo.

Pero no cumple con su amenaza. Neo pasa todo el día con Sony y conmigo. Primero, hacemos guardia en la cafetería; esperamos el momento perfecto para robar manzanas.

Neo llama cleptómana a Sony cuando esta se pone a sacar paletas de la basura. Nuestro botín robado sabe aún más dulce en el banco que ocupamos en medio del jardín. Sobre nuestras cabezas, la fresca brisa otoñal desplaza las nubes sobre el fondo azul.

—Neo, vamos a jugar —dice Sony.

—No.

—Bien, tenemos que elegir una nube y decir qué forma tiene. Vas tú primero. ¿Qué forma crees que tiene esa? —Sony señala hacia arriba; su dedo sigue las formas en movimiento a través del cielo.

—Tiene forma de nube. —Neo sigue masticando sin ni siquiera mirarla.

Sony le da un golpecito en la frente.

—¡Eh!

—¡Esa parece un pájaro! ¿Ves las alas? —Sony me jala del cuello de la camiseta para que pueda ver desde su privilegiada posición.

Nuestro bebé refunfuña, apretujado entre Sony y yo. El tiempo pasa y seguimos viendo pasar más nubes. Sony balancea las piernas de un lado a otro, y es que el cielo y el mar la enamoran por igual.

—Siempre he querido tener alas —susurra admirando con asombro el paisaje.

Al principio, Neo frunce el ceño cada vez que Sony y yo entramos por su puerta. Se queja cuando ella habla demasiado y se aleja cuando esta quiere jugar. Llega incluso a intentar escapar de nuestra compañía. Corriendo, prácticamente. Aunque él aún desconoce su afición por las carreras.

Pasado un tiempo, Neo empieza a hacer lo que los escritores suelen hacer: escucha a Sony. Ella dice cosas sin sentido, infantiles, da igual quién la esté escuchando. Observa, cuestiona. No le da miedo existir plenamente. Su fuego arde, y Neo es pequeño. Se enfría fácilmente.

Cuando yo llevo manzanas, Sony lleva la imaginación propia de los niños. Mientras lee sus historias, exclama sorprendida en voz alta. Hay veces en las que la respiración se le entrecorta y los ojos se le empañan de lágrimas. Otras, se ríe ante el humor de las líneas. Esas reacciones hacen que Neo la mire. No con el ceño fruncido, sino con un tipo de gratitud que solo los escritores entienden.

Sony me pregunta por qué custodio los libros e historias de Neo cuando sus padres lo vienen a visitar. Al contárselo, la tristeza anega sus ojos.

Esa noche, una vez que sus padres se han marchado, Sony está silenciosa. Entramos en la habitación de Neo. Ella se sienta en su cama y lo rodea con los brazos.

—¿Estás bien? —le pregunta Neo.

Ella apoya la cabeza en su hombro.

—Sí —susurra—. Es solo que te extrañé, bebé estúpido.

El frío comienza a apretar durante la última semana de noviembre, así que nuestras visitas al jardín son cada vez menos frecuentes. En lugar de echarle la culpa al pulmón de Sony, se la echamos al viento. Sus sonrisas han empezado a escasear y las pecas de su nariz han palidecido. Neo y yo dejamos de jugar carreritas con ella. Tomamos el elevador en lugar de la escalera. En poco tiempo, Sony es incapaz de caminar sin derrumbarse.

Su monitor cardíaco emite pitidos durante todo el otoño, como un metrónomo. Yo también llevo la cuenta, sosteniendo su mano mientras mi dedo verifica el pulso de su muñeca.

—Neo —dice Sony con voz ronca.

—Dime.

—¿Por qué tenemos enfermedades? —pregunta mirando al techo, como si a través de él pudiera contemplar cómo las nubes van pasando.

Neo lleva puesta la sudadera de Sony; es fosforescente y tiene escrito «sonríe» en una curva, justo en el centro. Suspira mientras sigue jugueteando con los nudillos de la otra mano de Sony.

—La enfermedad es temporal —explica—. Las heridas toman prestada nuestra sangre y las infecciones usan nuestras células. Sin embargo, nuestras enfermedades son diferentes. De alguna forma, son autoinfligidas; como si hubiera algún error en el código. Este tipo de enfermedad nos posee, nos hiere y, sencillamente, no entiende.

Con su reflexión, Neo quiere decir que la pregunta está mal formulada.

No tenemos enfermedades.

Ellas son las que nos tienen.

Encontraron un hogar en nuestro cuerpo.

—¿Por qué no podemos hacer que la enfermedad entienda? —pregunta Sony con el miedo temblando en su garganta.

Neo se muerde el labio inferior para no titubear. Se ha encariñado con Sony. Tanto, que le coloca un par de mechones rojos detrás de la oreja y finge no estar conteniendo las lágrimas.

—Llevamos soldados en la sangre —susurra, como si fuera el inicio de un cuento para antes de dormir—. Soldados despiadados e imparciales. No saben diferenciar lo que deben proteger del enemigo al que deben matar.

El metrónomo se ralentiza. El pulmón de Sony coincide con el latido de su corazón.

—Están ciegos. No podemos convencerlos de que se equivocan —dice Neo mientras le acaricia el cabello—. No entienden la ironía.

Neo deja caer la cabeza sobre el hombro de Sony, como si de esta forma se estuviera disculpando por su enfermedad, y la abraza hasta que se queda dormida.

Llega el invierno. La muerte ya no espera a Sony al otro lado. Poco a poco, la balanza de la lucha se inclina a su favor. La inflamación de su pulmón desciende con cada paso que da y cada risa que logra soltar. Un día, se levanta muy pronto, se calza sus sucios tenis blancos y roba unas cuantas manzanas. Neo y yo nos despertamos con el crujido de la manzana en su boca y la risa que le producen los dibujos que está viendo.

—Neo, hagamos un rompecabezas —dice.

—Odio los rompecabezas.

—Adoras los rompecabezas. Y estaría genial terminar uno.

—Bien. Pero solo porque eres discapacitada.

Sony resopla.

—Tienes la espalda jodida. Pronto tú serás tan discapacitado como yo.

—Claro, claro. ¿Has encontrado ya algún borde?

—Sam. —Alguien susurra mi nombre. Me despierto con la cabeza de Sony en mi regazo—. Mira, Sam —dice sosteniendo *El señor de las moscas* con una enorme sonrisa—. ¿Sabes que he leído un libro entero? Estoy deseando contárselo a mamá.

Las personas salvajes, aquellas que se aferran a su humanidad más allá de las dificultades, me recuerdan a ella. Mi Sony es una diablesa en busca de alas.

Le recoloco el tubo respiratorio sobre el labio, sintiendo un gran orgullo que le manifiesto. Mientras, ella hojea la página final que acaba de conquistar.

A Sony la dan de alta en febrero. Cada vez que tiene una revisión y le toca venir al hospital, se abalanza sobre Neo y sobre mí para llenarnos de abrazos y miles de besos. Empieza a venir incluso solo de visita. Una vez a la semana, hacemos noche de rompecabezas.

Un día, Sony viene al hospital sin previo aviso. Neo y yo estamos viendo películas en una sala de espera vacía. Eric está ocupado cubriendo su turno, lo que nos permite acostarnos en las sillas aunque ya haya pasado nuestra hora de dormir.

Sony entra por la puerta como alma en pena. Solo lleva puesta la pijama y sus tenis blancos y sucios. Su mirada, fija en el suelo, viaja hacia Neo y hacia mí para después acabar posada en la mano que aprieta su brazo.

Nos sentamos haciéndole sitio justo en medio

—¿Estás bien, Sony? —le pregunto. Ella se mira los tenis y une ambas suelas.

—Sí —dice con voz distante. La preocupación de Neo se plasma en forma de arrugas en su frente. Sony moquea; su mandíbula se traba y se desencaja—. Tengo un poco de frío, creo.

—Puedo traerte chocolate si quieres —le digo. Sony se ríe de mi broma y me pasa la mano por el cabello, me atrae hacia ella y se acurruca contra mí. El silencio la envuelve como una niebla—. ¿No has tenido un buen día?

En general, mi silencio es una constante, algo que se manifiesta fruto del deseo que tiene mi curiosidad de escuchar. Por el contrario, el silencio de Neo es verbal, él solo hace ruido en papel. Sin embargo, el silencio de Sony está hecho de dolor. Le duele en el pecho, junto al corazón, como si pudiera respirar de él. Esta noche, ese dolor la trae aquí. Le roba su fuego y sus movimientos llenos de vida. Es un dolor que desgarra, que la reduce a la mitad de lo que es.

—No —suspira Sony—, hoy no ha sido un buen día.

—Sony. —Neo reclama su atención con la mirada. Se agacha frente a ella y lee el dolor como si se tratara de las líneas que él mismo escribe y borra constantemente—. ¿Qué pasó?

El temblor de la mandíbula de Sony se extiende hasta sus labios. Una sonrisa forjada a modo de escudo se extiende por su rostro, aunque solo sea para convencerla de que no está intentando evitar llorar. Cierra los ojos ante la pregunta, pero después las palabras surgen como una confesión. Un pecado. Una ironía.

—Mi madre ha muerto.

Neo no se mueve. Simplemente la mira con las manos sobre sus rodillas.

Su rostro, entre azulado y rojizo, sigue siendo testigo de un recuerdo aún fresco en su mente, de esa ambulancia que la trajo aquí esta noche. Intenta reírse, pero el sonido que sale es seco, de esos que no quisiera volver a oír nunca; es un insulto a su verdadera risa.

—No estaba enferma —dice, como si la mayor tragedia de su vida fuera una broma de mal gusto—. Simplemente, murió mientras dormía.

Sony es una gladiadora. Nació para conquistar montañas y competir con los dioses. Llegó incluso a competir contra la muerte y ganó, cruzando la línea de meta con el cuerpo destrozado, pero con el alma aún viva e infantil. La humillación siempre se había acobardado ante ella, temiéndole. La derrota nunca había sabido su nombre hasta ahora.

Pienso en la madre de Sony aquel día, durmiendo en la habitación de su hija. Nunca nos miró con desdén, ni a Neo ni a mí. Nunca mostraba su desconsuelo, e incluso nos traía regalos y golosinas. En lugar de interesarse por nuestra salud, siempre nos preguntaba cómo nos había ido en el día. Su ternura, como la de su hija, no conocía límites. La madre de Sony era una de esas personas que darían cualquier cosa por ver feliz a su hija. No felices según sus propias expectativas, ni en un futuro hipotético, sino vistiendo su propia alegría, escalando sus propias montañas. Es un sentimiento menos frecuente en los padres de lo que creemos. Sony se ve frente a un abismo por haber perdido a su madre sin razón alguna.

Las razones son ilusiones. Su ausencia es habitual. Ojalá no fuera la presencia de ellas la que mantuviera cuerda a la gente.

Sony se echa a llorar sujetándose el pecho como si el pulmón se le fuera a caer de las costillas. Neo la toma por los hombros y la sostiene con firmeza.

—¿Va a venir alguien a buscarte? —pregunta.

—No. —Sony niega con la cabeza—. Solo nos teníamos la una a la otra. —Estas últimas palabras salen entre gemidos, mientras derrama un mar de lágrimas. Neo la rodea con los brazos. Una mano en su cabello. La otra en su espalda, agarrándole la camiseta en un puño.

—No me pude despedir —dice hundiéndose en él como lo ha hecho siempre con su madre. Le beso la sien mientras su sollozo se extiende por todo su cuerpo. La sostengo por el costado, por encima de los brazos de Neo.

—¡Ojalá tuviera alas! —grita.

—Estás a salvo, Sony —susurra Neo acariciando hebras de fuego rojo perdidas en la lluvia. La abraza con fuerza mientras sostiene mi mano también—. No dejaremos que te caigas.

Sony aprende algo ese día.

Aprende que la muerte no se anda con juegos.

La muerte es repentina.

No entiende de ironía ni razón.

No espera otro tictac del metrónomo.

No espera hasta que nos hayamos despedido.

La muerte arrebata, simple, directa, sin trucos escondidos bajo la manga. Y no te dará nada a cambio, salvo un último beso infinito para aquella persona que dejas atrás.

La madre de Sony tenía mucho dinero, pero ella, igual que una niña, no le da valor alguno. Los abogados se reúnen con ella para hablar de herencias, testamentos y muchas otras cosas de las que Sony no quiere encargarse mientras está pensando en cómo esparcir las cenizas de su madre.

La familia de Sony intenta ponerse en contacto con ella, pero esta no muestra ningún interés. La gravedad del dinero es más fuerte que la de la tragedia, y Sony lo sabe.

Eric instala un respirador en la habitación de invitados de su departamento. Conocía a su madre desde hacía mucho tiempo y, por lo tanto, también a Sony. Se queda con él durante un tiempo y van juntos a esparcir las cenizas al mar.

Sony vuelve a encontrar la alegría. No la busca. Su felicidad aguarda en rompecabezas inacabados y aventuras que aún no ha vivido.

Un día, Eric la lleva a la planta de oncología infantil, donde los niños pequeños llenan el espacio que dejó su madre. Sus visitas son todo un éxito; teatraliza los cuentos que les lee antes de ir a dormir y sus juegos del escondite se hacen famosos.

Poco a poco encuentra la paz: dejando que Neo le robe las sudaderas o robando fruta prohibida para sí misma. Cada vez que los padres de Neo vienen de visita, llevamos la caja de libros y escritos al jardín, y jugamos a adivinar la forma de las nubes.

Desafortunadamente, el pulmón de Sony no rinde demasiado bien por sí mismo. Desde el hospital, se encargan de hacer un seguimiento exhaustivo, solo bajando la guardia cuando ese único órgano al que le falta su otra mitad encuentra las fuerzas suficientes.

Años más tarde, cuando nuestras vidas se estabilizan, sin necesidad de metrónomos, el fuego de Sony aprende a arder por sí solo. Le doy un trozo de papel en forma de pieza de rompecabezas, pidiéndole que persiga esa mitad que le han robado:

Para Sony:
robaré un par de alas para tī.

7
Quid pro quo

Nuestro plan de huida es sencillo. Es un atraco, como todas nuestras fechorías. Solo que esta vez, somos nada más y nada menos que los mismos objetos del robo. No olvides que la enfermedad nos posee; le pertenecemos, sí, pero podemos arrebatarle esa pertenencia. Ahora que hemos practicado el robo de deseos tangibles e intangibles, es el momento de colarnos entre los barrotes de hierro.

Hay muchos puntos para tener en cuenta. No es que una estrella de cinco puntas saliendo de un hospital sea precisamente el colmo de la discreción. El plan es ultra secreto, información confidencial. El primer paso es conseguir que Neo vuelva a caminar.

Se levanta, inestable, falto de equilibrio. Su médico dijo que tenía que practicar ponerse de pie, lo cual es un poco deshumanizador. Sin embargo, creo que Neo está menos preocupado por su vulnerabilidad que por el hecho de que mis manos lo mantengan erguido.

—¿Por qué tienes el cuerpo tan frío? —refunfuña con los dedos enroscados como garras alrededor de mis brazos.

—Neo, ¿con qué sueñas? —pregunto masticando el chocolate de Sony. Antes, también le ofreció un poco a Neo, pero lo rechazó. Ahora solo chupa un cuadrito, dejando que se disuelva en su boca.

—¿Últimamente? —pregunta moviendo el chocolate con los dientes—. Pues estoy soñando mucho con gatos pesados y con la música horrible que escucha C.

—No me refería a eso.

—Ya sé lo que querías decir.

—¿Sueñas con publicar tus historias?

—No lo sé. Si alguna vez escribiera por dinero, sería solo para poder seguir escribiendo.

—¿Y no es eso precisamente lo que hacen todos los escritores?

—No. —Neo se mueve sobre sus pies. Lleva mucho tiempo sin usar los músculos, que apenas están aprendiendo a funcionar con su nueva columna vertebral erguida—. Algunas personas escriben para que su nombre sea más grande que el mismo título —dice.

Aunque no lo crea, Neo es un buen escritor. Él me hace sentir, pese a haberme olvidado de cómo se hace eso. Ni siquiera Shakespeare tiene ese poder. Sé que sus historias tienen la capacidad de hacer que la gente sienta. En un futuro...

El peso de Neo se aleja de mí. Se apoya en las puntas de los pies, erguido. Un suspiro lo recorre desde los tobillos hasta el cuello. Es capaz de mantenerse en pie, sin que se le dibuje en la cara su característico sarpullido en forma de mariposa.

—Estás mejorando —le digo.

Neo se pone rígido. Vuelve a apoyarse en mis brazos y se agarra a ellos.

—No empezaré a caminar, Sam.

—Lo sé. No me refería a eso.

—Ya sé lo que querías decir.

Sus dedos se separan de mí mecánicamente. Se sienta de nuevo en su cama sin hacer.

—¿Estás enojado conmigo? —le pregunto. Tiene el ceño más fruncido que de costumbre.

—No. —Toma los papeles y el bolígrafo de la mesilla—. Tengo que acabar de armar el plan de huida de Sony. Parece directamente sacado de una película de acción.

Al pronunciar el nombre de Sony, sus ojos se desvían directamente hacia las mangas fosforescentes que le cubren del hombro a los nudillos. Ella no está aquí ahora mismo. No puede estar. Hay veces en las que las cargas que tiene que soportar un solo pulmón se tienen que vivir en soledad. O quizás no en completa soledad, sino con un gato.

Neo se coloca la mano en el pecho e inhala un poco más hondo para sentir cómo este sube y baja.

—¿Sony está bien? —me pregunta—. Sé que ayer estuviste con ella.

Ayer me desmoroné, del mismo modo en que se hubiera desmoronado Neo si, como yo, se hubiera sumergido en la inmensa tristeza de Sony. Cuando el médico se marchó, la abracé. No lloró, pero necesitaba de alguien al lado que la sostuviera; no estar sola. Luego llegó Eric al acabar su turno y se la llevó a tomar un helado. Sin querer, a Sony se le acabó escapando que tenía una gatita en la habitación con serios problemas para controlar sus esfínteres. Eric se pellizcó el puente de la nariz, resignado, y le contestó que, siempre y cuando limpiara los rastros del animal, haría como si este no existiera. Es más, acabó comprándole a la gatita una caja de arena y un cuenco para agua y comida.

Más tarde, cuando a Sony apenas le quedaban fuerzas, la llevó a la habitación. Ambos se quedaron hablando durante horas. Él le explicó lo que habían estado haciendo los niños con los que no había podido jugar a las traes últimamente.

Ni la máscara de oxígeno conseguía ocultar sus sonrisas, ni el respirador hacía tanto ruido como sus risas y bromas. Cuando Sony se quedó dormida, Eric le acarició el cabello. Lloró en un mar de sollozos. En silencio. Para no despertarla. Se tapó la boca hasta que el pavor que no podía seguir cargando abandonó su cuerpo. Luego se limpió la cara y se levantó. Antes de marcharse, comprobó sus signos vitales y la información de las pantallas y máquinas conectadas a Sony. Luego, le besó la frente, le susurró algo que no conseguí oír y salió por la puerta.

Es injusto que aquellas personas a las que cuidas acaben siendo aquellas que te importan. Ya debería saberlo de sobra; es lo que Eric y yo tenemos en común. Se supone que no debemos amar a quienes cuidamos. Quien narra y quien se dedica a la enfermería no debe encariñarse. Somos personas ligadas a este lugar, cuidando a otras personas atadas a un péndulo que oscila a ambos lados de la cornisa.

—Bueno, no me lo digas —dice Neo limpiándose la nariz—. Es mejor que no lo sepa. —Esparce sus papeles encima de las sábanas, recreando su mar particular para que el ruido llene el silencio—. ¿Por qué sigues ahí de pie? Ve a ver a Hikari o algo.

Cuando dice su nombre, mis ojos no se desvían, sino que se pierden. Todos mis sentidos se precipitan hacia mis manos, las mismas que reflejan las suyas y que me meto en los bolsillos.

—No debería.

Entre el pulgar y el índice asoma la planta de suculenta escondida en su recipiente. En el otro bolsillo, doblada en mi palma, está la nota de Hikari. Se supone que anoche teníamos que habernos encontrado en nuestra antigua sección de cardiología, pero no conseguí reunir el valor suficiente para hacerlo.

—¿Por qué? —pregunta Neo

—Porque ella da miedo.

—¿Y yo no?

—No, tú eres pequeño.

—No te va a morder. ¿Qué demonios es lo que te preocupa? —contesta refunfuñando.

—No sé lo que quiere.

—Pues yo tampoco he entendido nunca lo que quieres tú.

—Querer es inútil para alguien como yo.

Neo levanta la vista de los papeles y espera a que yo también lo mire.

—Alguien como tú, pero también como yo, querrás decir. —Su voz gana más fuerza en esta última frase.

—Lo siento.

—Sony quiere jugar con los niños, tener la libertad de hacer lo que quiera e ir a donde le plazca. —Neo prosigue con su discurso, evitando la posible incómoda pausa que se hubiera generado tras mi comentario—. Yo quiero que al menos una parte de mí sea inmortal, y Coeur quiere..., bueno, él...

—¿Quiere escuchar música horrible?

—Probablemente.

Con un suspiro, Neo mira hacia donde están los ramos. En el centro del alféizar, el hermano de mi suculenta está tomando el sol, recibiendo la cantidad justa y necesaria de luz.

—Por lo que parece —dice Neo admirándola—, Hikari quiere lo mismo que tú.

—Creía que no sabías lo que quiero yo.

—Y, de hecho, no lo sé —admite—. Pero no tiene por qué tener sentido saberlo.

Vuelve al trabajo, los orígenes de nuestra relación hacen que mis manos se sientan ingrávidas. Mientras Neo escribe, tomo *Hamlet*, *Cumbres borrascosas* y la Lista Negra. Luego vuelvo a meter la caja de cartón debajo de su cama.

Anoche no fui a ver a Hikari como le había prometido. Ni siquiera fui a su habitación para decirle que no iba a ir. No estuvo bien por mi parte, pero después de lo de Sony, no podía arriesgarme. Cuando una persona está vacía, el viento es capaz de zarandearla de un lado a otro con facilidad. Si alguien se siente tan transparente, el sol puede brillar a través de ese alguien. Anoche sentí un vacío más grande del habitual.

—Te dejo escribir —le digo.

—Sam —me llama Neo. Se fija en los libros que tengo en las manos y en la macetita de arcilla con la suculenta que asoma de mi bolsillo—. No dejes que aquellas cosas que no quieres recordar acaben con esto, ¿okey?

Asiento con la cabeza sin un ápice de convencimiento antes de cerrar la puerta.

C está con su familia esta noche. Lo han llevado a cenar.

Son bastante simpáticos. Su padre siempre me da palmadas en la espalda y se ríe a carcajadas cuando no entiendo un chiste. Su madre es estricta, mucho más que su marido. Por ejemplo, a mí me dice siempre que debo mantener la postura erguida. También suele arreglarle el cabello a Neo sin antes preguntar; le tiene cariño. Las personas duras suelen quererse mutuamente.

Los hermanos de C (tiene muchos, cinco, creo) son más parecidos a su padre: corpulentos, ruidosos, habladores. C es una oveja negra en su rebaño familiar. Cuando vienen de visita y se quedan en su habitación un rato, no se muestra tan presente en la conversación como cuando, por ejemplo, Neo, Sony o yo estamos con él. Más bien, se queda acostado con los audífonos puestos y leyendo el libro que está escribiendo con Neo, ignorando la conversación que lo rodea.

¿En qué pensará? Me pregunto si esta noche piensa en la espalda de Neo, en el pulmón de Sony o en la sangre de Hikari. O si, en cambio, piensa en nuestra próxima huida y en las aventuras que nos esperan. ¿Acaso custodia la promesa que le hizo Neo del mismo modo en que yo lo hago con la promesa que me hizo Hikari?

Ella me dio tan solo un trozo de papel, fino y roto, con un sueño entre sus líneas, ¿verdad? Y, sin embargo, ella está plasmada allí. Hay cosas que llevan su huella y esencia: *Cumbres Borrascosas*, *Hamlet*, la Lista Negra, mi suculenta o la notita. Es ella plasmada en ese papel. Todo lo que ha tocado, ya sea con la piel o con las palabras, es algo que atesoro. Soy como alguien que deja el tabaco y se aferra a los parches de nicotina.

Aprieto la frente contra la pila de libros. Deambulo por ahí, hasta que el murmullo de las charlas llega a mis oídos. Pese a que es ya muy de noche, la cafetería está abarrotada a estas horas. El personal en bata da vueltas al café. Algunos pacientes esperan resultados, mientras que otros aguardan a sus seres queridos, entretanto reflexionan sobre la comida que ni siquiera han tocado.

En medio de la gente, hay una pareja sentada frente a una chica. Están discutiendo, se nota; la mujer tiene la cabeza entre las manos y la frustración a flor de piel. El hombre está cruzado de brazos; mira hacia abajo y sacude la cabeza de vez en cuando.

Hikari está de espaldas a mí, su cabello amarillo está recogido en una coleta. No puedo verle la cara. Solo le veo el cuerpo. Sus piernas no se balancean y sus brazos permanecen quietos a los lados. No me muevo hasta que Hikari se levanta y deja a sus padres en la mesa. Me escondo rápidamente en un pasillo al otro lado de la entrada y espero a que pase.

No puedo decir su nombre, pero quiero que se dé la vuelta para asegurarme de que está bien. El deseo tiene tanta fuerza que trepa por mi estómago como una araña.

—¡Hamlet! —grito.

Hikari se da la vuelta. No hay rastro de lágrimas en sus mejillas ni de tristeza en sus ojos. Una oleada de alivio se libera en mi pecho.

—Yorick. —Sonríe, pero la alegría no le llega a los ojos ni me llega a mí—. ¿Eso que tienes ahí es tu suculenta? —pregunta mientras la plantita asoma de mi bolsillo.

—Ah, sí —digo mirando sus hojas marchitas—. Está un poco mustia. No quería dejarla sola.

Hikari resopla y se mete las manos en los bolsillos. Lleva pantalones cortos que dejan al descubierto unas piernas desnudas con la piel ligeramente de gallina. Parecen suaves bajo la luz, sin magulladuras ni manchas a excepción de algunas banditas.

—¿Estás bien, Sam? —me pregunta. Alzo la vista y se me empiezan a enrojecer las mejillas.

—Eh... Sí, yo... te llamé porque... Bueno...

—¿Porque viste cómo mis padres me regañaban? —Aprieto contra mis brazos los libros que sostengo. Tiene la misma mirada que tenía Neo cuando saqué todo el tema de «querer algo». Es como una especie de decepción muda.

—¿Qué sucede? —pregunta cuando mi mirada se dirige al suelo y mi barbilla cae sobre la pila de libros.

—Hoy he hecho enojar a todo el mundo —murmuro.

—Nadie está enojado contigo —responde.

—Deberías estarlo.

—¿Por qué? ¿Porque una calavera me dejó plantada?

Okey, ya salió el tema.

—Lo siento.

—No pasa nada. —Hikari se ríe. Es una risa seca. Esta vez no se pueden contar los tres latidos.

—Si quieres puedes contarme lo que ha pasado —le digo señalando con la cabeza en dirección a sus padres—. O si lo prefieres, puedo seguir dando vueltas por aquí con esta caja de libros, sin molestar.

—¿De verdad quieres que te explique lo que ha pasado?

—Sí. —Trago saliva y mis ojos parpadean de lado a lado mientras intentan reunir valor—. Te estoy explorando.

Últimamente, se recoge el cabello con más frecuencia. Cada vez que estamos cerca, los pequeños detalles como ese se vuelven aparentes. Noto también que se vuelve más fría cuando está enojada, y que si digo algo que se salga de lo normal, indaga en ello. Lee líneas en mí que ya ha leído antes, como si las hubiera malinterpretado la primera vez. Igualmente, si le das una oportunidad, ves que es compasiva.

—De acuerdo —accede. Luego gira sobre sus talones y el cabello se balancea con ella. Se aleja de la cafetería abarrotada, dando zancadas—, pero me debes una noche, así que vamos.

—¿Por qué me dejaste plantada, Yorick? —pregunta.

—Tenía miedo.

—¿Miedo?

—Neo dice que no muerdes, pero no le creo.

—Deberías hacerle caso. Neo lo sabe todo.

Su habitación está llena de plantas, algunas marchitas y otras que, como la mía, se están curando. Su ropa está amontonada en lugar de doblada, saliendo en avalancha de una maleta en el rincón más alejado del cuarto. La cama está deshecha y las medicinas están esparcidas de forma desordenada.

—Eres un desastre —le digo sonriendo mientras dejo los libros. Es entrañable. Ha creado una comodidad única con su espacio, como si hubiera adoptado la habitación, que ahora tiene su personalidad.

Hikari me mira con los ojos entrecerrados fingiendo un mordisco en el aire y chasqueando los dientes. Nos reímos a la vez.

Una vez que he dejado los libros en su habitación, Hikari echa a correr fuera de esta. Cuando llega al pasillo, un coro de enfermeras le grita desde lejos que vaya más despacio. Ni siquiera me explica lo que estamos haciendo. Confía en que la seguiré, y eso es lo que hago.

—¿Adónde vamos? —pregunto.

Hikari solo se ríe, su paso es incansable. Suelta un grito cuando casi chocamos con un grupo de médicos, que esquiva agachando la cabeza rápidamente y siguiendo su carrera. Su risa cascabelea, la siento muy cerca a pesar de que voy varios pasos por detrás.

Solo se detiene cuando llegamos a los jardines, jadeando. La fría noche hace de cada una de sus respiraciones nubes de vapor, igual que el vapor que se crea en las máquinas de la cafetería al hacer café. Una vez más, la luz de las estrellas es tenue y, sin embargo, ella mira hacia arriba como si las observara por primera vez.

—¿Y ahora, Sam? —Acaricia los oscuros arbustos y se sienta en la hierba—. ¿Ya sientes la vida?

—Hemos robado una carrera —digo al darme cuenta de ello mientras me limpio el sudor de la boca.

—Para Sony. —Hikari se abraza las rodillas. Sabe que Sony no está bien ahora mismo. Y sabe que eso me duele tanto como a ella.

—¿Puedo preguntarte algo? —me dice.

—Sí.

—¿Qué significa para ti una vida?

—Existe una definición médica —digo—. Y Neo dice que también hay varias filosóficas.

—No te he pedido la definición, sino lo que significa para ti.

¿Qué pasaría si a ti, que lees estas páginas, te dijera que mi destino no es vivir? ¿Y si se lo dijera a ella? ¿Crees que lo entendería?

La frialdad que he visto antes en Hikari resurge.

—Mis padres creen que estoy tirando mi vida por la borda —dice—. Según ellos, no quiero nada que valga la pena, y cuando menciono el hecho de que nunca me han preguntado qué es lo que quiero, dicen que soy infantil. Mis padres son personas lógicas; su confianza en mí es cara, me la tengo que ganar. Ellos creen en las resonancias, en los análisis de sangre y en los médicos, pero ¿qué hay de lo que yo siento?, ¿o de lo que yo digo? —Habla como si sus padres estuvieran sentados frente a ella, al otro lado de una barrera del grosor de una mesa. Hikari suspira—. Es difícil sentirse escuchado cuando las personas con las que hablas no tienen ningún tipo de confianza en tus palabras.

—¿No creen que estés sufriendo? —pregunto.

—No es eso.

Los dedos de Hikari acarician la cicatriz desde la curva de su hombro hasta su pecho. Hay otra cicatriz justo al lado, más joven que su predecesora. Ambas cicatrices quedan al descubierto como si me estuviera revelando secretos.

—Era tan feliz cuando era niña —dice ella—. Ellos no entienden cómo las cosas pudieron cambiar así, tan de repente. Aunque en realidad no fue algo que ocurriera de la noche a la mañana. Más bien, a medida que crecía, más clara se volvía mi visión. Mi imaginación se diluyó como la niebla, y el mundo que vi era demasiado gris en comparación con lo anterior. —Su voz cae, y su mirada se precipita sobre los vendajes que recubren sus antebrazos; Hikari tiembla, pero creo que confía en mí lo suficiente como para retirárselos. Justo debajo, hay pequeñas cicatrices blancas dibujando líneas en forma de escalera que suben por su brazo.

—Todo empezó con la soledad —continúa—. Era capaz de comer y no saborear nada, llorar y no sentirme triste, dormir y sentirme cansada. Ya no me gustaba lo que solía gustarme, y había dejado de querer lo que antes quería. Adelgacé hasta que mi imagen se desdibujó. Una pequeña parte del fondo que nadie notaba había desaparecido. E incluso aunque nunca antes me había sentido tan vacía, cada vez que intentaba levantarme de la cama, sentía cómo me hundía. Me quedaba mirando el tictac de mi reloj, deseando poder romperlo. —Hikari cubre los cortes con su mano. Es como si quisiera llorar pero no recordara cómo—. Menos mal que odias el tiempo también, Sam. Yo llevo deseando acabar con él desde que tengo memoria.

Hikari es todavía solo una adolescente, pero los adolescentes no son tan maleables como los niños. Tienen un sentido de sí mismos, aspiraciones, sueños. A veces, los padres se sienten amenazados por esa autonomía. Se aferran a la idea de su hijo, a la idea de quiénes son. Sienten todo aquello que se sale del guion como una desobediencia por su parte. Así que cuando un niño prefiere leer y escribir antes que seguir los pasos de su padre, se desencadena la violencia. Y cuando esa niña está atrapada en su propia mente, su madre y su padre niegan el dolor, achacándolo a un síntoma más de la adolescencia.

—Hamlet siempre fue mi peor influencia —susurra Hikari. Suspira y su mirada se pierde como la de un fantasma.

A la gente le gusta glorificar la juventud, y tal vez sea por eso por lo que ella se aleja de la suya; lo ven como un período de libertad, sexo y decisiones estúpidas. Es muy típico oír cómo todo el mundo dice aquello de «estos son los mejores años de tu vida. Disfrútalos. Lo agradecerás en un futuro». Si le dices eso a alguien joven, estarás reduciendo su persona a poco más que fruta madura y lista para la cosecha. «Lo agradecerás en un futuro», dicen... Ese es un argumento lamentable que hacen quienes se miran al espejo y solo ven cómo este les devuelve una imagen que se pudre. Ese tipo de personas piensan que es imposible que alguien esté tan anestesiado y apático como para que ni siquiera su enfermedad le duela lo suficiente.

—Tienes depresión —le digo. Es una nueva verdad que me deja un gusto agrio en la boca al pronunciarla.

—No, no depresión, ya se han encargado de que odie esa palabra. —Hikari se acomoda en el asiento y se coloca el cabello detrás de las orejas. Pronuncia las siguientes palabras sin poder creer que sean una realidad—. Creo que el peor sentimiento del mundo es decirle a alguien que sientes dolor y escuchar cómo te contestan que no existe herida alguna.

—Necesitas una herida —digo. El impulso de defenderla tiembla entre mis dedos—. La depresión... (me da igual si odias la palabra), la depresión es mejor ladrona de lo que tú o yo seremos jamás. Roba los momentos que deberían ser tuyos. Por eso caminas por las cornisas, corres, dibujas, robas, lees, y... —Me detengo al acordarme del sacapuntas que robó y desmontó para meterse la hoja en el bolsillo—. La depresión es exactamente como el miedo. Es todo sombra y cero cuerpo, pero es real.

Esa sombra se cierne tanto sobre Hikari como sobre mí. La soga alrededor de su cuello está igual de apretada que la mía. Por la noche cuesta más verla, pero no tiene pérdida. Las estrellas proyectan su tenue luz sobre ella, y cuando una de ellas decide brillar, su sombra brota de entre las tinieblas.

—También te tiene entre sus garras, ¿verdad? —dice ella—. Es por eso por lo que no se te da bien existir.

—No. —Niego con la cabeza, sin apartar los ojos de ella—. Yo he elegido esto. Mi depresión es consensuada.

No puede evitar reírse.

—¿Te gusta eso de sentirte en un letargo? —pregunta.

—Es mejor eso que el dolor.

Abre la boca como si quisiera refutar mi argumento, pero las palabras no terminan de llegar. Quiere decirme que el dolor es temporal, pero luego duda a la hora de pronunciarlo en voz alta. Vuelve a cerrar la boca y rechina la mandíbula mientras vuelve a concentrarse en las gotas del rocío.

Los grilletes del miedo se clavan en mi garganta cuando casi se me escapa su nombre.

—Mi Hamlet —digo. No importa. En este momento, ella es todo lo que importa—. Puede que solo sea un cráneo cobarde, pero estoy aquí —digo. Mi puño se cierra alrededor de la hierba, justo al lado de la Lista Negra. Pienso en la forma de su mano, que está muy cerca—. Siempre estaré aquí para escucharte y siempre te creeré.

La Lista Negra y mi suculenta se sientan entre ella y yo, como si marcaran la distancia, pero el calor que compartimos desobedece rebelde ante la barrera. Me aferro a ese calor. No he dicho su nombre, aún no la he tocado, ella no es real. Solo soy una calavera en el hueco de su palma, así que ¿qué importa realmente si vuelo demasiado cerca del sol?

—¿Ahora ya sí que crees que vivo?

—No. —Hikari niega con la cabeza, pero su sonrisa está intacta—. Todavía tengo que hacerte soñar.

—¿Con qué sueñas? —pregunto.

Hikari suspira mirando esas estrellas que aún le tienen que brillar.

—Sueño con... aniquilar esa soledad. —Se muerde el labio inferior, encogiéndose de hombros—. Y tal vez con un gran gesto de romanticismo también.

—¿Como los de las películas? —pregunto, acordándome de los que Sony ha tenido con Neo y que se han acabado convirtiendo en mis historias de amor favoritas.

—Sí. —Hikari se ríe—. Como los de las películas.

Nos comunicamos con la mirada de forma pura, no hacen falta palabras. Nuestro coqueteo ahora va más allá de las meras bromas.

—Entonces también robaré eso para ti —susurro.

Como no podía ser de otra manera, el jardín solo puede mantenernos alejados de la realidad por un tiempo limitado. El teléfono de Hikari suena, y cuando lo saca de su bolsillo y lee el mensaje, su expresión se ensombrece por completo.

—Sam, C ha tenido un accidente.

8
La cuenta atrás

C nunca ha pronunciado la palabra *corazón*.

Perder algo que nunca se ha mencionado es más simple que perder algo que amabas tanto como para haberlo nombrado.

Hace un año, durante una competencia de natación, su corazón estaba en las últimas. Se rindió justo cuando la zambullida de C rompió el agua. Su entrenador, su padre y otros dos nadadores lo sacaron de la alberca, inerte y consciente a duras penas.

El fallo se lo había provocado una enfermedad cardiovascular, según decían. La descubrieron lo suficientemente a tiempo para salvar el cuerpo de C, pero demasiado tarde para salvar lo que quedaba de su corazón inflamado.

C cuenta la historia de manera diferente. Dice que todo lo que recuerda de ese día es flotar. Las conversaciones de angustia del resto de los competidores y los vítores apagados de la multitud desde las gradas. El azul de la alberca se volvió borroso, y cada músculo de su cuerpo se debilitó. Dice que eso que tenía entre los pulmones latía sin ritmo, como un conjunto de tambores llorando. Él dice que, aunque en ese momento estaba luchando por su vida, se sentía en paz allí abajo, porque bajo el agua no tenía que escuchar a nada ni a nadie.

Solo eran él y su corazón.

Todo lo demás se convirtió en un vago recuerdo que se perdió en la superficie.

Cuando estás bajo el agua, es imposible pensar en algo que no sea tu propio cuerpo. Se oyen voces, pero no consigues distinguir lo que dicen. Se crea una barrera, clara como un cristal, entre tú y las personas que conocías. Y lo digo en pasado, sí, precisamente porque dejarán de ser las mismas. Si alguien se da cuenta de que vas a morir, te tratará distinto de lo que te trataría si fueras a vivir.

Por supuesto, siempre hay excepciones.

—¿Qué diablos hacías arriba de una escalera de mano? —me pregunta Eric limpiando el corte de mi antebrazo con agua oxigenada.

—Ese reloj está roto. —Señalo el espacio que hay encima de la puerta del vestíbulo. Justo debajo, la escalera de mano yace a un lado como un cadáver, como si fuera un soldado caído en batalla. De acuerdo, probablemente tendría que haberle pedido a alguien que me sostuviera la escalera, pero ando con falta de personal en el sector «Amigos sin discapacidades físicas»—. Lo estaba robando.

Eric extiende mi brazo sobre el mostrador para ver mejor la herida.

—¿Por qué?

—Para dárselo a mi Hamlet.

—Ni siquiera voy a preguntar qué significa eso. ¿Y no creen que ya han robado suficiente, pequeñas alimañas? Sus habitaciones podrían ser fácilmente almacenes de cachivaches rotos.

—Es la única forma de matar a nuestros enemigos —le recuerdo.

Me da un golpecito en la frente.

—Ahórratelo, que ya sabes que andar con esos dramas no te funcionará conmigo.

—No son dramas.

—Su grupito es la viva definición del drama. Tú especialmente.

—¿Yo?

Eric enrolla una venda alrededor de mi herida.

—A ver, si te encanta citar a Shakespeare.

—Eso lo hace Neo, no yo.

—Para insultar a la gente.

—¿Y eso no es dramático?

—¿Te oyes? Más drama. Vamos, fuera de aquí. —Me da un golpecito en la parte del brazo sin heridas y se frota las manos con una toallita desinfectante—. Y asegúrate de que Sony no ande por ahí persiguiendo gatos. O se limita a descansar, o te prometo que llevaré ese imán de pulgas a la perrera.

—No te lleves a Elle, por favor.

—¿Qué?

—Dijiste que te llevarás a Elle.

—¿Quién es Elle?

—El imán de pulgas.

—Vete, Sam.

—Muy bien.

Eric me da la espalda, se coloca el estetoscopio alrededor del cuello y le hace señas a otra enfermera para que vuelvan al trabajo. Flexiono los músculos de mi antebrazo. No duele. El dolor y yo tenemos un acuerdo razonable. El dolor es celoso. Siempre y cuando yo no sienta nada más, se mantiene a raya.

Eso significa que el dolor no me castiga cuando llevo a cabo actos objetivamente estúpidos, como por ejemplo subirme a una escalera de mano para robarle un reloj inútil a una pared. Miro hacia la escalera en el suelo, luego al reloj.

¿El enojo de Eric y una posible herida en la cabeza valdrán la pena cuando vea una sonrisa en el rostro de Hikari? ¿Valdrá la pena el robo cuando le presente el tiempo, tangiblemente muerto, justo antes de nuestra gran huida?

—¿Sam? —Aparece alguien lo suficientemente alto como para bloquearme el paso.

Hace algunas noches, C se desmayó. Lo habían dado de alta y estaba cenando con su familia. Unos minutos después de que se sentaran, se le pusieron los ojos en blanco y se desplomó de la silla. Se despertó unos segundos después, pero lo sucedido bastó para que los médicos, los demás y yo nos asustáramos.

C dirige la vista a mis vendajes, mientras que la mía va al moretón negro y púrpura que se extiende de su mejilla a su ceja.

—¿Qué te pasó en la cara?

—Mi hermano me pegó —dice—. ¿Qué te pasó en el brazo?

—No tengo brazos. ¿Por qué te pegó?

—Emm, ya lo sabes.

—No, no lo sé.

—Desde que volví, los médicos me han obligado a hacerme todo tipo de pruebas. Así que mis padres no dejan de discutir conmigo acerca de mi... —se golpea el pecho dos veces—... situación. Pero como yo ya he escuchado lo mismo mil veces, me puse los audífonos. Mi hermano, a quien estaba ignorando, se frustró; excusa perfecta para darme un puñetazo, así que...

—Ah.

C muestra los dientes satisfecho, como si tener ese moretón fuera motivo para alardear.

—No tienes idea de lo que me gustó que por fin hiciera eso, Sam —dice como espectador en lugar de víctima—. Mi hermano y yo solíamos pelearnos de pequeños. Me molestaba, me jugaba bromas de mal gusto y se burlaba de mí. Después de lo que pasó el año pasado, cambió. Se volvió amable y agradable, y yo lo odiaba. —C se ríe—. Pero parece que ya ha dejado a un lado ese papel. Además fue un buen golpe, sin duda, ¿Ves?

Se agacha un poco para mostrarme el moratón.

Suspiro.

A C no le gusta que hablemos de nuestras enfermedades, y mucho menos de la suya.

Para él, la enfermedad es de existencia condicionada. Solo es real cuando se le tensan los músculos en el último escalón o cuando alguien pronuncia su nombre.

—¿Tus padres qué dijeron? —pregunto. En realidad, lo que estoy preguntando sutilmente es si está bien.

C se encoge de hombros.

—Qué más da. Quiero ver al resto. ¿Vamos a la sede?

Nuestra sede es la habitación de Neo.

—¡Literalmente no podrías tener menos razón! —C y yo abrimos la puerta y nos encontramos con un panorama menos tranquilo.

Los tres están en la cama. Neo está apoyado en su almohada, sin corsé. Sony de espaldas a la puerta, con su botella de oxígeno e Hikari frente a ella, alternando la mirada entre una y otro.

—No existe eso de que alguien pueda tener más razón o menos razón —dice Sony—. O bien estoy en lo cierto, o bien me equivoco.

—Te equivocas —dice Neo con vehemencia.

—Estoy en lo cierto. No podría tener más razón.

—No hay suficiente oxígeno en tu cerebro como para que puedas tener razón.

—Y tú no tienes suficiente comida en el cuerpo como para alimentar tu cerebro, *ego*, no puedes estar cien por cien seguro de que me esté equivocando.

—¡Es *ergo*, idiota!

—Bebé, no empieces otra discusión. Si gano una vez más vas a acabar subiéndome el *ergo*.

—¿Por qué pelean? —pregunta C mirando por encima el juego de mesa lleno de piezas sueltas.

—Estábamos jugando Monopoly —dice Hikari—, cuando se declararon la guerra.

—El caso es que la razón la tengo yo —dice Sony echándose el cabello hacia atrás.

—Caíste en mi propiedad y no pagaste, ¡y es ese justamente el objetivo del juego!

—Sí, pero estás en la cárcel. ¿Se supone que tengo que darle dinero a un criminal, Bebé? Eso no estaría bien.

Neo se inclina hacia adelante, tiene otro argumento preparado en la punta de la lengua que no llega a articular. Su respiración se entrecorta, aprieta los dientes, cierra los ojos con fuerza y, en un instante, su cuerpo se paraliza.

—¿Neo? ¿Estás bien? —Hikari lo agarra de ambos hombros para sostenerlo.

Se le agarrota la espalda y aprieta la sábana con el puño mientras su garganta lucha por seguir trabajando.

—Ne-necesito ponerme de pie.

El acuerdo entre Neo y el dolor es muy diferente, y C no se queda de brazos cruzados cuando este hace arder sus nervios. Pasa la palma de su mano por la espalda de Neo y, con cuidado, lo saca de la cama. Sony se hace a un lado para dejarles espacio.

—Agárrate de mí —dice C. Los puños de Neo se aferran alrededor de la tela de su camiseta. La línea en la que nace su cabello está perlada de sudor.

—¿Qué te pasó en el ojo? —termina pronunciando Neo lo mejor que puede.

—Ssh —le ordena C—. Tú solo respira.

Al sujetarlo del brazo, nota confundido cómo Neo se estremece y se resiste a que C le suba la manga, pero este lo hace de todos modos. Neo también tiene un moretón; el suyo se extiende desde la curva de su codo y sube en espiral por su bíceps, donde cobra forma de mano.

C se pone tenso mientras observa la nube de perlas moradas y negras. El padre de Neo estuvo de visita anoche, y C no tarda en sumar dos más dos, lo que hace que se le hinche la vena de la frente más de lo normal.

—No digas nada. —Neo tira de su muñeca—. Y no te enojes.

—No estoy enojado —dice dejando clavadas sus uñas en forma de medialuna en la sudadera de Neo.

Neo vuelve a recuperarse a medida que pasan los minutos y está escuchando el latido del corazón de C en su oído.

—Eso de que no estás enojado, díselo al trueno que se oye entre tus costillas.

Noches que quedan para la huida: 5

Eric tiene un reloj con una correa de cuero rojo, tan pasada de moda como él. Todavía usa un celular con tapa, y se niega a tener cualquier otro artilugio digital que no sea ese. Su reloj dejó de funcionar la noche en la que lloró junto a la cama de Sony. Eric no para de darle golpecitos a la esfera, pero la manecilla sigue sin moverse.

Se compra uno nuevo, pero sigue conservando el viejo. Cuando le pregunto el porqué, me contesta que no puede soportar la idea de tirar nada viejo. Le pregunto si se lo puedo robar. Lo saca del bolsillo y se queda pensativo durante un momento.

Cuando me cruzo con su mirada, él no busca una razón. Nos conocemos lo suficiente como para que sepa que no estoy bromeando.

Hikari y yo hemos estado explorando. El hospital, los cielos, y también nos hemos explorado mutuamente. Las enfermeras están tan acostumbradas a que pasemos corriendo que ya ni siquiera nos gritan. Nos hemos convertido en un ruido de fondo que ya nadie cuestiona.

Leemos *Hamlet*, cantando y bailando, como a ella le gusta.

Robamos momentos observando a la gente. Sus habilidades para ello son nefastas. Es absolutamente impaciente, como el lector que no ve la hora de llegar a la parte buena. Sin embargo, siempre vale la pena esperar, aunque solo sea por ver cómo reacciona cuando una pareja se reúne en un abrazo, o cuando una madre besa a su hija justo después de que la hayan dado de alta.

Hoy, ella dibuja en la biblioteca mientras yo leo, pero pronto nos cansamos. Se esconde de mí y se ríe cada vez que capto su silueta entre los pasillos. Ella me seduce, me hace abandonarme a este juego de persecución.

—¿Qué es esto? —susurra cuando consigo arrinconarla en uno de los sillones.

—Es un regalo. —Le doy la correa de cuero a rayas rojas con las manecillas inmóviles. Dejo el reloj en su mano, con cuidado de no dejar que mis dedos rocen su palma. Hikari parpadea bajo la suave luz y una ola de silencio se va meciendo en el espacio que nos separa—. Pensaba regalarte un cráneo falso, pero, de haberlo hecho, me habrías sustituido.

—Es perfecto —dice ella apretando el reloj contra su corazón. Un tímido rubor tiñe sus mejillas mientras me mira a través de sus pestañas—. ¿Quieres saber algo?

—Ajá —asiento.

—Este es el mejor regalo que he recibido en mi vida. —Se muerde el labio mientras su pulgar se desliza por la esfera de cristal. Luego señala mis labios con el reloj todavía en la mano—. Sin contar esa sonrisa.

Sus palabras me cautivan. Señalo la sonrisa que luce en sus labios, preguntándome cómo pude siquiera pensar que podría convertirse en ruido de fondo, cuando está claro que ella es la melodía principal.

—Te la he robado a ti.

Noches que quedan para la huida: 4

C es un filósofo mudo. Reflexiona. Constantemente. Pero nunca comparte ni un solo pensamiento.

Él y yo caminamos por los pasillos que nos llevan hasta la sala donde le harán la ecografía. Antes dijo que sentía algo raro en el pecho. Mientras caminamos, se frota constantemente el esternón y desliza la lengua por unas encías todavía adoloridas por el puñetazo.

—¿Conoces los efectos que suelen poner en las películas espaciales? Pues aquí adentro suena igual —dice Neo mientras él, Sony, Hikari y yo nos sentamos a lo largo de la pared de la sala de estudios. C está acostado sobre un costado, con el brazo sobre la cabeza y la piel empapada en gel de ultrasonidos; Eric va deslizando el transductor sobre su pecho.

—Con un poco de suerte, algún director de cine espacial comprará las grabaciones —dice Sony con los ojos pegados a la pantalla—. Ya te han hecho ecos suficientes como para que usen todos esos sonidos en las nueve películas de *Star Wars*.

—No te creía una friki del espacio. —C sonríe.

—¿Y qué si lo soy?

—Vamos, no te hagas la recatada conmigo.

—¡¿Recatada?! Eric, métele inmediatamente esa cosa por la garganta.

Eric aprieta algunas teclas de la máquina.

—Supongo que, de esa forma, obtendría una imagen aún más clara, pero no nos arriesguemos.

C pone los ojos en blanco y sigue observando la pantalla, aunque en realidad agradece la distracción, ya que ver los propios órganos impresiona. Es escalofriante contemplar cómo se rinden. Neo fija su mirada en C, estudiando cada reacción por encima de su cuaderno. Después vuelve de nuevo a la historia que están construyendo, y escribe sin cesar.

—Si solo le queda medio corazón, ¿cómo puede ser que tarden tanto en tomarle fotos?

—¡Sony! —la regañamos.

—A ver, es verdad, a mí solo me queda un pulmón y a él medio corazón. Juntos sumamos un ser humano completamente funcional.

Una hora después, nos encontramos con los padres de C en la sala de espera. Regresan a la habitación con él y nos piden privacidad. Me quedo afuera, me siento y empiezo a releer las intervenciones de *Hamlet* hasta que llega Neo. Aún se me hace raro mirar al suelo y ver un par de piernas en lugar de ruedas. Se sienta a mi lado sin decir una palabra, envuelto en un suéter de Hikari y en unos pants de Sony.

C no aparece hasta medianoche. Al entrar en la sala de espera, se limpia las mejillas con la manga y se agacha hasta estar a nuestra altura.

—No hacía falta que me esperaran —susurra.

Neo se ha quedado dormido a mi lado, con un mar de papeles descansando sobre su regazo. Pestañea un par de veces hasta abrir los ojos por completo con el sonido de la voz de C y se va desperezando hasta quedar erguido.

—Vamos. —C le retira el cabello de los ojos—. A la cama.

—¿Qué dice la ecografía? —murmura Neo aún con la boca pastosa—. ¿Qué te dijeron tus padres?

—Qué más da —dice C. Presiona los nudillos contra el pecho. Las pequeñas petequias que se extienden a lo largo de su cuello salen a la luz. C es un barco grande cuyo motor está cansado. Su corazón ya no le puede sostener en esta vida, está demasiado débil.

—El caso es que... —C se pasa la mano por la cara—. Necesito un trasplante.

El rostro de Neo se inunda de empatía. Sostiene la cara de C entre sus manos mientras le limpia una lágrima con el pulgar.

—C...

—Vayámonos —dice C—. Vámonos ya. Esta noche. Todo el grupo.

—Casi no puedo caminar.

—Yo te llevaré en brazos —dice C sosteniendo las manos de Neo.

Neo se inclina hacia adelante hasta que su nariz roza con la de él.

—Solo espera unos pocos días más. No falta mucho. —Bajo el suave peso de su voz, C consigue por fin relajar los hombros. La tensión que había acumulado desaparece tras el contacto de Neo en su piel—. Enseguida iremos a buscar nuestro paraíso.

Noches que quedan para la huida: 3

Esta noche, Hikari y yo subimos a la azotea.

Nos reímos mientras comemos unos bollitos de chocolate que consiguió que nos regalaran, cortesía de la propietaria de una panadería que hay cerca del hospital. Nos llenamos de migajas mientras dejamos que el dulce sabor baile en nuestra boca.

Hikari me pregunta por qué me gusta tanto *Cumbres Borrascosas*. Le digo que está lleno de verdad y que, de algún modo, veo mi reflejo plasmado en la historia.

Yo le pregunto por qué le gusta *Hamlet*. Ella se ríe y me dice que en realidad no le gusta.

Leemos en voz alta la obra. Hikari se interrumpe a sí misma en medio de los monólogos y, cuando lo hace, se va acercando cada vez más a mí. Me encanta este juego en el que medimos nuestros límites, la distancia que nos separa.

—¿Crees en Dios, Sam? —pregunta dejando el libro a un lado.

Tiene los brazos en cruz, apoyados sobre la cornisa de piedra. La esquina empañada de sus lentes refleja las historias que vemos tenuemente iluminadas en las ventanas de los demás departamentos. Historias que lee como si se trataran de nuestra obra.

—No lo sé —digo. Su piel está solo a una suculenta de distancia de la mía. Su olor me abruma, lo dulce que es—. ¿Tú?

Sus labios se contraen pensativos.

—Creo en los artistas.

—¿En los artistas?

—Hay quienes pintan el cielo y el mar. Otros esculpen montañas. Las delicadas flores siembran y cosen la corteza de los árboles. Algunos dibujan personas y plasman en el lienzo las vidas que viven. —Sus ojos se encuentran con los míos—. Tu artista aún no se ha definido —susurra con una sonrisa torcida—. Aún hay indecisión.

—Parece que mi artista te ha hecho enojar.

—Claro, ¿cómo se atreve a no dotarte de brazos?

—¿Crees en el paraíso? —pregunto.

—Creo que no. El paraíso es un lugar perfecto. La perfección no es real. Eso de que exista un lugar perfecto cuando morimos suena a un truco para hacer que nos comportemos bien en vida. Comportarse o morir no son finales lo suficientemente buenos para quien se dedica a robar.

—El padre de Neo dice que quiere que su hijo vaya al cielo —digo—. También dice que esa es la razón por la cual hace lo que hace y dice lo que dice.

—¿Tú le crees?

—Creo que Neo sí.

—¿Y por eso no se toma los medicamentos? —pregunta Hikari—. ¿Es por eso por lo que no come?

A Neo le cayó bien Hikari desde el primer día. Dijo que era una chica genuina, y nunca puso una barrera entre ambos. Por eso no le cuesta darse cuenta de que se dedica a esconder las pastillas detrás de las encías para después escupirlas en el baño; o de que las anchas sudaderas que lleva no consiguen ocultar la piel hundida bajo sus mejillas; o de cómo sus piernas débiles se tambalean.

—¿Sabes cómo escribe Neo? —pregunto. Hikari niega con la cabeza—. Una vez escribió que la ropa era un escondite tan extraño como inteligente. Según él, los moretones, las cicatrices o las inseguridades son cosas que podemos esconder completamente si así lo elegimos. Mientras que las partes esenciales de cada persona se reservan a la atenta mirada de espejos y amantes.

—Es bonito —dice jugando con la banda que recubre su muñeca—. Aunque triste.

—Todo lo que escribe Neo me hace feliz, por muy triste que sea.

—Porque es tu amigo.

—Porque cuando escribe está en paz.

—Está en paz cuando estás con él. —Hikari sonríe. Su sonrisa siempre encuentra la forma de inclinar el vaso hasta que este parece medio lleno—. Podemos crear nuestro propio paraíso —dice ella. Sus dedos se deslizan sobre la carne viva que sobresale ligeramente abultada en su cuello, y sobre las cicatrices de sus brazos. Toca sus heridas como si fueran pintura fresca, como si pudiera contagiarse de ellas si no tuviera cuidado—. Sabes, Sam, la soledad no es nada amable conmigo, pero tú sí lo eres, y yo te lo agradezco.

***Noches que quedan para la huida:* 2**

Ayudo a C a subir la escalera. Jadea con la boca abierta hasta que llegamos a la azotea. Hikari se sienta contra la pared de piedra sosteniendo una pequeña bola de pelo negro en sus brazos. La gata de Sony se sube al estómago de C, ronroneando mientras se rasca la cabeza contra la barba incipiente en su barbilla.

Hoy C está bastante callado. Un tono pálido ensombrece sus labios y la sangre se acumula debajo de sus ojos, adquiriendo tonos púrpura. Hikari ha traído mantas para que nos acurruquemos mientras contemplamos el cielo gris y saboreamos su música.

Neo y Sony suben más tarde, provistos de cerveza robada y chucherías. Lamemos la espuma y aspiramos el hedor maloliente que desprenden. C le acerca la botella a Elle, a quien le dan náuseas y acaba estornudando. Nos reímos al unísono mientras seguimos masticando golosinas dulces, ácidas y amargas de gasolinera.

—Pronto huiremos —dice C con la voz más áspera que de costumbre.

Neo lo abraza y apoya la cara contra su pecho. Luego se acurruca juntando ambas piernas bajo la manta, como si quisiera esconderse. Sony baila lento, abrazada a Elle mientras el celular de C reproduce una canción antigua tras otra.

—Todavía nos queda decidir dónde queremos ir —dice Neo.

—A todas partes. —Sony se ríe—. Literalmente.

—Tienes una *todoadicción*, Sony —dice Hikari.

—Quiero verlo todo antes de morir —dice Sony en voz baja mientras se agacha y apoya su frente en la de Hikari.

—Y así será. —Hikari le coloca un par de mechones pelirrojos tras las orejas.

—Neo. —Sony vuelve a dejar a la gata bajo el cuidado de C y se dirige hacia el pequeño escritor—. Baila conmigo.

Neo se envuelve aún más en la manta.

—Yo no bailo.

—Bailas siempre. —Sony le arranca la manta y agarra a Neo de las muñecas—. Es hora de tu rehabilitación física.

—Preferiría que me tiraras por la cornisa.

—No me tientes, que tengo buena puntería.

Los labios de Neo se curvan, hundiéndose en el cuello de Sony y ambos bailan sin seguir un orden específico. Atrapado por una mezcla de risas y falta de ritmo, C se levanta con tobillos temblorosos; ignorando su mirada borrosa y su pésimo oído, se une a la pista de baile junto a Elle.

Siempre hemos pensado que la azotea es nuestra auténtica rebelión. Aquí no hay espejos, hace frío y el suelo es áspero. El cielo siempre es gris. Somos el único color que hay. Estamos en medio de una alberca que nos pertenece; nos encontramos en la parte más profunda, invisible a los ojos de quienes habitan la superficie.

C toma a Sony en sus brazos, abrazándola con fuerza, balanceándose de lado a lado. Neo le rasca la cabeza a Elle mientras se mueve al son de la música.

La azotea nunca ha sido un lugar para robar, sino un lugar para esquivar el tiempo por completo. Aquí, veo a mis amigos bailar y beber a sus anchas, sin importar el corazón que tengan. Juego carreritas con Sony escalera arriba, escucho viejas canciones con C y leo las historias de Neo. Entonces me olvido de todo durante mucho tiempo.

Sony se acuesta en el suelo cuando el cielo se oscurece. Neo se queda pegado a un lado suyo, y C al otro. Ella se ríe y dice que son como monos. Hablan sobre todo lo que van a ver, sobre todo lo que van a robar. Pronto se quedan dormidos a pesar del viento cortante. Una fina capa de nubes oculta las estrellas, y el reloj marca la medianoche, y el mañana se vuelve hoy.

Saboreo el momento.

Hikari se reacomoda. Bajo su manta se alza una pequeña colina amarilla. Gime al estirarse, se mueve con cautela para evitar despertar a los demás. No puedo evitar morderme el labio cuando se despierta. Tiene los ojos entrecerrados y un poco de saliva en la barbilla.

—¿Sam? —susurra frotándose los ojos por debajo de los lentes—. No te has dormido aún. ¿Tienes frío?

—No. —Me acuesto en paralelo a ella—. ¿Y tú?

Arruga la frente.

—Un poco.

—¿Quieres que vayamos adentro? —pregunto.

—Aún no. —Hikari bosteza cerrando los ojos—. Me gusta cuando todo el grupo está así reunido.

Cuando se vuelve a dormir, me quedo mirando al infinito. Quiero cubrirle los hombros y acariciarle la espalda de arriba abajo con la palma de mi mano. Quiero estrecharla contra mi pecho como C hace con Neo. Mi mano se detiene una vez que su calor está lo suficientemente cerca como para quemarme, y mi mano retrocede.

Pero yo no quiero alejarme.

Mi palma se ve arrastrada hacia ella de nuevo, como si estuviera luchando a contracorriente.

—Hi... —Cuando trato de decir su nombre, mis recuerdos tiemblan, las lápidas del pasado gritan sepultadas bajo la nieve—. Hika...

«Hikari, Hikari, Hikari».

No me oye. No siente cómo muevo la manta sobre su muñeca, ni cómo mis dedos se deslizan sobre el tejido. Dibujo una línea imaginaria como una telaraña que se va tejiendo por sus brazos hasta derivar en su muñeca; con nuestro reloj haciendo de puente entre estas dos partes de su cuerpo. Mi mano rodea su brazo.

No la estoy tocando. Todavía nos separa una barrera. Ella no es real. Pronuncio su nombre para mis adentros, a falta del coraje suficiente para decirlo en voz alta. «Ojalá nos hubiéramos conocido en cualquier otra parte del mundo. Ojalá no fuera yo. Desearía poder tocarte y estar contigo, y tratarte como te mereces. Lo que más desearía sería tener la suficiente valentía para amarte de nuevo».

Noches que quedan para la huida: 1

Hikari se despierta cuando apenas ha empezado a amanecer. Todavía está oscuro, aún faltan varias horas para nuestra huida. Ella y yo volvemos adentro y encontramos una camilla en un pasillo vacío de ventanas sobrias y negras por las que se cuela la luz.

Le digo que a veces las camillas acaban desparramadas por ahí, y que el personal las reorganiza a la mañana siguiente. Acaricia las barras de metal y los bordes acolchados, como si sintiera lástima por el peso vacío que cargan. Después, me dice que me siente y que la espere.

Eso hago.

Vuelve corriendo con nuestra copia de *Hamlet*.

—Terminémoslo —dice ella.

—¿Ahora? —pregunto.

—Ahora.

—¿Qué ha pasado? No me... —Me siento como una orilla arrollada por un mar de confusión. Sostengo con perplejidad entre mis manos lo que la gente llama una obra maestra—. ¿Qué significa este final?

Levanto en mis manos las últimas páginas para que Hikari las vea. Se sienta con las piernas cruzadas jugueteando con las correas que cuelgan de la camilla, divertida ante mi reacción.

—Significa muchas cosas —dice—. Principalmente, creo que la obra trata de un desagradable narcisista que está obsesionado con la muerte hasta que esta llama a su puerta, pero...

—Pero... él acaba perdiéndolo todo y... muere.

—Claro, por eso este libro es una tragedia.

No, me niego a que acabe así. ¿Cómo es posible que el final sea tan horrible?

—Sam, ¿estás haciendo pucheros?

—No me gusta —digo frunciendo el ceño. Voy pasando las páginas para asegurarme de no habernos saltado ningún acto, pero nada más lejos de la realidad. Cierro el libro con enojo—. Y encima es violento. Al menos *Cumbres Borrascosas* tenía cosas buenas que compensaran ese mismo defecto.

—Entiendo que a ti tampoco te gusta la violencia.

—No. ¿Y por qué a Hamlet no le gusta el cráneo de Yorick al final? —Le dirijo una mueca, como si la culpa fuera suya.

—Madre mía. —Hikari se lleva la mano a la boca—. Es como si te hubiera ofendido.

—No te rías de mí. Esto es serio. Al final no te gusto, y mueres por un estúpido complot vengativo que, por cierto, te dije desde el principio que no funcionaría.

—Lo lamento. La próxima vez, seré un personaje mucho menos impulsivo y egocéntrico. ¿Romeo te parece bien?

—Ofelia nunca hubiera tratado así a mi cráneo. En el próximo libro quiero gustarte y que haya un final feliz.

—Todo el mundo te quiere, Sam. Gente que es mucho mejor que Hamlet.

Lo está haciendo de nuevo. Ella cree que no me doy cuenta de cómo esquiva mis cumplidos. No se da cuenta de que interrumpe nuestros momentos, que los muerde a la mitad con los dientes para después marcharse. Ella piensa que me da igual su dolor, sus cortes. Ella no sabe que a su lado he vivido una felicidad que no experimentaba en mucho tiempo.

Un sol no puede ver su propia luz.

Dejo el libro y me levanto de la camilla. La miro directamente, hago a un lado la distancia que nos separa y presiono mis manos a ambos lados de sus piernas, por encima de la manta todavía. Me convierto en su único campo de visión. Ahora mismo, soy todo lo que ella ve.

—Tú no eres Hamlet —le digo—. Tú eres mi Hamlet.

Me mira de arriba abajo, creyendo que estoy bromeando.

—Lo digo en serio —me reafirmo—. Él no es como tú. Hamlet no se levantaría pronto solo para que Sony tuviera a alguien junto a ella al despertar, ni haría reír a Neo, ni tampoco se quedaría escuchando los monólogos de C sobre música. No creería en artistas, ni dibujaría universos infinitos, ni mucho menos cuidaría de unas plantitas para que crecieran. Él no es como tú.

Hikari se queda completamente blanca tras mis palabras. La forma de su mano bajo la manta alimenta mi deseo. Quiero tocarla de nuevo. Esta vez de verdad. Maldita sea, quiero salir del agua y volver a respirar en la superficie si es que eso significa que puedo respirar su aroma de nuevo.

—Nunca siento nada —digo en un susurro—, pero cada vez que pienso en lo poco que te valoras, me enojo. Tengo ganas de destruir a cualquier persona que te haya hecho creer que mereces estar sola. Ese tipo de dolor es capaz de arruinarle la vida a mucha gente, de hacerles perder la fe en todo, como le sucedió a Hamlet. Y tú, tú me miras más que nadie. La gente normal no se detiene a mirarme. Solo soy una calavera en un cementerio. Un alma vacía.

Hikari contiene un aliento que tiembla en su boca mientras se inclina hacia delante para decirme:

—Tú no eres un alma vacía, Sam.

—Sí lo soy. —Es una verdad amarga, es una verdad innegable—. Y, sin embargo, tú eres capaz de ver algo en mí de una forma insólita.

—Sam.

—¿Sí?

Me inclino hasta encontrarme con ella. Estamos en el borde del abismo que nos separa, a punto de desaparecer.

Luego ella pregunta:

—¿Te puedo besar?

9
Amable

Un año atrás

Hoy Sony se ha levantado con ganas de jugar carreritas. Dado que apenas tiene fuerzas para caminar sin marearse, hemos establecido ciertas reglas. Ella solo da una vuelta al vestíbulo, mientras que yo tengo que dar dos para compensar mi condición bipulmonar, como lo llama ella. Quien llega en primer lugar a la línea de meta gana.

A pocos pasos de una de las curvas, decido mirar atrás por encima del hombro mientras corro, para ver cuánto le llevo a Sony. De repente, choco con alguien que, definitivamente, no es tan pequeño como Neo. Sí, me doy de bruces contra un cuerpo cuando doy vuelta en la esquina. Segundos después, mis zapatos resbalan y caigo al suelo de espaldas.

—Au... —me quejo. Cosa poco frecuente en mí.

—¡Dios mío, lo siento! —El hombre se arrodilla hasta quedar a mi altura. Su voz es profunda, pero no resulta pesada. De hecho, es lo suficientemente ligera como para traerme de vuelta al momento presente tras el golpe—. ¿Estás bien?

—¡Sam! —Sony corre a mi lado derrapando de rodillas cual superheroína, efectos de sonido incluidos. Se quita la mochila y hace como si buscara algo en ella.

—No te preocupes —dice plantando su mano en mi pecho—. ¡Soy una médica de primera!

No, no lo es.

Sony me empieza a llenar de cosquillas de arriba abajo mientras se divierte imitando todo tipo de sonidos de aparatos médicos. No podría contener la risa ni aunque quisiera.

—Levántate de una vez, granuja. Aún nos queda mundo que conquistar...

Sony se detiene cuando se percata de la presencia del hombre que está a nuestro lado. Parpadea y lo mira de arriba abajo.

—Guau. Qué grande eres. ¡Yo soy Sony! —Extiende la mano a modo de saludo, y lo hace con tanto ímpetu que casi le da en la cara. Justo en ese momento, me doy cuenta de que no es un hombre como yo creía.

Sino un chico.

—Yo soy Coeur.

Los rasgos que más destacan de él son que tiene el cabello rizado y los ojos grandes y cafés. Su nariz aguileña desemboca en unos labios carnosos. Su piel, salpicada por manchitas, es oscura. Por sus brazos discurren petequias y venas marcadas.

Sony ladea la cabeza como un cachorro sorprendido que echa hacia atrás las orejas.

—¿Cómo dices que te llamas?

—¿Coeur? —Neo da vuelta en la esquina hasta llegar donde estamos. Cuando jugamos carreritas, él siempre va detrás de Sony, provisto de una sola muleta y una columna que se va encorvando progresivamente hasta prácticamente cerrarse en un puño. Hace unas dos semanas tuvo un accidente y se fracturó, entre otras cosas, la muñeca. Pese a asegurarme de que no ha sido cosa de su padre, no quiere hablar del tema.

Se queda petrificado justo en el momento en el que ve a Coeur. Deja caer los hombros, con los ojos muy abiertos.

—Neo. —Coeur exhala su nombre y se queda allí de pie mientras Sony me ayuda a levantarme de nuevo—. Eh. —Sus labios se arquean amables, poco a poco. Su interacción se tiñe de ese maravilloso tono de complicidad que solo se da entre quienes se conocen.

—¿Qué estás haciendo aquí?

—Pues... —Coeur hace como si se estuviera rascando la nuca. Mira al suelo y después vuelve a alzar la vista—. No ha sido nada del otro mundo. Es solo que, bueno..., he estado a punto de ahogarme.

Neo da un paso adelante con el rostro claramente crispado.

—Pues yo creo que estás perfectamente —dice entre dientes.

—Neo. —Lo miro con desaprobación y lo jalo de la manga, pero él me ignora.

Parece que Coeur no ha captado el tono de Neo, porque se limita a reír, aliviado.

—Neo —dice de nuevo encandilado por su presencia—, no tienes idea de lo que me alegro de verte.

Cuanto más relajado se nota Coeur, más crece el enojo de Neo, quien voltea hacia Sony y hacia mí para decirnos:

—Vamos juntos a clase de literatura. Nuestra profesora está encantada con él; es poco menos que un genio.

Neo ni siquiera le concede la oportunidad de defenderse. Cuando Coeur está a punto de intervenir, le da un empujón y desaparece como un rayo por el pasillo.

La última vez que Neo tuvo un arrebato de este calibre fue cuando me volcó la bandeja de comida de los brazos. Abro la puerta de su habitación con cautela.

—¿Neo?

—Quiero estar solo, Sam. —Vuelve al refugio de su cama. Se sumerge hasta quedar completamente rodeado de bolígrafos, páginas y la seguridad de un mar de papel y tinta.

—¿Vendrás a cenar más tarde, entonces? —le pregunto—. Robé una manzana para ti.

—¿Va a estar él? —dice en tono amargo. Evita el contacto visual y va pasando unas páginas que, en realidad, no está leyendo, con más ímpetu del necesario.

—No te gusta Coeur.

—¿Qué te hace pensar eso?

—Has sido bastante maleducado con él.

—Sam.

—Lo siento. —Cambio el rumbo de la conversación—. ¿De dónde lo conoces?

Neo suelta el bolígrafo tensando la mandíbula. No es que se apoye contra la pared, es que directamente lanza su espalda contra esta mientras cruza ambos brazos.

—La gente le llama C —dice—. Lleva en el equipo de natación desde principios de secundaria. Todo el mundo lo adora porque es tan atractivo como idiota. Todo el mundo salvo el personal docente, por lo menos. Se pasa las clases escuchando música y mirando por la ventana. Al ser una estrella del deporte, no creo que sus notas importen demasiado. Las chicas se le pegan por los pasillos como sanguijuelas en busca de popularidad. Tiene un gusto impecable para las amistades, te lo puedo asegurar. Lo sé porque se dedicaban a pegarme mientras él miraba.

Los ojos de Neo se clavan en los míos. Su padre le inflige dolor, sí, pero existe una distancia entre ellos que alimenta su indiferencia. Esta vez es distinto.

Sé que no me está contando toda la historia. Si Coeur fuera únicamente un mero espectador, alguien que se hubiera mantenido impasible ante la agresión, le daría exactamente igual. Ni siquiera se pone brusco con su madre, y eso que ella es la mayor espectadora de su vida. No, ni siquiera con ella, aunque sea testigo de cómo las agresiones de su padre lo dejan temblando de rabia. Hay algo más que se me está escapando, algo entre líneas.

Neo hace una mueca ante mi falta de respuesta.

—¿Algo más que quieras saber?

Parpadeo con las manos apoyadas en las rodillas.

—¿Qué son las sanguijuelas?

—Vete de aquí, Sam.

Obedezco. Giro la perilla de la puerta sintiendo como si la ceguera no me hubiera permitido ver la escena.

Vuelvo con Sony y Coeur; están al lado de nuestra vieja máquina expendedora, como si no hubiera pasado nada.

—No, no. Lo estás haciendo mal. Tienes que darle una patada de karate. Así. —Sony levanta ambos brazos por encima de su cabeza. Su pierna se eleva y la echa hacia atrás para tomar impulso. Lanza una patada tan fuerte que su tenis casi sale volando, pero su pie ni siquiera roza el cristal. Sony se resbala y se cae hacia atrás, pero Coeur consigue sujetarla.

Sony se aparta el cabello de la cara de un soplido y señala hacia la máquina expendedora.

—¿Viste, Coor?

—Puedes llamarme C, a secas.

—Okey. Pues, ¿viste, C? Espera...

Sony se olvida por completo de la conversación que están teniendo cuando me ve aparecer.

—¡Sam! —grita mientras se coloca de nuevo en posición vertical—. ¿Dónde está Bebé?

C también me mira; expectante pero amable. Sin embargo, su amabilidad me causa rechazo. Lo único que consigo ver en su cara es a una persona que mira hacia otro lado cuando alguien golpea a mi amigo.

—¿Dejas que tus amiguitos le peguen a Neo? —Pese a que le estoy haciendo una pregunta, lo hago en tono acusatorio.

—¿Qué? —pregunta Sony con la mandíbula desencajada.

—¿Qué? —pregunta C repitiendo lo mismo que Sony.

—Tú y tus amigos le pegan.

—Yo... yo nunca le he pegado a nadie —dice. Pese a que junto las cejas con desaprobación, él continúa defendiéndose—. Somos compañeros. En clase ambos leemos en parejas y...

—Neo no miente. —De pronto recuerdo la mirada perdida de Neo. El dolor reflejado en su rostro cuando vio a C de pie en el pasillo.

Neo entra y sale de este lugar constantemente. Un día, hace no mucho, llegó con moretones en los omoplatos, un ojo morado y rota la muñeca que se suele apretar. Ese día no quiso hablar con nadie, ni siquiera conmigo. Me acosté a su lado en la oscuridad y derramó una sola lágrima por su mejilla. En aquel momento, pensaba que había sido su padre, pero ahora no lo tengo tan claro.

—Tú le has hecho daño —le digo con determinación.

—Puaj. Lo siento, amigo. —Sony le planta una mano en el hombro—. No puedo ser amiga de un abusador. Puede que en una vida futura seas agradable. ¡Nos vemos!

—¡Esperen! —C nos llama antes de que nos marchemos definitivamente.

Trata de tragar saliva para deshacer el nudo que tiene en la garganta. Va organizando el rompecabezas en su mente, a medida que va entretejiendo confusión y recuerdos.

—¿Puedo hablar con él?

Enseguida me doy cuenta de que C no es distinto de Neo. Es decir, que no dice en voz alta lo que está pensando. Cuando alguien le habla, solo dedica la mitad de la atención a lo que la otra persona le está diciendo. La otra mitad, en cambio, se encuentra perdida tras sus ojos vidriosos. Y no creo que sea algo que haga a propósito, sino que simplemente no se da cuenta. De hecho, creo que eso es exactamente lo que le ocurrió cuando me tiró al suelo, o también cuando no se dio cuenta de que Neo estaba apretando los dientes y puños con rabia; simplemente no se percata de todo lo que ocurre a su alrededor.

Lo llevo hasta la habitación de Neo. No solo por el bien de mi amigo, sino también para satisfacer mi egoísta curiosidad. Quiero saber qué me esconde Neo, y quiero ayudarlos. Tengo la sensación de que el resto de la historia tiene que ver con la versión de los hechos de C.

Neo abre la puerta.

—Sam, te he dicho que... —Se queda quieto en el momento en el que ve a C. No existe ira en su rostro, solo una sorpresa que lo hace parecer joven, casi de su edad real.

—Hola, Neo —dice C. Intenta cerrar la puerta a su paso, pero Sony consigue colar el pie justo antes de que esta se cierre.

—Sony, no deberíamos... —digo mientras le doy un empujón.

—¡Shh! —susurra interrumpiéndome. Me pone el dedo índice en los labios y acerca la oreja al hueco que ha conseguido dejar entreabierto—. Estoy intentando espiarlos.

—¿Puedo sentarme? —dice C señalando la silla que hay al lado de su cama. Sony y yo seguimos pegando la oreja, discretamente, a la puerta. Neo dirige su mirada a la silla, luego a C y luego de nuevo a la silla.

—No —responde por fin. Vuelve de nuevo a su mar, pretendiendo que el chico que está parado delante de su puerta actuando con torpeza no existe.

—Mira, solo he venido a hablar contigo.

—¿A hablar de qué?

—Lo siento —dice C.

Neo escribe en el papel con más fuerza de la necesaria, arrastrando el bolígrafo con ímpetu para acentuar el silencio.

—Siento mucho lo que..., bueno, ya sabes, lo que hicieron mis amigos. No tenía idea de que se dedicaban a...

—¿Que se dedicaban a qué?, ¿a empujarme contra los casilleros mientras me llamaban maricón? —El tono de Neo es tan plano como su expresión. Por primera vez, mira a C a la cara—. Tú estabas ahí. Sabías perfectamente lo que estaban haciendo, y decidiste ignorarlo.

—Lo lamento. Tendría que haberles puesto un alto.

—Pero no lo hiciste.

—Perdóname.

—Deja de disculparte. Yo... —Neo se detiene interrumpido por lo que acontece en ese instante. No puedo verle la cara a C, por lo que no me doy cuenta de lo que está pasando hasta que veo cómo Neo pone los ojos en blanco mientras resopla—. ¿Estás llorando?

—Solo un poco. —En realidad suena a que es más que un poco.

—¿Por qué?

—¿Ya no te acuerdas? Si íbamos juntos a literatura.

—¿Y por eso lloras?

—Eres bastante cruel, Neo. —Pienso para mis adentros que en eso tiene razón—. Aunque es verdad que ambos sabemos que el semestre pasado no hubiera aprobado de no ser por ti.

Es verdad que Neo puede llegar a ser malo, pero aún sabe reconocer cuando alguien es genuino. La vulnerabilidad y la gratitud de C fluyen abiertamente.

—Siento no haber hecho nada. Te juro que ni siquiera conozco a esos tipos. Solo forman parte del equipo, entonces yo no quería...

—No pasa nada. —Neo deja caer la cabeza.

—Sí, sí pasa —dice C.

—Es verdad, sí pasa, pero ¿qué demonios quieres que haga?

La energía que Neo ha ido acumulando desde que puso los ojos en blanco bloquea sus músculos. El pasado baila ante sus ojos. No es el mismo pasado que C tiene plasmado en la retina, este solo es una pequeña mitad de todo un contexto general que rodea al hecho aislado.

—Vete a tu cuarto, C. —Neo suspira—. O vete con Sam y Sony, me da igual. Una vez que te recuperes, podrás volver a tu vida como si tú y yo no nos hubiéramos visto.

C no desiste, pese a que Neo se vuelve a concentrar en su mar de tinta. Sus labios siguen separados, como si de ellos colgaran palabras pendientes. Cuando el bolígrafo de Neo toca la página, se vuelve a alzar la barrera entre ambos y C no tiene más remedio que marcharse como hice yo antes.

—Pues, bueno... —Sony se cruza de brazos. Ella y yo recibimos a C de nuevo en el pasillo—. Está claro que estás arrepentido.

C se limita a mirar fijamente al suelo.

—Soy tan cobarde... —La afirmación sale sin esfuerzo de su boca, como si ya la hubiera dicho antes.

Cuando C chocó conmigo, lo primero en lo que me fijé fue en su tamaño. Lo segundo que vi fueron todos los síntomas propios de una enfermedad cardiovascular. Antes dijo que estuvo a punto de ahogarse, pero su temperatura corporal es bastante baja, y la ropa que usa demasiado abrigada para ser verano. La piel de sus labios y dedos se descama. A veces se tambalea al caminar, como si su cerebro necesitara más tiempo para procesar el movimiento. Incluso se inclina hacia adelante cuando la gente le habla. Además, en ocasiones, no responde, como si no hubiera oído lo que le dijeron.

Es verdad que C estuvo a punto de ahogarse, pero esa no es la razón por la que está ahora en el hospital. Sea cual sea su asesino, hace tiempo que está enfermo.

—No siempre es fácil hacer lo correcto —le digo. Eso es algo que me han enseñado más almas de las que este hospital ha visto morir—, pero si puedes mirar atrás y darte cuenta de los errores cometidos, no eres un cobarde.

Asiento con la cabeza dirigiendo mi mirada hacia el hueco de la escalera. Puede que C no pueda ofrecernos libros o chocolates, pero sí tiene una historia interesante que contar, además de buenos modales que lo acompañan.

Llevo a C y a Sony al jardín.

Nos sentamos en el banco desde el que solemos observar las nubes, y C nos sigue. Su mente todavía anda perdida entre los errores cometidos, en las puertas inmóviles de la habitación de Neo.

—¿Puedo preguntarles algo? —Aún sentado, sigue siendo mucho más alto que Sony y que yo—. ¿Cómo acabaron entablando amistad con Neo?

—Llevándolo al límite —dice Sony desenvolviendo las chucherías que le ha comprado Eric.

—Yo solía llevarle la bandeja de la comida —digo.

—¿Le gusta comer? —pregunta C como si quisiera tomar nota.

—No, lo odia —contesta Sony negando con la cabeza.

—Le gustan las manzanas —digo—. Me acerqué a él a base de ser persistente llevándole manzanas.

—¿En serio?

—Y también le gustan los libros —dice Sony—. Ah, y ser un idiota.

—¿Sí?

—Sí, pero es un idiota que se hace querer, además de un entrañable escritor. —Sony se mete una golosina amarga a la boca y me ofrece una a mí también—. Es mi escritor favorito del mundo.

Que alguien te pregunte cómo acabaste entablando amistad con una persona es equivalente a que te pregunten cómo se creó el mundo. Es un proceso, no es ni lineal ni cíclico. Las personas, igual que el mundo, no tienen por qué ser tan complicadas como nos las imaginamos. A veces basta con ofrecerles un poquito de quiénes somos, un poquito de nuestro tiempo y, como C comprobará pronto, un poco de nuestra amabilidad.

C no es buen ladrón. No solo no pasa desapercibido por su tamaño, sino que también tiene aversión a todo lo que signifique ser maleducado, por lo que tomar algo sin permiso va en contra de su naturaleza. Se ha disculpado ya tres veces con los encargados de la cafetería por cosas que he robado yo. Cuando le pregunto de dónde le viene esa obsesión por obedecer las reglas, siempre me dice que es algo con lo que sus padres han sido muy estrictos, y que lo matarían si se enterasen. Yo le digo que portarse mal forma parte de la naturaleza humana; a lo que él me contesta que esa parte del ser humano lo hace querer vomitar de culpabilidad.

Como él no es capaz de hacerlo, soy yo quien le roba las manzanas. C no se las come nunca, sino que, siguiendo mi consejo y el de Sony, se las lleva a Neo.

El primer día:

—Buenas. —Entra en la habitación de Neo arrastrando los pies, igual que un padre que intenta no molestar a su hijo mientras hace la tarea—. Te he traído una manzana.

La deja en la mesita.

—¿Gracias? —dice Neo agarrándola con cautela.

C sonríe secamente con las manos unidas al frente.

—¿Puedo sentarme?

—Emm, no —dice Neo dando a entender con su tono que la respuesta era más que obvia.

C no se inmuta. Asiente. Su determinación sigue intacta.

—Te veo mañana entonces.

El segundo día:

C abre la puerta y vuelve a colocar la manzana en la mesita. Permanece de pie con las manos nuevamente unidas delante de su cuerpo y la sonrisa expectante.

—Buenas —dice.

—Coeur. —Neo entrecierra los ojos.

—Neo.

—Te perdono, ¿okey? —Neo toma la manzana y la planta en su regazo—. ¿Y ahora me dejas en paz?

—No. —C abre la puerta—. Volveré mañana.

El tercer día:

C abre la puerta. La manzana vuelve a llegar a su destino, la mesita de noche. C vuelve a su postura habitual, junta ambas manos y luce una sonrisa nueva marcada por un par de hoyuelos.

—Buenas.

Neo lanza el bolígrafo encima de sus papeles.

—¡No recordaba que fueras tan necio!

C no pierde la sonrisa.

—Lo aprendí de ti —contesta.

Neo frunce el ceño.

—¿Qué es lo que quieres?

—Que seamos amigos.

—¿Qué? —Neo niega con la cabeza, desconcertado, como si le hubieran pegado.

—Llevo queriendo ser tu amigo desde que empezaste a ayudarme en literatura —dice C—, pero no pude pedírtelo porque te tuviste que ir de nuevo al hospital.

—Ah, sí, culpa mía...

—Cállate. Seamos amigos.

—No podemos serlo.

—¿Te gusta la música?

—No.

—Por favor, si a todo el mundo le gusta la música. —C saca el celular del bolsillo trasero, que está conectado a un par de audífonos enredados—. Mira, te haré una *playlist*.

—No, no me harás nada. —Neo levanta el índice señalando a C a modo de advertencia. No obstante, no resulta muy intimidante, teniendo en cuenta que tiene que levantar el dedo considerablemente dada la altura de su interlocutor.

—¿Qué opinas de Coldplay, Bach y Taylor Swift como trío de apertura? —dice C mientras toca la pantalla con ambos pulgares.

—¿Acaso tengo cara de estar pasando por una ruptura en pleno siglo XVII? —pregunta Neo con tono monótono.

—En realidad se podría hacer un videoclip bastante *cool* inspirado en esa idea. —C mira hacia arriba, como si estuviera considerando la idea—. Empezaremos con un poquito de *rock* clásico. Es una apuesta segura.

—¡Coeur! —grita Neo. C da un salto, asustado y plenamente consciente del dolor que transmite su voz—. Te perdono, pero no vamos a ser amigos.

Neo se muerde el labio inferior para evitar que le tiemble. Entonces, C nota cómo esa idea de buscar una conexión con Neo a través de manzanas y unas cuantas canciones va desvaneciéndose, igual que el final de una melodía. De repente, el espacio entre ellos parece mucho más grande que antes.

Neo se seca los ojos.

—Vete, por favor.

Tras resistirse a ceder durante un instante, C obedece, y el sonido de tinta contra papel anuncia su derrota. Esa derrota que le dice que su media disculpa y sus vagos intentos de acercamiento no son suficientes como para cerrar la herida que le causó. Sin embargo, creo que esta historia tiene más matices. Está claro que no quiere ser amigo de C, pero, a juzgar por la profunda tristeza que nada en sus ojos cada vez que él intenta disculparse, diría que Neo quiere algo más.

La semana siguiente, en lugar de ir a la habitación de Neo, C pasa tiempo con Sony. Si estás pasando por un mal momento, Sony es la compañera perfecta. A pesar de toda su insensibilidad involuntaria, es comprensiva. Sí, a C le gusta mucho su energía, así que suele comprarle chocolate y juegan carreritas cada vez que ella quiere.

A veces me uno a ellos. Escucho a C mientras lo observo. Es una persona simple que solo está presente a medias. Sin embargo, esa mitad presente de él es una mitad amable.

Escucha y observa. Le dice a una enfermera lo bien que le queda su nuevo color de cabello, habla de deporte con su médica. Visita la planta de oncología con Sony, juega con los niños y ayuda cuando y donde puede de manera claramente genuina.

C piensa en Neo todos los días. Cuando pasamos por su habitación, hay una mitad de él que todavía sigue atrapada en ese día en el que se quedó fuera de su puerta, tratando de encontrar una excusa para entrar.

Una noche, ese recuerdo lo invade más de lo normal.

Él y Sony se sientan a una mesa vacía de la cafetería. Ella se ha quedado profundamente dormida: tiene la cabeza apoyada en los brazos y la boca abierta. Él simplemente descansa con la barbilla apoyada en sus brazos cruzados y los ojos entrecerrados. Sony y él llevan puesto un audífono respectivamente, que reproduce melodías en sus oídos.

—¿Quieres escuchar? —me pregunta señalando el cable conectado a su celular mientras me siento a su lado.

—No, gracias. Déjaselo a ella.

—Me refería al mío —dice.

—¿Aún no ha habido suerte con Neo? —pregunto. C niega con la cabeza—. En tal caso, ¿qué tal va tu corazón?

Su frente se arruga al escuchar esa palabra.

—Sigue latiendo —dice presionando una mano contra este—. Bueno, o eso creo. Ahora mismo me duele.

—C, ¿me puedes contar qué es lo que pasó en realidad entre ustedes dos?

Mi pregunta lo transporta al pasado. Me mira perplejo. Creo que es la primera vez que alguien le hace esta pregunta.

—No lo sé —responde—. O sea, es que yo no soy demasiado inteligente. No hay nada que se me dé bien, salvo nadar, supongo. Eso es lo único en lo que he conseguido destacar en mi vida. —La mano que tiene apoyada en el pecho arruga la tela de su camiseta en un puño—. Pero hace algunos años me empezó a doler el pecho.

—¿Nunca se lo contaste a nadie?

—De haberlo hecho, mis padres me hubieran obligado a dejar la natación, sin la cual no era nada... y yo no quería ser nada —dice—. Tras darme cuenta de que algo no iba bien, empecé a escuchar música todo el tiempo, a ver películas, a quedarme mirando por la ventana, para así poder...

—¿Existir menos?

C y yo compartimos una mirada fugaz.

No es fácil reconocer que hay algo que escapa a tu control. Un buen día, tu piel se cubre de un sarpullido, o tus huesos se empiezan a doblar. Tus pulmones fallan, o tu madre ya no está. O puede que te duela el corazón y que, en lo más profundo de un silencioso lugar, deje de latir.

Es algo repentino. A veces demasiado repentino para poder aceptarlo.

—Lo siento, no se me dan bien las palabras —dice C. Exhala entrecortadamente y deja de apretar la tela de su camiseta—. Neo nunca me trató bien, como suele hacer la gente normalmente conmigo. Sin embargo, se detuvo a mirarme más tiempo del que jamás nadie lo había hecho antes. Me hacía preguntas y me enseñaba algo nuevo con cada conversación. Hay algo amargo, pero a la vez elegante en su persona que siempre me ha atraído, que me causa curiosidad.

—Por eso precisamente le gusta leer —susurro sin poder evitar que me vengan a la mente buenos recuerdos.

C se ríe brevemente.

—A-a mí nunca me ha gustado leer, pero Neo hizo que me d-dieran ganas de hacerlo por muy mal que se m-me diera y... yo qué sé. Yo le gustaba a todo el mundo por mi i-imagen, por la natación. E-en definitiva, por cosas poco profundas. Neo i-ignoró todo eso y me buscó bajo la-a superficie. —C tartamudea al hablar, como si estuviera buscando respuestas en un laberinto y se acabara topando con un callejón sin salida en cada frase.

»Me gusta —susurra—, e imagino que pensaba que yo también le gustaba a él.

Las piezas del rompecabezas por fin se unen hasta generar la imagen tras la neblina de su historia. La cosa va mucho más allá de un altercado de preparatoria, va mucho más allá de matones sin escrúpulos y empujones contra el casillero. Esos hechos fueron precedidos por otros momentos y palabras.

Aquella única lágrima que Neo derramó no llevaba el nombre de aquellos chicos, ni de su padre, ni de sus huesos rotos.

Llevaba el nombre de C.

—Eres compasivo —le digo—. Por eso me gustas. A Neo también le gustas. Mucho más de lo que crees. —Tras esas palabras, me levanto y empujo la silla para recogerla antes de marcharme.

—Espera —me llama C—, ¿cómo lo sabes?, ¿él te ha dicho algo?

Entiendo lo mucho que puede haberse llegado a enamorar Neo de alguien tan cariñoso como C. No me cuesta imaginar lo que llegó a enamorarse de él cuando este trató de ponerse a leer pese a que no se le daba bien. El brillo de esperanza que desprenden los ojos de C también me da información: imagino que él no se enamoraría de Neo tan pronto, pero seguro que cuando finalmente lo hizo, se enamoró hasta las trancas.

Sonrío brevemente.

—No. —Entonces disparo sin esfuerzo una última flecha. Un consejo que saco de mi carcaj fruto de todos los años que llevo observando a la gente. Y es así como consigo darle un cierre a la melodía de C—. Pero Neo no estaría tan dolido si no le importara la persona que le ha hecho daño.

En uno de sus peores días, Neo me habla acerca de la vez que conoció a C. Su cuerpo se halla adolorido y pesado bajo su mar. La medicina le causa somnolencia y palidez.

Come menos de lo necesario para poder sostener su peso corporal, y salta a la vista que sus nervios se resienten.

Aturdido, me cuenta que conoció a C mucho antes de que C lo conociera a él.

Según dice, escribió una historia sobre un niño que viajaba en un bote de remos buscando tierra en vano. Dice que así es como empezó todo.

Neo no era lo suficientemente alto para alcanzar los libros de texto de las estanterías de la mayor parte de las aulas. Durante el primer año de secundaria, cuando ya estaba enfermo la mitad del tiempo, solía subirse a una silla para alcanzarlos y escuchaba risitas a sus espaldas, entonces un compañero le daba una patada a la silla haciéndolo caer.

Es verdad que Neo es desagradable, distante y un poco presuntuoso, pero no es detestable. No le desea ningún mal a nadie, pero eso a sus acosadores más agresivos les daba igual. Había un grupo de chicos que iban a clase con Neo y que, a su vez, formaban parte del equipo de natación; siempre buscaban alguna excusa para meterse con él. Le proferían todo tipo de insultos en los pasillos y se dedicaban a darle empujones sutiles para que se tropezara.

Neo cuenta que hasta que toda la escuela no descubrió que estaba enfermo, no se tomaron medidas al respecto. Los profesores decidieron hablar finalmente y el ejército de acosadores perdió adeptos. Incluso los del equipo de natación dejaron de meterse tanto con él.

Aun así, Neo seguía sin llegar a las estanterías.

Entonces, un día, alguien nuevo se unió a la clase. Era un chico del equipo de natación al que Neo nunca había visto antes; solía sentarse en la última fila y quedarse mirando por la ventana.

En una ocasión, cuando la profesora pidió que cada estudiante fuera fila por fila por un libro de texto, ocurrió algo: Neo no tuvo que usar una silla para alcanzarlo, sino que el chico nuevo tomó dos y le tendió uno. Luego volvió a su asiento sin pronunciar palabra.

—En aquel momento no me prestó atención, por lo que él no tenía ni idea de quién era yo —dice Neo agarrando mi mano mientras corrientes de dolor recorren sus músculos—, ni mucho menos sabía que estaba enfermo.

Neo se dio cuenta enseguida de que a C le costaban trabajo algunas cosas. Cuando le mandaban leer un fragmento, pasaba el índice por las líneas y se quedaba bloqueado, pues algunas letras le bailaban. No podía deslizarse sobre ellas con la misma fluidez que el resto.

Cuando la profesora le hacía alguna pregunta sobre la lección, C se quedaba en blanco pese a que había estado prestando atención, o intentándolo al menos. Sin embargo, no solamente tenía dificultad para leer las palabras, sino que también permanecían mudas en la parte posterior de su garganta cuando intentaba hablar. Cuando esto ocurría, la profesora miraba a C por encima de sus gafas, y este no podía hacer nada más que permanecer allí en el incómodo intervalo entre la pregunta y la inevitable vergüenza. C no se daba cuenta de que no estaba solo en el grupo de los que sufrían en silencio. El niño que se sentaba a su lado nadaba en las mismas aguas.

Sin embargo, un buen día, la profesora volvió a preguntarle algo sobre la lección a C. Este, por supuesto, volvía a no ser capaz de contestar. Él se quedó mirándola, curvó los labios en señal de disculpa y esperó. Sin embargo, el silencio se vio interrumpido por una hoja de papel que se deslizaba sobre el escritorio. Cuando C bajó la vista, sus ojos se toparon con una nota amarilla escrita con la letra de Neo que decía: «El tema es el amor. El amor y la pérdida».

Su atención se centró en Neo, cuyos ojos estaban fijos en la pizarra. Tragó saliva y dijo en voz alta lo que su compañero le había escrito. La profesora, sorprendida, asintió y continuó con la lección.

C le dio las gracias, pero Neo nunca respondió.

Durante el transcurso de ese año, incluso aunque Neo no estuviera en clase la mitad de la semana, ambos acabaron adoptando una rutina conjunta. C le alcanzaba los libros de texto a Neo, mientras que este le pasaba las respuestas si la profesora le hacía alguna pregunta.

Cuanto más conocía a C, más curiosidad sentía. Le preguntó de dónde venía su nombre. Él le respondió que era el menor de sus hermanos y que su madre quiso darle al último el nombre de su corazón. C también le preguntó por su nombre, a lo que Neo respondió que sus padres eran religiosos y que lo tenían sin cuidado las razones tras sus decisiones.

C también le preguntó por qué tenía tantos libros. Neo le dijo que los libros son una fuente inagotable para escapar. También quiso saber si Neo tenía amigos; este le contestó que sí, que eran dos bichos raros, y luego le devolvió la pregunta. C dijo que por supuesto que tenía amigos, pero cuando Neo se interesó sobre si esos amigos eran de verdad, C se quedó callado durante unos instantes y luego le pidió prestado uno de sus libros.

Fue entonces cuando Neo empezó a fantasear. Era incapaz de reprimir una sonrisa interna cada vez que tenía que ir a una clase en la que estaba él. Cuando C le pasaba el libro de texto, se detenía un instante más del necesario al rozar su piel. Neo no pasó por alto que C a veces se ponía nervioso cuando se daba cuenta de que él mismo se acercaba a su compañero más de lo necesario, o cuando Neo le arreglaba el cabello.

Se metían en líos muchas veces. La profesora los regañaba por hablar demasiado. Según Neo, estar castigados valía la pena, porque cuando los separaban y cada uno estaba en una punta del aula, jugaban a piedra, papel o tijera desde la distancia.

Neo se sentía feliz. La sonrisa que toca sus labios cuando me cuenta esto hace que mi pecho se inunde de emoción. Pero la felicidad de Neo terminó ahí.

Sentía que el bote de remos estaba demasiado vacío. Así que decidió añadir otro personaje para hacerle compañía al primero. La historia en sí era bastante inofensiva. Solo dos niños perdidos en la inmensidad del mar. Un día, al acabar la clase de literatura, Neo se puso a guardar las cosas en la mochila, pero dejó sin querer la historia en su pupitre.

Cuando llegó al colegio a la mañana siguiente, vio que había un grupo de chicos del equipo de natación esperando a C. Entre burlas, se pasaban las páginas de su historia de uno a otro.

Neo se detuvo en la puerta. Una vez que lo vieron, no se molestó ni siquiera en correr.

Le preguntaron si la historia que había escrito era para su novio o si, por el contrario, le había estado haciendo favores a algún profesor, el otro protagonista de la historia, para que le subiera la calificación. Y así, entre insultos, siguieron empujando a Neo cada vez con más fuerza.

Uno de ellos le jaló el cabello y rompió sus páginas en pedazos. Otro lo golpeó contra los casilleros y lo agarró del muslo mientras le decía: «¿Te gustan estas cosas?». El tercero de ellos lo jaló del cinturón a la vez que amenazaba con violarlo mientras le decía que librarlo de sus perversiones era un acto de caridad por su parte, a lo que todos rieron al unísono.

Neo está familiarizado con la crueldad.

La crueldad de su padre es ávida. Siempre lo ha sido. Fue esa misma crueldad la que le enseñó a disociarse de su cuerpo.

Cuando C entró en escena, llevaba los audífonos puestos e iba camino de la primera clase con el cabello mojado por el entrenamiento matutino. Miró a Neo y a los chicos, que habían cesado sus agresiones para que pareciera que nada se salía de lo normal. Eran una manada de lobos enjaulando a un cordero ensangrentado, esperando a que el pastor se alejara para comerse los restos.

—Ni siquiera me dolieron las heridas, Sam —dice Neo—. Me dio igual que me hubieran dado puñetazos, o que me rompieran la muñeca, o que le contaran a mis padres lo asqueroso que era, o cualquier otra cosa.

Neo lucha por recuperar el aliento.

—Nunca le he gustado a nadie. Nunca le he importado a nadie. Así que, en ese momento, solo era capaz de ver la nuca de Coeur que se marchaba dejándome allí. Pensaba que él era alguien con quien podía navegar. Pensaba que, quizás, podíamos remar hasta el cielo en lugar de conformarnos solo con el final del mar. Porque, aunque solo se tratara de una persona, por fin tenía a alguien. —La respiración de Neo se entrecorta—. O eso pensaba, que por fin tenía a alguien.

Neo no llora, pero la mandíbula le duele de lo mucho que evita hacerlo. Lo abrazo y le doy un beso. Él me abraza hasta que la medicina le hace efecto y se adormece.

Entiendo por qué le duele.

Entiendo la soledad que provoca no ser visto.

Y, sobre todo, tras años de observación, me doy cuenta de que la indiferencia es peor que la crueldad.

Con el tiempo, C acaba robando sin miedo, aunque no le salga muy bien. Como he dicho antes, es demasiado grande, se ve con facilidad. Roba una manzana y un libro de la biblioteca y va a la habitación de Neo más decidido que nunca. No llama a la puerta, sino que la abre con fuerza y la cierra tras de sí.

Neo, que estaba escribiendo, levanta la vista. Tiene las piernas bajo las sábanas, la sudadera manchada de Sony le cubre los hombros; y la capucha, la cabeza. C espera hasta tener toda su atención antes de hablar.

—Siento no haber estado ahí cuando me necesitabas. La negación de lo obvio es el trabajo de mi vida, y maldita sea mi estampa si lo que pasó acaba arruinando lo nuestro. Cada día, desde el momento en que esos tipos te hicieron daño, te he extrañado tanto que me dolía, y ahora sigo extrañándote de menos. Porque, aunque seas un necio y un insoportable, eres la única persona a la que he querido. No tienes por qué perdonarme nunca, pero, lo siento, vas a tener que acostumbrarte a que esté cerca, porque no voy a volver a dejarte de nuevo. —C se queda sin aliento y se agarra al borde de la cama de Neo para recuperar el equilibrio—. Y, sobre todo, siento haberte tratado como a la parte menos profunda de una alberca.

La expresión atónita de Neo tiembla hasta que se fuerza a fruncir el ceño.

—¿Qué significa eso?

—¡No lo sé! —C agita la mano en el aire—. Pero estoy intentando hacer las cosas bien. Porque me gustas. Me gustas de verdad. Así que ¿voy a tener que ir a la escuela a robar nuestros antiguos libros de texto y un paquete de notas adhesivas? ¿O vas a aceptar por fin que yo también te gusto?

Neo se queda callado. Igual que C. La situación no es cómoda, pero al menos no se está dando como fruto del rencor.

Neo se queda mirando el libro que sostiene entre sus brazos y entrecierra los ojos.

—¿En serio? ¿Jane Austen?

—El tema es el amor. El amor y la pérdida —dice C mientras le da la vuelta al libro para mostrar la portada. Lo deposita en el regazo de Neo—. Me gustan las historias de amor.

Neo levanta la comisura de su labio mostrando desagrado.

—¿También a ti? No, por favor.

—¿Me lo leerías? ¿Como en los viejos tiempos?

—Ya lo leí. —Neo toma el libro como si lo ignorara, dispuesto a devolvérselo y rechazar sus disculpas una vez más. De repente, C vuelve a toparse con el sabor de la derrota. Igual que cuando su profesora no se esforzaba por entender su incapacidad de comprender. La vergüenza lo envuelve, haciéndole entender que puede que Neo nunca llegue a perdonarlo del todo.

—Okey —susurra dándose la vuelta y sujetando la perilla de la puerta.

—¿Adónde vas?

C se detiene y se da la vuelta. No ha hecho a un lado el libro ni lo ha tirado por ahí. Neo desliza la mano por la primera página del libro, juntando las rodillas para apoyar el peso de este. Se quita la capucha y hace un gesto con la cabeza para señalar la silla que hay a su lado.

—Siéntate y no hagas ruido.

Neo no le lee a C del mismo modo en el que yo le leo a él. No hay rastro de monotonía en el tono de cada fragmento. Va leyendo cada capítulo de forma delicada, mirando a C de reojo cuando pasa una página para asegurarse de que está prestando atención. Y así es. C permanece sentado con la barbilla apoyada en los brazos y, cada vez que Neo retoma la historia, C lo admira.

Toman por costumbre leer todos los días. Intercambian sus números de teléfono y se escriben de madrugada, cuando en realidad deberían estar durmiendo. C a veces se cuela en la habitación de Neo; ambos se ponen a escuchar música mientras se ríen de cómo han engañado a las enfermeras. Una semana después, dan de alta a C, pero eso no le impide escribirle a Neo a diario ni visitarnos cada tarde. Como ha dejado de nadar, tampoco tiene otras responsabilidades.

Y así pasa un mes entero. Pero un día, de la noche a la mañana, dejamos de tener noticias suyas.

Sony y yo nos preocupamos y le preguntamos a Neo si ha recibido algún mensaje suyo. Neo niega con la cabeza mientras acaricia el borde de su celular con el pulgar.

Pasan dos días y Neo no sale de la cama. Es como si una decepción ya conocida se instalara en sus entrañas. Sony y yo nos quedamos con él para aliviar su dolor. No sabemos nada hasta que al tercer día, cuando está a punto de anochecer, oímos una voz que, como música, flota cada vez más fuerte por el pasillo.

—¡Neooo! ¡Neooo! —C llega corriendo y casi se cae al abrir la puerta. Entra sin aliento con una especie de tarea en la mano. Lleva puesta la bata del hospital. No se ha tropezado con la puerta, sino con una vía intravenosa atada a un portasuero y sujeta a su brazo mediante una fina tira de tela adhesiva.

Neo lo mira de arriba abajo con los ojos aterrorizados.

A C le tiemblan los dedos y, cada vez que respira, hace una mueca de dolor.

—Neo, mira —dice sin introducción alguna mientras llega cojeando hasta la cabecera de su cama y se sienta a su lado—. Mira, saqué un diez. —C le enseña el papel a Neo señalando la nota en tinta roja que hay en una esquina superior. Una sonrisa amplia resplandece entre sus labios

—¿Qué te pasó? —Neo respira tocando la cara de C lo más delicadamente posible. Aparta con cuidado el cuello de su bata y desliza los dedos por las cicatrices sobre sus venas.

—Nada. Estoy bien. —C toma a Neo de la mano y le da un beso en la punta de los dedos—. Mira —dice—, lee mi redacción. La escribí solo.

Neo obedece con desgana.

C nos sonríe y nos pregunta cómo estamos. Sony y yo le contestamos que estamos bien, mientras Neo se dedica a leer la redacción de C con la atención dividida entre las líneas escritas y la preocupación.

Los problemas cardiovasculares pueden entrar en un amplio espectro de gravedad. Lo bueno del corazón es que, en la mayoría de los casos, si el problema se detecta a tiempo, se puede salvar. Lo más difícil del corazón es que es esencial, y si no eres lo bastante rápido...

Cuando la noche arroja un manto silencioso, Sony y yo salimos al jardín. Neo y C se han quedado dormidos en la habitación, enredados como niños pequeños bajo las mantas. Nos apoyamos en la gran barrera y contemplamos nuestra ciudad. Al otro lado de nuestra fortaleza, la gente siempre suele mirar dos veces a personas como Sony o como yo. Cuando echan un vistazo al hospital, de camino al trabajo o desde la oficina, solo ven médicos, sangre y gris. No conocen nuestros libros ni nuestros objetos rotos. No ven cómo un poeta con discapacidad y un compositor con el corazón roto se hacen promesas en medio de la noche.

No saben lo que es ahogarse en medio del mar, ni que seas una flor cortada de un jardín. Les resulta incómodo presenciar cosas de este tipo. La gente que está enferma atrae y repele a la vez. Morir es una idea fascinante y una realidad aterradora.

—Vamos a morir, ¿verdad? —dice Sony. Las lejanas estrellas se reflejan en sus pupilas, trazando hilos de luz sobre sus pecas.

Un suspiro me recorre todo el cuerpo.

Como he dicho, rara vez siento algo.

Cuando lo hago, es en silencio, deliberadamente, como la oscuridad.

Pero los corazones son esenciales, ¿no? Todo tiene un corazón. Incluso los libros, las cosas rotas y yo. El mío está encerrado bajo llave, la noche lo congeló en la nieve. Al menos, eso es lo que me gustaría creer.

Pero el amor no es una elección.

—Sin ti, todos estaríamos solos ahora, Sam. Lo sabes, ¿verdad? —dice Sony—. Te queremos. —Extiende el brazo por el barandal y me toma de la mano—. Nunca lo olvides.

10
El puente

Nuestro atraco comienza cuando el reloj roto tendría que marcar las doce del mediodía.

Solo unos cuantos tramos de escalera. Eso es todo lo que tenemos que conquistar. Solo unos cuantos tramos más y seremos libres. Neo y C van pegados al barandal. Miran hacia abajo, hacia la aparentemente infinita escalera de caracol, y caminan arrastrando los pies, expectantes.

Sony nos espera abajo. En teoría, es la mayor, por lo que también es la única que puede irse sin levantar sospechas. Neo y C, por el contrario, no solo suelen estar en el punto de mira por causar problemas, sino que además no están autorizados a salir legalmente. Okey, sí, ya nos hemos escapado a la gasolinera de enfrente otras veces, pero eso es diferente. Solo lo hemos hecho en un par de ocasiones y, en ambas, Eric nos estaba esperando en el vestíbulo, con los brazos cruzados y dando golpecitos en el suelo con el pie.

Lo de hoy es diferente. Me lo recuerdo cada vez que me dan ganas de correr de vuelta a las habitaciones.

—Nos van a descubrir.

C se muerde las uñas.

—No nos van a descubrir —dice Neo entre dientes.

—Siempre nos acaban descubriendo.

—Oh, por el amor de Dios. Pues imagínate que estamos subiendo a la azotea.

—Pero no es así. Nos estamos escapando, cosa que está prohibida.

—Como también está prohibido subir a la azotea, idiota.

El rostro de C refleja ahora el doble de ansiedad y preocupación al darse cuenta de ello.

—Piénsalo de este modo —dice Hikari—. Nuestros artistas ya dibujaron el camino que debíamos seguir. Así que, pase lo que pase, nuestro destino ya está decidido. Así que no sirve de nada preocuparse. Si esto no te ayuda... —Hikari entrelaza las manos detrás de su espalda mientras sonríe—. En ese caso, limítate a tomar a Neo de la mano.

—¿Qué? —En el rostro de Neo se dibuja una mueca.

Hikari se ríe de ellos. Se ríe de la expresión nerviosa de Neo, de ese calor rosado que le sube por las mejillas. Y también de cómo un C confundido y ajeno a la indirecta inclina la cabeza hacia un lado.

Su risa me embota la cabeza. Esa risa no es para mí, no me puedo sumergir en ella como he hecho en otras ocasiones, ha levantado unos bordes que hacen las veces de barrera.

Neo y C están concentrados en la misión que tienen entre manos, pero sus cuerpos siguen comunicándose entre ellos. Aunque no se den la mano, siempre hay una conexión palpable entre ambos. Sus dedos se rozan, su andar se sincroniza, a pesar de la evidente diferencia entre la longitud de piernas de uno y la delgadez de las del otro. La distancia que los separa siempre es la justa y necesaria, nunca uno se adelanta más que el otro.

Pienso en todo ello mientras mi mirada se dirige hacia Hikari, más allá de las manos de Neo y C apoyadas en el barandal. Lleva puesto el reloj que le regalé. Descansa sobre sus cicatrices, ajustado con una correa blanca.

Hikari y yo solíamos tener esa conexión. Ese mismo espacio de unión que hay entre Neo y C. Pero eso era antes de esta mañana, antes de que saliera el sol y yo trazara una línea para la que Hikari no estaba preparada.

—¿Puedo besarte? —me pregunta. Su voz es permeable. Penetra en mi corazón y me arrastra hacia ella. Se mueve ligeramente en la solitaria camilla, se inclina lo justo para provocarme.

Nuestros labios se eligieron mutuamente la noche en la que recitaron Shakespeare por primera vez. Al igual que nuestras manos, ellas también se eligieron mientras imitaban bailes y posturas, mientras creaban espejos dobles. No se atreven a encontrarse ni a tocarse, pero se admiran. Permanecen en ese momento intermedio, en ese «y si...».

¿Y si la tocara? ¿Y si acariciara los mechones amarillos que caen por su mejilla o deslizara mis dedos por el pulso de su cuello? ¿Y si la besara? ¿Y si empezara por el arco de cupido justo debajo de su nariz y fuera bajando, adorándola con cada respiración?

Me pregunto si entonces sería real. Si yo cerrara los ojos y me inclinara, ¿me prendería fuego el sol o sería por fin capaz de sentir la luz en la cara?

Tiemblo, incapaz de decidirme. Hikari tiene la boca muy ligeramente entreabierta y los ojos entrecerrados. Su cabeza se inclina para que, en caso de que demos el paso final, encajemos.

A mí me gustaría que pudiera verse a través de mis ojos, y a ella que yo pudiera ver el mundo a través de los suyos.

Cada vez que Sony dejaba de respirar, que Neo se desplomaba o que C no conseguía oír una sola palabra, yo lo aceptaba. Miraba hacia otro lado. Ahora, desde hace algún tiempo, ya no puedo. Ahora, cada recordatorio de que mis amigos se van a morir viene acompañado de ella.

Ella no es una versión reciclada de alguien a quien solía amar, sino el verso que rima con el poema de mi propia historia.

Su mirada fija en mis labios, la mía en los suyos. Ahora nos reflejamos mutuamente, igual que lo hicieron nuestras manos antes.

Ella es la que me hace preguntarme si me estoy equivocando. ¿Y si mis amigos acaban viviendo? El color amarillo que desprende ilumina el camino hacia recuerdos que todavía no he vivido: mis amigos sorbiendo espuma de cerveza en la vejez, encendiendo cigarros que no fuman, riendo en la ciudad, en el campo o en cualquier sitio al que hayan soñado ir mientras cuentan historias sobre su época rebelde, una época marcada por un sufrimiento que los tenía prisioneros y por la alegría que consiguió acabar con esa pena.

Me inclino más hacia Hikari en la camilla. Mi mano se levanta para acariciar su rostro. Solo tengo que cruzar una fina línea más y podré tocarla. Solo un pequeño impulso, minúsculo, y la podré sentir. Solo un momento, una respiración, un beso, y ella será real.

Pero ¿y si tengo razón? Puede que ese sueño, que niego tener, de sostener a Hikari entre mis brazos, viviendo un futuro en el que todo el grupo sonríe unido, es una prueba. ¿Y si este verso en rima acaba igual que el anterior? ¿Me quedaré entonces observando la oscuridad mientras las estrellas caen?

Abro los ojos y, en el reflejo negro de la ventana, el tiempo sonríe. Se ríe por encima del hombro de Hikari con el pasado colgando entre sus manos como llaves que cuelgan de una cadena.

Mi nudo se rompe. La presión me ahoga. Antes de que pueda siquiera rozar a Hikari, bajo las manos a los costados. La respiración se corta en mi garganta. La gravedad vacila un instante, me despista. El miedo me lanza contra la pared.

Hikari sigue sentada, agarrada al borde de la camilla. No sé si se da cuenta del miedo que siento, tampoco sé si sabe a qué le tengo miedo. En cualquier caso, no se me escapa la confusión que sus ojos reflejan. Una confusión que, poco a poco, adquiere la misma oscuridad que vi en ella cuando compartió sus recuerdos de dolor conmigo.

—Lo siento.

Es lo único que puedo decir. En ese momento, no puedo articular palabra alguna. Corro.

«Lo siento tanto...».

La escalera está en silencio. Neo es de hierro. Su nerviosismo ya ha desaparecido. C traga saliva con la garganta seca, mordiéndose el labio. Hikari se mantiene alerta, aguza el oído en busca de la señal de Sony.

Hikari no me ha mirado desde que nos juntamos con el resto para escapar. Después de nuestro casi beso, pensé en todos nuestros casi momentos: todas esas ocasiones en las que casi le sostuve la mano, las veces en las que casi dije su nombre, y en cada oportunidad que se ha convertido en un casi.

Esta mañana la saludé. Algo tenía que decir. Ella me respondió con una sonrisa hueca que no le llegó hasta los ojos. Después, todo el mundo se dejó llevar por la emoción del momento. No tuve la oportunidad de explicarme pero, aunque la hubiera tenido, no sé qué le habría dicho. No tengo ni idea de cómo explicarme. Diga lo que diga, se convertirá en otro casi.

Eric ha acabado su turno hace cinco minutos. Con él fuera, hay pocas correas que nos puedan frenar. Normalmente se despide de Sony al marcharse. Al planearlo todo, Sony nos dijo que se encontraría con él en la calle, frente a la entrada principal del hospital. Eric probablemente desconfíe al salir a la calle y verla ahí, pero es verdad que Sony suele salir sola sin importar el estado de su pulmón. Sony ha prometido contarles nuestras aventuras a su gata y a sus niños del hospital cuando regrese.

La escalera de servicio es una de las únicas formas de entrar y salir, ya que no hay demasiado movimiento. Lo único que nos hace falta es una identificación para poder acceder a ella. Eric siempre lleva una de repuesto en el bolsillo. Puede que no se me dé bien mentir ni la delincuencia en general, pero la prestidigitación es lo mío, incluso aunque tenga que recurrir a mis trucos mientras me están curando el brazo después de haberme caído de una escalera.

Sujeto la tarjeta con firmeza en la palma de mi mano, le doy la vuelta y la introduzco en la ranura de metal. Contenemos la respiración, como si un metrónomo nos anunciara la cuenta atrás que decide nuestro futuro.

Y entonces... ¡clic!

Justo entonces suena también el móvil de Neo. Casi se le cae por el barandal del susto. Es Sony, que escribe:

¡Terreno despejado, tontín! :D

C y Neo gritan mientras avanzan tropezándose. Hikari los sigue y corren escalera abajo.

La escalera, tan vieja como limpia, recibe de pronto una ráfaga de aire con sabor a ciudad. Los coches y peatones vuelan en comparación con el personal médico y los carritos de enfermería que pasan por las tranquilas calles del vestíbulo.

No hay paredes ni puertas cerradas. Solo hay un cielo que se alza sobre un sinfín de calles que llevan a todas partes menos a callejones sin salida.

Sony acelera, viene corriendo hacia donde estamos desde la esquina en la que despidió al autobús de Eric. Su mochila da saltitos con ella y tiene la sonrisa enganchada bajo las puntas nasales. Se me revuelven las tripas en una maraña agridulce. Le cuesta dar los últimos pasos, pero, al mismo tiempo, nunca ha parecido tan feliz.

—¡Ya es hoy! —Sony grita saltando sobre todo el grupo con todas sus fuerzas. Nos abraza y nos besa como una loca, sin importarle la gente a nuestro alrededor—. ¡Por fin es hoy! ¡Vamos!

—¿Adónde quieres ir primero, Sony? —pregunta Hikari sujetándole la cara, nariz con nariz.

—Vamos a hacernos un tatuaje. ¡No!, ¡mejor vamos a ver las estrellas! ¡O a la playa! ¡Sí, al mar! ¡Adoro el mar!

—Para eso tenemos que tomar un autobús —dice Neo señalando con el pulgar hacia atrás por encima del hombro.

C mira el cartel de la parada con los horarios.

—En veinte minutos llega uno.

—¿Por qué no caminamos un poco por la ciudad mientras esperamos? —sugiere Hikari sosteniéndole la mano a Sony para que se apoye en ella—. Tenemos todo el tiempo del mundo.

—Tienes razón —dice Sony inhalando profundamente y relajándose mientras se apoya en Hikari. Le concede a su cuerpo un instante de reposo, como acostumbra a hacer.

—Vamos —dice Hikari después de un rato. Suena entusiasmada, haciendo que la llama del tono de Sony se mantenga viva—, hay que conseguir ese todo.

El paso de peatones sobre el río es nuestro boleto hacia la libertad; nos da la bienvenida bajo la sombra del edificio del hospital. C y Neo van adelante, en pareja.

A esta hora del día, la gente inunda las calles como bancos de peces. Nos camuflamos entre la multitud, siguiendo sus pasos. Existe cierta libertad en el anonimato, en ser un ser humano desconocido. En el último tramo del paso de peatones, la multitud se abarrota más, aceleran, como queriendo ganarle al semáforo. Neo le da la mano a C sin pensarlo demasiado. C lo atrae contra sí mientras entrelazan sus dedos.

Sony va colgada del brazo de Hikari justo detrás, admirando la ciudad como si la observara a través de unos lentes completamente nuevos. Hikari escucha cada una de sus palabras con atención. Incluso desde aquí puedo darme cuenta de que está hablando de los niños con los que juega en el hospital, de sus niños. Sony le explica que les traerá conchas, que presumirá su tatuaje nuevo. Podrá añadir todas sus nuevas hazañas a la ya interminable lista de locuras que nunca se cansan de escuchar.

El fuego de Sony es eterno. Si viajo a un futuro, no me cuesta imaginármela contando estas mismas historias a sus propios hijos o a una clase entera de alumnos. Presumirá acerca de un amigo escritor, de otro alto y guapo y de otra ladrona y divertida. Les contará todas estas historias, historias tan emocionantes que ni siquiera se darán cuenta de que se desarrollan en un hospital.

Las rodillas de Sony flaquean cuando llegamos al otro lado. Se detiene, recupera el aliento y se ajusta la mochila.

—Lo siento. —Intenta reírse para restarle importancia—. Necesitaba un segundo.

—Estoy segura de que tu gata nos perdonará si llegamos tarde a casa —dice Hikari. Luego sujeta a Sony con firmeza, fingiendo que ha sido simplemente un tropiezo tonto.

—Te cae bien Elle, ¿verdad, Hikari?

—Claro.

—Bien, bien. Necesitaré que alguien se encargue de ella.

—¿A qué te refieres? —pregunta Hikari. Al no obtener respuesta, frunce el ceño y aminora el paso—. Sony, no digas esas cosas. —Acaricia el rostro enrojecido de Sony—. Lo vas a conseguir.

Al oír parte de la conversación, Neo y C se voltean hacia ellas. Solo ha sido medio segundo, unas cuantas palabras y, sin embargo, ha bastado para provocar un cambio en ellos. No es que nuestra regla no escrita se haya roto, sino que están hurgando en ella.

—Eres tan niña... —dice Sony dándole un codazo a Hikari.

Justo en ese instante, nos empezamos a acercar a un sitio que conozco demasiado bien. Disminuyo el paso.

El río se agita bajo el puente. Me desafía a mirar. De una bofetada, me lleva a mis recuerdos. Mis amigos caminan por uno de los lados. Retrocedo, cierro los puños, intento ocupar menos espacio, esconderme.

No quiero existir aquí. Estamos a punto de pasar el puente, de pasar junto a su atenta mirada brillante, pero no puedo. Me detengo un centímetro antes de acercarme lo suficiente para mirar hacia abajo.

Me niego a mirar. Todo me empieza a doler. Me niego a verlo, pero por más que cierro los ojos, está ahí. Me pone el abrigo sobre los hombros. El aire es hermético, frío. El blanco cubre el suelo, una farola ilumina los copos de nieve que bailan en el aire. El resto del mundo está oscuro, solitario. Me besa intensamente. Luego se desvanece. Intento ir tras él, pero la oscuridad me rechaza. Mis lágrimas siguen ahora el ritmo del agua. Mis sollozos me ahogan. Todo duele. Mis recuerdos empujan hasta salir a la superficie de la tierra, como monstruos nadando río arriba.

—¿Sam? —Levanto la vista. Hikari está de pie frente a mí con el rostro pálido. Neo, Sony y C están delante. Siguen caminando, todavía más cerca del puente—. Sam, ¿estás bien?

—No puedo hacerlo —susurro.

—¿Qué quieres decir? ¿Qué te pasa?

—No puedo ir con ustedes —digo sacudiendo la cabeza. Me siento desnudo, en peligro—. No puedo... —Las palabras se me atascan en la garganta, con miedo a materializarse.

—No pasa nada —dice Hikari. Se acerca y levanta la mano, pero sin tocarme. No me hace a un lado para que el siguiente banco de peces pueda pasar. Su palma descansa en el aire que nos separa mientras espera a que la mía la refleje.

—Canta, Yorick —me ordena con suavidad al mismo tiempo que mueve el dedo índice mientras la imito.

—La última vez que estuve en este puente las estrellas se cayeron —digo. No sé si lo entenderá—. No puedo volver a cruzarlo.

—No pasa nada —dice Hikari de nuevo. Esas palabras, pronunciadas en su tono de voz, suenan casi hasta creíbles—. Está todo bien, yo me quedo contigo.

—No, tú...

—No te voy a dejar, Sam. —Lo dice con convicción. Sigue preocupándose por mí, pese a no haberle dado lo que quería. La palma de su mano sigue paralela a la mía.

Creo que, tras sus palabras, hubiera sido capaz de recuperar el aliento. Podría haber encontrado fuerzas para mantener el tronco erguido y seguir adelante. Sí, si nuestro baile ocultara todo lo demás, y hubiera sido capaz de hacerlo.

Pero no es así. Por encima de su hombro, el tiempo permanece. Se cierne sobre mis amigos, con mi pasado girando entre sus dedos, proyectando una sombra.

Neo y C sujetan la mano a Sony al llegar más cerca del puente.

El corazón se me desploma del pecho.

—Esperen —digo en un hilo de voz casi imperceptible. Formulo la pregunta que nadie puede llegar a responder—. ¿Por qué...?

No termino la pregunta. Avanzo superando a Hikari.

—Esperen —vuelvo a decir.

Siguen alejándose. Me abro paso entre la multitud que me rodea en la banqueta. Voy tras ellos. Tengo que ir tras ellos. No deben cruzarlo. Aún es demasiado pronto. ¡Todavía no!

Sony ha estado a punto de desplomarse antes. Si se cae o se hace daño en una costilla, su pulmón podría colapsar en un instante. Neo sigue demasiado delgado. Sus huesos carecen de protección, su cuerpo es demasiado frágil para correr o soportar cualquier golpe. El corazón de C se encuentra ya en un punto de no retorno, necesita uno nuevo. De lo contrario, no vivirá.

No puedo evitar recordar. Soy débil. No puedo evitar que vuelvan a brotar mis recuerdos: los de mi amigo Neo golpeado por quien en realidad debería protegerlo. Mi pobre Neo..., que tendría que haber pasado su vida jugando bajo el sol, y no bajo la luz de aparatos médicos. Mis recuerdos viajan a Sony. De esa llama mía, tan empeñada en arder. Esa llama a la que le arrebataron una madre y cuya infancia tendría que haber durado para siempre. Mi memoria vuela luego a C, grande como un oso y con el corazón roto. Tan ajeno y a la vez tan bueno, tan dispuesto a ayudar.

Sí, me he dejado arrastrar por la fuerza del pasado. Y me ha mostrado un futuro inexistente.

Da igual lo mucho que me empeñe en afirmar que mis recuerdos están sepultados. No tengo el control. Brotan de la nada recordándome que la negación no es tan fuerte como la realidad.

Y mi realidad es la misma desde que nací.

Mis amigos van a morir.

—¡Esperen! —La multitud los envuelve—. No se pueden marchar. Aún no han... no pueden...

»¡C! —grito—. ¡Sony! —Ya no los veo—. ¡Neo! —Corro empujando a la gente. Intento detenerlos antes de que crucen, pero no me oyen. Nadie puede. Suplico sin cesar que alguien me escuche. Solo pido ser capaz de seguir el rastro que han dejado. Vuelvo a llamar, pero es como si mi voz no existiera.

Antes de llegar al puente, una fuerza me empuja hacia atrás. Tropiezo, el barandal se me escapa de las manos. La gravedad me arrastra de la banqueta a la calzada. Luego, el sonido de un claxonazo. Cada vez más cerca. La gente se pone a gritar.

Lo último que oigo es mi nombre, justo cuando el sol se refleja en el cofre de un coche.

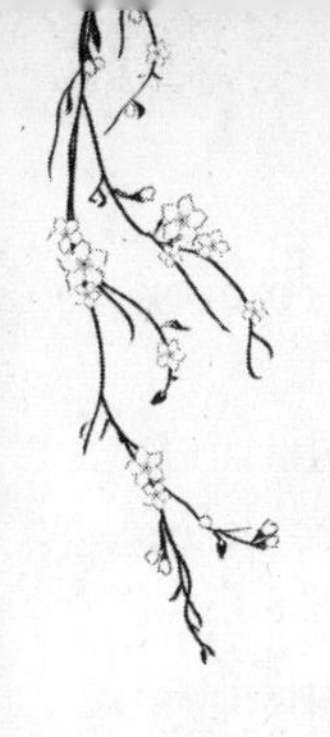

11
Vacío

Hace años, me caí en la calle.

La fricción me destrozó las piernas. La suciedad me absorbió la sangre como si fuera un algodón. Las lágrimas me ardían en la cara. La tierra se mezclaba con mis heridas abiertas. Sentí los pantalones desgarrados con el roce de mis dedos.

Caí. Todo el día. Recuerdo mi estómago al revés. Las ganas de vomitar, de arañarme, eran arrolladoras.

Acababa de ver morir a alguien.

Tuve que escuchar los gritos de su madre. Tuve que ver cómo la vida se desvanecía de sus ojos. Aún no había dado sus primeros pasos. El lenguaje aún no formaba parte de su vida, era demasiado pronto. Sostenía los dedos de su madre en un puño y se enamoraba de todo aquello que la luz tocaba.

Fue la primera bebé que sostuve entre mis brazos, y tuve que verla morir.

La tristeza llegó enseguida, lanzada a propulsión. Fue contundente. Yo solo quería abrir mi cuerpo y dejarla escapar como vapor.

Hui del hospital. Hui y me caí. Los cortes dolían, pero aliviaban parte del dolor interno. Era como si mi cuerpo quisiera replicar el dolor que había recibido mi corazón, como si quisiera compartir parte de la carga.

—¡Sam! —Escuché mi nombre mientras me sentaba en la calle. Con el alma derrotada. El sol brillaba en el cofre de un coche—. ¡Sam!

Se oyó un ruido, las ruedas se desviaron. Me giré. Solo conseguí ver una masa grande de metal volando hacia mí. Luego un agarre firme y seco logró aferrarse a mi muñeca y me levantó, arrastrándome a un lado de la vía. Sobre mí, un cuerpo falto de aliento me protegía. Su cabeza estaba pegada al pliegue entre el cuello y mi hombro, y su rodilla atrapada entre mis piernas, como si se hubiera caído al apartarme del camino.

—Mi dulce Sam —jadeó levantando la cara para mirarme. Secó mis lágrimas, aunque las suyas aún seguían frescas. Me ardían al gotear por mis mejillas—. Estás a salvo —me dijo calmándome cuando empecé a llorar—. Todo está bien, estás a salvo.

—¿Por qué murió? —sollocé. Me estrechó entre sus brazos. Seguí llorando hasta que llegó la noche, y yo la abracé; era lo único que me quedaba—. ¿Por qué tuvo que morir? —volví a preguntar una y otra vez—. ¿Por qué muere todo el mundo?

Nunca me contestó.

El vacío que dejó esa pregunta todavía se asienta como un lugar hueco, sustituyendo mi corazón.

El recuerdo pasa ante mis ojos como un rayo. Basta un solo segundo. La misma fuerza que logró empujarme hacia atrás vuelve a hacerlo de nuevo. Solo que esta vez no ocurre en un camino de tierra, sino en uno de asfalto y concreto, igual de transitada que la banqueta. Un destello de sol. El claxon de un coche. Mis ojos se cierran con fuerza preparados para el impacto.

—¡Sam!

Pero el coche no llega a darme. En su lugar, siento una calidez sin igual alrededor de mi muñeca. Se me entrecorta la respiración. Como si estuviera rompiendo la superficie del agua. Como si me acabaran de sacar del fondo de una alberca. La vía se desvanece a mis espaldas convirtiéndose en un eco de gritos de agitación y conductores enojados. Aterrizo con los pies en la banqueta y mi cuerpo choca directo contra otro.

La cara de Hikari aparece ante mis ojos, tan cerca como anoche. Su respiración está tan entrecortada como la mía. Me ha seguido corriendo. Me caí en la calle, pero ella me salvó. Vio el coche, vino por mí, a salvarme...

La multitud sigue su tránsito a nuestro alrededor, como si nada hubiera pasado. El tráfico se reanuda a nuestras espaldas.

Me ha salvado.

Su pulso se acelera bajo la palma de mi mano. Su nariz roza la mía, sus mechones de cabello son las yemas de unos dedos que me acarician las sienes.

La siento. La piel, más áspera de lo que imaginaba, rugosa y llena de cicatrices, caliente bajo la superficie. Me ha tocado. El espejismo se desvanece. La pared de cristal casi se hace añicos.

Ella es real, tangible, está justo ahí, delante de mí.

Me estremezco.

—Estás bien —dice Hikari—. Estás a salvo.

—Suéltame. —Las palabras me abandonan antes de que pueda pensar en ellas.

No las pronuncio, las escupo, muerdo con agresividad. Hikari abre los ojos de par en par. La confusión se extiende a través de sus pecas. Clavo la vista en mis pies, incapaz de mirarla.

—¡Suéltame! —grito y, esta vez, ella lo hace.

—¡Sam! —Sony suena como si estuviera corriendo. No, no puede estar corriendo. C está justo detrás de ella, Neo cojea a su lado—. Sam, ¡¿estás bien?!

Hikari se precipita hacia atrás cuando llegan, como una ola que choca con un acantilado y retrocede de nuevo hacia el mar.

—Sam —dice Neo en voz baja. Me revisa la espalda en busca de rozaduras, y el cuello y la cabeza en busca de sangre. Sony está a su lado con la botella de oxígeno en la espalda y las pecas bailando sobre su nariz. C es capaz de ver el pavor en mis ojos. Su frente se arruga, pero no intenta tocarme.

—Lo siento —consigo pronunciar. Es todo lo que tengo que decir. En este momento, es lo único que sé decir.

Mis amigos están bien. No cruzaron el puente. Han vuelto. Sin embargo, mi impulso de esconderme y huir no se disipa. Crece. Me llevo la mano a la boca como si estuviera a punto de vomitar.

—Lo siento —repito, pero antes de que puedan decir nada más, vuelvo corriendo hacia el paso de peatones, a la seguridad de mi hospital.

Su contacto es como una quemadura. La marca irradia calor; tengo la mirada fija en ella mientras camino hacia el vestíbulo. Evito por completo los elevadores y subo la escalera hasta la azotea.

Es un lugar fresco y tranquilo, pero mi mente es cualquier cosa menos eso. En mi mente, Sony tiene sangre en la lengua y en las mangas del suéter, Neo se desvanece en la nada y el corazón de C se detiene entre sus costillas. El azul se asienta sobre el edificio ahogando a todos en él.

El roce de Hikari sigue tatuado en mi piel. Vuelvo a mis viejos hábitos, paseo. Toco con los dedos ese punto de mi muñeca, como si Hikari hubiera dejado allí una pintura que me fuera a manchar. Cada vez que repito en mi mente el momento en el que me devolvió a la realidad, siento la luz del sol en mi cara. Mi miedo se convierte en cenizas y tomo conciencia de todas las mentiras que me he contado y creído. Neo y C vuelven a la escuela, y escriben su libro juntos; Neo no tiene moretones, ya no sufre los abusos de su padre; la piel de C no tiene cicatrices, ya no hay tormenta; los fines de semana lleva a Neo a nadar a la playa y se lleva a Sony; Sony está junto a su marido, mujer o cualquier persona a la que decida amar. Sostiene a sus hijos en brazos, los lleva por la arena hasta el agua. Les hace todo tipo de caras y llena de besos sus mejillas mientras las olas bañan suavemente su cuerpo. La enfermedad, el tiempo robado y la muerte son ahora cosa del pasado. Sobreviven, son felices, viven.

Pero es mentira, todo es mentira. Hikari me hizo creer que podía ser verdad. Ella y su «un día...», ella y su constante fingir que juega con el futuro como si estuviera grabado en piedra. Les ha hecho creer a todos que el juego podía ser real.

—¿Sam?

Me estremezco. Hikari está de pie en la puerta, sola. Mi ira se eleva como el humo desde la marca que antes ha dejado en mi muñeca.

—¿Estás bien? —Su voz es suave. Está preocupada por mí—. Siento haberte agarrado así. —Camina hacia mí sin precaución mientras mi mandíbula vibra—. No podía dejarte caer...

—¿Por qué le dijiste eso a Sony? —le pregunto. Aprieto los puños a los lados.

Hikari se detiene a la misma distancia que el día que nos conocimos.

—¿Qué?

—Le dijiste que saldría de esta, ¿por qué lo hiciste?

Hikari sacude la cabeza como si la hubieran golpeado.

—No entiendo.

—Te comportas como esos carteles motivacionales. Como esas cintas que vuelven a grabar cada diez años en las que nos dicen que sigamos luchando. Como si eso estuviera bajo nuestro control.

—Porque lo está...

—El cuerpo de Sony destruye su mecanismo de respiración. Nadie en su sano juicio le va a dar un par de pulmones que acabará destruyendo. Morirá. No es una cuestión de sí o no, es una cuestión de cuándo. ¿Tienes idea de los estragos que causará en Neo y C que piensen que realmente puede sobrevivir?

—Eso no puedes saberlo.

—Sí lo sé. —Cuanto más hablo, más cae la expresión del rostro de Hikari—. Te burlas de mí porque pongo barreras.

—Yo nunca me he burlado de ti.

—¡Crees que me equivoco! —le grito. Recuerdo cuando le dijo a Neo que el mundo entero leería sus historias, que C estaría allí con él y que Sony volvería a jugar carreritas. Yo, en cambio, me dedicaba a mirar para otro lado como cuando sentía que la muerte los jalaba del cuello.

No puedo soportarlo más.

—Los provocas sosteniendo ante ellos futuros que no existen, como si fuera un cebo. Así solo les provocarás un inevitable dolor.

—Ya están sufriendo —dice ella, y la verdad de eso arde más de lo que debería—. Merecen tener esperanza.

—La esperanza es inútil. —Se me cae la voz. La mera pronunciación de la palabra se arrastra bajo mi piel, y me estremezco ante el sonido—. La esperanza es miope, ciega. No quiere ver que siempre fracasa.

Esperanza. Esa palabra debería encabezar la Lista Negra. Es peor que nuestros enemigos. Nuestros enemigos son ladrones, pero vienen tal cual se anuncian. La esperanza es ignorancia, mentira, una criatura accidental hecha de miedo. Le falló a mi primer amor, igual que me falló a mí.

—Perdiste a alguien —dice Hikari. Su voz viaja a un lugar de entendimiento.

Cuando la miro para enfrentarme al sentimiento, dejo de verla por completo.

Lo veo a él. Es solo un momento, pero ahí está, de pie sobre la piedra, acercándose a mí, cabello oscuro, ojos dorados. Hace más frío. El pasado siempre es más frío. De repente, llora, me dice que lo siente. Se pone de rodillas con la cabeza contra mi estómago, rogándome que lo perdone, rogándome que aguante, que tenga esperanza.

Se deshace en cenizas. Lo alejo como si fuera niebla.

—No voy a fingir que puedo cambiar el pasado —le digo—. Ni el futuro.

—Tener esperanza por un futuro no es fingir.

—Sí lo es. La esperanza es eso precisamente. Es una mentira que nos contamos para poder romper relojes y fingir que el tiempo ha muerto.

—¿Por eso me diste esto? —Hikari toca el cristal con la flecha que no hace tictac. Se ríe de mi audacia. No es esa risa que un día acaricié. Es seca, dolida, decepcionada—. ¿Para burlarte de mí?

—No.

—«Estoy aquí» —cita—. «Siempre estaré aquí para escucharte y siempre te creeré». Eso fue lo que me dijiste, ¿recuerdas?, ¿era mentira?

—¡No! —Sacudo la cabeza, recordando la alegría de su cara—. No, me importas. Solo quería hacerte feliz.

—¿Por qué? ¿Porque crees que voy a morir? —pregunta. Se agarra la muñeca como Neo, aprieta con el pulgar y el índice como si pudiera estrujar el reloj hasta arrancárselo de la muñeca—. ¿O porque me quieres?

Tiene la misma mirada que cuando me aparté de su beso en la camilla. La pregunta se trenza entre la herida que hay en su cuello y la enfermedad que hay en su sangre. Su voz se vuelve débil, más débil con cada respiración.

—¿Me quieres? —Señala el hospital que tenemos a nuestros pies—. ¿Quieres a alguno de ellos? ¿A alguna de las personas que dices estar cuidando y protegiendo?

—Se supone que no debó amar —digo—, se supone que ni siquiera existo.

—¿Tanto miedo tienes? —pregunta, solo que ahora es un desafío. Un empujón—. ¿Tanto miedo tienes de volver a perder?

—Ya lo perdí todo. Siempre lo perderé todo. No importa cuántas veces intente robarlo otra vez.

Hikari une las palmas de sus manos cubriéndose el rostro de la nariz a la barbilla. El horror se dibuja en su rostro. Mira hacia abajo, como si hubiera tres lápidas entre ella y yo. Me mira como si estuviera sosteniéndoles la mano mientras ellos yacen dentro de ellas.

—Por eso pasas tanto tiempo con ellos —dice—. Por eso haces lo que haga falta por su bien.

Ya sé lo que está pensando.

—No, no, eso no es verdad.

Hikari adopta mi enojo y lo toma como propio.

—¿Qué son para ti exactamente? ¿Perros solitarios en la parte trasera de una perrera cuyos días están contados? —El asco se apodera de su tono, sus ojos dibujan una estrecha línea cargada de juicio—. Hay tanta maldad en ti como en la gente que mira a los niños enfermos y ve causas perdidas que solo viven gracias a la compasión.

—¡No lo entiendes! —grito—. No lo entiendes, porque yo, a diferencia de ti, solo he existido en un mundo en el que la gente confía en la esperanza como muleta para mantenerse en pie. Nunca has sostenido en brazos a un niño que no era más que piel y huesos, un niño que lloraba para que algún dios lo viera por quien realmente es. Nunca has visto morir a alguien ante tus ojos y has intentado devolverle la sangre al cuerpo. No has sido testigo de cómo quien te importa se marchita día a día. Tú nunca has perdido nada, así que no pretendas hacerme creer que sabes lo que se siente.

Pierdo el aliento. Siento que estoy corriendo por ese puente, solo que esta vez es interminable. Corro tras mis amigos, tras nuestros enemigos que los arrastran a la oscuridad. Corro tras él, y a la vez lejos de él. Con la diferencia de que mi cuerpo permanece inmóvil en la azotea. Rezo para que las estrellas no caigan del cielo si es que decido mirar hacia arriba.

—Llevo aquí toda mi vida. —Respiro volviendo la vista hacia Hikari—. Nunca, ni una sola vez, he visto que la esperanza haya salvado a nadie.

—La esperanza no está hecha para salvar a la gente —dice ella ahora, reticente.

Se levanta una pared de cristal. Su color se atenúa detrás de ella, y la sensación de ardor en mi muñeca se desvanece hasta desaparecer. No está enojada cuando habla, pero ya no puede mirarme a los ojos.

—Y que a ti te haya fallado no significa que los demás tengamos que renunciar a ella.

La razón por la que le tengo miedo se hace patente. Da vida a todo aquello que prometí no volver a sentir. Creo que

Hikari sabe lo que pienso en realidad. Sabe por qué no soporto tocarla.

Ella no me da miedo. Lo que me da miedo es amarla.

Porque no solo tendría que admitir que es real.

Tendría que admitir también que voy a perderla.

Hikari se limpia la nariz. Sus manos frotan sus brazos de arriba abajo a causa del frío.

—Muy bien, ¿quieres jugar a que me conoces? —pregunta—. ¿Por qué? ¿Porque hemos pasado este último mes tonteando en azoteas e intercambiando secretos? Pues te contaré uno más, Yorick. La esperanza ya me falló una vez. —Traza la línea que va desde la herida que hay entre sus clavículas hasta las cicatrices de las muñecas—. No te das cuenta de lo poderosa que puede llegar a ser la soledad hasta que ni siquiera herirse una misma es lo suficientemente doloroso como para saciarla.

El cielo gris forma nubarrones y despliega su pasado ante nosotros como una pantalla. Las sensaciones que le provocan esos recuerdos recorren todo su cuerpo, su mente y sus ojos hasta que las palabras caen de su boca como piedras.

—Incluso tracé un plan —dice—. Después de que mis padres se fueran a trabajar, yo caminaría por la carretera, llegaría hasta el lago y me sumergiría. El agua es prácticamente negra. Lo refleja todo. Simplemente pensaba... —Se detiene buscando las palabras adecuadas—. Dejar que la oscuridad me tragara.

Ahora recuerdo con más claridad el día en que nos conocimos. Algo había ocurrido, algo de lo que su asesino no era responsable, eso estaba claro. Recuerdo cuando guardó el desarmador y la navaja en su bolsillo. Recuerdo las vendas de sus brazos. Recuerdo todo lo que trataba de ocultar.

Ninguna de sus heridas tiene nada que ver con su enfermedad. Son suyas.

Cuando nuestras miradas se cruzan de nuevo, apenas puedo respirar. ¿Cómo no he podido darme cuenta hasta ahora?

Hikari brilla. Da vida a las cosas, a las plantas, a lo que está roto y a las personas enfermas que necesitan una sonrisa contagiosa que se tope con sus labios. Da vida a la gente para después negársela a sí misma.

—Hika... —intento pronunciar su nombre, tenderle la mano, cruzar la distancia, pero no puedo. Ella ya no quiere que lo haga.

—Puede que hayas visto más, que hayas sufrido más, pero no me digas que no tengo idea de lo que es la pérdida —dice. El reloj se desabrocha en su muñeca y cae sobre el cemento. Justo sobre la línea que ha trazado—. Ya me han dicho suficientes veces que todo está en mi cabeza.

Sus lágrimas caen hasta las comisuras de su boca. Hasta mojar unos labios de sonrisa vacía. Luego se da la vuelta, vuelve por donde ha venido, un sol más que se pone de nuevo. Y mis dedos se quedan atrapados en el aire frío.

El dolor es repentino. Contundente. Sale disparado. Quiero abrirme y dejarlo escapar como vapor. Caigo sobre el cemento, dejando que mis rodillas rocen el suelo.

Mis fantasmas escapan de sus ataúdes.

Mis recuerdos se desbordan por el río. Y el vacío que siento es tan grande que podría morir.

12
Esperanza

Antes

No siempre fui Sam.

Cuando empecé a existir no tenía nombre, ni recuerdos, ni nada. Existe la creencia de que cada intención tiene un alma. De que cada deseo, cada sueño, puede cobrar vida si está dispuesto a hacerlo.

La sangre es mi primer recuerdo.

Sangre que manchaba la habitación. Allí donde debería estar la pierna de un hombre, solo había un gran círculo carnoso. Él gritaba. Unas mujeres vestidas con batas blancas le secaban la cara con un paño, mientras las correas de cuero inmovilizaban a la cama sus extremidades restantes. Otra mujer entró limpiando una sierra de metal con el mismo tono de rojo. La tiró al suelo sin rumbo fijo y se limpió los brazos en las piernas para que la sangre quedara en su, antes, bata blanca y no en sus manos. Tomó una jeringa y le inyectó un líquido transparente al hombre que gritaba. Este luchaba contra la enfermera a la vez que intentaba zafarse de las correas. Los gritos tardaron un rato en apagarse; se transformaron en un gemido rítmico hasta que la consciencia del hombre se desvaneció.

Eso tendría que haberme asustado. Creo que, en parte, así fue. Sin embargo, otra parte de mí sentía curiosidad por la sangre. Tan poco discreta. Se esparce, mancha. Su alcance es infinito.

Y yo quería saber por qué.

Mi primer recuerdo auguraba que los hospitales serían lugares violentos. Pero no lo son. Los hospitales disipan la violencia y curan a las víctimas de esta.

Mi segundo recuerdo es menos espantoso. Más repentino, pero igual de triste.

Había otro soldado. Este estaba en silencio. Hasta que parpadeaba, era casi imposible saber si existía vida o no tras sus ojos. Respiraba una y otra vez con una mano en el pecho. Luego bajó la mano, sus ojos se cerraron. Dejó de respirar. Un charco rojo brotó del punto en el que estaba su mano. El líquido rojo goteaba de sus dedos.

Cuando el hombre con una sola pierna despertó, empezó a gritar de nuevo.

Se arrastró fuera de la camilla. Se deslizó por el suelo mientras gritaba, lloraba y volvía a gritar de nuevo. Agarró la mano ensangrentada del otro soldado que colgaba de la cama, y gritó contra ella. Las enfermeras tuvieron que apartarlo.

El soldado se quedó mirando al muerto hasta que se desmayó. Maldijo la guerra. Maldijo a las enfermeras, a los médicos y al hospital. Pero, sobre todo, maldijo a la muerte.

Mi segundo recuerdo hace que los hospitales parezcan un campo de cultivo. Un lugar de cosecha para que la muerte recoja lo sembrado. Nada que objetar, estoy de acuerdo. Reflexiono en silencio, mientras el soldado espera callado a la muerte. Yo, al igual que él, no creo en ella, solo la acepto. No me queda otra.

La muerte no es un ser. Es un estado del ser. La humanizamos, la demonizamos, le damos un alma porque es más fácil condenar algo con rostro. La enfermedad está en el mismo barco, solo que es mucho más fácil de condenar. Tras la enfermedad existe una razón. Los virus, las bacterias y las células defectuosas ya poseen un rostro.

El tiempo no necesita tener cara en absoluto.

El tiempo roba abiertamente.

Tal descuido por su parte es suficiente para que se le declare culpable.

Pero, en cualquier caso, ¿culpable de qué? Ni el tiempo ni la enfermedad ni la muerte nos odian. El mundo y sus muchas sombras no son capaces de odiar. Simplemente, no les importamos. No nos necesitan. Nunca han hecho promesas y, por tanto, nunca las han incumplido. Somos meras fichas de juego para ellos.

Suelo usar el nombre de *sombras* para describir a tales enemigos, aunque eso sea un poco hipócrita por mi parte. Ellos también son medios con los que jugamos.

La enfermedad es un arma de la que se aprovechan. Rara es la vez que el ser humano busca la forma de curar una enfermedad. Tiene más valor tratar a alguien durante el resto de su vida que curarlo de una vez. Lo mismo pasa con la muerte. Es un medio para un fin, una herramienta, un juguete. Con ella, los que están en la cúspide de la pirámide deciden cuántas personas serán sacrificadas en la base.

No hay nadie mejor para matar que el ser humano.

El tiempo es diferente. Persíguelo, juega con él, a cualquier cosa. Al tiempo le gusta jugar porque siempre gana. Sin embargo, y a diferencia de sus compañeros, puede ser amable. O puede que eso también sea una ilusión. Puede que los dientes del tiempo solo puedan hacer muecas. Puede que solo tengan voz suficiente para la risa final.

No lo entiendo lo suficiente como para dar una respuesta concreta.

Hay muchas cosas que no entiendo. Y a todas les otorgo un alma. La sangre tiene alma. Los libros tienen alma. Las cosas rotas tienen alma. Estas últimas en especial. Incluso el hospital tiene un alma que recorre los pasillos, observando, como un espectador dentro de sus propios huesos.

El alma es vulnerable al sufrimiento.

Por eso yo entierro los recuerdos.

Vivirlos una vez fue suficiente. Revivirlos es un hábito destructivo.

Pero los recuerdos que tengo de él son los que he enterrado dentro de un ataúd de cristal.

Él fue quien rompió un patrón dentro del rojo.

Él era un niño que salía con el sol, pese a que la noche era todo lo que conocía.

Con él no existe eso de perder el tiempo. Juega con cada matiz que la vida tiene por ofrecer.

—Hola, pared —saluda, deslizando sus manos rechonchas por la pintura cenicienta y desgastada—. Hola, suelo. —Las losetas desiguales repiquetean con cada paso que da—. Buenos días, señor —le dice a un médico que pasa por ahí—. Buenos días, cielo —saluda dirigiéndose a una ventana de cristal agrietada.

El chico concede un alma a todo cuanto ve. Dice que son sus amigos.

Incluso su enfermedad tiene un alma completa. Los medicamentos, los análisis y los tratamientos siguen un orden específico. Todo debe llevarse a cabo en un momento determinado, a su debido tiempo. Lo que el tiempo no sabe es que tiene un contrincante.

El niño ríe balanceando las piernas a los pies de la cama. La enfermera le toma la temperatura mientras le da las pastillas de la mañana. Abre la boca lo suficiente para que se las meta en la boca. Pero, momentos antes de que esta se disponga a hacerlo, la cierra de un mordisco y sale corriendo mientras se ríe.

El personal médico y las enfermeras, así como el tiempo, no tienen más remedio que perseguirlo. A él y a sus brotes de rebeldía. Cuando lo atrapan, siempre les pide que se queden a jugar con él. Ellos suspiran, se disculpan y dicen que tienen otros pacientes a los que atender. Lo mismo le ocurre con los empleados que le traen la comida. Sacuden la cabeza a diario, se disculpan y dicen que tienen otros pacientes a los que dar de comer. El chico sonríe y dice que lo entiende. Luego saluda a su plato, a su tenedor, a su taza y come solo.

Sigo al niño después de la ronda de medicamentos matutinos y revisiones correspondientes. No siento curiosidad por esas partes de su vida. Ya he captado lo que le pasa. Lo que me interesa es todo lo demás, los momentos que se esconden entre esas dinámicas. Quiero entender quién es.

Corre por los pasillos sin ningún cuidado, cual explorador. Lanza preguntas. Al aire, no a nadie en particular, porque sí. Se mueve como si su ser formara ya parte del hospital, como si fuera una pieza de rompecabezas universal. Se convierte, al igual que yo, en un detalle de fondo. Que se percibe, pero no se cuestiona. Igual que el color de una pared o el peso de la puerta principal.

Aun así, pese a estar fijo en este hospital, el chico no cuenta con alguien fijo en su día a día.

Nunca nadie lo visita. Ni sus padres ni su familia, ni un alma. Cuenta con sus enfermeras y médicos habituales, pero hay una barrera, como tiene que ser. Él es uno entre muchos pacientes. No es nada de ellos. No es nada para nadie.

Tiene una existencia muy solitaria.

El tiempo me lo entregó sin saber que la soledad también formaba parte de mi vida.

Nunca he hablado con un paciente.

De hecho, nunca antes había hablado con nadie.

Al principio, me escondo. Luego observo al chico desde el umbral de su habitación. Juega en el suelo con pequeñas macetitas.

—Buenos días —me dice cuando me ve asomarme. No me saluda como se saluda a un desconocido. Me sobresalto y retrocedo hasta casi desaparecer por completo de su vista. Ladea la cabeza y se ríe—. ¿Te da miedo hablarme?

—Yo... —Esta es mi nueva voz, ese músculo que nunca he usado. Trago saliva, desperezo mi garganta y dejo que la lengua se mueva en mi boca mientras mido la situación—. Hola.

—Se supone que nadie puede entrar a verme sin cubrebocas ni guantes —dice. Sin embargo, su cautela vacila al mismo tiempo que se encoge de hombros—, pero puedes entrar si quieres. No me importa.

Dudo un instante.

El problema es que yo sí lo conozco, pese a que él nunca haya tenido la oportunidad de conocerme. Es un cuadro que llevo admirando mucho tiempo sin haberme atrevido a entrar.

El chico levanta la vista y nos observamos mutuamente. Su ropa está limpia y cuidada, pero tiene los zapatos llenos de lodo. Su cabello es suave y está despeinado. Su mirada está llena de rincones curiosos.

—¿Nos conocemos? —me pregunta—. Tengo la impresión de conocerte de antes.

—S-sí, en... —tartamudeo adentrándome en el marco y descubriendo las pinceladas—. En cierto modo, sí.

Un olor a dulces y tierra inunda mi nariz. Las paredes de su habitación son insípidas, pero está claro que algunos toques suyos acentúan el espacio que nos rodea: algunos libros en la mesita de noche, una guirnalda de luces detrás de la cama, o las plantas que sostiene en sus manos.

—¿Te gustan? Las tomé del jardín de afuera.

—¿Por qué las tomaste?

El sonido que sale de su boca parece querer decir un «pues no lo sé».

—Pensé que podrían ser mis amigas. —Las toma en sus brazos y las coloca con cuidado en el alféizar. El sol acaricia sus hojas, igual que acaricia su piel al despertarse.

—¿Tú también vives aquí? —pregunta.

Asiento con la cabeza.

—¿Quieres jugar conmigo? —dice en tono cantarín.

—No sé muy bien cómo jugar.

—No pasa nada. Yo te enseño.

Salimos de su habitación. Se mete las manos en los bolsillos y me mira con una sonrisa que luce por encima del hombro. No sonríe enseñando los dientes, ni tampoco con los ojos, pero es una de esas sonrisas que se sienten más que se ven.

—Me llamo Sam.

Sam.

«¿Sabe Sam que tiene el sol en los ojos?».

Sam y yo nos parecemos físicamente. Yo he intentado imitarlo, pero su mente es opuesta a la mía. Es valiente, sin necesidad de esforzarse para serlo, se entusiasma con las pequeñas cosas. Es travieso, se pasea por donde no debe y habla sin que le importe su volumen o quién haya alrededor.

Salta, grita, existe libremente.

Cuestiona muchas cosas del mundo que lo rodea, pero a mí no me cuestiona nunca.

A sus ojos, soy solo alguien más con quien jugar.

Sam me enseña muchas cosas. Me enseña sobre juguetes, sobre figuritas de madera a las que asignamos voces y sobre el rol que tienen en el cuento que inventamos. También aprendo acerca de las losetas; saltamos siguiendo patrones mientras jugamos avión. Ahora entiendo lo que es el suspenso, ya que nos metemos por todos los rincones y armarios para jugar al escondite. Los juegos no se me dan demasiado bien, pero Sam dice que no pasa nada.

Deja a un lado la rutina para enseñarme su mundo. Conoce a algunos pacientes que le caen bien: a una madre que espera el nacimiento de su bebé, a una mujer mayor que le da pan y a muchos otros. Suele saludar con la mano a cada uno de ellos, y solo pasa de largo una vez que los ha hecho sonreír.

—¿Tienes hambre? —pregunta Sam mientras la oscuridad de la noche tiñe el hospital.

—¿Quieres comer en tu habitación? —le pregunto.

—No. —Sonríe con ese brillo de picardía—. Vamos a comer afuera.

—¿Podemos estar afuera?

—A los caballeros se les permite estar en cualquier lugar de su castillo —dice Sam.

—¿Caballeros?

—Sí, soy un caballero. Soy el protector del castillo, como en los cuentos de hadas —susurra, sorprendido al darse cuenta de que no lo entendí—. ¿Nunca has oído hablar de los cuentos de hadas?

Niego con la cabeza.

—Oh. —Sam parpadea por unos instantes. Llena de aire su boca hasta que se le inflan las mejillas, luego lo suelta—. Okey, pues te voy a contar alguno.

Caminamos de puntitas por el pasillo. Sam, provisto de sendos pancitos escondidos en cada manga, se ríe constantemente con disimulo. Corre una vez que perdemos de vista a todo el mundo. No dejamos de correr hasta que llegamos al hueco de una escalera.

Sam abre la ventana que hay en la parte superior y me hace pasar por ella. Salimos, y allí me encuentro con el cielo. La noche es gris y fría. El duro suelo contrasta con el fuerte viento.

—Esta es la azotea —dice Sam. Me estremezco, me encorvo y me froto las manos arriba y abajo por los brazos. Sin embargo, a Sam parece gustarle. Se saca los pancitos de las mangas, me da uno y se sienta.

—Mira. —Señala hacia arriba, allí donde el cielo se viste de luces sobre una capa de oscuridad. El brillo de las estrellas es tenue, pero parpadean como las llamas de una vela a punto de apagarse.

—Esas son mis estrellas —susurra Sam, como si fuera un secreto que me confía y que tengo que guardar—. Son lo más hermoso del mundo.

«Estrellas», pienso en la palabra mientras juega entre mi lengua sin llegarse a pronunciar.

—¿Eres una estrella? —pregunto.

La boca de Sam se abre. Su garganta emite un sonido de sorpresa. Luego su risa estalla, crepitante y plena.

—¡Qué tonterías dices! —exclama—. Podemos compartir mis estrellas si quieres.

Es una respiración. Una promesa. La primera promesa que me hace. Asiento con un murmullo de satisfacción.

Comemos. Yo permanezco en silencio, limitándome a escuchar sus cuentos de hadas.

Son grandes historias con finales limpios, sin cabos sueltos que atar. Yo le pregunto por qué las historias de la vida real no terminan así. Él me explica que los cuentos de hadas terminan como queremos que terminen y que su enfermera le dice que esos cuentos tienen el objetivo de enseñarnos lecciones. Él, sin embargo, no lo cree. Para él, las historias están hechas para hacer que sintamos algo.

Le pregunto cómo se vive eso de sentir.

El viento se cuela entre el espacio de su cuerpo y el mío, extendiendo el alcance de su sonrisa.

Me dice que hago buenas preguntas.

Sam desliza su mano sobre la piedra que nos sostiene, después de su último bocado de pan.

—Este es nuestro castillo —dice—. ¿Tú lo protegerías conmigo?

Parpadeo. En sus cuentos de hadas, los caballeros siempre son valientes. Conquistan reinos, rescatan a quien corre peligro. Si hay algo que no me caracteriza es la valentía. Me muerdo el labio mientras estoy rumiando la pregunta en mi cabeza.

Sam siente mi duda.

—Hay mucha gente enferma aquí, ya sabes. —Se va acercando un poco más al decirme esto. Es la primera vez que noto lo dorados que son sus ojos. Destellos amarillos que salpican un fondo oscuro. Es un detalle que solo se puede ver de cerca. No se trata solo de admirar la pintura, sino también de ser parte de ella.

Sam sonríe. Su sonrisa es una de esas que se pueden sentir.

—Podríamos proteger a toda esa gente. Tú y yo, ¿qué tal suena?

Suena muy bien. Incluso aunque la valentía no esté de mi lado. Con una sola mirada, en el lapso de un único día, ya sé mucho sobre él.

Sam. Un nombre. Simple y cálido, pero a la vez musical, en el tono correcto. Y luego, el amarillo en sus ojos. Amarillo brillante cuando está feliz, aún más brillante cuando está triste. Su voz es joven y aguda. Pero cómoda a oídos de cualquiera. Se comporta como un personaje, como un héroe de una novela, un caballero sin un hueso de timidez en todo su cuerpo.

—Yo te enseñaré a ser caballero de este castillo, ¿de acuerdo?

—¿De verdad?

—Sí. Me gusta jugar contigo. —Nos miramos mutuamente de la misma forma, tratando de leernos—. ¿Cómo dijiste que te llamabas?

—No tengo nombre.

—¿No?

—Yo... —me explico—... no soy como el resto de las cosas rotas que has conocido hasta ahora.

Un nombre es algo relevante. Algo que está solamente de fondo no necesita relevancia, ya que eso acabaría con su propósito.

Sam tiene el cielo iluminado en su espalda. Él piensa lo contrario.

—Entonces podemos compartir mi nombre. Tú también te llamarás Sam. Está decidido —declara con la brisa fresca de frente, mientras se inclina aún más hacia mí—. Vamos, inténtalo. Di: «Soy Sam».

Mi voz es minúscula. Todo me parece pequeño en comparación con él. Su nombre es para mí lo contrario a pequeño.

—Soy Sam —le digo.

Entusiasmado, Sam me toma de la mano; es suave como la de un bebé. Con su roce, me convierto en la piedra que nos sostiene. La calidez que desprende el oro de sus ojos viaja por todo su cuerpo y a través de su piel.

El fuego crepita entre las palmas de nuestras manos, derritiéndose al viajar hasta mis huesos.

Nunca antes me habían tocado. Me estremezco y me pregunto si el aleteo en mi corazón es aquello a lo que llaman sentimiento.

—Me alegro de haberte conocido, Sam —dice el chico.

—¿Te-te alegras? —susurro.

—Ajá. —Aún no me ha soltado la mano. Juega con ella. Explora.

—Me gustas —dice. Se le sonrojan las mejillas y desvía la mirada—. Me gusta tu belleza.

Le gusta mi belleza. Eso es algo que nunca me habían dicho. Ya había oído antes ese tipo de palabras, había visto cómo se escapaban de los labios de los enamorados. Pero, con el tiempo, me he dado cuenta de que hay muchas palabras que a veces carecen de verdad. La gente miente. Los niños mienten también, sí, pero rara vez sobre la belleza.

—¿Jugarías conmigo mañana? —pregunta Sam.

—Sí.

«Sí —repito una vez más en mi cabeza—. Todas mis mañanas son tuyas a partir de ahora».

—Gracias —dice Sam. Me besa la mejilla y vuelve adentro, despidiéndose con la mano—. Buenas noches, Sam. Dulces sueños...

El día en que lo conocí es un recuerdo en el que se mezclan la alegría de que sucediera con el dolor de su muerte. Porque, aunque te haya dicho que lo he olvidado, no debes confiar en mis palabras.

Hay dos cosas que nunca olvidamos. La primera vez que nos caemos y la primera vez que nos enamoramos.

13
Lluvia

Hay gente que lleva el dolor escondido bajo su manga. Hay quienes lo dejan reposar bajo su ropa. Sin embargo, el dolor de la azotea no se esconde, salta a la vista. Su piedra de arañazos blanco gis combina a la perfección con las múltiples pisadas grisáceas.

Me quedo ahí mirando sin abrir del todo los ojos y con solo la mitad del cuerpo presente. Tengo las rodillas dobladas por encima de unos brazos en forma de cuna y la espalda apoyada contra la pared de la repisa. Observo la sombra de mi yo del pasado y otro niño compartiendo pan e historias, mirando al cielo. También veo mi sombra, la de otra niña y la de una caja de cartón llena de libros. Sus almas intentan llegar hasta mí, pero una palpable distancia nos separa.

Mis manos se unen como llave y cerradura. Mis palmas y mis dedos confluyen en un valle surcado por todos aquellos puntos en los que mis dos soles provocaron incendios.

El amarillo baila con el viento. La sombra del tiempo lo apaga con la lluvia. Mientras las nubes preparan una tormenta en el cielo, el reloj roto atrapa las gotas de lluvia. Para que, así, mi alma no llore sola.

La puerta frente a mí está abierta, sujeta por una cuña de madera. Un crujido fantasma es todo lo que suena cuando las pisadas de mis amigos se abren paso con cautela. Caminan hacia el aguacero sin resguardo alguno.

—Lo siento —digo. La lluvia y las lágrimas se acumulan en mi boca—. Lo siento mucho.

Sus sueños de un mundo afuera, sin cadenas y libres, han sido en vano. Y es todo por mi culpa.

Sony se sienta a mi lado cruzando las piernas.

—Nuestro todo puede esperar. No se va a ir a ninguna parte —dice ella—. Ahora mismo nos necesitas. —Me calma. Lo hace con la misma diligencia con la que calmaría a los niños del hospital o a su gata. La suela desgastada de su sucio tenis blanco toca la mía mientras la lluvia le empapa las agujetas—. Cuéntanos qué te pasa, Sammy.

«Lo voy a perder —pienso—. Voy a perderlos. Me duele tener que afrontarlo, pese a que siempre lo haya sabido. Duele horrores. Es como si el sentimiento me consumiera desde dentro».

—No estamos enojados contigo —interviene C negando con la cabeza a la vez que se toca el pecho. Se arrodilla como si nada, como si solo me hubiera caído igual que hace un año. Su enorme mano cubre la de Sony, que está apoyada sobre mi hombro—. Solo cuéntanos qué pasó.

Tartamudeo sobre mi respiración entrecortada.

—S-siempre dijeron que robaban para demostrar que todavía eran humanos, para demostrar que la enfermedad no es su dueña. También dijeron que la huida era la parte final del robo. Pensaba que todo estaría bien, porque esa era la única forma que tenían de ser libres, como siempre habían querido, pero...

—Pero no somos libres —dice C, como si fuera un hecho que aceptó hace mucho tiempo. Sus labios dibujan una fina línea al darse cuenta de por qué el miedo me consume de esta forma. Sony y Neo también lo acaban de entender: ella se reacomoda la mochila sobre los hombros, él se aprieta la muñeca con los dedos—. Es imposible escapar del propio cuerpo.

La culpa se retuerce en mi estómago estrujándolo como una toalla. Sus enfermedades les han robado muchos momentos, pero yo les he robado el más grande. Contraigo todo mi rostro en una mueca y trato de esconderme de nuevo.

—Sam —dice C—, hoy te has arrepentido. Eso es algo que le pasa a todo el mundo. ¿A quién le importa? Podemos tratar de escapar cada día de la semana y, si te da miedo, volverlo a intentar al día siguiente. Qué más da. No es que estemos intentando concientizar a nadie, ni luchar contra la forma en la que esta sociedad percibe a la gente enferma. —Vuelve a presionar la palma de su mano contra su corazón y se encoge de hombros—. Solo estamos viviendo.

Si solo estuviéramos viviendo, nunca nos hubiéramos conocido aquí. En los sueños de C, puedo vernos en la última fila de la clase de literatura. Seguro que nos castigarían por robar a los profesores y hacerles bromas. Sony sería la chica popular de dos grados más que nos enseñaría a no fumar y no beber con estilo. Se dedicaría a ir tras los acosadores de Neo, y no pararía hasta dejarlos inconscientes. A mí, me tomaría el pelo por haberme enamorado de Hikari. C y yo permaneceríamos en silencio, observando, con aire distraído. Eso nos acabaría metiendo en más de un problema, seguro. Después de clase, nos escaparíamos sin nadie más, cada día. Tendríamos bicicletas para pedalear por la calle. Nuestros corazones, pulmones y piernas nos permitirían andar por todo el mundo.

—¿Y qué hay de tu paraíso? —le pregunto.

Sonríe. Mis ojos se encuentran con los suyos, unos ojos oscuros y cálidos en los que puedes hundirte. Veo ese sueño dentro de ellos. Están cansados, pero su esencia permanece intacta. Y son tan amables como siempre lo han sido.

—No necesito ir a buscar algo que ya tengo —susurra.

La lluvia comienza a amainar.

—No lo entiendo —digo.

C niega con la cabeza.

—Siempre piensas demasiado las cosas. —Me toca la nariz para atrapar una gota de lluvia—. ¿Qué necesitas, Sam? Sea lo que sea, te ayudaremos a conseguirlo.

—Es que yo... yo no lo entiendo.

—Ay, Sammy. —Sony se envuelve a mi alrededor como si pudiera sentir que me deshago y quisiera mantenerme unido—. ¿Por qué tienes tanto miedo?

—Porque perdiste a alguien.

Miro hacia arriba.

Neo es el único que queda de pie. Está empapado hasta los huesos, pero ni un solo escalofrío atraviesa su cuerpecito.

Él me mira.

—Tengo razón, ¿no? Perdiste a alguien. Dolió y no puedes superarlo, así que tienes miedo de perdernos a nosotros también.

—Neo, déjalo en paz —le advierte C por encima de su hombro.

—¿Quién fue? —La pregunta de Neo es como una punzada que me hace estremecer—. No, no me desvíes la mirada. Dime quién fue.

—No me acuerdo —le digo tapándome los oídos.

—Cuando nos conocimos, me dijiste que no recordabas si te habías enamorado alguna vez. Sabía que estabas mintiendo entonces y sé que estás mintiendo ahora. Dime.

—No puedo...

—No me importa. —Neo muerde cada palabra—. Dímelo.

Detrás de él, veo de nuevo al niño pequeño sentado en medio de la lluvia, jugando con las macetitas entre sus piernas. Levanta la vista. Su mirada está surcada por destellos amarillos. Me da la bienvenida a su habitación.

—Ya no es real. —Sacudo la cabeza hasta que desaparece—. Él está muerto.

—Sé que está muerto. —Neo da un paso hacia mí. Agarra mis brazos y me los arranca de la cara para que no me quede ningún lugar donde esconderme—. Dime quién era.

—Na... nació sin sistema inmunitario.

—No, me importa una mierda su enfermedad. Tú no amabas su enfermedad. Lo amabas a él. Háblame de él.

Neo no cede su control sobre mí, aprieta más su nudo. Sus mangas caen desde las muñecas hasta los codos, dejando al descubierto viejos moretones podridos sobre la superficie de su piel.

El sol se despereza tras las nubes, aparece un solo rayo de luz pellizcando a través de la llovizna. Un sol que se refleja en el cabello de Sony, en la piel de C y en la mitad de la cara de Neo. Bajo el pliegue de la lluvia, juguetea con el calor. Y así, se me concede este permiso, extrañamente familiar, para abrir mis compuertas:

—Sentía tanta soledad —susurro. Vuelvo a verlo de nuevo, justo por encima del hombro de Neo. Explora el mundo con su eterna sonrisa, se ríe, entrelazamos nuestras manos.

—Se suponía que yo no tenía que vivir. Tan solo era el telón de fondo de una obra en la que la gente sufría. —Mi respiración se acelera, el pasado viaja por mis venas como si fuera ácido. La sangre, los gritos y la muerte se arrastran a través de ellas, tan densos que parecen sólidos.

—Nunca entendí por qué la gente tenía que morir, y pensé que tal vez él tenía la respuesta.

«Un niño pequeño que siempre decía que todo iba a salir bien. Un niño pequeño que veía lo bueno en cada persona y cada cosa. Un niño pequeño que me mintió», pienso. Luego prosigo:

—Él me enseñó a vivir, a pesar de que yo pensaba que mi destino no era ese. Me enseñó acerca del mundo. Con él aprendí a soñar.

Los recuerdos fluyen con facilidad. Su naturaleza suave se ve salpicada por un ruido lejano. Siento sus carcajadas en la distancia, su tímido beso en mi mejilla, la piel de su rostro sonrojada.

Siempre es así. Un segundo de dolor es eterno, un año de alegrías es fugaz. Un truco más del tiempo.

—Se quitó la vida en medio de una tormenta de nieve.

C y Sony tienen el rostro desencajado. Neo no reacciona. El niño pequeño que hay tras ellos retrocede hacia las sombras que me lo robaron.

—No es como la gente lo describe —digo limpiándome la cara—. Cuando murió, no se llevó una parte mía con él, sino que dejó un pedazo de sí mismo atrás. Un vacío. Un recordatorio constante de que nunca podré volver a amar sin que eso sea la antesala del dolor. Así que, una vez hubo pasado la tormenta, lo más fácil fue fingir que nunca había nevado. Dejé de hacer preguntas. Dejé de buscar razones. Dejé de preocuparme por todo el mundo y, en algún punto del proceso, también intenté dejar de existir.

«Sí, porque no había forma alguna de comparar mis estrellas con la que había desaparecido en la oscuridad».

—Pero no pasa nada —admito. Sonrío a mis amigos, como si eso hiciera que parte de nuestra historia sonara menos descorazonadora—. Quien narra la historia no debe colarse en las palabras, ni soñar con los protagonistas. No vivir significaba no sufrir. No querer significaba no tener nada que perder.

En los recuerdos que enterré, y que Hikari trajo de vuelta, veo también al Neo de hace tres años coqueteando con la línea entre la vida y la muerte, pero ha crecido. Su rostro es el de un niño que se está convirtiendo en hombre. Sony es una mujer. C crece con ellos, pese a su corazón roto. Han sido tantas las veces que he tratado de desviar mi mirada de su muerte, que hasta se me había olvidado que seguían vivos. Todavía están vivos.

—Ustedes me importan —digo. La única lluvia que queda ahora es la que corre por mis mejillas. El cielo vuelve a adquirir ese gris insípido en el que no hay lugar para el sol—. Los quiero salvar. Quiero que sean felices.

La verdad de mi existencia se consuma tras mi relato.

Esa verdad amarga. Tan difícil de aceptar como siempre.

—Pero no pude salvarlo. —Mi sollozo es mudo, patético—. No puedo salvar a nadie.

—Sammy. —Sony me está apretando con fuerza bajo su respiración entrecortada. Mi llanto late ahora a través de mi cuerpo hueco. Un llanto durante todos los años transcurridos desde aquella ventisca.

Neo se levanta y se da la vuelta. Sus pies hacen que salpiquen gotitas de agua del suelo. Se detienen en el mismo borde de un charco. Justo en el centro, descansa el reloj de Hikari. Al mirar abajo, las hebras mojadas de su cabello gotean a su alrededor; Neo se lo retira hacia atrás, emitiendo un sonido que casi suena a burla. Resopla con una sorna cuyo objetivo soy yo.

—Sabes, Sam, nunca he llegado a entenderte —dice. Me mira por encima del hombro, inexpresivo e impenetrable—. Me refiero... estaba claro, saltaba a la vista. Te comportaste de un modo extraño desde el principio. Nunca te venían a visitar ni tus padres ni tu familia. Tampoco te he visto nunca salir del hospital más de una hora seguida. —Camina de regreso hacia donde estoy yo. Más lento, pero más agresivo. Con cada pisada, salpica el agua hacia los lados, abriéndose paso con cada onda que crea en el suelo.

—Neo, no seas cruel —dice Sony. Pero él la ignora.

—Ni siquiera tienes personalidad —declara con brusquedad—. Tu estupidez es equivalente a la de una roca, y hasta una pared es más sustancial que tú.

—¡Neo! —C le grita, pero Neo no me quita la mirada. Me mira como si le diera asco.

—Todo lo que hay en ti es esa curiosidad insaciable que siempre te mete en problemas, y algo de cobardía que la acompaña. —Está tan cerca que bien podría estar escupiéndome en la cara. En sus palabras aflora pura crueldad. Tiene razón. Sé que tiene razón. Cierro los ojos y me entierro en el nido de mis codos.

Pero, de pronto, más cerca de mí, oigo cómo los zapatos de Neo se deslizan por el cemento. Sus rodillas tocan el suelo y sus manos me sostienen la cara, abarcando desde mi mandíbula hasta mi cabello. Me obliga a mirarle.

—Y eres la persona más atenta y cariñosa que he conocido en mi vida.

A primera vista, Neo parece el tipo de persona al que no le importa nada, porque así es todo más sencillo. Sin embargo, basta con rascar un poco para acabar leyendo los poemas en cursiva que su corazón alberga. A pesar de toda la dureza que proyecta de puertas afuera, esta desemboca en una línea tan suave como rotunda.

—Ya me salvaste la vida una vez, idiota —dice—. Nos la salvaste a todos.

Me quedo mirándolo con la mandíbula caída y los ojos bien abiertos.

—No lo entiendo.

—Vamos a morir —dice Neo—. ¿Y qué? Todo el mundo muere y todo acaba. A veces los finales son abruptos. Te golpean en la cara cuando aún es demasiado pronto. Es injusto, pero eso no importa. La última página no define el libro. El tiempo se detendrá, la enfermedad supurará y la muerte morirá. Prometimos que mataríamos a esos cabrones, ¿recuerdas? Así es que, recupérate, supera ese miedo que tienes de existir y deja de caminar detrás de nosotros. Tu papel no se basa únicamente en narrar la historia. Tú formas parte de ella. Yo soy tu amigo. —Pronuncia estas palabras furioso, como si mi mayor pecado fuera haberme creído calavera en lugar de alma.

—Tienes derecho a vivir —dice desterrando cualquier idea que no sea esa—. Las personas viven cuando persiguen aquello que desean. Dinos qué quieres, Sam.

Neo es escritor. Sus palabras suenan a verdad, tanto que hasta provocan un ligero escalofrío. Él tiene el poder de hacerte caer en ellas. Tomo sus dos manos apoyadas en mi cara, y recuerdo cuando era él quien estaba en el suelo llorando. Vacío.

En ese momento, quería consolarlo. Quería estar ahí para él. Así como también quise estar para Sony cuando su madre murió. Y exactamente igual que quise estar para C cuando necesitaba el coraje para reclamar el corazón de Neo.

Todo lo que siempre quise fue entender. Yo solo quería que la gente a la que visitaba entre los pasillos de este castillo sobreviviera. Ahora, mientras veo cómo el sol besa a mis amigos con tanta adoración en su luz, sé que no solamente quiero verlos sobrevivir, sino también vivir. Y, egoístamente, en este preciso instante, también quiero algo para mí.

Decido levantarme tras la caída. Mis pies chapotean a través de los charcos que bañan su reloj. Lo recojo del suelo limpiando las lágrimas de su esfera.

—Hikari —digo sin ningún esfuerzo, como si su nombre siempre hubiera estado disponible en mis labios.

Todos los momentos en los que tocó este reloj, los que me ha regalado, los que nos quedan por vivir... todos ellos se filtran en la esfera que descansa inmóvil sobre mi mano. Me doy la vuelta y miro a mis amigos. Mi puño se cierra alrededor del regalo que le hice, renunciando a la línea que trazó; la lluvia ha borrado lo que quedaba de ella.

—Quiero salvarla también a ella.

14
Real

Mis pasos chocan con las losetas de los pasillos, que se retuercen entre sí en un elaborado laberinto. Tomo las curvas torpemente, como si fuera un coche derrapando. C y Neo me siguen, mientras que Sony va justo detrás de ellos avanzando a trompicones, casi sin aliento. C y Neo se ríen disimuladamente de unas médicas que nos gritan que nos detengamos. Es fácil serpentear estos pasillos, ya que se podría decir que son casi nuestra segunda piel. Entonces empiezo a tomar conciencia no solo de la línea de meta, sino del escenario de nuestra carrera.

Supongo que eso es lo que pasa cuando te dejas vivir por primera vez. Te das cuenta de los pequeños detalles que solían ser invisibles bajo la venda de tus ojos. Puede que se me dé fatal correr, sí, pero no hay nada como perseguir al sol después de una tormenta.

—¡Eric! —gritamos al unísono—. ¡Eric!

Se sobresalta al oír su nombre y nos mira asustado.

—¡Eh, eh, despacito! ¡Dejen de correr! —Lo rodeamos como si fuéramos perros saltando sobre su recién llegado dueño. Nos ponemos a hablar a la vez, formando un remolino incoherente de adrenalina. Eric agarra a Sony y a Neo por el cuello de la camiseta mientras le bloquea el paso a C extendiendo el pie en su dirección.

—¿Qué problema hay? ¿Quién se ha hecho daño?

Hace diez minutos, Sony llamó a Eric para decirle que tenía que venir al hospital urgentemente.

—¡Necesitamos que robes una cosa! —grita Sony agarrándolo de la camisa. El equipo de enfermería, al que solía avistar desde el casco de mi barco, se detiene a escuchar nuestra conversación.

Eric echa el cuello hacia atrás, sorprendido.

—¿Esa era su emergencia?

—¡Sí! —Sony estalla en un ataque de risa tonta mientras sus pies dan golpecitos al suelo—. ¡Sam se ha enamorado de Hikari!

—¿Y eso no era algo que ya sabíamos de sobra?

—Eric —le digo—, ¿podrías conseguirme una cosa?

—Pero ¿qué habré hecho para merecer esto?

—Eric, por favor...

—No, no, no. —Suelta a Neo y a Sony apuntándome con un dedo acusador—. No me van a arrastrar a su extraña farsa del club de Robin Hood.

—¿Y si accediéramos a dejar de meter cerveza y tabaco en el hospital?

Eric le frunce el ceño.

—¿Todavía siguen haciendo eso?

C se aclara la garganta y rápidamente mira al techo, como si fuera lo más interesante del mundo.

—Por supuesto que no.

—En realidad sí lo hacemos aún, pero dejaremos de hacerlo si nos ayudas —dice Neo—. Y no nos escaparemos a menos que sea absolutamente necesario.

—Y yo dejaré de meter animales a escondidas, lo juro —añade Sony juntando las manos.

Nuestras promesas están vacías, Eric lo sabe, pero no le importa. Viste su propia ropa, está sin uniforme y sin peinar. Ha venido porque lo necesitábamos, no porque sea su trabajo, aunque él diga que ha venido por eso. Al ver la ilusión en nuestros ojos cuando no paramos de suplicarle un sinfín de por favores, Eric resopla pellizcando el puente de su nariz.

—Está bien —dice—, pero les aviso que no respondo de mis actos si esta noche no cenan, no se toman las medicinas y no se van a dormir sin protestar.

—¡Sí, sí, sí! —decimos al unísono para convencerlo mientras lo agarramos de la camisa y saltamos de un lado a otro.

—Sam —dice Eric. Se frota los ojos y planta las manos en sus caderas mirándome fijamente—. ¿Qué necesitas?

A mi Hamlet:
Hoy pronuncié tu nombre por primera vez. Era un latido pendiente, una respiración en el fondo de un solo pulmón. Un miedo superado.
En ese caso...

A mi Hikari:
Te escribo con papel robado y un bolígrafo viejo que usa sus últimas reservas de tinta. ¿Dónde? En la habitación de Neo, en la sede. El lugar en el que siempre terminamos sentándonos un poco demasiado cerca, condenando el simbolismo erróneo que entrañan los ramos y cuidando de las suculentas para que vuelvan a crecer sanas.
Este es el lugar donde me dijiste que me darías un sueño.

Neo se pone de puntillas en la ya célebre escalera de mano. Sus dedos delgados son perfectos para atar al techo la fina guirnalda de luces.

C está justo debajo, preparadísimo para agarrar la escalera en caso de que haya algún problema.

—¿Te vas a caer?

—No me voy a caer.

—¿Estás seguro? —pregunta—. Porque parece.

—¡Sony, pásame esas tijeras para que pueda apuñalarle! —grita Neo justo cuando esta entra en la habitación. Lleva tantos objetos de todo tipo en sus brazos, que tiene que abrir la puerta con el codo.

—¡Tengo todo! —dice Sony dejando caer su mercancía robada en la cama de Neo. Su gata entra yendo de un lado a otro justo detrás de ella.

Dejo de pasearme de aquí para allá y hago un inventario del botín. «Hikari, si te acuerdas, en nuestro primer encuentro me llevaste a vivir una aventura, todo por conseguir un mísero sacapuntas. En aquel momento, no me percaté de la oscuridad que entrañaba tal hazaña. Aunque el fin detrás de ella no era el correcto, dicha aventura encendió la chispa de nuestro fuego. Era la primera vez que tú y yo robábamos al mismo tiempo, la primera vez en la que compartíamos nuestra humanidad salpicada de una pizca de pecado».

—Gracias —digo mientras Sony organiza nuestros suministros de arte y manualidades directamente robados de la biblioteca. Un par de tijeras, marcadores, un pequeño estuche con acuarelas y papel de colores.

Eric nos presta las luces navideñas. Con ellas, creamos nuestras propias constelaciones, unas que no pueden ser eclipsadas ni por las nubes ni por la contaminación de la ciudad. Me consigue incluso una caja de cartón, idéntica a la de Neo, de uno de los cuartos de mantenimiento.

—¿Esto te servirá? —me pregunta. Intercambiamos una mirada de complicidad, una llena de historia detrás. Mi mirada está llena de un agradecimiento que el aire sostiene, como la cuerda sostiene las luces—. No le prendáis fuego a nada —dice mientras me sacude el cabello brevemente.

—¡Eric! —Sony salta y le envuelve los brazos alrededor del cuello. Eric finge que se queja, pero apoya la barbilla en su hombro.

—Te veo mañana. —Le coloca el cabello detrás de las orejas—. Y nada de carreras, ¿de acuerdo?

—Ajá —tararea Sony, y Eric se queda inmerso en su abrazo un segundo más. Luego le da las buenas noches a C y a Neo regalándome unas pocas palabras de despedida:

—Sam. —«Hikari, te prometo que no te miento si te digo que a Eric se le escapa una sonrisita». Da un par de golpecitos a la perilla de la puerta y dice—: Buena suerte para Hamlet y para ti.

Después se va para que sigamos preparando nuestro gran acto de amor.

—Bueno, entonces, ¿qué le vas a decir? —pregunta Sony.

—Todavía no lo tengo claro.

La caja, revestida con una capa amarilla, crece con cada recuerdo. Contiene una suculenta que no me atrevería nunca a dejar sola; la Lista Negra con una espiral que se sale por uno de los extremos del lomo; un ejemplar de *Cumbres borrascosas* y otro de *Hamlet*; utensilios de dibujo y, por supuesto, un reloj que solo sabemos leer ella y yo.

—Puaj —suelta Neo desarmador en mano, aún subido a la escalera para colocar las últimas luces—. No soporto el romanticismo.

La escalera de mano se mueve un poco bajo sus pies cuando se gira.

—Ten cuidado, por favor —le ruega C aferrándose a ella.

—Si la vuelves a tocar, te clavo esto en el ojo —dice Neo mientras entrecierra los ojos y le apunta con el desarmador.

—No sé muy bien qué decir —le confieso a Sony—. Quiero que sepa que solo la alejé porque tenía miedo, pero... —Bajo la vista a mi muñeca.

—¡Sammy, no seas zoquete y deja de pensar tanto! —grita Sony.

—¿Zoquete? —digo inclinando a un lado la cabeza.

—Un zoquete es una persona estúpida, inculta y torpe —dice Neo agitando su desarmador en el aire como un profesor que sostiene una regla.

—Ah —digo—, sí, me queda.

—Lo estás haciendo más difícil de lo que es —dice Sony dándome un golpecito en la frente—. ¿Qué es Hikari para ti?

—Ella es mi Hamlet.

—¿Tu qué?

—Se dedican a leer *Hamlet* —explica Neo—. Estos bichos raros acabaron con el lomo del único ejemplar que tengo.

—Quiero contarle todo lo que algún día he pensado, pero no le he dicho por falta de coraje. Si soy una persona estúpida, inculta y torpe, entonces no quiero ser otra cosa que su persona estúpida, inculta y torpe, porque...

La verdad es que nunca he escrito. Soy como una persona que se dedica a cocinar, pero que nunca ha sostenido un cuchillo; una persona que se dedica a tejer, pero que nunca ha visto hilo. «Entonces, ¿cómo decirte, Hikari, que todo ello es porque tú...?».

—Ella me ha hecho volver a soñar.

La sala, antes abarrotada de trabajadores, se queda ahora en silencio. Estamos creando un refugio seguro. Un lugar con belleza física y metafórica en el que tanto los objetos de la caja como los muebles parecen reflexionar acerca de lo que tengo que decir.

—Igual que a ti te importa ella, a ella también le importas tú, Sam —dice Neo—. Ahora solo demuéstrenselo.

De pronto, se me ocurre una idea, y justo cuando la tinta de mi bolígrafo comienza a bailar sobre la página, Elle llega cojeando hasta la extremadamente sensible escalera de mano. La empuja con su pata, mientras maúlla para llamar la atención.

Entonces, la escalera se pliega y Neo cae hacia atrás agitando los brazos. C lo atrapa y ambos caen al suelo.

Sony y yo nos reímos mientras Neo está que le sale humo por las orejas.

—Ni una palabra —ordena con el rostro enrojecido mientras C lo abraza con fuerza y se ríe en su cuello.

Se recupera rápidamente contemplando orgulloso cómo le han quedado las lucecitas. C las enchufa a la extensión y el techo cobra vida. «Todo en lo que puedo pensar, Hikari, es en la luz que iluminará tus labios cuando las veas».

—¿Está bien así? —pregunto. «Neo lee la carta que te he escrito. Va rumiando cosas inteligibles cada tantas líneas, y murmurando críticas para sí».

—Te sale fatal estructurar —dice finalmente arrojándola a la caja.

—No sé lo que eso significa.

—No importa, se entiende lo que quieres decir, aunque lo hagas de forma aburrida —responde—. ¿De verdad te has sentido así todo este tiempo?

Asiento con la cabeza.

Se frota la nuca. Luego, con un paño húmedo, se limpia el sudor que se extiende a través del sarpullido de mariposa de su rostro.

—Entonces está bien que estemos aquí para que hagas lo que tienes que hacer.

—¡Sam! ¡Sam! —C grita mi nombre desde afuera de la habitación, casi tropezando consigo mismo al abrir la puerta—. No está en su habitación —dice jadeando con los codos apoyados en el marco de la puerta—. Solo estaban sus padres. Me han dicho que los médicos le habían dado noticias, pero no saben adónde fue. Ya busqué en la cafetería, pero...

—¿Buscaste en la azotea? —pregunta Sony.

—Lo he intentado, pero la puerta está cerrada.

—¿En la biblioteca quizás? —Sony intenta pensar.

Sostengo la caja por el borde, y siento cómo se hunde en el hueco de mi palma.

«¿Adónde te has ido corriendo, mi Hamlet? Tú necesidad de escapar fue aquello que nos unió». La azotea, los jardines, la biblioteca, las cornisas de los tejados y los puentes. Busco en mi mente todos esos lugares, pero no estás en ninguno.

—Un momento —dice Neo—, ella nunca nos ha dicho lo que le pasa. Pero, si aún sigue aquí después de tanto tiempo, puede que las noticias de su médico no hayan sido las que esperaba oír.

«Nunca me dijiste quién era tu asesino. Siempre supe que vivía en tu sangre, pero no sé muy bien hasta qué punto está aferrado a esta».

Una nube aterradora se posa sobre nuestras cabezas.

—C —digo tragando con la garganta áspera—. ¿Qué tienes en la mano? —Lo despliega para revelar un pequeño trozo de papel de bordes desiguales. En el centro, palabras medio borrosas.

—Estaba en su tablero —dice deslizando el pulgar por la promesa, que alisa con ayuda de sus dedos. Abre la caja de cartón y coloca la notita ordenadamente junto a los libros. Dice así:

Para nuestro recién llegado:
te robaré algo roto.

—Creo —dice C—, que solo puede entender la nota quien ama las cosas rotas.

Elle se restriega contra mi pierna y ronronea con su media oreja arrugada hacia atrás. El gato de Sony y mis amigos me miran en busca de ayuda para entender qué paso dar.

Yo siempre me he limitado a seguir. No sé liderar. «Siempre fuiste tú quien me sacaba del fondo, de los bordes de la escena. Tú eres la que siempre ha sabido leerme. En una camilla abandonada, en un jardín nocturno, en una cornisa, o en aquel lugar en el que se solían sanar corazones rotos...».

—Sé dónde está —susurro.

—¿Dónde?

Echo a correr. Paso a toda velocidad por encima de la cama de Neo y salgo por la puerta.

—¡Sam!

No llevo nada en la mano. Ni nuestros recuerdos, ni mi bolígrafo, ni nada de nada. En mi visión periférica se forma la imagen desdibujada de C agarrando la caja, y de Sony y Neo empujando la puerta para seguirme. Llego a la escalera antes que los demás y bajo como un rayo.

«Sé dónde estás, Hikari. Conozco los lugares donde tu alma encuentra consuelo porque te conozco, y no necesito una carta para demostrártelo», le pronuncio estas palabras con mi mente. «Eres increíblemente legible. Tus lentes son demasiado grandes para tu cara. Tus ojos nunca miran demasiado adelante. Así que lo que no puedes ver, lo tocas. Sientes todo con una libertad que envidio y adoro al mismo tiempo.

»Tu mente es un palacio, incluso más grande que en el que vivimos. En él, escondes secretos y detalles de la vida de las personas. En ese palacio está la frase de una canción que hizo que C se hundiera en su asiento con un suspiro de paz. También está la silla favorita de Neo en la biblioteca, la que siempre le reservas. Dentro, albergas las chucherías que suele saborear Sony o las propiedades que siempre compra en el Monopoly.

»Está claro que eres el sol. Y, aun así, sigues siendo una niña con esas pequeñas debilidades adorables, de esas que te hacen sonreír. Eres desordenada, tiras la ropa en el suelo y, en tu habitación, no hay repisa alguna que no esté ocupada por una planta. Siempre te las arreglas para llenarte la cara de migajas y chocolate. Puede que a veces seas directa y saques esa pizca de malicia, pero no lo haces intencionadamente. Tu humor es cínico, pero nunca he conocido a nadie que esté tan dispuesta a soñar como tú.

»Hay partes de ti que te asustan, las más oscuras. Los pensamientos de odio hacia ti misma te muerden en lo más profundo del orgullo, porque un día caíste en un abismo junto a ese animal voraz. Ese animal que te convenció para cortarte la piel hasta que te llenaras de cicatrices. Se comió tu alegría, tu dolor, todo lo que tenías; hasta que todo lo que quedó de ti fue el caparazón de tu cuerpo. Pero sobreviviste. Saliste de ese abismo y dejaste que el animal muriera de hambre, mientras tú saciabas la tuya con libros, riesgos y un poco de viento. Prometí protegerte de él, de todas las sombras, y nunca vacilar si es que un día me tocaba interponerme entre ti y sus fauces.

»En vez de eso, me encogí ante ti porque soy débil. Soy una criatura cobarde. Alguien que se moría por recibir tu calor, pero que tenía demasiado miedo como para permitirse sentirlo.

»Eres cálida. Hermosa. Amable. Apasionada. Resiliente. Y estás sola, igual que yo.

»Sé que tal vez no me perdones por haber cerrado los ojos y por decirte que no podía ver tu dolor, pero perdóname. Perdóname por dejar que mi pasado me impida apreciar el presente que me diste.

»Quiero compartirlo contigo, Hikari. Quiero mostrarte, incluso en la oscuridad de un pasillo en el que solían sanarse corazones, que podemos ser más que víctimas del casi. Incluso aunque no puedas perdonarme, prometo protegerte de las sombras de todos modos».

Me abro paso entre dos médicas que gritan por encima de mi hombro que vaya más despacio.

«Por primera vez desde que tengo memoria, mi voz está viva y es para ti».

—¡Hikari!

El personal del hospital se va desvaneciendo a medida que avanzo. Dejo a un lado esa esquina en la que un día me tropecé, así como la vieja máquina expendedora rayada por la patada de grulla de Sony. También dejó atrás aquellos elevadores que un día presenciaron como un niño derramaba una bandeja. Cuando llego a la antigua área de cardiología, mis pasos se convierten en el único eco.

«Pasos que se detienen cuando te veo».

Solo que ahora, el piano no toca ninguna melodía.

«El viento no danza en tu compañía».

No hay amarillo que atrape la luz.

La sangre gotea de sus dedos como lluvia, manchando sus piernas desnudas como lágrimas rojas emborronadas.

Está sentada contra la pared con la bata de estudios clínicos. Sus hombros, caídos. Sus brazos, acunando sus rodillas. Lleva el cabello suelto por primera vez en semanas. Las hebras amarillas se han opacado hacia un color sombrío, arrancadas desde la raíz.

Tiene la liga de cabello alrededor de la muñeca, rodeada de cortes finos y desordenados que sangran justo por encima de sus venas. Son cortes hechos con un instrumento lo suficientemente afilado para cortar, pero no lo suficiente como para matar.

Jalo el dobladillo de mi camiseta hasta rasgarla. El sonido corta el aire.

Sus ojos se asoman por encima de sus brazos, pero no me ven. Están estériles, ciegos. Tras ellos, no hay ni rastro de la chica que me rescató del camino.

—Hikari —digo cayendo sobre mis rodillas. Quito la mano de sus piernas con cuidado y envuelvo la tela alrededor de su muñeca inflamada y en carne viva en un vendaje improvisado—. Está todo bien. Estarás bien.

Aprieto fuerte los dientes mientras lo rojo se filtra a través de la tela.

No me había dado cuenta hasta ahora. No había visto lo pálida que estaba, ni ese verde enfermizo que destaca en su mandíbula siguiendo la línea de la vieja cicatriz de su cuello. No me había planteado por qué se recogía tanto el cabello últimamente. Tampoco me había dado cuenta de que su esperanza estaba empezando a desvanecerse, hebra por hebra. Hasta que yo la terminé de arrancar, de raíz.

—Hikari... —Pronuncio su nombre entre gemidos. Presiono mis manos en su piel helada, luego las paso por su cabello. Su respiración se entrecorta cuando toco los bordes de amarillo en busca de ella.

—Yo pensaba que... —Puede que solo tenga un hilo de voz quebrada, pero es algo a lo podemos aferrarnos. La escucho con los ojos bien abiertos y la atención puesta en cada sílaba, mientras su cabello baila entre mis dedos—. Creí que solo me iría con el tiempo.

—¿Sam? —Mis amigos están todavía a unos metros de distancia. C sostiene la caja entre sus manos. Neo y Sony caminan con cautela hacia el rincón aislado del hospital. Hikari no alza la vista ni reacciona ante su llegada.

—Hikari —digo—. Me equivoqué. Lo siento mucho. Me equivoqué en todo.

Veo a nuestros enemigos subirse a sus hombros, tentándola con venenosas promesas. Le susurran al oído, tratando de convencerla con tanta saña como la que usa el tiempo conmigo. La arrullan a su lado y tratan de tomar la parte más preciada de ella.

—Hikari, por favor —digo. Sus mejillas son suaves, el peso de su cabeza descansa a partes iguales entre su cuello y mis manos. No me mira. No está mirando nada. Solo está atenta al veneno, como lo estuve yo una vez.

—Sé que estás sufriendo, mi Hamlet —me lamento. Mi nariz toca la suya—. Pero no me dejes todavía, te lo ruego.

Mis dedos se pierden en su cabello, los mechones quebradizos se deshacen, flácidos como las hojas que caen de un árbol.

Cierro los ojos con fuerza, mi frente cae contra su pecho. Su corazón lento late aletargado, mientras la sangre va corriendo lentamente. El cuerpo de Hikari actúa como un cadáver esperando a ser vaciado.

—Tendría que haber estado ahí para ti —susurro. El arrepentimiento arde en el fondo de mis ojos—. No debería haber huido.

—Sam. —C intenta alejarme de ella, pero yo logro zafarme de sus brazos y me acerco de nuevo a ella, con miedo a que me arranquen de su lado de nuevo.

Me acuerdo de todas las veces en las que tendría que haber dejado que mi contacto viajara hasta ella, de todas las veces que robamos. Recuerdo nítidamente cada momento en el que logró exprimir algo de vida de mis huesos.

—Estoy aquí, Hikari. Estoy aquí. Te escucho. Te creo —susurro. Mis labios y los suyos únicamente separados por un suspiro.

Paso mis dedos por su cabello, justo donde su cabeza toca la pared. La protejo de esta mientras presiono mi frente contra la suya.

Hikari no me mira. No dice nada. El entumecimiento se la ha llevado. El animal al fondo del abismo muerde cualquier dolor o alegría que pueda mendigar. Veo cómo su sombra se cierne sobre ella, reclamando su tutela.

No lo permitiré.

Limpio la mancha roja de la mejilla de Hikari. Siento la montura de sus lentes contra mis dedos, también su nariz. Luego tomo su rostro y presiono mis labios contra los suyos.

Son suaves, carnosos y, a la vez, de comisuras agrietadas. Evocadores de sus sonrisas, sus muecas y todas sus bromas. Mi beso, largo e indulgente, sabe cómo respirar después de haberse ahogado. Sus lentes rozan mi frente. Mi nariz no encaja a la perfección con la suya, pero es agradable. Es pureza. Sabe a la calidez compartida en vidas pasadas.

Me separo acariciando su rostro, dejando que el calor de mi respiración la proteja del frío.

Pero Hikari no me mira.

Ni tampoco dice nada.

La risa burlona del tiempo resuena a mi espalda, diciéndome que llego demasiado tarde.

La caja de cartón se sienta a mi lado, mirando en el umbral de nuestra distancia. Dentro de ella, veo todo lo que debería haber valorado cuando era mío. Oigo el crujir de la puerta de la azotea, y cómo la luz de Hikari se abre paso en el tejado gris. La picardía se le escapa de los labios al pasear su primer botín robado de cuyo hurto he sido cómplice. Se sienta como una niña feliz en el alféizar de la ventana de Neo. Para cerrar nuestra fechoría con broche de oro, me da una macetita con una planta. Es el primer regalo que me da. Ella baila levantando las manos, moviendo la manta amarilla sobre sus piernas desnudas, haciéndome sentir totalmente a gusto. Su afecto flota tangiblemente, su gratitud aletea libremente mientras sostiene ese primer regalo que me hace contra su corazón.

Busco en la caja hasta sacar un par de tijeras del fondo. Lo que me rodea está borroso, apagado. Sin método, ni ritmo, ni patrón, empiezo a cortarme el cabello. Aprisiono un mechón tras otro en mi puño. Abro y cierro las hojas como si estuviera cortando la hierba de un campo.

Mis amigos entran en pánico. Todos comienzan a gritar, me quitan las tijeras, que lucho por recuperar. Me sujetan de las manos y de los brazos. Neo lanza las tijeras al otro lado del pasillo. Sony y C me obligan a ponerme de rodillas y sus voces aterrorizadas suenan dentro de mis oídos. Me gritan que me calme, que me siente, que me detenga.

Realmente no escucho nada. Un líquido familiar, viscoso y caliente, discurre por mi frente.

El dolor y yo teníamos un buen acuerdo. Siempre y cuando prometiera no volver a sentir nada, se mantendría a raya. He roto el contrato justo en el momento en el que he sellado mis labios con los de Hikari. Lo rompí cuando ella me sacó del camino. Ahora pica y hace estragos a su antojo.

—Sam. —Me estremezco. No me alejo de la voz, voy hacia ella.

Hikari está de pie a mi lado. Se arrodilla lentamente hasta que está lo suficientemente cerca como para estirar la mano y recoger una gota de sangre que corre por mi ceja.

—Te hiciste daño —me dice.

La miro con el mismo asombro con el que la miré la primera vez que entró en mi vida. Su amarillo vuelve a entonar una melodía viva. La sombra retrocede mientras mira preocupada mi rojo en sus dedos.

—De todos modos, nunca sentí que este fuera mi cuerpo.

Nuestros ojos se encuentran. Los de Hikari empiezan a recuperarse. Se queda observando mi camiseta rota, envuelta en sangre, y su cabello que sigue cayendo.

—Tengo miedo, Yorick —llora. La tomo en mis brazos. Su peso descansa ahora en mi pecho.

—Todo está bien. Estás bien —susurro—. El miedo es solo una gran sombra que se alza a lo largo de una larga columna. Yo no voy a dejar que te arrastre con él.

A nuestro alrededor, no hay guirnaldas de luces, ni estrellas, ni tampoco grandes gestos. La enfermedad de Hikari no la ha abandonado, pero tampoco se ha convertido en ella. Formo un escudo alrededor de su cuerpo, un cuerpo que late a gritos mientras ella se permite sentir el dolor de todo.

—No quiero morir —solloza—. No quiero estar sola.

La estrecho contra mí reduciendo a cero la distancia que nos separa. No miro hacia otro lado. La saco del camino, donde se la habrían tragado las almas hambrientas de no haber intervenido. Le devuelvo esa misma esperanza que un día ella me dio.

—No estás sola, Hikari —digo. Sony la abraza por la espalda, entrelazando su mano con la mía. C acaricia lo que queda de su cabello. Tanto su abrazo como el de Neo nos envuelven—. No estás sola.

Ella es parte de nuestra historia ahora.

Yo la he robado.

Ella es real.

Ha caído, pero está viva. Siento el calor de su piel. La amaré.

La amaré pese a que al final, en la última página, también la perderé.

15
Antes

Sam nació con un cuerpo no apto para el mundo exterior. Dicen que, cuando lo sacaron de la matriz, los huesos no sostenían su cuerpo, la sangre rezumaba por sus ojos, nariz y boca. Tenía la piel tan fina que se deslizaba de su carne. Sus ensordecedores llantos apartaban a todo aquel que osara tocarlo.

Esas historias no son ciertas. Las inventan los niños del hospital a los que no se les permite jugar con Sam. Dicen que él está separado del resto porque es peligroso. Una bestia que se los tragará de un bocado.

A la enfermedad le gusta repeler. Tanto el cuerpo como la mente tratan de atar con más fuerza la soga del miedo. Los niños se ríen a escondidas mientras se dedican a difundir historias. Esas falsas verdades se apoderan de cualquiera que las escuche, como si fueran enfermedades en sí mismas.

En realidad, Sam es solo un niño. Nació desnudo y llorando a todo pulmón, como cualquier otro bebé. Su cuerpo era un poco pequeño, su cabeza era un poco grande, pero no era nada monstruoso, nada que se parezca a lo que cuentan algunos.

Su madre solo le sostuvo en brazos una vez. Ella se preocupaba por él. Creo. Al menos todo lo que te puedes llegar a preocupar por alguien a quien no quieres conocer.

Los médicos le dijeron que necesitaría atención constante, medicamentos y terapias, y que tal vez nunca llegara a ser como los demás niños cuando creciera. Se pasó la noche en el borde de la cama, con sangre que se negaba a limpiar entre sus piernas. Sin ni siquiera levantarse, cubrió la sangre con su vestido. Miró dentro de la cuna donde yacía su bebé, que jadeaba. Sus nudillos acariciaron su mejilla, y sus labios depositaron un beso en su frente el tiempo suficiente y estrictamente necesario para despedirse. Se fue antes de que el sol saliera y nadie la volvió a ver.

Ya en su segundo día de vida, Sam estaba solo.

La razón por la que no puede jugar con los otros niños es simple. Es la misma razón por la que no puede interactuar con otros pacientes, a menos que una mampara de vidrio los separe. Es por eso por lo que todos los que entran en su habitación deben usar cubrebocas y guantes.

El cuerpo de Sam no puede protegerse a sí mismo. No tiene escudos. El típico resfriado del que normalmente la gente se curaría en una semana, a él podría matarlo en un día.

El hospital es todo lo que conoce. Es todo a lo que su cuerpo se puede exponer sin bloqueo.

A veces, lo observo mientras jugamos con sus macetitas, y me pregunto si preferiría estar en otra parte. Los cuentos de hadas de Sam ocurren en reinos mágicos, lugares mucho menos clínicos y repetitivos que un hospital.

—Sam, ¿quieres un castillo? —le pregunto—. ¿Quieres ver bosques encantados y vivir en alta mar como en tus historias?

Sam duda ante mi pregunta reacomodando las macetas en el alféizar de su ventana.

—Ya vivimos en un castillo —dice—. Dejaremos los bosques para nuestras aventuras. —Aventuras que quiere vivir conmigo—. Y no necesitamos un mar. El mar da miedo. Leí un libro sobre él en el que decía que hay una ballena gigante.

—¿Una ballena gigante?

—Sí, una ballena gigante. —Da un salto hasta colocarse a mi nivel—. En el libro que leí, la ballena se come un barco entero y a todos los marineros.

Mi cara es un poema.

Sam se ríe de mí.

—La historia no es real, no te sientas mal por ellos. Yo en realidad no leí el libro, las palabras eran demasiado complicadas. Fue la enfermera Ella quien me contó la historia.

Suspiro de alivio y Sam se vuelve a reír. Él se divierte conmigo, siempre. Aunque ya llevamos jugando un año entero, rara es la vez que no se ríe de mis malinterpretaciones.

A Sam se le permite jugar conmigo sin necesidad de llevar cubrebocas o guantes. También me pregunta si puede tocarme la piel del cuello o del estómago.

A los niños les gusta explorar lo físico. Es parte del camino que les hace ser conscientes de sí mismos. Sin embargo, el cuerpo de Sam es demasiado médico. Como una barca que lleva su mente de un lugar a otro. Faltan algunos tornillos, las partes están mal ensambladas. Sam niega rotundamente que su cuerpo sea suyo. Es dueño de la enfermedad. Pero ese es un problema que los médicos deben resolver; su cuerpo es el motor que las enfermeras deben mantener en funcionamiento. La relación de Sam con su cuerpo es pasiva, pero dice que está aprendiendo a aceptarlo desde que nos conocimos. Al preguntarle el porqué, él sonríe y dice que sin su cuerpo no podría sentirme.

Por las mañanas, Sam saluda a sus cosas rotas y recorre todas las habitaciones que puede saludando a sus enfermos. Yo me uno. Por las tardes, jugamos en su habitación. Por las noches comemos pan dulce y natillas en la azotea, sin importar qué tiempo haga. Esos son nuestros momentos intermedios. El resto del tiempo, Sam tiene que cuidar de su propia barca y hacer las reparaciones pertinentes.

Paso tanto tiempo mirando a Sam... Vivir con él es diferente. Habla y toca sin avergonzarse. A mí, en cambio, me cuesta más.

No siento mi cuerpo como mío. Es rebelde existir demasiado tiempo llevándolo puesto. Pero este cuerpo encuentra paz cuando lo toco, cuando entrelazamos nuestros dedos y deslizo mi pulgar por la palma de su mano; siento paz cada vez que dejo que su pulso lata contra mi muñeca. Sam nunca lo piensa demasiado, simplemente acepta el contacto mientras paseamos por los pasillos. Mientras somos el público de las historias que nos cuenta el hospital.

Un día, en medio de las muchas lecciones de Sam sobre cómo ser un caballero, se detiene ante una habitación en particular. Dentro, una mujer yace con los pies vendados. El dolor aprieta sus cuerdas haciendo que frunza las cejas y arrugue la nariz.

—Su asesino se llama diabetes —susurra Sam, poniéndose de puntitas para mirar a través del cristal.

—¿Su asesino?

—Ajá —asiente Sam—. Es esa señora tan simpática que nos dio pan dulce el otro día, ¿recuerdas?

Me cuesta un poco recordar, pero sí, al final me acuerdo. Aquella amable señora. Lo primero en lo que me fijé el otro día fue en que se tropezaba constantemente al andar, y en que siempre bebía mucha agua. Sam, sin embargo, se fijó en su calidez y en cómo dedicaba su tiempo a pasar por la habitación para regalarle chucherías.

Me toma de la mano.

—No te preocupes, mi dulce Sam —me dice—. Es fuerte. Saldrá de esta.

Mi dulce Sam. Así es como me llama. *Sam*, porque compartimos nombre. *Dulce*, porque dice que nunca se podría sentir amargado si estoy a su lado. Y *mi*, porque soy de él. Esas tres palabras se han convertido en el nombre ante el que respondo; una fuente de consuelo, como su contacto y esos destellos amarillos en sus ojos.

Los recuerdos del color rojo, en suelo y piel, todavía no me han abandonado. La violencia sigue filtrándose en estas paredes, encontrando nuevas formas de las cuales adueñarse. La enfermedad también lo hace con maña. He visto a mucha gente sucumbir a ambas, pero Sam me ruega que protejamos el castillo y a la gente que lo habita. Y me suplica que lo hagamos mano a mano.

Lo único que quiero es hacerlo feliz.

Así que finjo.

Finjo durante semanas mientras la amable mujer se deteriora, le creo a Sam cuando me dice que todo estará bien, que no me preocupe, que ella es fuerte y que lo conseguirá.

Sam no ignora que de la mujer solo queda apenas el contorno de un esqueleto bajo las sábanas. Reconoce que tiene peor aspecto, pero en lugar de rendirse, trae sus plantitas y se las enseña a través de la ventana. La mujer vuelve la cabeza hacia el cristal a duras penas; un breve momento de alegría interrumpe su quietud.

Pasan unas cuantas semanas y, cada mañana, Sam y yo saludamos a nuestros enfermos y llevamos pan a la mujer. No se lo puede comer. Sam no lo sabe, pero no se lo digo. Como él no puede pasar del cristal, soy yo quien entrega los regalos. La mujer, con un hilo de vida, intenta darme las gracias. Asiento y le deseo paz. Sam me dice que sobrevivirá. Miento y digo que le creo.

El primer día de verano, a pesar de la agonía y de los muchos intentos de su asesino por hundirla, la amable señora que le trae regalos a Sam se levanta. El color ilumina su piel. Me ve pasar y, con la fuerza que una vez luchó por mantenerla con vida, me saluda con la mano. Le devuelvo el saludo.

Tengo que decírselo a Sam.

Me dan ganas de sonreír, de imitar la expresión de su rostro cuando le dé la noticia. Se levantará de la cama para lanzarse a los pasillos, sin importarle quién se interponga en su camino. Y gritará. Cuando está emocionado grita. Pero cuando llego a la habitación de Sam, no está en su cama ni en la habitación.

En el pasillo, un ruido sacude el aire. Aquí hay un montón de sonidos que son muy habituales. Las ruedas, los engranajes de la camilla, las tormentas de pasos. Los pitidos, los avisos, la maquinaria, la charla. Todo eso es normal, pero este ruido es diferente, más sutil. Corro hacia él con el peso de lo desconocido oprimiéndome la garganta. Lo oigo de nuevo, esta vez más fuerte. Viene del cuarto de suministros, el grande que suele estar cerrado.

Cuando empujo la puerta con todo mi cuerpo, estalla un alboroto de risas. La risa puede ser hermosa, espontánea. Es una de las cosas que más me gusta oír, porque aquí es muy poco habitual. Pero esta risa es cualquier cosa menos eso. Es premeditada, superior, y sale de la boca de unos niños que golpean a Sam.

Se cubre la cabeza instintivamente, colocando los codos bajo la barbilla y los brazos tapándole las orejas. Uno de los niños más altos, sin cabello en la cabeza, le pisa el hombro. Sam gime en un acto reflejo. Tiene los dientes apretados y los músculos contraídos. Las estanterías proyectan sombras, la falta de luz perfila las formas y difumina las acciones.

Nada obstruye las palabras de los chicos cuando estos se dedican a escupir toda clase de burlas crueles.

—¿Dónde están tus cuernos y tus colmillos? —Lo golpean de nuevo cuando no contesta, lo acorralan contra la pared agarrándolo de la ropa—. ¿Por qué tienes tu propia habitación? ¿Por qué recibes un trato especial?

—No lo toquen —interviene un niño pequeño, incluso más joven que Sam, preso de la culpa—. Podría matarnos, es peligroso —dice intentando apartar a los mayores. Sam se estremece como si lo hubieran golpeado de nuevo.

Pero los chicos todavía no han acabado con él. Cualquier resquicio de vida en él les sirve de excusa para seguir con su interrogatorio. Otro intenta agarrarlo del cuello de la camiseta, pero yo lo agarro de la mano para evitarlo y lo empujo. Se tropieza con el resto de la manada y todos caen al suelo.

Me pongo delante de Sam.

Dos de los niños llevan las batas del hospital, y el resto, su propia ropa. Todos, igual que él, están enfermos. El mayor morirá pronto. El verde pálido de su piel es lo bastante revelador como para darse cuenta, y es el que más tiempo lleva aquí.

Otro de ellos tiene más carne alrededor de los huesos, pero le tiembla la muñeca y sus ojos están salidos. Tiene heridas en el puño a causa de los golpes. Traga con dificultad y, aunque no puedo decirte cómo lo sé con tanta certeza, sé que fallecerá en las próximas semanas.

El resto se irá de aquí pronto. Son pacientes intermedios. El mundo exterior puede tolerar sus cicatrices y tratamientos médicos.

Nunca hemos hablado, pero los conozco. Los he observado.

No son crueles, sino que han dejado que la crueldad los consuma. Sin embargo, todo rastro de ella desaparece cuando me ven. No los asusta verme, no me conocen. Lo que los asusta es que, igual que todo el mundo, sienten que nos hemos visto antes.

Mi mirada, mi silencio y mi nula intención de moverme son los ingredientes disuasorios perfectos. Se dispersan, salen corriendo de la habitación haciendo casi volcar las estanterías a su paso. Su huida deja a Sam respirando entrecortadamente, como si hubiera estado aguantando la respiración desde que empezaron a atacarlo.

Cuando los pierdo de vista, me arrodillo, le aparto el cabello y examino sus heridas. Se abraza el estómago y hace muecas cuando me acerco. Tiene el labio partido. La mitad de su nariz está hinchada. El color de la contusión se va extendiendo por un lado de su cara.

—No te muevas demasiado —murmuro. Sam asiente y se pasa la lengua por el labio. El sabor cobrizo lo hace fruncir el ceño y casi me alivia que su mayor malestar venga provocado por ese sabor amargo.

Lo llevo a su habitación. Somos más o menos del mismo tamaño, pero, a pesar de la valentía que me falta, soy más fuerte de lo que parezco. Siento el impulso de estrecharlo fuerte, de que encuentre alivio en mí. En lugar de eso, lo trato con ternura. Sostengo su cuerpo con cuidado, como quien sostiene una caja o una bandeja de comida.

Sam susurra una disculpa. Con su cara aún pegada a mi camiseta, me da las gracias. Yo le digo que se calle.

Lo hace durante algunos pasos más.

—¿Por qué me odian? —pregunta finalmente.

—No te odian —le aseguro.

—Me han hecho daño. —Su voz se quiebra al hablar—. ¿Por qué me hacen daño?

—Porque son débiles —le explico—. Hacerte daño les da poder. O al menos la ilusión de tenerlo.

—¿Quieren poder? —pregunta Sam—. ¿Como los reyes y reinas malvados de los cuentos de hadas?

—No. —Sacudo la cabeza—. Más bien como... los marineros —digo entrando en su habitación—. Es más fácil para ellos fingir que tú, alguien tan pequeño y débil como ellos, eres el enemigo. Cuando en realidad hay una ballena rodeando el barco.

Coloco a Sam suavemente en la cama. Le pregunto si aún le duele el estómago. Asiente con un gesto de dolor y yo le digo que voy a buscar ayuda. Se queja cuando intento irme, pero la fuerza de su lamento se va desvaneciendo. Sus ojos empiezan a cerrarse. Sus pestañas aletean. Su consciencia se va desvaneciendo.

—¿Sam? —le llamo, pero no me oye. Se ha ido, un ataque se ha apoderado de él. Debe de haberse golpeado la cabeza con el armario. Una crisis epiléptica recorre sus nervios causándole convulsiones.

Grito en busca de ayuda, de quien sea. Apoyo a Sam sobre su lado izquierdo y grito tan fuerte que se me desgarra la garganta. Cuando el ataque cesa, el corazón de Sam se para.

Puedo abandonar mi cuerpo a mi antojo. Así es como puedo contarte aquellas cosas que crees que no debería saber. Así es como consigo narrar incluso las escenas de las que no formo parte.

Un cuerpo no es más que algo a través del cual la gente me puede percibir. Todo lo que tengo que hacer es dejar el cuerpo totalmente quieto, y entonces viajo. A la pared, al techo, a las ventanas, a cualquier parte. Puedo ver cualquier rincón de este hospital, y también de los confines de su influencia.

En términos más sencillos, soy un alma como todas a las que a Sam le gusta saludar. Siempre he podido mirar, ver, pero nunca he vivido. No tengo una vida como la gente. Solo narro, y quien narra mira.

Pero me ganó la codicia. Tenía demasiadas historias violentas y sangrientas que contar. Solo a través de Sam, aprendí a crear historias pacíficas.

Han pasado trece días desde que la mujer que parecía que iba a morir mejoró. Y han pasado trece días también desde que Sam quedó inconsciente.

La puerta rechina al abrirse dejando entrar un fino rayo de luz cuando esa mujer entra por ella. Brilla sobre Sam y evita mi sombra en la silla de al lado.

La mujer lleva tristeza bajo su máscara. Con los guantes puestos, me da dos panes dulces envueltos en papel de cera. Me dice que los ha hecho para él, para cuando se despierte.

La señora, en toda su amabilidad, acaba de cometer un error.

Ha dicho «cuando Sam despierte». *Cuando*. Esa sola palabra podría tener mucho poder si no fuera una mentira. Quiero creer, mirando sus ojos cerrados y su cuerpo tranquilo, que despertará. Pero el tiempo no me concede un cuando. No es tan generoso. Me concede un si...

A veces, en mitad de la noche, lloro. Una lágrima, lenta y suave, se desliza por mi mejilla y se queda atrapada en mi mandíbula. La recojo con el dedo, siento su humedad, saboreo su sal. Entonces brotan más lágrimas. Caen mientras me pego contra la cama de Sam y apoyo la cara en su almohada. Solía tocarle el cabello, la nariz, las manos, pero ya no puedo. Están demasiado blandas, demasiado vacías de él. En lugar de hacerlo, ruego en silencio a través de la oscuridad.

—Despierta. —Otra vez, esta vez más alto—. Despierta, por favor. —Ahora egoístamente—. Despierta, Sam, por mí.

No se despierta. Está en otra parte, en otro castillo, en un bosque encantado, nadando en un mar mientras la ballena da vueltas, y vueltas y vueltas.

—¿Dulce Sam? —Una voz. Es débil, áspera. La garganta que la porta lleva un tiempo sin ser usada—. Mi dulce Sam, despierta.

Abro los ojos en una habitación quieta y oscura. El respirador se mueve en un zumbido infinito. Pero cuando levanto la vista, el cubrebocas a través del que respira no cubre su boca. Sam lo sostiene, quitándoselo de la cara.

Está despierto. Sam está despierto con los ojos entrecerrados pero brillantes, llenos de luz, de vida y de él.

Me estremezco y me levanto de la silla con tanta fuerza que se cae.

—Estoy aquí —digo agarrando el borde de sus sábanas y quitándole la máscara por completo. Se le engancha en el cabello y hace una mueca de dolor. Se la desenredo a modo de disculpa, pero, al mismo tiempo, no puedo sentir más alivio. Me alivia que pueda expresar cualquier cosa, aunque sea malestar. Me alivia que su cara se contraiga y que su cuerpo haya saltado como acto reflejo. Me alivia que su pecho suba y baje solo, y que su respiración silencie los sonidos del respirador.

—Mi dulce Sam —vuelve a decir con una curva cansada en los labios que revela una hilera torcida de dientes felices—. Mi dulce Sam, ¿me tomas de la mano? No me encuentro en mi mejor momento.

—Sí —le digo, aunque es más bien un susurro. Su palma se encuentra con la mía. Sus dedos lentos. Su piel fría, pero irradiando vida. Sus cortes y magulladuras se han ido curando mientras dormía, pero aún tiene una marca en la muñeca, una cicatriz.

—Eres tan cálido —dice Sam, y como el agua, su luz fluye por mis venas.

—Mira —digo levantando nuestros dedos y mostrándole el lazo de unión que hemos creado—. Nuestras manos se están besando. —El flequillo de Sam se le mete en los ojos; se lo retiro hacia atrás, suavemente. Suspira mientras seguimos en contacto. Se zambulle en mi contacto.

—¿Sientes dolor? —le pregunto.

—No —responde—. Mi caballero está aquí.

Está mintiendo. Lo sabe él y lo sé yo, pero no lo decimos. Los tubos a los que su cuerpo está conectado lo han mantenido con vida. Una vía intravenosa le ha ido proporcionando el líquido y los fluidos isotónicos para mantener el equilibrio de su sangre, mientras que la otra le ha proporcionado los nutrientes necesarios.

Un despertar tan repentino puede ser muy impactante. Sam vomita en el suelo. Levanto la parte superior de su cuerpo y lo acomodo de manera que no se manche. Tiene el estómago vacío y el ácido le quema la garganta y la lengua.

La enfermera Ella entra corriendo para atenderlo. También entran un par de médicos. No pierden el tiempo, encienden una luz que proyectan directamente en cada ojo y le hacen muchas preguntas a la vez. Me echo hacia atrás, contra la pared. Sam me mira durante todo el tiempo que dura su examen.

—Gracias por protegerme —dice con voz ronca cuando el personal se marcha. Paso la yema del dedo por la cicatriz de su muñeca.

—Siempre te protegeré —digo desde la silla mientras miro nuestras manos.

—¿Fuiste a ver nuestras estrellas mientras dormías? —pregunta Sam—. Se pondrán tristes si nadie va a darles las buenas noches durante muchos días seguidos.

—Hoy no brillan —le digo.

—No pasa nada —dice Sam—. Ya brillarán mañana.

Mañana ya ha llegado. El amanecer baña el horizonte a lo lejos. Los negros se vuelven azules, dándole la bienvenida al día. Tiemblo al pensar que si hubiera tenido que seguir contando los días que Sam estaba inconsciente, hoy sería el decimocuarto día de espera. Y yo seguiría en esa silla preguntándome si Sam se despertaría en algún momento.

—¿Sam? —digo.

—¿Sí?

—¿Puedo abrazarte?

Sam asiente, y cuando subo a la cama, me rodea con sus brazos. Su contacto recorre mi espalda, mi camiseta, mi piel, mi columna y toda la piel que hay debajo.

—Mi dulce Sam, no llores por mí —dice al sentir mis lágrimas, que no sé controlar, caer sobre su hombro—. Soy fuerte. Lo conseguiré. Todavía nos quedan muchas aventuras por vivir.

—¿Cómo lo sabes? —le pregunto—. ¿Cómo sabes que lo lograrás? ¿Cómo sabías que la mujer lo lograría?

—No lo sabía —dice Sam con la barbilla apoyada sobre mi hombro—. Solo esperaba que lo hiciera.

Quería una respuesta. Quería, como he querido desde el día en que nací, una solución, una forma de derrotar a los tres ladrones que invaden mi hogar y lo despojan de su vida. Pero mientras Sam habla, me da justo aquello que no soy capaz de comprender. Me da otra cerradura en lugar de una llave.

—¿Esperanza? —La palabra sabe antigua. Es una verdad del mundo, pero tan joven como un secreto.

—Ajá —afirma Sam—. La esperanza es como... —Se mueve, su barbilla está ahora en mi oreja y no en mi cuello—. La esperanza es como esperar a que salga el sol —dice mirando por la ventana, saludando al cielo—. No sabemos si las estrellas brillarán o si el sol estará aquí mañana, pero yo confío en las estrellas. Y también confío en el sol.

—No lo entiendo. —Suspiro.

El corazón de Sam late contra el mío. El torrente de sangre que corre por su cuello y el pulso que siento me tranquilizan. Su vitalidad, su calor... Todo es incierto, menos su corazón; aunque temo que se detenga, sigue latiendo.

—Yo solía tener la esperanza de que aparecieras —dice Sam al cabo de un rato—. Soñé con todo mi corazón con que alguien, cualquier persona en el mundo, fuera mía. —Me abraza con más fuerza. Su mano serpentea por mi cabello y una lágrima rueda por su rostro.

Solo puedo pensar mientras me toca que sus manos son mías. Y mientras besa mi mejilla, que sus labios son míos. Mientras habla, que sus palabras son mías. Que él es mío. Mi luz, mi razón. Me pregunto si mi deseo de respuestas se ha hecho realidad. Me pregunto si fuimos nuestros mutuos deseos.

—No lo entiendo.

—No pasa nada —susurra Sam—. No tiene por qué tener sentido.

Después, no hablamos nada más.

Solo me besa la cara hasta que sale el sol.

16
Ahora

El otoño desciende sobre nuestra ciudad. Los verdes se desvanecen en naranjas y rojos, mientras reflejos amarillos florecen en el frío.

Rodeo la cintura de Hikari con mis brazos. De ella se escapan melodías en forma de ondas. Notas de piano. Un vestido suelto de tela abanica sus piernas desnudas. Dobla las camisetas y sudaderas recién lavadas de Neo (la mayoría de las cuales no son suyas) y las deja sobre el alféizar de la ventana.

Su suéter es lo único que cubre las vendas que se entrelazan con sus brazos. Compartimos corte de cabello. El suyo, de un ligero tono negro. El mío parece estar hecho de brotes de hierba joven. Después de referirse a mi corte como «ataque terrorista» hacia mi cabello, Eric decidió ponerse manos a la obra con la maquinilla.

Esa noche, Hikari y yo dormimos en su cama. La abracé toda la noche. Me dijo que estaba bien, que si quería irme podía hacerlo. Negué con la cabeza y la acerqué más a mí. A la mañana siguiente, me desperté con sus dedos dibujando patrones en mi rostro mientras el amanecer se colaba a través de las persianas. Ella sonreía. La sonrisa del amanecer después de un aguacero.

—¿Sam? —dice Hikari.

—¿Sí?

—Lo estás haciendo otra vez.

Rozo sus dedos observando cómo se entrelazan con los míos. El aroma de su jabón y la suavidad de su cuello atraen mi barbilla hacia su hombro.

He descubierto que tocar a Hikari es diferente a tocar a otras personas. Un desconocido puede rozarme el costado al pasar. Una enfermera puede rozarme el brazo al darme algo. Pero esa forma de tocar es insípida, intermedia. Tocar a Hikari por primera vez fue eclipsante, como el nacimiento de una estrella, pero a medida que pasa el tiempo, el eclipse se vuelve habitual. Cómodo. Un ritual.

—Me estás distrayendo. —Hikari dobla la camisa de Neo y la deja a un lado. Luego empieza con otra con la lengua entre los dientes, concentrada.

Me río.

—No te distraigo, solo eres una desordenada.

—Sí distraes. Es de mala educación.

—No lo hago a propósito —me defiendo.

—Claro que sí.

Distraídamente, extiendo mis manos a lo largo de la calidez de su vientre. Su pulso palpita justo por encima del hueso de la cadera.

—Me gusta distraerte —bromeo.

—A mí me gusta cuando tienes los brazos quietecitos —susurra girando la cabeza para que nuestros rostros queden a escasos centímetros.

—¿Qué brazos? —le susurro.

—Qué persona más maleducada.

—Qué persona más desordenada.

—¡Qué asco! —Neo nos lanza un bolígrafo—. ¿No tenía suficiente con contemplar sus arrumacos de idiotas? ¿Ahora también me toca oírlos? —Señala el botón de emergencias—. Lo presionaré. No me pongan a prueba.

—Lo siento, Neo —se ríe Hikari.

Neo pone los ojos en blanco. Saca otro bolígrafo del cubo portalápices que hay en el borde del escritorio y vuelve al trabajo. Eric le regaló el escritorio por su cumpleaños, según dijo, para que dejase de fastidiarse la espalda mientras escribía. También fue un regalo de enhorabuena, porque él y Coeur están a punto de terminar la novela que escriben. De hecho, Neo parece nervioso por ello.

Se rasca la cabeza, justo donde el cabello se ha reducido a una capa de pelusa. Después de que Hikari y yo nos afeitáramos la cabeza, eso se convirtió en algo así como una fuerza unificadora. Los rizos de C ya eran cortos de por sí, pero se sentó en el taburete justo después de mí con la emoción de un niño pequeño. Pero Sony fue, con diferencia, la más entusiasta. Justo después de que le raparan el cabello hasta que solo quedó una fina capa roja, abordó a Hikari rogándole que por favor las dibujara juntas.

Resultó que no quedaba demasiado tiempo para eso. Tras nuestra huida fallida, el pulmón de Sony decidió ganar capacidad como para unas cuantas buenas carreras más. Lleva viviendo en el apartamento de Eric desde entonces.

La veo desde la habitación de Neo, al otro lado del cristal, inmersa en su particular teatro. El niño con el que habla está completamente cautivado por ella: se ríe, sus mejillas se curvan hasta llegar a los ojos. Sony le toca la nariz y lo abraza con fuerza. Cuando la madre del niño lo toma de la mano, Sony le abrocha el abrigo y le endereza la gorra que lleva en la cabeza. Se despide de él con un «te voy a extrañar» colgando de sus labios.

—Compañeros piratas, he tenido una epifanía —dice Sony abriendo de una patada la puerta de Neo. Ya no lleva la botella de oxígeno en la mochila y las puntas nasales ya no adornan su cara. Elle entra antes de que se cierre la puerta, maullando para llamar la atención antes de enroscarse entre mis piernas y las de Hikari.

—Según muchas personas, soy una vaga que no para de perder tiempo y energía en cosas sin sentido. —Se refiere a Eric—. Y por eso creo que ya va siendo hora de dejar atrás mis días como ladrona.

—¿Qué quieres decir? —pregunta Hikari como si acabara de ocurrir una tragedia. Me aparta las manos de un manotazo y se abalanza sobre su compañera de robos—. ¿Ya no quieres robar? ¿Acaso se está acabando el mundo?

—Lamentablemente, no —dice Sony lanzando un solemne gesto de negación con la mano en el aire—. Pero, no sé, había pensado que tal vez podría buscar un trabajo o algo así.

—Sony —digo. Ella se recuesta en la cama de Neo—, ¿quieres trabajar con tus niños del hospital?

—Sí —afirma. Al pensar en los niños con los que juega en el ala de oncología, su sonrisa se ensancha—. Con ellos soy feliz.

—Gracias a Dios. —Hikari, aliviada, se lanza encima de Sony—. Creía que me ibas a dejar porque habías encontrado un típico trabajo aburrido en la ciudad.

Sony suelta una carcajada.

—Ay, por favor, nadie me contrataría *motu proprio*. Me esfuerzo mucho para ser así de insoportable. —Rodea a Hikari con sus brazos y le llena la cara de besos fugaces—. Voy a hacer que Eric me consiga el trabajo. Aún tenemos que seguir molestando juntas a los chicos gruñones y a los enfermeros pesados que hay por aquí. Nunca te dejaría hacerlo sola.

—¿Me lo prometes? —pregunta Hikari haciendo pucheros.

—¡Dalo por hecho, cariño! —grita Sony.

A Elle y Neo se les ponen los pelos de punta con el brinco que dan por el repentino grito.

—¡Casi han acabado el libro! —los anima Sony dando un brinco hasta el escritorio—. ¿Llevas puesta mi sudadera?

—Es mía —dice Neo agarrando posesivamente la capucha de atrás—. ¿Qué quieres?

Sony busca en su mochila. Saca un puñado de hojas de árbol del bolsillo delantero, desplegando todos los colores como si fueran naipes.

—Te las he traído del parque.

Neo frunce el ceño.

—¿Por qué?

Sony no responde. Las deposita suavemente sobre su escritorio y, con un movimiento brusco, se apropia de la mitad superior del manuscrito.

—¡Eh! —grita Neo. Sony se escapa, sin que pueda atraparla, saltando de espaldas sobre la cama y sosteniendo los papeles sobre su cabeza—. ¿Qué crees que estás haciendo?

—Es *quid pro quo* —digo.

Neo me fulmina con la mirada.

—Cállate, Sam.

—Hikari, deberías diseñar la portada —dice Sony.

—Nadie va a diseñar nada. Aún no está terminada.

—Estoy deseando ver esta novela en una librería, Neo —suspira Sony hojeando las páginas como si las palabras estuvieran escritas en oro—, porque entonces podré decirle a todo el mundo que fui la primera en leerla.

Neo se ruboriza.

—Lo que tú digas —murmura—. Pero no la pierdas.

Neo ha recuperado color desde que llegó el otoño. Tanto sus erupciones en forma de mariposa como sus ataques de dolor han disminuido. No ha escupido las pastillas ni se ha quitado las vías desde que dieron de alta a C. Su anorexia sigue siendo una dura batalla; hay días en los que se queda mirando el plato desmenuzando la comida hasta que le parece demasiada y tiene que apartarla. Casi se termina la comida solo cuando comemos con él o cuando C le trae manzanas.

C ha estado guardando reposo en cama. Bueno, más bien ignorando constantemente el hecho de que tiene que guardar reposo en cama. Teniendo en cuenta lo cerca que vive del hospital, rara vez está en reposo. Cuando sí lo respeta, es cada vez que descansa junto a Neo; C duerme con la boca abierta mientras murmura en sueños. Por lo demás, actúa como si su mundo estuviera en paz. Como si no estuviera a punto de encabezar la lista de trasplantes. Sale a pasear con Hikari, va detrás de ella pagándole a los panaderos las consecuencias de sus fechorías y disculpándose por ello. Se pasea mientras va leyendo la historia que Neo y él han escrito, obsesionándose con cada detalle. Baila con la gata y juega juegos de mesa con Sony, mitad presente, mitad ido.

Sus padres lo han intentado todo. Cerrarle la puerta. Quitarle las llaves del coche. Darle sermones. Ultimátums. Advertencias. Nada funciona. C siempre encuentra el camino de vuelta aquí.

—¿Estás bien, Sam? —me pregunta Hikari.

La estoy mirando fijamente. Lo hago a menudo.

Su piel ha perdido color. Es de un gris apagado, como pergamino quemado que se convierte en cenizas. Por eso la cuido así. Está enferma, y yo no hago oídos sordos. Me preocupo durante sus ataques de tos y durante esos brotes agotadores que la adormecen durante días enteros.

—¿Podemos leer esta noche? —pregunto pasando el pulgar por su labio inferior, admirando su volumen.

Ella sonríe e imita mis movimientos. Volvemos a ser un espejo.

—¿La camilla solitaria a las seis en punto?

Me reconforta su voz, siempre ha sido satinada y coqueta, pero nunca había sido mía hasta ahora.

—Bueno —acepto. Deslizo los dedos por sus brazos, por la pendiente creada por sus vendas que termina en sus muñecas. El animal del abismo no se ha atrevido a morder desde aquella noche sangrienta. Cuando otras sombras intentan colarse en su cabeza, se topan conmigo haciendo guardia y, escupiendo saliva por la boca, se escabullen de nuevo en la oscuridad.

Justo en ese momento la puerta de Neo se abre. Sony se levanta, mientras Hikari y Neo se quedan mirando a la espera de que C entre a grandes zancadas, esparciendo sus zapatos, su mochila y su abrigo por cualquier parte.

Pero no es C.

—¿Papá? —Neo inhala una bocanada de aire.

Un hombre entra en postura de soldado acomodándose el abrigo por encima de los hombros. Lleva el cabello corto, pulcro. Su ancha cara parece haber sido esculpida. Cuando cierra la puerta tras de sí, se hace silencio en la habitación.

Agarro la mano de Hikari en un acto reflejo y la acerco a mí.

—Hola —dice el padre de Neo, gratamente sorprendido por la cantidad de gente que hay en la habitación—. Deben de ser los amigos de Neo.

Hoy no tenía que estar aquí. Su presencia, un susurro en la maleza, un chasquido de palos. Nuestros oídos, aguzados como ciervos que perciben un lobo.

Sony se levanta de la cama sosteniendo la pila de papeles contra su cadera, como si fueran suyos. Hikari no dice nada.

Tiene la mandíbula apretada y la atención puesta en la caja de libros del rincón.

—Encantada de conocerlo, señor..., yo soy Sony, ella es Hikari —dice. Su voz de campana de iglesia suena más dócil de lo normal, temblando en los extremos. Camina hacia atrás. La timidez es un síntoma de precaución—. Y aquí está Sam.

—Sam, sí —dice el padre de Neo—. Tú sueles traerle la cena a Neo.

—Papá —susurra Neo con las manos agarrando los bordes de la silla junto a sus muslos.

—No te avergüences, hijo. Me alegra ver que socializas. —Pasa junto a Sony y frota el hombro de su hijo. Sony mira su mano como si fuera un cuchillo afilado en la superficie de la piel de Neo.

Mi amigo se tensa ante el contacto. Su mirada está fija en las líneas de las losetas.

—Hasta ahora, no estaba seguro de si Neo tenía amigos. —Su padre le acaricia la cabeza como si fuera una mascota, pero se detiene al notar el cambio—. ¿Qué te has hecho en el pelo?

—¿La madre de Neo viene hoy?

Estoy ganando tiempo. O al menos regateando con él. La distracción parece funcionar. Me mira sorprendido, como si me recordara mucho más dócil. Tal vez antes lo era. Interferir es un gran pecado teniendo en cuenta quién soy, pero fue el mismo Neo quien me dijo que entrara en las páginas como personaje protagonista.

—No —dice su padre—. Acabo de volver de un viaje de negocios y tenía que hacer algunas cosas para los primos de Neo y...

Al detenerse, la tensión crece. El padre de Neo se da cuenta de las hojas esparcidas por el escritorio. De los cientos de páginas escritas a mano hasta los topes. Del bolígrafo en el regazo de Neo.

Suspira. Afloja los hombros. La dureza recorre su rostro mientras se pasa la mano por la mandíbula y lee unas cuantas líneas que quedan a la vista.

El silencio atraviesa a Neo. Cierra los ojos, como preparándose para el impacto.

—¿Los primos de Neo también estudian? —pregunta Hikari. Se levanta sin titubear con los brazos cruzados. Su tono tiene un destello desafiante—. Sony está pensando en buscar trabajo aquí, ayudando a los niños. Neo la está ayudando a redactar la solicitud.

Hikari es una mentirosa experimentada, pero este hombre conoce a su hijo.

—Siempre ha sido muy inteligente, eso es cierto —dice mirando directamente a Hikari.

Buscar pelea con alguien como él es peligroso. Provocarlo, mucho peor. A Hikari no parece importarle. Lo desafía solo con una mirada para ver qué pasa si lo reta.

—No quiero ser grosero. —Al padre de Neo no le importa tanto que haya estado escribiendo—. Pero ¿le importaría dejarnos a solas? —Lo que le importa es que Neo lo haya desafiado. Da igual cómo haya sido.

A Sony se le cae el corazón del pecho. Se acerca a la silla de Neo tartamudeando.

—B-bueno...

Neo la agarra de la manga con tanta fuerza que tiembla. Se muerde el interior de la mejilla y la mira lentamente con el rabillo del ojo. Intercambian un mensaje silencioso, una señal que solo puede significar una cosa.

Sony no quiere irse. Nadie en esta habitación quiere irse. Pero es decisión de Neo.

—De acuerdo —susurra. Aprieta la mano de Neo sobre la tela de su sudadera, mordiéndose la lengua mientras se aleja a regañadientes.

Hikari no pregunta antes de tomar la caja de cartón que hay en el rincón más alejado, llena de libros de Neo.

—Sony, no olvides tu solicitud —dice despejando el escritorio de Neo de un manotazo. Los papeles caen en la caja, protegidos.

—Cierto —dice Sony ayudando a Hikari a recoger las hojas que faltan.

No me he movido de mi sitio. Miro fijamente al padre de Neo. Mis recuerdos se repiten como fotogramas de una película. Todos los recuerdos que tengo de Neo sonriendo van seguidos de ese hombre y sus golpes. Es casi como si pudiera sentir la felicidad de Neo en el aire y, si no proviene de él, encontrara una excusa para destruirla.

—Sam —dice Hikari indicándome el camino para que las siga.

Solo se me ocurre una persona que sería capaz de desafiar el orgullo de Neo, y reconocería sus pasos en cualquier parte.

Hikari susurra.

—Sam...

—Espera un segundo.

Cuando la puerta se abre por segunda vez, hay alguien que entra silbando.

Con una bufanda de cables de audífonos al cuello y una chamarra de su equipo de la preparatoria, C entra tarareando una canción.

—Neo, me devolvieron la redacción. Aún no me han puesto diez, pero por fin entendí lo que es un punto y coma. Bueno, más o menos, creo. —Se quita los zapatos mientras se apoya en el marco de la puerta—. Siento llegar tarde, por cierto. Mis padres estaban en casa, así que me tocó escabullirme por la ventana y llevarme la cam...

C se detiene en medio de la habitación. El trueno de su pecho se hace prácticamente audible.

—Coeur —dice Neo. Intenta tragarse el miedo haciendo como si nada—, luego voy a buscarte.

—Coeur —repite el padre de Neo, como si recordara haber oído un nombre parecido, pero no lograra ubicarlo. Se fija en la chamarra y esboza una breve sonrisa—. Tú vas a la escuela de Neo. ¿Eres deportista?

C tarda un momento en recuperar el habla.

—Lo era —dice—, pero ya no.

El padre de Neo debe de haber visto el nombre de C en los periódicos. Probablemente, haya oído hablar del chico que casi se ahoga y al que le dijeron que no podría volver a nadar. Lo reconoce enseguida, al mismo tiempo que carraspea incómodo.

—Es verdad, disculpa.

—No te preocupes —dice C—. Resulta que me gusta más leer, de todas formas.

—Coeur —dice Neo prácticamente temblando en su silla—, vete, saldré enseguida.

Una cosa que C y yo siempre hemos tenido en común es nuestra capacidad de estar entre dos mundos. Mientras que yo viajo a través de objetos inanimados, la capacidad de C reside en la mente. Se retira allí con la mitad de su consciencia, porque es un lugar tranquilo donde la realidad puede ser lo que él quiere que sea. Es un mundo donde las mentiras se convierten en verdades, y C puede contarse a sí mismo cualquier historia que se ajuste a una narrativa cómoda.

Puedo ver cómo esas pequeñas mentiras van pasando por su cabeza.

Un día fue testigo de una escena aparentemente inocente: Neo y los chicos de su equipo junto a los casilleros. Y pasó de largo. C ha visto el cuerpo de Neo surcado de moretones de todos los colores: sutiles, más marcados, en tonos extraños.

Ha visto cómo Neo volvía a entrar en el corral, cual corderito asustado, y encontraba proyectada en la pared la conocida sombra del lobo. Sí, C era un mero espectador, no hacía nada al respecto en esos casos.

En cambio, hoy cierra su mano alrededor del asa de su mochila y todo su ser está presente.

—No, creo que esperaré aquí —dice. Se da la vuelta y toma la silla junto a la cama colocándola al lado del escritorio.

—Emm, Coeur. —El padre de Neo se aclara la garganta—. Neo y yo tenemos cosas que hablar, si no te importa...

—No, no me importa —dice C. Imita el mismo tono educado y llano que usa el padre de Neo. Saca un cuaderno de su mochila y el celular para conectarlo a los audífonos. Finge concentrarse en la tarea—. De todas formas, tengo muy mal oído —dice señalando su oreja con dos golpecitos.

—C, vamos... —dice Hikari agarrándole del hombro.

—Jovencito...

—¿Sí?

—Escucha a tu amiga. —La voz del padre de Neo se vuelve más grave—. O me obligarás a llamar a los de seguridad.

La voz de C baja todavía más que la suya a modo de respuesta.

—No voy a dejarlo a solas contigo.

El padre de Neo mira a su hijo.

—¿Qué has estado diciendo?

—Nada —dice Neo presa del pánico—. No he dicho nada.

—No ha hecho falta que diga nada —sentencia C recostándose en la silla—. En cuanto te descuides y dejes la persiana algo abierta o le hagas un moretón en un sitio más visible que de costumbre, seré yo quien llame a seguridad.

C nunca ha sido atrevido. Y como él mismo ha dicho, ya no es atleta. Su corazón está en las últimas, y su piel se magulla con un golpecito.

—¿Papá? —Neo está familiarizado con la mirada de rabia que nubla la visión de su padre. Pasa el brazo delante de Neo, jalando a C por el cuello de la camisa—. ¡Papá, no! Por favor —suplica Neo gimoteando. Sony e Hikari intentan dar un paso adelante, pero C las aparta.

—¡Por favor, no le hagas daño! —grita Neo. Se agarra con dedos temblorosos al bajo del abrigo de su padre—. Papá, llévate mis libros, llévatelo todo, pero déjalo en paz, por favor...

—¡Silencio! —grita él. Tiene el brazo con el que no agarra a C levantado en el aire, como un hacha que amenaza con caer. Neo se estremece tanto ante lo que sabe que va a pasar que esconde la cara.

—Tócalo otra vez —muerde C en busca de aliento—. Hazlo y dame una razón para ir por ti.

El padre de Neo se da la vuelta. Probablemente, para agarrar a Neo y mostrarle a C exactamente quién está al mando. Hikari y Sony dejan escapar un grito cuando lo hace, porque en lugar de agarrar a Neo, se encuentra conmigo.

Sus reflejos lo hacen agarrarme del hombro para apartarme, pero yo no me muevo.

La habitación se queda en silencio. De repente, el padre de Neo parece inseguro.

—Lo sé, es extraño. Tengo más fuerza de la que aparento —digo agarrando el respaldo de la silla que tengo detrás.

El padre de Neo me mira de un modo extraño porque, como todo el mundo, experimenta esa extraña sensación en sus entrañas al verme. Siente, como el resto, que ya me conoce, que me ha visto antes. Sabe que, de alguna manera, tengo más poder del que aparento a primera vista.

Puedo sentir sus pulmones. Siento cómo se acelera su corazón mientras la mirada atónita de su rostro se transforma gradualmente en ira.

—Entiendo por qué hace lo que hace —le digo. Quiere el control y, cuando se le escapa, recurre a la violencia para recuperarlo. El patrón es común, y los hombres llevan siglos haciendo la vista gorda ante él, porque ninguno de ellos puede meterse en la cabeza lo que le explico a continuación—. El control no existe. Solo existe la incertidumbre. —Me doy cuenta de que no entiende hasta qué punto van en serio mis palabras. No capta del todo que no me estoy burlando, que lo que digo es cierto—. Y a menos que se vaya ahora mismo, no estoy seguro de que vaya a salir de esta habitación sin ser escoltado.

Sostengo el dedo contra el botón de emergencia que conecta con la enfermería. Parpadea en rojo. El padre de Neo mira por el rabillo del ojo. Las persianas están bajadas, pero incluso a través de las finas líneas se puede ver a Eric en su puesto, anotando en un gráfico y comprobando su bíper.

El padre de Neo me suelta. Se pasa la mano por la cara, como hizo al entrar. Se arregla la chamarra y mira a Neo, que tiene la mirada fija en el suelo, mientras se aprieta la muñeca con tanta fuerza que la mano se le podría caer como un peso muerto de la articulación.

—Fue error mío dejar que los médicos te retuvieran aquí tanto tiempo —dice—. Yo mismo tendría que haber lidiado con tus caprichos. —Y así, sin más, se marcha con una amenaza, de esas que hacen que Neo sienta una última punzada de miedo en el pecho—. Volveré con tu madre.

En el momento en que se cierra la puerta, todos exhalamos sonoramente, como un músculo tenso que finalmente se libera de llevar mucho tiempo flexionado.

—¿Estás bien? —Hikari me rodea con sus brazos.

Neo se estremece en su silla; tiene la mano cerrada en un puño contra su boca. Empuja la bilis hacia su garganta, petrificado.

Su padre no lo ha sacado de aquí por un pelo, y eso es solo porque necesita a la madre de Neo para hacerlo. Ella es la que firmó todo cuando lo internaron por anorexia. Sus médicos solo le recomendarán que se vaya a casa cuando su peso supere una cifra específica y coma con regularidad.

—Neo, no pasa nada, estás bien —dice C cayendo de rodillas junto a la silla. Le quita la mano de los labios.

Sony presiona la palma de su mano contra la columna de Neo.

—Llamaremos a tu madre —dice—. Ella lo calmará. Ella cuidará de ti.

—No, no, mi madre le tiene demasiado miedo —se lamenta Neo.

La ira de C es fulminante; si fuera físicamente capaz de hacerlo, perseguiría al padre de Neo y terminaría lo que empezó.

—Que se vaya al diablo. Se lo diremos a Eric, tenemos pruebas...

—No, me va a matar, me va a matar —dice Neo, y lo que me rompe es que parece que cree cada palabra que pronuncia.

—No te va a poner un dedo encima —gruñe C—. No mientras yo respire.

Los colores acogedores vuelven a envolver la habitación, la tensión que el padre de Neo trajo a ella se va drenando gota a gota. Sony, Hikari y C intentan consolar a Neo, pero está atrapado. Atrapado en un bucle perpetuo en el que se pregunta qué dolor le deparará el regreso de su padre.

El gran ventanal, siempre dispuesto a darnos la bienvenida, lanza destellos como si el sol mirara a través de una lente. Al dirigir mi mirada a través de él, observo la extensión de nuestra ciudad que se ensancha al otro lado del puente.

Las aguas del río arrecian en otoño, desbordadas por las lluvias del final del verano. Y es en invierno cuando se calman hasta alcanzar una negra quietud. Prácticamente, puedo oír las cascadas, la fuerza ahogadora de ese cruce que siempre me ha rechazado.

Hoy me doy cuenta de que tengo miedo de mirar hacia abajo. El miedo que suele revolverme el estómago al verlo no aparece esta vez. En cambio, puedo ver más allá; veo cómo algo parecido a lo que C y Neo llaman paraíso toma forma en una posibilidad que solía rechazar.

—Podríamos huir —digo.

C emite un sonido de desaprobación.

—Sam, no es el momento...

—Hablo en serio. —Me doy la vuelta para mirar a mis amigos—. Nunca llegamos a escapar, ¿no?

—Sam. —Hikari me mira a través de sus lentes, preocupada—. ¿A qué viene esto?

—Es lo que querían, ¿verdad? —pregunto—. ¿Todavía quieren hacerlo?

Se miran, como si estuvieran comprobando que no he perdido el juicio. Neo vuelve a la realidad, mirándome a la cara. Sabe que quiero salvarlo. Sabe, además, que quiero estar a su lado.

—C —lo llamo—. ¿Tienes la camioneta de tu padre?

—Sí —dice. Las llaves tintinean en su bolsillo.

La tarjeta de Eric sigue en el mío. La saco haciéndola girar en el aire, igual que suele hacer Sony con los paquetes de tabaco.

Sony sonríe. Mira a Neo en busca de la última palabra.

—¿Ahora?

Neo lo piensa. Pero ya sea en silla de ruedas, con muletas o pies, él nunca ha podido escapar al ímpetu de nuestras misiones. Se levanta con las piernas igual de tambaleantes que las de su escritorio, mirando fijamente la historia que hemos rescatado.

—Ahora.

17
Lágrimas de felicidad

—¡La última persona que llegue al coche pierde!

—¡Sony, deja de correr! —le grito.

La risa recorre su cuerpo como un escalofrío, mientras el sonido de sus sucios tenis blancos retumba en la banqueta. La salida trasera no suele estar muy transitada a esta hora del día. Conseguimos pasar sin que nadie nos pare ni nos pregunte adónde demonios creemos que vamos.

La capucha de Neo le oculta la cara mientras corre con los papeles apretados contra su pecho. C está justo detrás de él, buscando a tientas las llaves del coche.

—Diablos, diablos, diablos —maldice en voz baja, pero finalmente consigue abrir las puertas. Neo sube al asiento delantero de la camioneta, mientras Sony se lanza a la parte trasera.

Hikari ha regresado corriendo adentro para buscar algo importante, según dijo. Mi mirada está pegada a la puerta mientras espero a que vuelva corriendo.

—Sabes conducir, ¿verdad? —pregunta Neo.

—Claro —le dice C.

—¿Seguro?

—Puedo conducir.

—Pero tienes licencia, ¿verdad?

—Hice el examen.

—Y lo aprobaste, ¿no?

—Neo, es de mala educación preguntar por el resultado.

—Lo que es de mala educación es que nos mates en un accidente.

—¡Ahí está Hikari! —grita Sony señalando hacia la ventana.

El vestido de tirantes baila sobre sus piernas mientras corre hacia la camioneta. Hikari lanza un brazo al aire, premio en mano. Las espirales metálicas de una libreta sin portada captan la luz. Hikari me sonríe a través del cristal. Sonrisa victoriosa. Sonrisa contagiosa.

C arranca el coche.

Hikari no se molesta en abrir la puerta. Se lanza por la ventanilla abierta; entra de un salto y sus piernas aterrizan sobre mi regazo. Entonces, gritamos al mismo tiempo. A Hikari casi se le caen los lentes de la cara.

—¡La Lista Negra! —grita Sony.

—Nuestra Lista Negra —dice Hikari pasando sobre mí para besar a Sony en la mejilla—. ¡Vamos, C! —grita.

Neo resopla preparándose.

—Pónganse los cinturones.

—¡Pon música! —Sony levanta los brazos rebotando en su asiento. C enciende la radio. El motor retumba mientras sale del estacionamiento y se dirige a la carretera. El giro es un poco dramático, más bien es un volantazo. El pase de visitante del tablero vuela hacia el extremo opuesto. Neo pisa un freno imaginario y se agarra a la puerta y al asiento por el bien de su vida.

—¿Quieres agarrarme de la mano? —pregunta C.

—Quiero tus manos en el volante. ¡Mira por dónde vas, Coeur! —Intenta protestar, pero antes de que pueda hacerlo,

C entrelaza sus dedos con los de Neo y se lleva sus nudillos a los labios. Lo mira de reojo con una media sonrisa en la cara—. Vamos a la playa, que te estás ganando una ruptura al más puro estilo del siglo XVI —susurra.

Neo no se ruboriza con el beso como cabría esperar. En lugar de eso, mira directamente el perfil de C, con tácita gratitud en su mirada.

Cuando salimos a la calle, el hospital se empequeñece poco a poco en el retrovisor.

Vuelvo a mirar por encima de mi hombro, esta vez observo los edificios que rodean la imagen de mi casa. Me recorre un aleteo nervioso. Cuanto más nos alejamos, más creo que nos estamos equivocando.

Oigo el agua, el puente al que nos acercamos con cada segundo que pasa. Oigo la nieve, las sombras, todo susurrando que estoy violando una ley de la naturaleza, que me desintegro en el mundo, alejándome demasiado de mi palacio.

Nos acercamos al puente y todo mi cuerpo se tensa. C se desvía hacia el otro carril. Me preparo para el impacto mientras nos adentramos en el túnel que nos lleva al otro lado del río.

Agarro con fuerza la mano de Hikari y aprieto mi cara contra su esternón. Mi instinto de protegerla de la oscuridad se apodera de mí. Oigo los ecos de lo que ha sido y lo que será. Entonces mis ojos se cierran y las sombras nos envuelven.

—Sam —susurra Hikari acercando sus labios a mi oído—. Sam, mira.

Cuando lo hago, me doy cuenta de que no hay nadie más en el túnel, solo la camioneta de C recorriendo la carretera. Y, justo encima, rayas de luz se cuelan por el techo, tan rápidas que son difíciles de captar.

C sigue conduciendo, pasando el pulgar por los nudillos de Neo sobre la palanca de velocidades. Este deja que el aire fresco le acaricie la cara y se apoya en el reposacabezas con los ojos cerrados. Sony se ríe asomándose por la ventanilla como si pudiera agarrar la libertad con la mano.

Hikari me sostiene mientras tiene la cabeza en la puerta y ve pasar las luces cavernosas. Ya no tiene cabello para hacerse una cola de caballo. Aun así, el viento no ha perdido su devoción por este ser, y baila con ella como lo hizo en aquella azotea en nuestra primera noche.

—Eres preciosa —suspiro.

Hikari levanta lentamente la cabeza, aún meciéndose al ritmo de la música. Entrelaza sus muñecas detrás de mi cuello.

—Y tú eres belleza, mi hermoso conjunto de huesos —me susurra.

—Ya no son huesos —digo inclinándome hacia ella cuando intenta apartarse—. Tú me diste vida.

—No he hecho más que empezar a dártela —dice Hikari. Me besa en la nariz, rápida y brevemente—. Aún tengo que hacerte soñar, Yorick.

Salimos del túnel, al otro lado del río.

No tenemos provisiones, ni manzanas robadas, ni redes de seguridad. Nuestras únicas posesiones son tinta, papel y la ropa que llevamos puesta. No tenemos rumbo, pero las aventuras sin rumbo se convierten siempre en las mejores historias.

«Creo que es todo —pienso—, esta es nuestra huida».

Nuestra primera parada es imprevista. Mientras seguimos conduciendo al son de emisoras de *rock* clásico, C dice que tiene hambre. Neo le recuerda que tiene unos cinco dólares en la cartera. Hikari dice entonces que tiene diez. Sony, noventa centavos (como buena ladrona, es aprovechada por naturaleza). Esos noventa centavos salieron de una fuente en la que decidió bañarse el otro día sin ningún motivo en particular.

C conduce la camioneta hasta un estacionamiento con varias tiendas y restaurantes en hilera.

Yo nunca había estado tan lejos del hospital. Por ello, nunca había tenido la suerte de oler un restaurante de comida rápida. El olor a papas fritas es celestial, como si el calor y la sal fueran palpables. Nos las comemos en el coche.

Hikari se mancha la cara de cátsup. Me burlo de ella y me mete las papas fritas en la boca para que me calle. Sony juega veo veo con Neo, que acaba comiéndose aproximadamente la mitad de su ración, dándole a ella el resto. Ella come como un animal hambriento, su boca es un auténtico agujero negro de hamburguesas.

Justo cuando Sony termina de masticar un bocado del tamaño de una pelota de tenis, suelta un grito.

—¡¿Estás bien?! —pregunta C.

Hikari mete instintivamente la mano bajo el asiento delantero. Hemos traído una botella de oxígeno por si acaso.

—¡¿Qué demonios te pasa?! —grita Neo.

—¡Mira! —Las manos grasientas de Sony presionan el cristal mientras señala el edificio adyacente a nuestro restaurante.

—Hola, ¿en qué los puedo ayudar? —El empleado tiene un *piercing* en la nariz. Un río de tinta recorre desde la mandíbula hasta el cuello. Está leyendo una revista que apoya sobre una pierna cruzada. Su atención se desvía hacia las cinco personas sin apenas cabello que acaban de entrar en su estudio.

—¡Queremos cinco tatuajes, por favor! —exclama Sony.

—Mmm, okey —dice el recepcionista mirándonos como si no estuviera seguro de si pertenecemos a una secta o si, simplemente, pensamos que los cortes militares están de moda—. ¿Tenían algún diseño en mente? El precio es...

—No, no tenemos dinero —dice Sony.

El hombre abre la boca y no dice nada por un momento.

—Pero ¿quieren tatuajes? —pregunta.

—¡Sí! —dice Sony—. Tenemos trágicas enfermedades. Neo, este joven de aspecto enfermizo, morirá seguramente mañana.

Neo asiente con la cabeza.

—*Sep.*

—Emm... ¡Vaya! ¡Jefe! Necesito una ayudita por aquí.

Justo detrás de otra pared, un hombre considerablemente más calvo que Sony sale de su oficina.

—¿Qué demonios quieres, Carl?

Carl nos señala confundido.

—No tienen dinero.

El jefe calvo arquea una ceja.

—¿No tienen dinero?

—Tenemos quince dólares y noventa centavos —dice C.

—No está mal —ríe Sony.

—Fuera —sentencia el jefe calvo, y se vuelve hacia Carl—. Ya está. ¿Acaso era tan difícil?

—Pero... tienen una trágica enfermedad —dice Carl.

—¿Y? —El jefe calvo se toca la nuca muy «a lo Eric»—. No aceptamos clientes por lástima.

Sony se aclara la garganta. Después del escándalo que estamos haciendo es inevitable que el resto de los tatuadores estén mirándonos.

C se inclina hasta quedar al nivel de nuestra intrépida líder.

—Sony, antes de abrir la boca, por favor, recuerda que nunca me han pegado antes, y no sé qué tan bien lo aguantaría.

Neo, con el manuscrito apretado contra su pecho, le da un codazo a C.

—No pasa nada, yo te enseño aguantarlo bien.

—Disculpe, solo le robaremos un segundo de su tiempo —reclama Sony.

Hikari me mira.

—Va a hacer que acaben arrestándonos, ¿verdad?

—Puede que no tengamos forma de pagar, pero el dinero, como tal, es una estafa —empieza Sony en un modo bastante teatral, por cierto—. Una historia vale más que un billete arrugado. El dinero es una ilusión de seguridad. Y sí, claro que el dinero no puede comprar la felicidad, pero lo más importante es que el dinero no puede sustituir a la felicidad. No puede sustituir el recuerdo de haber bailado en una azotea, o la adrenalina que siente una persona al escaparse acompañada un día de un hospital... Así pues, estamos de acuerdo en que el billete arrugado vale algo para la sociedad, pero ¿sabe lo que significa conformarse con compartir la opinión de la sociedad? ¡Significa ser cobarde! En fin, ¡mírenos!, está claro que nuestras enfermedades no nos definen, pero una enfermedad es como una mascota. Cuando sales con una en público, a algunos les repugna, a otros les intriga, pero todo el mundo mira. Es inevitable. La muerte es como una mascota atada a nuestras muñecas.

»Lo que quiero decir con esto es que no se nos concede el lujo de ser cobardes. Somos como el resto. Somos como usted, incluso. Solo sabemos que el valor de hoy es infinitamente mayor que el valor de mañana —prosigue Sony—. ¡Así que arriésguese! Haga una pésima inversión y tatúe a un puñado de personas a las que les faltan algunas partes del cuerpo, ¡y al demonio la prosperidad! Porque usted sabe en su corazón que compartir esta historia y unas cuantas risas tendrá más valor que ganar dinero.

»Bien, ahora, ¿va a aceptarnos por lástima? Porque estoy a punto de desmayarme por falta de aire, así que me vendría muy bien algún sitio donde sentarme. —La voz de Sony vacila al final mientras apoya el peso de la parte superior de su cuerpo sobre el mostrador. Hikari la ayuda a mantenerse erguida desde atrás, mientras el jefe calvo la mira perplejo. Parpadea un par de veces con los labios ligeramente entreabiertos.

Finalmente, entra en su despacho, toma un abrigo y se dispone a marcharse.

—Siéntate en esa silla —le dice a Sony—. Carl, encárgate tú.

—¿Jefe?, ¿está usted...?

—Me voy a tomar una copa.

—Sony tiene ese efecto en la gente —dice Neo.

Hikari y yo nos miramos y nos encogemos de hombros. No es que nos sorprendan las habilidades de Sony, tan solo nos impresiona que hayan funcionado.

Carl nos lleva a uno de los sillones hidráulicos. Sony se deja caer, presa de la emoción. Carl se pone los guantes y reúne su material.

—Por cierto, fue increíble —dice.

Sony lo mira sin comprender.

—¿A qué te refieres?

Carl señala en dirección a la recepción.

—A tu discurso.

—Ah, ¿eso? —responde Sony luciendo su brillante sonrisa—. Lo robé de un libro.

—Bueno, realmente, todo se roba de los libros —dice Carl.

—Todo es robado, así en general —rebate Sony mientras le toca el aro de la nariz como si fuera un íntimo amigo y no un desconocido. Aun así, a Carl parece no importarle—. O bien lo será en un futuro. Concretamente, por esta increíble tropa ladrona que tienes delante.

Carl sonríe.

—¿Dónde quieres la tinta, cariño?

—Aquí mismo. En medio —dice Sony quitándose la camiseta y señalando bajo la unión de las clavículas, justo en el pico de su esternón.

Carl asiente y le explica el proceso, le dice que puede arder un poco y que si está tomando algún medicamento se lo diga antes de empezar.

Sony y C escuchan atentamente. Neo, para variar, está mitad presente, mitad en su mente. Apoya la barbilla sobre el manuscrito, contra su pecho. Traga saliva una vez. Sony lo mira por el rabillo del ojo, luego echa un vistazo al bolsillo de la sudadera que Neo lleva puesta (que en realidad es de ella). Una de sus sonrisitas pícaras ilumina su rostro.

Agarra a Carl en pleno discurso y lo acerca a ella. Carl tartamudea sobre sus propias palabras, pero después, acertadamente, se calla para que Sony le diga:

—Pst, mira, ven aquí, quiero que el tatuaje diga...

No oigo lo que Sony le susurra al oído, pero Carl levanta la vista hacia arriba mientras ella habla, como si tratara de memorizar sus palabras.

—Muy bien —asiente cuando ella termina—. ¿Quieres un diseño o solo la frase?

—¿Un diseño? —Sony ladea la cabeza. Con las rodillas en alto, golpea el asiento de la silla con sus tenis blancos y sucios.

Nuestro primer encuentro relampaguea en mi memoria. Los mismos zapatos de siempre en sus pies. El mismo temperamento y valentía, da igual lo bien o mal que respire. La misma actitud despreocupada, alegre y apasionada de siempre. El espíritu de una niña en el cuerpo de una ladrona.

—Tengo una idea —digo.

Sony me mira con una sonrisa.

—¡Okey! Pero no me la cuentes, quiero que sea una sorpresa. Solo espero que no te vayas a tatuar la cara de Eric.

—No lo haré —le prometo.

Le susurro al oído mi idea a Carl. Saca un pequeño bloc de notas y dibuja una versión sencilla de mi petición. Le digo que me parece bien y él imprime la plantilla.

—Recuerda que te va a doler un poco, ¿okey? —dice Carl.

—¡Manos a la obra! Nada me da miedo.

Carl se ríe.

—No lo dudo. Intenta no moverte, cariño.

Sony reacciona con un murmullo de satisfacción ante el cariñoso gesto de Carl.

Mientras pone manos a la obra, Hikari y yo exploramos el salón lleno de grafitis. Los colores vivos resaltan contra las paredes oscuras, con dibujos que nunca han visto mis ojos. Hikari toma mi mano entre las suyas y señala sus diseños favoritos. Le pregunto qué clase de dioses son los tatuadores en su religión bohemia. Sonríe por encima del hombro con los labios torcidos, como si intentara contener su diversión. No me responde. Sus brazos saben cómo desviar mi atención, se entrelazan alrededor de mi espalda mientras me recomienda que me tatúe definiciones en la mano. Dice que así recordaré palabras pedantes en latín. Yo le digo que debería tatuarse sus dibujos, para que así vivan eternamente. Ella me dice que a veces tengo más consideración de la que sus burlas le permiten.

—¿Cómo estás, Sony? —pregunta C.

—¡Estoy genial! —grita ella. Solo nos permitirá verlo cuando esté totalmente acabado, así que nos comunicamos desde el otro lado de la tienda. Sony se ríe—. Es como si me estuvieran haciendo una ecografía que picara.

—¿A qué te dedicas? ¿Eres universitaria? —le pregunta Carl.

—*Nah.* Solo me dedico a cuidar niños. La mayoría están en oncología o en el centro de día. Pronto, ese será mi trabajo.

—Suena divertido.

—¡Es muy divertido! Los niños son geniales. A veces pueden ser un poco idiotas, pero son honestos, divertidos y están un poco locos. Imposible aburrirse.

—Entiendo lo que quieres decir. Tengo cuatro hermanos pequeños. Son unos monstruitos, pero los quiero.

—Esos de ahí son mis cuatro monstruitos —dice Sony. Veo que nos señala con el dedo.

—¿Sí?

—Sí —dice Sony—. Son mi familia.

Carl y Sony continúan su conversación por encima del zumbido de la aguja. Hikari me dice que Carl se ha enamorado. Le pregunto que cómo lo sabe. Dice que tiene la misma mirada que yo cuando nos conocimos en la azotea. Le recuerdo que mi miedo y mi enamoramiento estaban a la par. Hikari dice que Sony es tan aterradora como hermosa.

Y C está de acuerdo con ella. Hojea revistas pasadas de moda con un audífono a todo volumen en la oreja. Es su estado natural.

Neo, en cambio, parece no haber aterrizado aún. Sigue en la habitación del hospital, sentado en su silla, donde la figura de su padre se cierne sobre él. El único indicio de vida, además de su mirada a través de la ventana, es un metódico bucle de pulgar e índice alrededor de su muñeca.

—¿Neo? —C pasa su mano por encima de la rodilla de Neo—. ¿Dónde estás?

—Mi padre se va a enojar por esto. Me va a buscar. Lo sabes, ¿verdad? —pregunta Neo sosteniendo sus papeles contra sí, con tanta fuerza que los bordes se pliegan.

—Oye —dice C—, ¿qué te he dicho? Nadie va a pasar sobre nosotros.

—No me importa lo que me haga. —Neo aprieta la mandíbula.

C se levanta y se alza como una torre delante de Neo, cuidándolo como lo ha hecho desde que este se encontraba a merced de unas muletas y una silla de ruedas.

—No puede hacernos daño. No aquí.

C sujeta la cara de Neo entre sus manos. Es tan pequeña en comparación con sus palmas, que prácticamente lo envuelven. C sonríe acariciándole las mejillas mientras sostiene su cara. Aunque Neo esté empezando a fruncir el ceño y sus cejas digan lo contrario, se nota que esto lo calma.

—Tú también vas a hacerte uno, ¿verdad? —pregunta C.

El labio de Neo se levanta asqueado.

—¿Un tatuaje?

—Sí. Cuando seas un gran autor famoso y te pongas impertinente con tus fans en las firmas de libros, vas a necesitar algo que te recuerde a tu grupo.

Las palabras de C son como una ola de calor que va subiendo por la cara de Neo. Quita las manos de C de su cara y se da la vuelta.

—Eres idiota —dice en voz baja.

C se pone a la defensiva.

—Oye, los tatuajes no son ninguna insensatez, Neo...

—Eres idiota si piensas que podría olvidarte —gruñe Neo ofendido—. Y no finjas que no vas a molestarme durante las firmas. El libro es de ambos, acuérdate, no mío.

Neo y sus palabras son como amantes prohibidos. Son una historia de amor robada. El lenguaje y su obra están locamente enamorados. El vínculo que tienen irradia pasión a golpe de tinta presente y futura.

—Hemos terminado —nos avisa Carl.

Hikari y yo vemos el tatuaje primero. Sony se sienta, admirando el espejo que le da Carl, para poder contemplar la sutil belleza de un símbolo que vivirá tanto como ella.

—Neo —dice C haciéndole hueco a nuestro poeta para que lea el tatuaje—, mira.

Bajo la corona que forman las clavículas de Sony, grabadas en el lugar donde pulmón y corazón se encuentran, un par de alas se extienden sobre palabras de promesa.

El tiempo se detendrá
la enfermedad supurará
la muerte morirá.

La mandíbula de Neo se relaja al mismo tiempo que su mirada se suaviza.

—Es para ti —dice Sony—. Esto fue lo primero que escribiste en nuestra Lista Negra. —Su mirada se encuentra con la de Neo. En sus ojos reside cada grito ahogado, cada carcajada y cada lágrima derramada que le regaló para que viviera en sus historias—. Siempre habías dicho que querías que una pequeña parte de ti fuera inmortal.

Las manos de Neo tiemblan sobre su manuscrito. Sus bebés, sus pequeñas palabras. Palabras arrancadas, menospreciadas, maltratadas, arrojadas como cadáveres en su cara. En estos instantes, recuerda cada una de ellas. Porque su mar está lleno de sufrimiento. Porque nos eligió para remar con él en ese mar.

Neo deja caer su historia en los brazos de C ahogando un sollozo. Se tapa la boca con su mano huesuda y, sin dudarlo, abraza a Sony.

—Mi tonto llorón —susurra abrazando a Neo mientras llora en su hombro. Sony mete la mano en el bolsillo de su sudadera y saca un trozo de papel arrugado—. Te prometí que te traería lágrimas de felicidad, ¿recuerdas? —le dice—. Llevo diciéndote desde el principio que eres un pilar. ¿Acaso pensabas que te estaba tomando el pelo?

—E-eres una idiota estúpida —balbucea Neo con lágrimas, empapando la camiseta de Sony.

Ella le devuelve el abrazo mientras le besa la cabeza.

—Yo también te quiero, Bebé.

—Hikari, agarra mi mano. —C lanza un suspiro. Se apoya en la silla hidráulica, presa del mismo miedo que siente Neo cuando C conduce.

—Respira hondo, colega —se burla Hikari acatando su petición.

—No te rías de mí —le advierte C.

—No me estoy riendo.

—Te estás riendo.

—Es que eres un tipo gracioso.

—¿Listo? —pregunta Carl.

—¡No! —grita C—. ¿Puedes contar hasta tres?

—¡Está listo! —dice Sony saltando una y otra vez, usando los hombros de Carl como si fueran los mangos de un brinca brinca.

C se ha quitado la camiseta para tatuarse, dejando al descubierto los circuitos de su cuerpo. Junto al débil recuerdo de los músculos, su órgano late bajo los contornos ramificados de sus venas. Truenos y relámpagos brotan desde un corazón amable.

C suspira haciendo la cabeza hacia atrás. Sony intenta distraerlo del ultrasonido picante con sus lecturas dramatizadas del manuscrito de Neo.

Durante unas líneas especialmente duras, las reacciones no tardan en hacerse oír por toda la sala, sobre el eco del zumbido de la aguja. Neo, que no se había percatado hasta ahora, mira a su alrededor y se da cuenta de que toda la tienda está escuchando, también los tatuadores. Se traga la incredulidad reprimiendo una sonrisa que no sabía que podía adornarlo con tal brillantez.

Cuando C termina, se coloca donde estaba antes Sony y se pone a interpretar la misma parte del texto con los auriculares puestos. Neo es el siguiente. Mismo fragmento. Palabras que descansan sobre un libro abierto.

Hikari y yo observamos desde la distancia. Ella se quita el suéter para ser la siguiente. La inseguridad la jala de sus vendas, haciéndola esconder los antebrazos tras la espalda. Tomo sus manos entre las mías y entrelazo nuestros dedos. Me coloco a su lado escondiéndole estratégicamente los brazos entre su cuerpo y el mío para que nadie pueda ver las vendas.

—Nunca me has dicho de qué es esta cicatriz —susurro trazando la gruesa línea irregular que se extiende desde el hombro hasta la cima de su pecho.

—Cuando era pequeña, tenía amigos imaginarios —empieza—. Los perseguía por todo el bosque del jardín trasero de mi casa. Me subía a las rocas, a los árboles, a todo. Un día, me acerqué demasiado al sol y... —Hikari infla las mejillas pasando el dedo a lo largo de su línea blanca—. Cuando crecí, tenía amigos de verdad, pero no los sentía reales. Me sentía más cerca de mi osito de peluche imaginario. Nunca llegué a conectar con nadie, o supongo que nadie llegó a conectar nunca conmigo. De todos modos, estaba claro que el problema era yo. Así que cada vez que conocía a una persona nueva, actuaba un poco diferente.

Pobre Hikari. Como si la identidad de una persona debiera reescribirse según los caprichos de los demás... Como si fuera algo que resolver en lugar de cultivar.

—Con el tiempo, me di cuenta de que crear una nueva personalidad para cada amistad tiene un efecto temporal. Puedes fingir, pero siempre vuelves a ser quien realmente eres. —Hikari se moja los labios. Sus dedos juguetean con una pelusa de mi camiseta. Sus ojos se desvían del presente con una tristeza similar a la que se apoderó de ella la noche que me habló de su infancia—. Así que empecé a ser yo misma. Mucha gente pensó que era rara, pero me gustó serlo durante un tiempo. Volví a abrirme esta cicatriz trepando exactamente al mismo árbol. —Hikari intenta reírse, pero el alegre recuerdo está teñido de amargura. Solo queda un fino hilo de mentira bordado sobre la verdad.

—Al árbol le creció una rama —dice. Su alegría se desvanece. Sus ojos se desenfocan y se desvían detrás de mí, hacia nuestros amigos.

Una pena surgida de los precipicios bajo sus vendas se enrosca en su mirada. El resto de las ramitas que acribillan su cuerpo le hacen sentir punzadas de dolor sobre la columna vertebral.

—Sabes que no me gusta hacerme daño, ¿verdad, Sam? —susurra.

—Lo sé —le digo.

—Es como una liberación —continúa—. Es como si todo me sobrepasara y pudiera transferir el dolor a otra parte y... —Se mira las manos como si fuera la sangre de otra persona y no la suya la que se acumulara entre las yemas de sus dedos.

—Solo son cicatrices —digo besándole la muñeca—. Como aquellas partes esenciales que nos componen y que reservamos para las miradas de espejos y amantes.

Ella parpadea volviendo a mí gradualmente y, poco después, por completo. Uno mi frente a la suya preguntándome cómo pudo existir el día en que tuve fuerzas para mantenerme lejos de ella.

—¿Eres mi amante? —pregunta Hikari.

—Tú eres mi espejo. —Le toco el puente de los lentes haciéndole reír.

—No sabía que te gustaban mis lentes.

—Puede que yo también tenga que hacerme con un par.

—Tú me dijiste que la esperanza es miope.

—¿Soy tu esperanza, Hikari?

—¿Soy tu desolación, Sam? —Ella sonríe.

Una sonrisa reconfortante también acaba alcanzándome mientras pasa su pulgar por mis labios.

—Lo dibujaré para ti y para mí —susurra Hikari.

—¿Dibujar qué?

Sus labios se encuentran con los míos. La división entre ella y yo es luz admirando oscuridad.

—El momento en que la desolación se enamoró de la esperanza.

18
Antes

Sam hace que hasta la tarea más repetitiva sepa a novedad. Hace que un año pase en cuestión de segundos.

—El sol nunca sale de la misma forma —me dice mientras la curva del sol se posa sobre la tierra en un halo. Siluetas de obreros tocan su orquesta de metal y máquinas al otro lado de su ventana.

Construyen cada día hasta que nuestro pequeño pueblo se convierte en ciudad. El proceso es gradual, pero parece instantáneo. Lo mismo siento cuando me doy cuenta de que Sam crece tan rápido como nuestra casa.

Él, larguirucho y pálido, empieza a ganar espacio. Sus huesos se estiran enormemente de la noche a la mañana. Sus ojos color miel se posan sobre unos pómulos cada vez más huesudos. Se le empieza a rasgar la voz y se le ensanchan los hombros. Su temperamento se vuelve impredecible. Es menos amable, más voluble.

Pero a pesar de todo lo que ha cambiado, Sam sigue siendo un niño. Por las mañanas, me despierta con cosquillas en los costados. No toca el desayuno, a menos que le hayan puesto pan dulce o natillas. Miente sobre pequeñas cosas:

lavarse los dientes o hacer la tarea. Su curiosidad es tan insaciable como siempre.

—Dulce Sam —susurra—. Despierta, dulce Sam.

Abro los ojos de golpe. La cara de Sam proyecta una sombra sobre la mía, tapando el sol. El calor veraniego hace que esté atontado y que solo abra los ojos a medias. Se inclina hacia mí con su voz fría en mi barbilla y sus labios a un suspiro de mi nariz.

—Me encantas.

—¿Qué significa eso? —le pregunto.

—Quiere decir que me gusta mirarte —dice Sam. Se acerca más, suspirando y estirando sus extremidades como un gato—. Me gusta estar contigo. —Sus dedos recorren el cuello de mi camiseta, suben por mi cuello y desembocan en mi rostro.

Sam sigue sin poder tocar a otras personas. Los demás no pueden tocarlo, yo soy la única excepción. La mayor parte del día está confinado en su habitación. La llama su burbuja, su cámara y, en los días más tristes, su jaula. Ha pasado tanto tiempo mirando a través de sus mamparas de cristal que creo que las está empezando a odiar. Era más fácil fingir que esa habitación era el mundo cuando él no era lo suficientemente alto como para ver lo que había fuera.

—A mí también me gusta estar contigo —le digo.

Sam emite un sonido, complacido y cansado.

La enfermera Ella me explicó la enfermedad de Sam hace mucho tiempo.

Me dijo que era fácil de entender, pero no lo era. Me explicó que Sam no tenía ningún problema cognitivo. También me dijo que todo funcionaba muy bien a nivel físico. Todo menos una única cosa. Su cuerpo no podía protegerse a sí mismo. Dijo que ese trabajo recaía sobre los hombros de quienes lo cuidaban.

—¡Si veo una sola mancha en esos pantalones, te obligaré a lavarlos en el río, jovencito! —le grita la enfermera sentada en el banco del parque, mientras Sam y yo corremos juntos por el campo.

La enfermera Ella es una mujer dura y disciplinada. Lleva el cabello recogido en un chongo apretado en la nuca. Su uniforme es pulcro, planchado, de un blanco inmaculado. Tengo la convicción de que su espalda no se dobla y de que sus manos son de hierro.

—Vieja bruja —susurra Sam riendo, sacándole la lengua y jalándome.

Abre el periódico soltando un gruñido con disgusto. Sam está bajo el cuidado de Ella. Cuando era pequeño y revoltoso, ninguna otra enfermera podía con él. La enfermera Ella no se amilanó. Se lavó las manos enérgicamente y se marchó con decisión hacia donde Sam se había escapado. Lo agarró del cuello de la camisa, lo arrastró de vuelta a su habitación y le advirtió que los niños pequeños que no toman su medicina no pueden convertirse en caballeros fuertes. Le dijo a Sam que si quería natillas y pan dulce, se tenía que mantener siempre limpio, que tenía que ordenar su habitación y hacer lo que ella le decía.

A la enfermera Ella se le da bien negociar.

También se le da bien mantener a Sam a salvo.

Le cuenta todos los cuentos de hadas que conoce. Le lee y le golpea el brazo con la portada si interrumpe. Le cose un cubrebocas. Le advierte que no la pierda y que se la ponga siempre sobre la nariz y la boca. A menudo, lo regaña, obligándolo a sentarse para que reflexione sobre sus actos.

Casi a diario, Sam le dice a la enfermera Ella que es aburrida, mala y una vieja bruja. Y ella le recuerda que la tiene sin cuidado que la llamen así.

Sin embargo, creo que se preocupa por Sam tanto como yo.

—Para alguien en la situación de Sam, no vivir es una precaución —me dice un día mirando a Sam más allá del cristal mientras sus médicos lo hacen acostarse de lado para examinar su cuerpo—. Eso es lo que me dicen esos estúpidos hombres de bata blanca. —Lanza al aire su característico gruñido de disgusto—. Son unos pesimistas. Todos ellos. Se creen con derecho a retener a un niño aquí encerrado para siempre. Eso no puede ser. Tiene que vivir. A mi edad, vivir es desagradable... Acompáñame.

—¿Adónde vamos? —pregunto.

La enfermera Ella nunca respondía a mis preguntas. Ese día solo me dijo que me diera prisa y la siguiera.

Nos saca cada sábado, haga el tiempo que haga. Se asegura de que Sam lleve el cubrebocas y los guantes. Nos dice que nos demos la mano cuando, al cruzar la calle, nos lleva a la panadería, al quiosco y al parque.

Sam finge una herida mortal cuando le clavo un palo entre las costillas. Él contraataca blandiendo su espada contra mi pierna. Salto sobre él, aterrizo perdiendo el equilibrio y caigo en la hierba.

Sam se ríe de mí. Dice que parezco una muñeca de trapo. Luego tira su palo a un lado y se sienta conmigo, intentando recuperar el aliento. En días como este, el calor apremia bajo su cubrebocas. El sudor le resbala por la frente y sus pulmones piden aire más fresco. A pesar de ello, Sam tiene cuidado de no tocarse la cara. No se quita el cubrebocas ni juega con él. En lugar de ello, cierra los ojos, deja que la sombra de los árboles le refresque y que los lejanos ruidos de la construcción oculten su agitada respiración.

La enfermera Ella está sentada en el banco con la espalda recta y mano de hierro, echándonos una mirada de vez en cuando. A su alrededor, la gente vive en un mundo que yo rara vez veo. Hoy el parque está lleno de color y de pájaros.

De gente que pasa en bicicleta, a pie, en pareja, con mascotas, alegre.

Una mujer vestida con excesivas capas tira migajas de pan por el camino, las palomas se reúnen en bandada a su alrededor. Un anciano limpia con un pañuelo la boca llena de migajas de su nieto. Unas chicas, con prisa, van a toda carrera con los brazos entrelazados y las mochilas escolares rebotando en la espalda.

Justo detrás de ellas, una pareja se toma de la mano. Se apoyan el uno en el otro mientras se susurran palabras cariñosas y sonríen todo el tiempo. Una chica da vueltas haciendo que el vuelo de su vestido baile en el aire, mientras un chico le sostiene la mano sobre su cabeza. No prestan atención al parque ni al mundo que los rodea. El camino no es más que una carretera de tierra, y los transeúntes que los rodean no son más que el telón de fondo de su juego.

El viento sopla y las hojas crujen. El chico toma la cara de la chica entre sus manos. Sus narices se rozan. Ella le da un beso en los labios haciendo que el color suba por sus mejillas.

Sonrío al comprender que se ha ruborizado por ella.

Me pregunto si Sam ha sentido lo mismo que yo, pero no hay ni rastro de su sonrisa. El cubrebocas le tapa la boca, pero en sus ojos no hay luz.

La mujer que estaba tirando migajas de pan se ha quedado mirando fijamente el cubrebocas y los guantes. Se estremece y vuelve rápidamente a su rebaño. El anciano toma a su nieto de la mano; acelera el paso adelantando a Sam, dejando más espacio del que dejaría con cualquier otro viandante. Las colegialas que antes corrían se detienen ahora a mirar; su carrera se ha reducido a un trote, murmuran y se quedan mirando a Sam.

Sam se aparta rápidamente del camino. Engancha los codos alrededor de las rodillas y oculta la cara. Luego, cierra los puños y esconde los guantes detrás de los pantalones. Después de moverse inquietamente durante algunos segundos, me agarra de la muñeca y me jala para que me levante, arrastrándome a un escondite detrás de los arbustos.

—¿Sam? ¿Qué pasa? —le pregunto.

—La gente me mira —susurra. Su pulgar se desliza sobre la cicatriz de su muñeca, la que le hicieron hace años en el oscuro rincón de un armario—. Todo el mundo piensa que soy diferente.

Todo el mundo. ¿Quién es todo el mundo? ¿Los niños de su pasado? Algunos están muertos, otros han vuelto a casa. Lo que dejaron atrás es más grande que una pequeña línea blanca en su muñeca.

Sam me suelta sin aliento, demasiado consciente de sí mismo. Incluso aquí en las sombras, detrás de un conjunto de setos, se encorva, se empequeñece. Como si no quisiera existir.

—Eres diferente —le digo. La mirada de Sam se desvía del suelo hacia mí. Sonrío igual que hizo la chica al mirar a su amado—. Nadie más tiene soles en los ojos.

Sam parpadea. El sol se cuela entre las hojas proyectando sombras que revolotean con la brisa. Es como si la naturaleza quisiera corroborar lo que acabo de decir. Las sombras juegan en su carita, del mismo modo que lo hacen los rayos de luz cuando lo besan por las mañanas.

—Eres precioso —le digo deslizando mis dedos hasta su cara y repasando una mandíbula que se afila a medida que se va haciendo más mayor—. A la gente le gusta mirarte.

Los paseantes continúan con sus vidas en un espacio vacío de hierba. Me pregunto hasta qué punto están ciegos para no darse cuenta de toda la alegría que existe bajo ese cubrebocas.

—¿Lo dices en serio? —pregunta. El arbusto nos junta más; nuestras rodillas se rozan, su cadera roza la mía. Me mira como si la gente que está al otro lado ya no estuviera allí.

—Claro que sí.

Sam no sonríe. La piel alrededor de sus ojos no se arruga. En lugar de eso, su caricia desciende por mi brazo y sus pupilas se dilatan. Su curiosidad explora con más libertad que antes. La vergüenza que solía sentir al rozar accidentalmente mi pecho, mi espalda o cualquier lugar donde la ropa cubría la piel se disipa. Su inhibición se desvanece.

Sam se baja el cubrebocas.

Me asusto y trato de volver a colocársela, pero él me detiene. Me toma de ambas muñecas y se inclina para que nuestras frentes se besen.

—Sam, te vas a enfermar...

—No me importa —susurra. Cierra los ojos. Me respira, me suelta las manos y me acaricia la cara. Sus movimientos son torpes, inseguros, pero al mismo tiempo impacientes.

Le pongo las manos en el pecho. Su pulso late rápido y fuerte. Se acelera cuando se inclina hacia mí, tan cerca que nuestras narices se tocan y sus labios apenas rozan los míos.

—¡Sam! Sal de ahí ahora mismo. —La voz de la enfermera Ella suena como la campana de una iglesia; eso siempre y cuando las campanas de iglesia sean aterradoras, claro.

Sam se separa y se tapa la cara con el cubrebocas. Me agarra del brazo otra vez arrastrándome con él en una carrera.

—¡Vamos, ven, vámonos! —grita. Casi me tropiezo con él, y él conmigo, y ambos con las ramas del suelo. Pero, finalmente, salimos de una pieza.

Corremos con la enfermera Ella justo detrás. Sam no para de reírse, salta y corre por los senderos del parque a través de los árboles, asegurándose en todo momento de que sigo con él.

Los dos derrapamos hasta detenernos justo a tiempo antes de caer en un charco lleno de lodo. Y, sin embargo, el viento tiene otros planes: perdemos el equilibrio y caemos al mismo tiempo. Salpicamos y manchamos nuestra ropa y todo nuestro alrededor. Sam se levanta para asegurarse de que estoy bien. Cuando se da cuenta de que lo único que nos pasa es que nos hemos quedado sin aliento y que estamos hasta las cejas de lodo, se le dibuja una sonrisa en la cara y la piel alrededor de sus ojos se arruga.

Parece tan feliz. Aunque sea por un breve instante, por un breve tictac de reloj. Pese a que el momento se desvanezca rápido, como los rayos de luz... Da igual lo breve que sea, este instante hace que las veces en las que Sam se pierde en su propia cabeza, encerrado, mirando a través del cristal, parezcan insignificantes.

—¡Pequeñas alimañas! —grita la enfermera Ella, que llega a grandes zancadas hasta el borde de nuestro baño de lodo particular. Coloca los brazos en jarras—. ¡A este paso, los voy a tener que lavar como si fueran perros! ¡Fuera! Ahora.

Sam y yo obedecemos y salimos del agua, mirándonos de reojo y riéndonos en voz baja.

La enfermera Ella nos arrastra de vuelta a casa de las orejas mientras nos da un sermón tras otro. Nos deja en la puerta y nos dice que la esperemos allí, a no ser que queramos comer espinacas durante el resto de la semana. Vuelve con sendos cubos de agua y nos los echa sobre la cabeza. Sam y yo gritamos y temblamos. Luego se pone a frotarnos la cabeza con lo que parece una pequeña escoba.

Cuando tenemos la piel roja e irritada y olemos a jabón, gruñe.

—Estúpidas pequeñas sabandijas.

—Yo ya no soy pequeño, enfermera Ella —dice Sam meciéndose de un lado a otro—. Pronto seré más alto que usted.

—Sí, ajá, hasta que no aprendas que en el lodo no se juega, serás un niño a mis ojos —dice al mismo tiempo que deja caer un par de toallas sobre nuestras cabezas. Luego nos dice que volvamos adentro cuando nos hayamos secado. Antes de irse, le toma la temperatura a Sam y suelta un fuerte suspiro de alivio cuando ve que es normal.

Creo que es una buena persona.

Buena al mismo tiempo que malvada, pero buena al fin y al cabo.

—Sam —le digo—, ¿crees que podríamos tener más aventuras como esta?

Mira hacia el horizonte, más allá del parque, la panadería y el quiosco. Más allá de los kilómetros de construcción en el cielo y todo el ruido circundante.

—Podríamos huir —dice—. Solo tú y yo. Sin nadie más. ¿Qué te parece?

Trago saliva, como si las paredes del hospital y toda la gente que hay dentro estuviera jalándome. Pienso en todo lo que dejaría atrás si huyera, pero luego pienso en la cara de Sam cuando nos escondimos detrás de los arbustos. Pienso en su risa en el lodo y en sus labios, tan cerca de robar los míos.

—¿Eso te haría feliz? —le pregunto.

—Sí —responde.

—¿Me lo prometes?

—Prometido. —Sam me agarra por la cintura hundiendo su cabeza en el pliegue de mi cuello, estirando sus extremidades como un gato en un techo. Me besa la mejilla y susurra:

—Me haces tan feliz, mi dulce Sam.

19
Cielo

La periferia de la ciudad recorre la línea de la costa. El mar se mezcla con los acantilados erosionados, los pájaros vuelan como puntas de flecha siguiendo el ritmo de las olas. Mientras conducimos por la carretera que bordea una bahía abierta, contemplo un mundo que nunca he visto con mis propios ojos.

—¿Eso es el océano? —pregunto inclinándome sobre Sony con las manos apoyadas en la ventanilla.

—¿Es tan bonito como te imaginabas? —pregunta Hikari.

Una media luna corona su piel, justo encima de la línea de promesa que nos une. Sobre la mía, en cambio, un medio sol hace de espejo, reflejando su luna.

Al salir del estudio, le agradecimos a Carl su duro trabajo. Él, por su parte, nos agradeció la historia que le regalamos. Luego, tímidamente, apoyó su mano en el hombro de Sony, preguntándole si lo llamaría algún día.

Sony le sonrió pícara, cual diablesa que es. Agarró la cara de Carl con las manos y lo besó con tal fuerza que este acabó tropezando con el mostrador. La libertad viene en grados, y Sony es capaz de recostarse y tomar el sol bajo cualquier temperatura de libertad que elija. Después del apasionado beso, le escribió su número de teléfono en la palma de la mano y nos siguió hasta la salida.

El océano nos honra con su aroma ácido y salado. Amables, correspondemos a voz en grito con nefastas interpretaciones de los mejores clásicos del *rock*.

Las ventanillas abajo. La música a todo volumen. Cero consideración por lo que dejamos atrás.

Con los quince dólares y noventa centavos que nos quedan, estacionamos la camioneta junto al paseo Marítimo y convencemos a una mujer —bajita, con sombrero blanco— para que nos venda helados de su puesto a mitad de precio. Después de maldecirnos, nos pone los cucuruchos en las manos.

Hikari señala el océano que se acerca a la orilla creando espuma blanca. En la playa, las fiestas mantienen su fervor de fin de temporada. La gente baila junto a los bares impregnados de ese olor familiar a cigarros de verdad y alcohol.

Después de lamer todo su helado, Sony le da el cucurucho que le queda a Neo. Se quita sus tenis blancos y sucios, los deja en el paseo Marítimo y salta a la arena. Se camufla sin esfuerzo con la multitud que se niega a aceptar el final del verano.

La gente se detiene a mirarla, atrapada por su belleza salvaje, por la crin que luce sobre su cabeza, por la constelación danzante sobre su nariz. C baja de un salto con Neo tomado del brazo. También con ellos se detienen a mirar dos veces, mientras el pequeño cuerpo que luce la fuerza se mueve en sincronía al suave compás de la compasión. Acompaño a Hikari con su vestido de tirantes y entramos en la escena. Ella tropieza, pero yo la atrapo entrelazando nuestros dedos. Y bailamos de la única forma en la que sé bailar, con ella guiándome de la mano. Una vez más, la gente se detiene a mirar, no en busca de algún indicio de tiempo perdido, enfermedad repugnante o muerte. Se detienen a mirar cómo nos perdemos en el momento, en la persona que nos acompaña.

Corremos por la playa hasta llegar a un tramo vacío, a excepción de las gaviotas que se zambullen en busca de peces en el agua y bichos en la arena. Aquí el viento es feroz y Sony grita mientras se zambulle en él y extiende los brazos a ambos lados. Corro con ella temblando mientras metemos los pies en el agua. Declara que, de ahora en adelante, esta playa, desde las dunas cubiertas de hierba hasta las profundidades del mar, es nuestra.

Las olas a las que hemos obsequiado con un baile desordenado, cortesía de un puñado de gente sin cabello, nos animan a seguir. C se quita los pantalones y la camisa sin pudor, dejando que el mar lo tome en sus brazos. Su pecho y el plástico que protege su tatuaje permanecen sobre la superficie mientras navega a la deriva con su viejo amigo, el mar. Ahueca las palmas de sus manos para recoger el agua en ellas y llevárselas a la cara mientras suspira de satisfacción.

Las conchas marinas pesan en los bolsillos de Sony. Ella y Hikari se dedican a recogerlas en la parte menos profunda, como pescadoras en un canal. Están empapadas de la cintura para abajo, pero a ninguna de las dos parece importarle. Sony exprime la tela del vestido de Hikari y se arremanga los pantalones. Después, ambas se sientan en la arena, sucias y mareadas, a clasificar su botín.

C y yo perseguimos sin piedad alguna a Neo, que se pone la capucha en la cabeza. Finge enojarse cuando lo empujamos al agua, con camiseta y pantalones incluidos. Cuando las olas lo sumergen desde la cintura hasta los pies, un temblor sacude todo su cuerpo. Entrelaza los brazos alrededor del cuello de C en busca de calor y ambos se miran radiantes. C da vueltas en el agua, con la misma agilidad con la que las ha dado en la arena, mientras su sonrisa se hunde en el cuello de Neo.

Al salir del agua le llevo unas piedras a Hikari. Brillan. Algunas rodeadas de una fina línea blanca, como una cuerda. También le traigo un pequeño cangrejo al que le falta una pinza y que estaba atrapado en una concha. Lo devolvemos a la orilla y vemos cómo se escabulle hacia el mar.

Más tarde, mientras nuestra ropa se seca en las dunas, Sony, C y yo identificamos las diferentes formas de las islas costeras, otorgando nombres a barcos solitarios en la lejanía. Neo y Hikari escriben y dibujan en la Lista Negra; anotan cada concha, isla y barco que ven. El viento interviene en nuestra conversación pasando las páginas del cuaderno cuando no está de acuerdo y haciéndonos cosquillas en la nariz cuando le place.

Mis amigos ríen llenando página tras página, sin que haya un solo momento aburrido entre una y otra. Sonríen, se abrazan, se besan, corren, hablan, cantan, gritan, nadan, juegan, crean y aman sin restricciones.

Con un lápiz entre los dientes, Hikari me acompaña hasta los bordes espumosos de la orilla y me entrega un dibujo. Plasmadas en el papel, tres personas bailan entre una multitud anónima. Sus expresiones son suyas, reales. Me quedo mirando el dibujo mientras trazo líneas imaginarias sobre las caras dibujadas de mis amigos. Durante solo un instante, y gracias a su regalo, quedamos grabados en la eternidad.

Sonrío. Porque es un momento único que no se puede robar. Cuando Hikari se vuelve hacia el mar, la brisa coquetea con su silueta. Su vestido se engancha en sus curvas; la tela húmeda se pega a sus piernas. Mis manos recorren sus caderas, atrayéndola hacia mí, papel en mano.

Trazo las líneas de su rostro. Ella se muerde los labios azules e inhala el aire recién nacido que bien podría haber llegado a ella desde el otro lado de la tierra. La imito. Nuestros nuevos tatuajes se tocan. Nuestros corazones intercambian una chispa de electricidad.

—Hikari —suspiro.

Me pasa los dedos por el cuero cabelludo, el reloj de su muñeca acaricia la arena contra mi cuello.

—Sí, Sam —susurra, y aquí, junto a las personas que nos importan, me doy cuenta de que así es como siempre tendría que haberme sentido.

Nuestros enemigos no tienen derecho a ser parte de este lugar.

No pueden reclamar este día.

En los brazos de Hikari, olvido lo que soy y de dónde vengo.

La idea de hogar ya no tiene gravedad. He volado fuera de mi órbita, he elegido seguir meteoritos sin otro objetivo que vagar.

No tengo miedo de lo que constituye la vida o la mera existencia. Observo sí, pero también sonrío, abrazo, beso, corro, hablo, canto, grito, nado, juego, creo y amo por igual.

Este lugar, este punto exacto donde se unen la tierra y el mar, es donde nació el mundo. Es donde el tiempo se detiene, la enfermedad supura y la muerte muere.

Porque el mundo se construyó para quienes soñaban con la vida, pero la pérdida llegó y secuestró. Este lugar es de ellos y es mío. Podemos reclamarlo y cosecharlo. En este lugar, la libertad nos toma de la mano, y bailamos a su ritmo en la arena áspera y fresca. En las aguas salvajes y acogedoras.

En el libro de nuestras vidas, en una única página dedicada a su creación, llamamos a este lugar paraíso.

Cuando cae la noche, volvemos a la camioneta del padre de C. Las nubes se disipan con la oscuridad revelando un cielo ennegrecido y con una capa de estrellas. Por suerte, C ha robado unas mantas amarillas para calentarnos la piel empapada.

Nos apretujamos en la cama de la camioneta como sardinas en lata mal colocadas. Somos una masa de cuerpos enredados y acurrucados que tiemblan y ríen. Sony está en el centro, Hikari y Neo se aferran a ella como bebés mientras C y yo nos quedamos en los extremos.

Nuestras historias se van entrelazando y fluyendo. Algunas son viejas anécdotas graciosas, interrumpidas por carcajadas, porque ya sabemos cómo acaban. Es como un chiste que no necesita final. Un almacén común de recuerdos que da paso a nuevas historias.

—No puedo creer que besaras a Carl —dice Neo.

Sony sonríe de una manera que solo puede significar que está pensando en hacerlo de nuevo, solo por diversión.

—Carl es amable —dice C con los brazos cruzados detrás de la cabeza a modo de almohada.

Estoy a punto de añadir que Carl también es muy hábil en su trabajo, pero entonces Hikari dice:

—También es guapo. —Y ahora tengo menos ganas de decir algo.

La miro desde arriba con un codo apoyado en el colchón y el ceño fruncido. Pone los ojos en blanco y me aprieta las mejillas.

—Tendríamos que traer aquí a Eric —dice C.

Hikari suelta una risita.

—Regañaría a los peces por nadar demasiado cerca de la orilla y se pondría a regañar a las gaviotas por volar demasiado cerca de la arena.

—De hecho, regañaría a la arena por ser arena —dice Neo.

Sony le da un golpe en la frente a cada uno.

—Ay, claro que no, si adoraría todo esto, aunque fuera en secreto.

—Le gustaría porque nos gusta —digo yo. Soy la única sardina de esta lata que está sentada, las demás están acostadas. Escucho el vaivén de las insomnes olas mientras la marea sube. Imagino a Eric en el centro de la playa nocturna, viéndonos jugar mientras las gaviotas sobrevuelan, la sal nada en nuestras lenguas y la música suena desde el paseo Marítimo.

—¿Has pensado alguna vez en convertir los latidos de tu corazón en una canción? —susurra Neo pegado al pecho de C con la oreja enganchada a su valle hueco.

—¿Escribirías tú la letra? —pregunta C.

Neo se encoge de hombros.

—Podemos escribirla juntos.

—Me encantaría —susurra C.

—¿Después de nuestra historia?

—Sí, después de nuestra historia.

Sony estira las piernas y bosteza.

—Neo —dice dándole un codazo en el hombro—, vamos a leer un poco más de tu manuscrito. Quiero saber qué pasa después. —Pero cuando Sony mira, C se lleva un dedo a los labios, revelando a un poeta profundamente dormido. Se mueve en los brazos de C girando para estar también en los de Sony.

—Mañana, entonces —susurra, y le besa la frente. C los envuelve a los dos en su abrazo, apretando mi mano y el brazo de Hikari una vez antes de que se abandonen al sueño.

—Mira, Sam —dice Hikari totalmente despierta. Levanta la vista hacia las motitas que rocían la galaxia, hacia un cuadro que es nuestro—. Tus estrellas están brillando.

Así es. Y su brillo se refleja en ella.

Le tapo los hombros con la manta amarilla, deslizando mi mano por su cuerpo cubierto para asegurarme de que no pase frío. Su mirada somnolienta encuentra la mía. La alegría de hoy flota en el color que emana, y es un líquido que no puede disolverse con el paso del tiempo.

—¿En qué piensas, Yorick? —pregunta.

—En que somos almas gemelas.

—¿De verdad?

—No.

Se ríe.

—Tú eres un príncipe y yo solo soy la calavera de un bufón sin nombre —le recuerdo.

—Nada es anónimo —dice—. Ni siquiera los huesos.

—Hamlet no diría eso.

—¿Qué diría Hamlet?

—Le diría a la calavera que es tonta por quererlo, y por llegar a pensar que es más que una calavera.

—Hamlet nunca le diría eso a un amigo.

—¿Qué sabe Hamlet? Es amigo de una calavera.

Se ríe de nuevo deslizando las yemas de sus dedos por mi cara. Me dan muchas ganas de envolverme a su alrededor, respirar su aroma en el pliegue de su cuello y, simplemente, estar tan cerca que se borre toda idea de distancia.

—Hikari —susurro con el dibujo de nuestros amigos aún en el bolsillo—, si pudieras retroceder en el tiempo y evitar subir a ese árbol o ir a ese lago o dar cualquier otro paso que te condujera a este lugar... —Sostengo su mano, la misma mano que me salvó de aquella calle y me recordó que vivir la vida es sentir lo que siento ahora—. ¿Lo harías?

—No —dice Hikari sin dudarlo un segundo, negando con la cabeza—. No, soy feliz aquí. Con ellos. Contigo. —Vuelve a mirar las estrellas, luego me mira a mí. No hay ni rastro de sombras en la noche.

—Soy feliz —vuelve a decir.

Sus palabras llenan la nada que vive en mí. Lo que antes era una cáscara vacía, un esbozo de persona, se completa ahora. Le quito los lentes y los coloco ordenadamente sobre su pecho. Ahora ya no nos separa nada, ni siquiera un espejo. Fantaseo con besar sus labios solo para saborear sus palabras.

—¿Qué pasa? —susurra Hikari imitándome con su dedo rozando mi pómulo.

—¿Recuerdas la noche del jardín en la que robamos una carrerita? Me preguntaste qué pensaba sobre la vida. —Quiero decirle que lo que tengo nunca me ha parecido una vida de verdad. Pero también quiero decirle que si esto es vivir, entonces una vida con ella es todo lo que deseo.

—Tengo que decirte algo, Hikari —le digo—. Sobre mí.

Hikari parpadea esperando a que hable, pero de algún modo mis palabras pierden su forma antes de que las haya encontrado. Me detengo a contemplarla. Su afecto se mide en miradas burlonas, regalos de los que solo ella y yo conocemos el significado y noches ojeando libros. No tengo fuerzas para lanzar todo eso por la borda. Todavía no.

—Hay un sueño en tus ojos, mi Yorick —dice, y decido que le contaré la verdad en otro momento. El ahora no necesita rendiciones del pasado, y el futuro no necesita predicciones.

Tenemos tiempo.

Tomo su mano, siempre tan dispuesta a explorar, y le beso los nudillos, la palma, su muñeca y todas las pequeñas cicatrices que la surcan.

—Sueño con esta vida —susurro—. Tú y yo. En cada mañana que quede por venir.

Hikari me besa jalándome hasta recostarme en la cama de la camioneta. Yo le devuelvo el beso con mis brazos a ambos lados de su cabeza. Como rezaba su promesa en aquel trocito de papel roto, me dice entre caricia y caricia:

—Entonces todos mis mañanas son tuyos.

No me despierto con el sol.

Me despierto con sonidos de alguien pasándola mal y jadeos ahogados.

Alguien está intentando respirar desesperadamente, pero no encuentra un aliento que se interrumpe, atascado en un ataque de tos.

El aire es un medio de intercambio necesario entre un cuerpo y su entorno. No es un recurso infinito, y a los que ya no tienen medios para obtenerlo, solo les queda un lugar al cual ir.

Ese es mi despertar cuando el sueño acaba. Sony se está ahogando.

—¿Sony? —Hikari, C y Neo se despiertan simultáneamente como animales que se levantan en la noche ante el más mínimo llanto de un miembro herido de la manada.

—¡Dios mío, Sony! —grita Hikari.

Sony está acostada de espaldas, con los ojos muy abiertos. Asustada. Sus uñas, clavadas en la cama de la camioneta. Su pecho, hundido. En su costado derecho, unas manchas van haciéndose cada vez más grandes. La sangre brota de su garganta, mancha su barbilla.

—C, llévala al asiento trasero. Neo, arranca el coche —ordeno, y todos se mueven rápidamente, como médicos que corren por un pasillo cuando suena un código en el interfono.

Hikari está envuelta en sollozos. C se apresura a levantar a Sony. Abro la puerta trasera y busco a tientas, bajo el asiento, la botella y la máscara de oxígeno. C sienta a Sony de tal modo que su espalda queda apoyada sobre mi pecho. Hikari llora de miedo y le tiemblan las manos mientras me ayuda a ponerle el cubrebocas en la cara a Sony.

El motor ruge y las luces delanteras iluminan el terreno vacío.

Neo gira la llave para arrancar. Se lanza al asiento del copiloto pasando sobre la palanca de velocidades y le cede el sitio a C. Luego, sin molestarse en ponerse el cinturón, alarga la mano a través del compartimento central para buscar la rodilla de Sony, su mano, o cualquier cosa a la que agarrarse.

—¿Sam-my? —intenta articular Sony. Sus cuerdas vocales están sumergidas bajo su garganta. Su cuerpo está débil y frío, pero sigue funcionando. Un cuerpo tiene respuestas automáticas que le permiten mantenerse con vida. El único pulmón de Sony seguirá subiendo y bajando hasta que agote todos los medios posibles, no importa lo que sea que lo esté destrozando.

—Apriétanos las manos, Sony. Respira hondo —le digo sosteniéndole el cuello erguido, manteniendo el camino hacia su pulmón todo lo amplio que puedo.

En medio de la noche, las calles están vacías. C pisa a fondo el acelerador, mientras recuerda la ruta más rápida hacia el hospital. Sony escupe más sangre y pus. No tiene fuerzas para inclinar la cabeza, por lo que los fluidos acaban en su regazo. Hikari intenta limpiarla lo mejor que puede con su suéter. El pánico se apodera de ella, temblando en sus manos y en su voz.

—¿Hikari? —articula Sony con voz ronca.

—Estoy aquí, Sony. Aguanta, ¿okey?

Sony sonríe, delirando. Su cuerpo se reblandece y se derrumba completamente en mis brazos.

—Siempre emanas tanto calor... —me dice.

—¿Sony? Sony, ¡quédate despierta! ¡Sony! —Hikari grita, pero los ojos de Sony se cierran.

20
Alas

La realidad no es amable contigo si la niegas. Te la devuelve. No clavándote un cuchillo por la espalda, sino a través del pulmón. Y te mira con desagrado por haberla dejado atrás.

Un metrónomo. Eso es todo lo que la realidad deja tras de sí con su hoja raspando el suelo. Pulsa en forma de monitor cardíaco dibujando una cadena constante de montañas verdes en la pantalla.

Nos aferramos a él, al latido que se disminuye con cada hora que pasa, temiendo que si lo soltamos se afloje, y que el latido se convierta en un timbre infernal y constante.

Me incorporo en la silla, con cuidado de no hacer ruido. La UCI es ruidosa fuera de esta habitación. Sin embargo, con la puerta cerrada, se podría oír caer hasta una pluma. Neo, C y Hikari duermen en tres sillas contra la pared, mirando a la cama.

Se quedaron dormidos cuando los médicos se marcharon.

Los acelerones de la camioneta, los gritos de pavor, la asfixia de Sony... todo está ahí, en sus sueños, atormentándolos. Llegamos al hospital con Sony desmayándose y perdiendo el conocimiento. Sacaron una camilla y se la quitaron a C de los brazos.

A pesar de la incapacidad de Hikari para gestionar el miedo y el pánico, consiguió calmarse lo suficiente para llamar a Eric desde la camioneta.

Cuando trajeron a Sony, él nos estaba esperando en urgencias. Entonces hizo algo que nunca lo había visto hacer.

Se paralizó.

Al ver la sangre y oír la batalla que Sony estaba librando dejó de moverse.

Una masa de gente la rodeó. Le hicieron un agujero en el pecho y salió un géiser de líquido. Luego se la llevaron, gritando un código tras otro, clavándole agujas y desapareciendo con nuestra Sony aún incapaz de respirar.

Nos estremecimos. Hikari me enterró la cara en el pecho y me apretó la camiseta con las manos mientras yo la estrechaba contra mí.

Eric intentó correr hasta donde la iban a tratar. Se puso a gritar al personal médico que no conocía a Sony, explicándoles su historial clínico, el tratamiento que seguía, todo. Tuvieron que echarle de la sala.

Neo, C y Eric se quedaron mirando el pasillo de entrada a la UCI. Luego siguieron una serie de infernales minutos hasta que salió un médico a darnos información.

Ahora Sony yace en una habitación que solo puedo describir como triste. Un laberinto de tubos va cumpliendo su función bajo su nariz. En su pecho ahora hay un revoltijo de aparatos médicos. Parece que todo esto ha sido causado por una infección que, astutamente, fue desarrollándose sin síntomas hasta que abrió la llave de golpe, inundando todo el campo de batalla.

—Nos han descubierto, ¿eh?

Levanto la vista dirigiéndola hacia esa voz estridente aunque débil, como si unas rocas rasparan la parte posterior de su garganta. La voz entona esa melodía que ya conozco.

Sony está ahí, detrás de esos ojos entrecerrados. Una llama que arde tenue, pero que sigue ardiendo.

Me abalanzo sobre su mano. Casi apartando los frágiles sistemas a los que está conectada.

—Siempre nos descubren —susurro apretándosela.

No me devuelve el apretón. No creo que pueda. No puede sentarse, ni moverse. Ni siquiera mover la cabeza, prácticamente.

—No me han estropeado las alas, ¿verdad? —me pregunta.

El tatuaje no se ve bajo las vendas, pero está claro que sus alas de verdad eran demasiado jóvenes para sufrir tanto. Todo lo que queda son plumas de tinta que caen bajo la corona de sus clavículas.

—No —le digo—, siguen intactas.

—Bien. —Sony sonríe—. Siempre he querido tener alas.

Asiento con la cabeza deslizando mis dedos de un lado a otro sobre sus nudillos.

—Eso fue lo que me dijiste la noche que nos conocimos, ¿te acuerdas?

—Por supuesto —dice ronca—. Nunca habías probado el chocolate, bicho raro.

—También me introdujiste al mundo de los caramelos, los helados y las papas fritas.

—Dios, soy una mala influencia.

Me río. Ella también quiere reírse solo para acompañarme, pero creo que eso entra dentro de las cosas que no puede hacer ahora mismo.

Sony se da cuenta de la tristeza que me produce verla así. Se esfuerza por cerrar sus dedos sobre los míos, pero estos tiemblan, incapaces de ejercer presión. Sin embargo, su sonrisa compensa su debilidad.

—Ha sido un buen día, ¿verdad, Sammy? —susurra.

—Claro que sí.

Ojalá pudiera decirle que su piel aún huele a sal y que sus mejillas conservan el rubor del sol. «Ojalá pudiera decirte que la gente retiene lo que le otorgan esos momentos, pero no es así».

Sony ha llegado a ese punto de su enfermedad en el que ya no se parece a sí misma. Sus pecas son tenues; su piel, pálida y sudorosa. Cualquier vivacidad que emanaba ya no existe. Todo hoyuelo que inducía a pensar que es de las que sonríen ha desaparecido. Sus extremidades yacen inertes a causa de la desoxigenación. El único guerrero restante es esa mitad de su pecho que sube y baja, una y otra vez, sin abandonar nunca el juego.

—¿Desde cuándo lo sabes, Sony? —le pregunto.

Traga saliva, pero duele, igual que un abrecartas que le rasga las amígdalas.

—El día que te caíste en el camino, sentí que la garganta me picaba. El dolor en el pecho vino después. Luego, cuando tropecé, lo supe —dice—. No sé cómo, pero lo supe.

Me lanza una mirada de disculpa, de esas que diriges cuando has estado guardando un secreto tan monumental como este.

—Nunca nos dijiste nada...

—No había nada que decir. —Habla como si el tema fuera irrelevante. Como si cualquier medida preventiva hubiera sido inútil, y ella hubiera terminado aquí de todos modos.

—Sammy, la noche que nos conocimos, te dije que había tenido un accidente de excursión, ¿te acuerdas?

Las palabras de Sony se solapan. El efecto de los medicamentos la hace arrastrar un poco las palabras, pero las entiendo. Intenta mover el brazo para acercarse a mí. Se le llenan los ojos de lágrimas mientras el dolor se cuela entre sus huesos. No el actual, sino otro más antiguo.

—Te mentí. Te mentí, lo siento.

—No tienes por qué —susurro atrapando con mi manga las gotas de sudor de su frente.

—Pero lo siento. Lo siento muchísimo. Era joven y no sabía qué hacer. —Sony llora. Neo, C y Hikari se revuelven en sus asientos, pero no se despiertan.

—Sony, no pasa nada —la calmo.

—Estaba embarazada —dice. Y entonces recuerdo todo con más claridad. Los moretones de sus piernas y los cortes en forma de mariposa de su cara. El enojo. La forma en la que se tocaba el vientre.

Sony respira entrecortadamente y la saliva le cae por la barbilla. Se la vuelvo a limpiar con la manga, pero Sony sigue hablando, intentando escupirla como un bocado de comida nauseabundo.

—Mi madre lo habría entendido. Me habría ayudado a criar al bebé, pero yo no podía hacerlo. No podía decírselo. La noche que te conocí, agarré el coche y conduje hasta que ya no pude más.

La noche en la que nos conocimos, Sony se hizo unas pruebas que revelaron un traumatismo en su pulmón izquierdo. En el pulmón que le tuvieron que extirpar.

—Sony. —La voz me tiembla—. ¿Por qué?

Las huidas de Sony, aquellas en las que escapaba de la atenta mirada de Eric, no parecían nunca intencionadas, pero lo eran. Nunca robaba para sí misma. Robaba para sus niños del hospital. Les dedicaba tiempo. No por la enfermedad que padecían, sino porque así es Sony. Igual que una niña. Tan curiosa como ardiente, salvajemente hermosa. Vive por las carreras, por las emociones, por los juegos. Rescató a una gata. Rota. Le dio un hogar, uno en el que la gente rota viene a curarse. Y lo hizo porque esa es simple y llanamente su naturaleza.

—¿Viste cómo le pasó factura a mi madre? —pregunta—. Ella tuvo que ver cómo me convertía, poco a poco, en la mitad de lo que solía ser.

—Tu madre te adoraba. —Sacudo la cabeza—. Amaba cada parte de ti.

—No fui capaz —dice Sony. Los aparatos que la mantienen con vida atados a su pecho se convierten en un fondo borroso—. No podía correr el riesgo sabiendo que el bebé podría acabar como yo. Sería injusto.

Sony ama a los niños, eso ya lo sabía. Pero ahora acabo de entender también lo mucho que ama al bebé que nunca tuvo.

Cada imagen que he visualizado de Sony como mujer comienza a desvanecerse, igual que una vieja fotografía que nunca he llegado tomar, que se marchita. Antes la veía en algún lugar de un futuro lejano que ya no existe. La solía ver con su persona amada y un bebé en brazos al que llenaba de infinitos besos. En la escena, acariciaba la cabecita un bebé con el pelo rojo salvaje, igual que su madre, y unas pecas que bailaban en su carita al reírse.

Las lágrimas caen por la mandíbula de Sony cuando capta esa imagen en mí. Luego bajan por las mías.

—Solo era una entre muchas posibilidades —susurro.

Sony sonríe. Una sonrisa de aceptación empañada por la tristeza. Ella bien sabe que solo era una posibilidad.

Pero eso es todo lo que hizo falta para que tomara aquella decisión.

—Quería decírtelo —dice ella—. Quería decirte que, aunque tenga remordimientos por lo que hice, al menos hay algo de lo que no me arrepiento. De los momentos pasados contigo estos dos últimos años. —Esta vez me aprieta la mano con más fuerza. Luego mira a nuestros amigos—. Eres la segunda persona al mando. Tienes que mantenerlos a raya, ¿okey? —dice Sony—. Ay, no llores, Sammy. —Levanta el brazo. La ayudo aguantando su peso mientras ella apoya la palma de su mano en mi mejilla—. Hoy ha sido un buen día.

Me ahogo en un suspiro. La humedad se acumula en el fondo de mi garganta.

Hoy vale infinitamente más que mañana. Pero el mañana de Sony contenía una carrera, el final del manuscrito de Neo, una mirada en el espejo admirando su tatuaje nuevo. Y una deslumbrante infinidad de futuros que le pertenecen por derecho.

Sabía que llegaría un día sin mañanas.

Lo sabía. Y, de todos modos, lloro.

Tenemos suerte, creo. Hoy ha sido un buen día.

Sony y yo nos miramos mientras susurro:

—Ojalá te hubiera podido dar más.

Eric vuelve unos minutos después con Elle en brazos. Casi sin aliento, coloca rápidamente a la gata junto a las piernas de Sony. Comprueba todas sus constantes vitales y murmura para sí, obsesionándose con cada pequeño detalle.

Ella, medio inconsciente, le acaricia la cabeza y le hace todo tipo de preguntas con voz dulce. Neo, C y Hikari se despiertan con cuidado de no agolparse a su alrededor.

Me pongo en pie para dejarles espacio mientras se reúnen en torno a su amiga.

El tiempo, en un giro inesperado de bondad, se detiene. Permanece a mi lado observando como ha hecho desde que nací. No susurra cruel ni burlón. Pasa una mano por mi espalda y detiene el metrónomo, retrasándolo hasta que suena esa inevitable nota baja.

—¡¿Sony?! —grita Hikari—. ¡No, no, Sony!

Eric nos grita que nos vayamos. Los médicos de Sony inundan la habitación. Hikari está tan angustiada que tengo que arrastrarla fuera de aquí. C llora con las manos cubriéndose el rostro y nos sigue.

Neo es el último en salir. Cierra los ojos ante los gritos y besa la cara de Sony. Cuando lo sacan de la habitación, se lleva a Elle con él.

Lloramos en el pasillo vacío escondiéndonos de la tristeza y el frío. Cuando nos hundimos en el suelo, sentimos el inevitable peso de algo que nos falta, como una extremidad que han separado de nuestro cuerpo con un corte limpio.

Al otro lado de las ventanas a cuadros, observo con los ojos empañados cómo Sony exhala su último aliento. Cuando sus ojos se cierran, no vuelven a abrirse.

La muerte no está para juegos.

La muerte es repentina.

Su paladar no entiende de ironía o razón.

Toma lo que desea, simple, directa, sin trucos bajo la manga.

Pero al menos.

Esta vez.

La muerte tuvo la amabilidad de esperar a que nos despidiéramos.

21
Antes

Tiene el tamaño de una barra de mantequilla. La enfermera Ella la llama barra de mantequilla. Nació hace seis semanas, seis semanas antes de tiempo. En realidad tendría que haber nacido hoy.

Su madre también es enfermera. A diferencia de Ella, tiene la cara satinada. El estómago le llena el vestido, los brazos y las piernas le pesan. Cuando la enfermera Ella está en casa, es ella quien se encarga de tomarle las constantes vitales a Sam. Es una criatura mucho más delicada. Soborna con canciones de cuna en lugar de dar sermones.

Su bebé se parece a su delicadeza.

—Es tan pequeña —susurro.

—Ten cuidado. Eso es, acúnala así —dice su madre. La bebé juguetea con la trenza que le cae en cascada por el hombro. Nunca había cargado a un bebé. He conocido a muchos, envueltos en mantas y alimentados por el pecho de sus madres, pero nunca había tenido la responsabilidad de cargar a uno.

Le ajusto el gorrito de tela sobre su cabeza mientras tiene el cuello apoyado en el pliegue de mi codo. La bebé gorjea y cierra sus manitas regordetas alrededor de mi dedo.

Es una criatura increíble. Una nueva vida que solo sabe respirar y mamar con la ayuda de un cuerpo tan frágil como la porcelana.

La vuelvo a acostar en la cuna, pero parece que no ha tenido suficiente. Me jala el cabello, se ríe a carcajadas y patalea con sus piernas rechonchas.

—Le gustas. —Su madre se ríe. Me da un beso casto en la mejilla—. Ven a verla cuando quieras, ¿de acuerdo?

—Adiós, bebé mantequilla —susurro. Inclino la cabeza a modo de despedida e, incluso cuando salgo de la habitación, la niña sonríe desdentada por encima del hombro de su madre hasta que me voy.

—¡Bam! ¡Otra victoria!

Henry es ahora un paciente fijo, según dice la enfermera Ella. Vive en una cabaña cerca del río. No tiene hijos ni familia de la que hablar. Así que cuando sus ochenta años le dieron la bienvenida con una infección de pierna, no tenía otro sitio donde quedarse más que aquí en el hospital.

Me gusta Henry. Tiene el cabello gris como el humo tenue que sale de la pipa que cuelga entre sus labios. Es como si esa cosa fuera una extensión de su cuerpo, otra extremidad. Nunca está sin ella. Cuando se ríe de sus propios chistes, siempre tiene que evitar que no se le caigan todas las cenizas del hornillo de la pipa.

—Maldito viejo —dice Sam tirando sus cartas sobre la mesa que hay entre ellos.

Esta es la sala de descanso de las enfermeras. Técnicamente, los pacientes no pueden entrar. Sin embargo, Sam y Henry son los residentes revoltosos?; y yo, su mano derecha. ¿En qué otro lugar podrían jugar sin ser interrumpidos, sino donde sus enfermeras nunca esperarían que estuviesen?

La risita de vencedor que suelta hace que sus hombros suban y bajen enérgicamente. Sam, en cambio, está que echa humo por las orejas.

—Cuestión de suerte, muchacho. Es tooodo cuestión de suerte —canturrea.

—Sí, claro. —Sam pasa un brazo por encima del respaldo de su silla—. Habías escondido ese rey entre tus arrugas. Admítelo.

—Oh, oh. —Henry da una calada a su pipa y recoge las cartas—. Parece que tenemos por aquí a un mal perdedor. ¡Rápido! Que alguien le traiga hielo. El chico está que arde.

Sam intenta no reírse.

A él también le cae bien Henry. Una noche, Sam pasaba por delante de su habitación con el cubrebocas y los guantes puestos, cuando oyó a alguien quejándose furioso al otro lado de la pared. Al asomarse, se encontró con un anciano que simplemente miraba hacia la pared, que hablaba al aire, con dos muletas de madera bajo sus axilas.

—¡Tú! —gritó usando una de ellas para señalar a Sam—. Ven aquí enseguida, es una emergencia.

—¿Estás herido? —preguntó Sam corriendo a ayudarle—. ¿Necesitas un médico?

—¿Un médico? ¿Quieres que me maten? No, no, muchacho, esto es mucho peor que una simple herida. Estoy aburrido. Terriblemente aburrido. Si tengo que estar en esta habitación un segundo más sin algo interesante que hacer, podría morir aquí mismo.

—Bueno. —Sam se rascó la nuca exhalando, en parte aliviado, en parte divertido—. Eso no podemos permitirlo.

—¡Exacto! —Henry golpeó un extremo de su muleta contra el suelo y se sacó un montón de monedas del bolsillo—. ¿Te gustan las cartas, muchacho?

—Claro, señor.

—¡Fantástico! —Sin molestarse en contarlo, dejó caer el dinero en la palma abierta de Sam—. Ve a comprarnos unas; la bruja esa de la enfermera se llevó mi última baraja. Y de paso, cómprate algún caramelo.

Sam no era de los que se negaban a hacer recados. Ni siquiera le pidió permiso a la enfermera Ella, sino que me arrastró con él deleitándose por cualquier excusa para sentir el viento en la cara y salir a caminar por la calle. Volvimos con una baraja nueva de la tienda de la esquina. Cuando Sam intentó darle el cambio a Henry, este le hizo un gesto con la mano para que no lo hiciera, instándole a utilizarlo para algo útil, como por ejemplo apostar.

Aunque Sam, igual que Henry, nunca llegó a salir del hospital.

El cuerpo se fortalece con la edad. Luego se marchita, se debilita, vuelve a ser igual de pequeño que una barra de mantequilla. Henry no está de acuerdo con esta visión de la existencia. Él es todo mente, todo memoria. Bajo la pipa y las canas, es tan joven como cualquiera; un muchacho aún en la flor de la vida, listo para bailar, divertirse y apostar con los mejores.

—Ven, cariño —dice haciéndome señas para que me acerque—. Barájanos las cartas, que tengo artritis.

—No, no, no vengas aquí —dice Sam—. No quiero que veas cómo me humilla.

Pero de todos modos, me acerco. Sam me mira por encima del cubrebocas mientras barajo las cartas. Los destellos amarillos flotan en sus ojos como luces color ámbar. El único idioma que conocen esas luces es la travesura. Me guiña un ojo, desliza una mano bajo la mesa y me la pasa por el muslo.

—Aún no has visto lo que es bueno —dice Henry—. Deberías haberme visto durante la guerra. Jugábamos al veintiuno y apostábamos cantimploras de *whisky*. Ni mi sargento me ganaba.

—¿Sí? —se burla Sam—. ¿Y cómo es que un gran jugador como tú terminó en un lugar como este?

—Aah, pues porque el tiempo es tanto un viejo amigo como un astuto jugador de cartas. El único jugador que podría superarme.

Le devuelvo las cartas a Henry. Unas cuantas se me escurren entre los dedos.

—Ja, ja, qué típico eso de repartir con torpeza. Gracias, corazón. —La risa constante de Henry decae por un momento. Entrecierra los ojos e inclina la barbilla suavemente para verme la cara mejor.

—¿Nos conocemos? —pregunta escrutador.

Le sonrío como a la bebé mantequilla negando con la cabeza.

—Creo que no, señor.

—Ah, qué pena. —Henry me agarra la mejilla con cariño—. Qué carita tan bonita.

Henry ya me había dicho eso antes. Tampoco es la primera vez que me hace esa pregunta. Porque, en cierto modo, él y yo ya nos conocimos hace mucho tiempo.

Le tengo cariño a Henry. Las historias de sus días en el ejército y sobre la guerra son ecos de recuerdos que compartimos. Al fin y al cabo, Henry no compró esa pipa; se la robó a un amigo. Un amigo que perdió en una jornada sangrienta, el mismo día en el que también perdió la carne y los huesos de la rodilla derecha para abajo.

—¡Otra partida! —ordena Henry empujando su silla hacia adelante mientras se golpea con la mano en la única pierna que le queda.

—De acuerdo. —Sam suspira—. Pero solo una más.

—¿Qué tienes? —se burla Henry jalándole una mano—, ¿miedo?

—Miedo a perder todo mi dinero.

Sam y Henry juegan otra partida mientras este último tararea viejas canciones, fuma y habla solo. A veces, lo sorprendo manteniendo largas conversaciones con el aire. Me pregunto si es un hábito que se adquiere viviendo solo o si está hablando con alguien en particular, como por ejemplo un fantasma con el que comparte la pipa.

—¡Ja! —Se alegra levantando los brazos por encima de la cabeza todo lo alto que puede—. Aún no he perdido facultades.

—Está haciendo trampa —dice Sam echándose hacia atrás en el respaldo de su silla—, ¿verdad? No es posible que gane siempre.

—Creo que eres un jugador de cartas pésimo —me burlo.

Sam mete la mano bajo la mesa y me pellizca la rodilla. Pego un brinco y le doy un manotazo. Se pasa la mano por el cabello. Los rebeldes mechones le caen sobre la frente.

Sam ha ganado confianza en sí mismo. Sigue actuando como un niño, pero ahora anda pavoneándose por ahí. Los médicos y las enfermeras dicen que es muy guapo y que será un futuro rompecorazones. Los elogios le han dado más confianza, y la astucia que solía tener de pequeño no ha hecho sino crecer.

—¡Sinvergüenza! —Por supuesto, la enfermera Ella no toma vacaciones. Entra en la habitación a paso rápido, de mal humor y con los puños a ambos lados de la cadera—. ¿No te había dicho que lo dejaras en paz?

—Lo siento, enfermera Ella —dice Sam—. Nos iremos pronto.

—Me estaba hablando a mí —dice Henry sonriendo.

—-Tú cállate, viejo loco. Cuando estés con él tienes que ponerte el cubrebocas, ¿me oyes? Ahora recoge ese juego del demonio. —La enfermera Ella saca una jeringa de su filipina y le da toquecitos con el dedo corazón—. Es la hora de tu medicina. —Tras esterilizar un punto de su brazo, encuentra una vena con exquisita precisión.

—Qué mujer tan exigente —dice Henry, sin siquiera hacer una mueca de dolor por la inyección. Echa la cabeza hacia atrás y observa las pétreas facciones de Ella—. Debería casarme contigo.

Ella emite un gruñido de disgusto.

—Como si fuera a casarme con un ludópata.

—Todo en la vida es una apuesta, querida, incluso el mismo amor. —Henry suspira. Se gira para tomar algo al otro lado apoyando las muletas en el respaldo de la silla. Cuando nos vuelve a mirar, tiene la pipa en la boca.

Me arrodillo y su mano vacía se posa en la mía.

—¿Le gustaría jugar otra partida mañana? —le pregunto.

—Eres muy dulce —dice Henry dándome otra palmadita en la cara—. ¿Verdad que sí, Sam?

Mi caballero y yo intercambiamos una mirada.

En sus destellos amarillos parpadea la luz del orgullo.

—Sí —dice—, mi dulce Sam.

Acompaño a Sam a su habitación cuando el cielo se oscurece. Henry le ha insistido a la enfermera Ella para que nos dejara quedarnos un poco más. Ella accedió siempre y cuando prometiéramos irnos a la cama sin discutir después. Henry nos ha estado contando sus historias y aventuras. Un tipo de cuentos de hadas con toque de realidad que han captado la atención de Sam durante cada segundo.

—¿Nos vemos por la mañana? —pregunto cuando llegamos a la habitación de Sam.

Rara vez nos separamos. Suelo estar con él de sol a sol. Comemos, jugamos, estudiamos con otros pacientes de nuestra edad y nos acompañamos durante los tratamientos y las pruebas médicas. Salimos cuando no podemos salir, nos regañan, visitamos a otras personas y jugamos con Henry. Las enfermeras dicen que somos uña y carne.

Antes de irse a dormir, Sam reclama mi atención. Me rodea con sus brazos apretándome contra él. A veces, me abraza durante unos minutos, murmurando tonterías: que huelo bien, que quiere morderme a través de su cubrebocas sin ningún motivo o que debería colarme en su habitación para que pudiéramos dormir en la misma cama como solíamos hacer.

Esta noche, Sam no me abraza ni murmura nada. Me calla, me agarra de la muñeca y me arrastra en silencio de puntitas por el pasillo.

—¿Sam? —Entro tras él tropezándome en la sala de descanso de las enfermeras—. ¿Qué estamos haciendo?

—Ssh —susurra. Está completamente oscuro. Sam tantea a ciegas hasta que alcanza la perilla de una puerta. Aunque yo siempre había pensado que era la perilla de un armario.

—¿Adónde vamos? —pregunto.

—Henry me habló de esta salida un día. Es una sorpresa —dice.

Abre una puerta que, milagrosamente, conduce al mundo exterior. La noche proyecta una sombra azul. Sam cierra su mano alrededor de mi muñeca, como lo haría un bebé alrededor de mi dedo. La piel alrededor de sus ojos está tan arrugada que tengo la convicción de que está sonriendo con la boca abierta bajo el cubrebocas.

—Vamos —me anima.

Los zapatos de Sam golpean el agua de la banqueta vacía. Los faroles proyectan halos dorados sobre el concreto haciendo que los charcos parezcan una capa de aceite. Sam me conduce a través de ellos; saltamos para evitar aquellos en los que podríamos hundirnos.

Sus piernas son largas y delgadas, pero fuertes. Sus músculos se estiran como ligas para acomodarse a la impaciencia de sus huesos; nos llevan calle abajo hasta un claro de hierba recién mojada por la lluvia fresca.

Hace unos años, Sam no podía correr largas distancias, pero ya ha crecido, como lo haría cualquier otro niño. Ahora ayuda a Henry a levantarse de la cama por las mañanas. Transporta cajas desde las puertas traseras hasta recepción. A veces incluso me lleva a mí. Dice que recuerda aquellos días en los que era yo quien lo llevaba a él.

El claro desemboca en un edificio parecido a nuestro hospital: construido con ladrillos, varios pisos de altura y ventanas dispuestas en cuadraditos. La única diferencia es que, en lugar de estar circundado por tramos de ciudad, este sitio cuenta con un patio a sus pies. Está decorado con guirnaldas de luces, hay tiendas de campaña y un centenar de adolescentes vestidos de fiesta.

Sam me lleva hasta la entrada en la que hay una valla seguida de una corta hilera de arbolitos. Se oye una banda de música tocando; las voces y los instrumentos nos llegan vagamente a causa de la distancia.

—¿Qué es esto? —pregunto con rastros de adrenalina temblando en mi voz.

—La fiesta de una escuela —dice Sam, divertido ante mi asombro—. Oí a unas chicas hablar del evento el otro día en el parque. Sé que no podemos entrar, pero pensé que igual...

Sam traga saliva. La fiesta no se ve bien desde este lado de la valla, solo se intuye. La luz de esta ilumina su ropa, en la que antes no había reparado: lleva puestos unos pantalones que le acaba de regalar la enfermera Ella y una camisa de vestir abotonada hasta arriba, en el último botón. Los chicos van de traje, corbata y ropa que Sam ni siquiera ha tocado en su vida. Gruñe maldiciendo para sí mismo, como si hubiera hecho algo mal, e intenta arreglarse las mangas.

—Sam —le digo agarrándole las manos y deteniéndoselas. Se queda mirando sus guantes. Esa marca que lo separa del mundo. Deslizo los dedos por debajo de ellos, a la altura de sus muñecas—. Pensabas que igual ¿qué?

—E-emm, yo... —tartamudea. La duda en su voz crece cálida en mi pecho. Su nueva confianza flaquea a veces. En ocasiones, sus ataques infantiles de vergüenza vuelven a sonrojar sus mejillas.

Me dan ganas de tomarle el pelo, para variar.

—¿Quieres bailar conmigo? —pregunto dando un paso adelante para meterme en el papel del escenario en el que hemos entrado ilegalmente. Sam se sonroja aún más; el calor de sus mejillas es casi palpable. Llevo sus manos a mi cintura y coloco mis manos en sus hombros.

—Nunca habíamos bailado de verdad —dice con el aliento entrecortado cuando empiezo a balancearme.

—Sí lo habíamos hecho.

La enfermera Ella solía dejarnos la radio encendida. Un día, Sam, que movía la cabeza al ritmo de la música, saltó sobre la cama y jaló a Ella de la falda pidiéndole que también bailara. Cuando ella lo echó pegándole con el periódico, me enseñó algunos pasos sobre los que había leído en sus cuentos de hadas. Me dijo que él y yo éramos caballeros en un gran salón de baile.

—¿No te acuerdas? —le pregunto.

—No, es que... —Sam flexiona los dedos contra mi piel, como si quisiera tocarme más, como si aún hubiera demasiado espacio separándonos—. Espera.

Se quita los guantes y se los mete en el bolsillo trasero.

—Sam, estamos fuera —le advierto cerrando los dedos alrededor del cuello de su camisa.

—Si sigues hablando, nos descubrirán. —Sonríe. Suspira aliviado, palpa mi mandíbula, mi cuello, desliza sus manos hasta mi cintura y me atrae hacia él. Recrea un momento que ocurrió hace ya algunos años, cuando era un poco más pequeño, pero igual de travieso. Ese momento en el que nos escondimos de nuestra carcelera y de los mirones lascivos tras unos arbustos.

—Eres un tonto —susurro. Sam me mueve con la música. Nos dejamos llevar por un ritmo suave a medida que nos balanceamos.

—Bailas mal —bromea.

—Tú también —le contesto.

Bailamos y bromeamos durante unas cuantas canciones. La plática superficial y el tintineo de las copas no nos distraen. Aunque Sam y yo no nos separamos nunca, es verdad que no solemos estar a solas. Así que, aquí y ahora, aprovechamos el tiempo que tenemos y la oscuridad que nos rodea.

—Dulce Sam —susurra.

—¿Sí?

Su contacto recorre mi columna. Sus ojos delicados se derriten al decirme:

—Huyamos. Escapemos como dijimos un día —propone—. Tú, yo, y nadie más.

Mi cuerpo se tensa.

—No envidio a toda la gente que hay ahí dentro —prosigue Sam. Tengo su voz pegada a mi oído. Su cubrebocas me roza la sien—. Yo no necesito nada convencional. Henry huyó con su amigo para alistarse en el ejército cuando solo tenía un par de años más que nosotros. No necesito a nadie más que a ti. Así que huyamos. Podemos bailar todas las noches, podemos cultivar tantas plantitas como quieras. Compartir cama. Ver mundo. Huyamos, mi amor. Estaremos como estamos ahora, pero para siempre.

—¿Y qué hay de nuestro castillo? —articulo en un susurro. Todo mi cuerpo ha sido secuestrado por el bucle de la música que suena, pero yo ya no estoy allí. Mis partículas se extienden por los ladrillos que conforman el cuerpo del hospital, por sus suelos, su concreto. Y sus almas que me jalan—. Tenemos que proteger a nuestros pacientes, ¿recuerdas?

Sam no responde. Su respiración adquiere otro matiz, una especie de decepción muda que se hunde en mi hombro.

Entierro la cara en su cuello. Respiro su olor, la energía acogedora de nuestra casa está impregnada en su piel. Sí, es verdad que a veces nos escabullimos, investigamos el exterior... pero nunca nos hemos escapado para siempre. Sam no podría hacerlo. Incluso con la ayuda del cubrebocas y los guantes a modo de escudo, no sería capaz de sobrevivir sin sus medicamentos.

Él no puede ser como el resto de las personas que están al otro lado de la valla.

—Tienes razón —dice Sam, frotando sus manos arriba y abajo de mis costados—. Vamos a esperar hasta que crezcamos y me haya hecho más fuerte.

—¿Estás triste? —pregunto mientras sigo mirándole.

—No. —Presiona mi palma contra su mejilla, cubierta por el cubrebocas.

—¿Prometido?

—Prometido.

—Quiero que seas feliz. —Mi voz adquiere un matiz de desesperación—. Podemos seguir viviendo mil aventuras —digo, como si intentara compensar la tristeza que refleja su rostro—. Comeremos pan dulce y natillas todos los días y... y jugaremos a las cartas. Tomaremos el sol todas las mañanas, iremos a jugar al parque y...

—Mi dulce Sam —me interrumpe.

—¿Sí?

Sam se inclina hasta que nuestras frentes se tocan. El aire es húmedo, espeso, fresco. Sam aspira y se coloca el cubrebocas por debajo de la barbilla. Me estremezco, pero sé que no puedo detenerlo. Sus ojos se entrecierran como soles escondiéndose tras una colina.

—¿Puedo besarte? —pregunta.

Las parejas que bailan al otro lado se abrazan mientras se pierden en la música. Tal vez incluso se acaricien las mejillas y rocen sus narices.

Pero ninguna de esas parejas se mira como Sam me mira a mí.

—Sí —respondo. Sam no vacila.

Un beso desordenado al principio, como si estuviera hambriento. Y, sin embargo, no pierde su ternura.

Me abraza la espalda con un brazo. Con el otro, me acuna la nuca. Deslizo los dedos entre sus mechones y el calor nos recorre como vapor. La gente que charla, que baila, que canta, el ruido de todo lo que no somos... se dispersa hasta que nos convencemos de que no existe nadie más.

Sam nunca había besado a nadie. Yo tampoco. Pero no es como lo habíamos imaginado. Al principio, el beso es eléctrico, como todo lo que hemos vivido hasta ahora. Grandioso. Revelador. Una llama que se asienta cómoda en el fuego. Enseguida, Sam sonríe y pone los ojos en blanco.

—Besas muy mal —me molesta.

—Lo siento.

—Es broma. —Me jala y se deja caer de espaldas hasta quedar recostado en la hierba húmeda llevándome consigo. Suelto un grito justo sobre su boca. La risa le vibra en el pecho, justo bajo mi cuerpo.

—Vaya... —Suspira besándome de nuevo, mientras hunde sus manos en mis piernas y costados.

—¿Qué pasa?

—Nada, sigue besándome —ordena dándome besitos en la cara como un pajarillo. La frente, los pómulos, la barbilla, la nariz, los párpados.

Nos tumbamos. Nuestros corazones saciados laten juntos.

—Mira —susurro señalando el cielo—, han salido nuestras estrellas.

—Sí, dulce Sam —susurra. Estira sus extremidades como un gato en un tejado y me besa la mejilla—. Han salido nuestras estrellas.

22
Cosas rotas

Hikari está vomitando. Le froto la espalda mientras el ácido le quema la garganta y su cuerpo palpita por la tos. Al acabar, deja caer la cabeza.

—Lo siento —digo mientras me aseguro de que se enjuague la boca con agua y se tragué la medicina, por mucho que le duela.

—No te disculpes —responde Hikari con voz ronca. Me acerco a su cama. Ella intenta esbozar una sonrisa arrogante—. Quién te iba a decir que el amor te haría interesarte por la medicina.

—Nunca pierdes la chispa, ¿verdad? —bromeo.

Ella levanta los brazos para permitirme quitarle la ropa. Ha perdido peso. La sombra de sus costillas acentúa su complexión esquelética. Tiro su camiseta sucia a la canasta y tomo una de su pila de ropa limpia. Ella niega con la cabeza, así que tomo otra. Aprueba asintiendo ante mi tercera elección: una camisa negra de manga larga que ocultará sus llagas.

Mientras la ayudo a ponérsela, también le aliso las perneras de los pantalones y le pongo los zapatos. Puede hacerlo ella sola, como ya me ha dicho muchas veces, pero la hinchazón perpetua de las piernas le dificulta ponerse de pie o levantarse durante períodos largos de tiempo.

Podría pasarme todo el día enumerando los síntomas como una interpretación artística del historial de Hikari. Cuidar de ella es parte de mi día. Antes de esa noche en el ala de cardiología, disfrutaba de la parte pasiva. Encontraba placer en escucharla, observarla, en estar a su lado. Desde aquella noche, disfruto con su sola presencia. Física, mental y emocionalmente, a un nivel que trasciende la cercanía. Lo que estoy haciendo ahora forma parte de ello. Igual que comer, que dormir, esta es una necesidad que valoro.

—¿Qué es eso? —pregunta Hikari señalando su mesita. Sobre ella reposa una maceta con flores rojas que ha germinado de una planta que robé de los jardines del hospital. Se la pongo en la mano y dejo que la asimile con ojos cansados.

—Para que la añadas a tu colección.

Hikari sonríe. Su sonrisa es débil, pero al menos lo intenta.

—Te besaría si no diera asco ahora mismo —susurra apoyando las manos en sus rodillas. Le doy un beso fugaz, le quito la suculenta de las manos y la dejo en el alféizar, junto con todas las demás.

—¿Ya es la hora? —pregunta mirándose los zapatos. Me arrodillo ante ella y se los ato, sin dejar de advertir el dolor en su mirada.

—Le preguntaré a Eric si podemos ir mañana.

—No. —Niega con la cabeza y se pone de pie—. No, vamos ya.

—¿Seguro?

—Sí —dice. Así que salimos de la habitación.

Sony falleció hace seis días.

Las primeras noches, Hikari lloraba. Su llanto era violento, de esos en los que el sentimiento de pérdida te sacude el cuerpo con oleadas regulares de sollozos. Pasados unos días, su tormenta se calmó y sus lágrimas cayeron silenciosas.

Los últimos tres días han sido secos, pero aún hay momentos en los que Hikari pierde la entereza. Porque nunca pierdes a alguien una sola vez. Los pierdes cada vez que oyes una canción que te recuerda su sonrisa. Cada vez que pasas por un lugar en el que estuvieron. Cada vez que te ríes de un chiste que le habría gustado. Pierdes a quien se ha ido una infinidad de veces.

Le doy la mano a Hikari al pasar por delante de la habitación de C. Se oye a sus padres hablar en francés al otro lado de la pared. Se enojaron con C por haberse fugado en la camioneta del padre, pero no duró mucho una vez que se enteraron de lo de Sony. Lo que perduró fue su preocupación, latente en todas sus palabras, incluso en un idioma extraño.

—*Cœur, t'es pas censé te promener, allonge-toi, je t'en supplie* —dice su madre.

Ahora su nombre está muy arriba en la lista de trasplantes. No debería estar levantado, y mucho menos haciendo sobreesfuerzos. Pero, en cuanto ve qué hora es, C se arranca las sondas intravenosas y se levanta de la cama.

Agarra la chamarra y empieza a ponérsela mientras su madre lo agarra por los hombros, suplicándole que se siente.

—*Je vais chercher Neo. Tu peux être au téléphone avec lui. Je comprends que tu sois en deuil, mais tu dois rester ici maintenant...*

—Es mi amiga, *maman*. Puedes acompañarme o puedes quedarte, pero yo me voy.

El padre de C observa la escena desde una silla en un rincón de la habitación, cubriéndose la cara con las manos. No intenta detener a su hijo ni ayudar a su esposa. Creo que están en fases diferentes de aceptación. La madre de C todavía tiene fe en la medicina, en la posibilidad de un trasplante. El padre de C ve cómo su hijo se marchita, convirtiéndose en una versión más débil de sí mismo día tras día.

—¡Coeur! —le grita su madre.

—*Chérie, laisse-le* —dice su padre. Se pone de pie y toma los abrigos de ambos—. Coeur, vete si quieres, pero deja que te acompañemos.

—*Merci, papa* —dice C. Nos abre la puerta a Hikari y a mí—. ¿Todo listo? —pregunta.

—Sí.

Asiente, un poco perdido.

—¿Dónde está Neo?

Los padres de Neo no se han puesto en contacto con él desde que nos escapamos. Cuando murió Sony, se lo llevaron de vuelta a su habitación y no ha salido de ahí desde entonces. Hikari y yo hemos intentado visitarlo, pero nunca nos abre la puerta. C no ha tenido ni una oportunidad de salir de su habitación hasta ahora.

No pierde el tiempo en llamar a la puerta. Irrumpe en la habitación de Neo sin previo aviso.

—¿Neo? —le llama—. Tenemos que irnos. He...

Su cama está vacía. En lugar de ello, hay un chico gateando por el suelo, mirando debajo de ella, alrededor de ella, buscando en cada recodo de la habitación con expresión desesperada.

C vacila.

—¿Qué haces?

Neo no se molesta en mantener la compostura. Ni siquiera reacciona a nuestra presencia.

—Elle —dice revolviendo entre las sábanas.

—¿Qué?

—La gata —dice.

Ahora me doy cuenta de que está despeinado y parece que lleva mucho tiempo sin cambiarse de ropa. La sudadera que llevaba la noche del incidente de Sony está en un rincón de la habitación, doblada pero sin lavar, con manchas de sangre en las costuras.

—Estaba aquí hace un momento —murmura Neo para sí, examinando los mismos lugares una y otra vez como si Elle fuera a aparecer en uno de ellos si buscara lo suficiente—. Tengo que encontrarla.

—Neo, luego la buscamos —dice C—. Ahora tenemos que irnos.

Pero C no es el único que está perdido. Al oír las palabras de Coeur, Neo por fin nos mira.

—No me dejan irme —dice.

C frunce el ceño.

—¿Qué? ¿Por qué no?

—No he comido.

Neo deja caer la cabeza; no por la vergüenza, sino por la preocupación. Entonces, C advierte las pastillas y la bandeja de comida que están sin tocar en la mesita y pierde su delicadeza habitual.

—Entonces, come —ordena.

Neo se queda mirando a C con los ojos nublados, formando un círculo con los dedos alrededor de la muñeca. Se convierte en una estatua, intocable. Parece que arderá al más mínimo roce, que los firmes ligamentos de sus músculos se romperán, y que todo él se romperá.

—Tengo que encontrar a Elle —susurra. Y retoma su búsqueda en los lugares de siempre.

—Neo —dice C—. Esto es importante.

—No va a cambiar nada. No puedo irme. Esta vez nos hemos pasado, y no puedo irme. No puedo hacer nada... ¿Dónde estás, Elle? Ven, ven.

—Neo...

—¡Tengo que encontrarla! —Se le quiebra la voz. Se da la vuelta para mirarnos. Respira entrecortadamente y el mármol de su estatua empieza a agrietarse. Una capa de lágrimas se le forma en el párpado inferior.

—Neo —interviene Hikari.

C y yo volteamos para verla de pie en la puerta con una gata enclenque en brazos.

—Neo, está aquí. Mira —dice.

El frenesí de Neo se detiene de golpe.

—Elle —susurra, y se seca los ojos con la manga. Hikari le entrega a la gata. Neo espira con alivio y arquea las cejas con el labio tembloroso.

—Siento haberme portado mal contigo —dice envolviéndola con los brazos—. Lo siento. No vuelvas a escaparte.

Elle le maúlla.

Neo sorbe por la nariz, le mira el agujero en la oreja, el muñón donde debería tener la cuarta pata. Le flaquean las piernas, como si hubieran estado cargando un peso tan grande que ya no pudieran soportarlo.

—Neo... —C intenta mantenerlo en pie, pero es Hikari quien lo atrapa, como si fuera el marco de una puerta en el cual apoyarse al caer al suelo.

—No parece de verdad —dice con la voz hundida en el pelo de Elle—. Parece una broma. Parece otra de sus bromas. —Inhala como si se estuviera ahogando—. Me dejó a su gata. Vino un abogado y puso unos papeles sobre la mesa. También me dejó su ropa. Me dejó a su estúpida gata, su ropa y sus tenis. Sabía que se iba a morir y me porté mal con ella. No parece real.

—No pasa nada —susurra Hikari abrazándolo.

—En mi cabeza es como si se hubiera ido a alguna parte a robar en una juguetería o a jugar carreritas con vagabundos o algo así. Y luego, esto, y... —Señala con un brazo una maleta sin abrir y unos tenis blancos sucios que llenan el rincón frío y húmedo—. Sus niños me preguntaron cuándo iba a regresar. Porque no había terminado de leerles el cuento. Me miraron y me preguntaron cuándo iba a volver la señorita Sony. —Mira a Hikari y las lágrimas de culpabilidad empiezan a rodar por sus mejillas.

—Aún no había terminado de leerles el cuento —repite Neo, y hunde la cara en el hombro de Hikari—. Aún no saben el final.

—No pasa nada —repite Hikari. Le acaricia la espalda de arriba a abajo—. No pasa nada. Está con su madre. Ahora la tiene a ella; no está sola.

—Hola. —Eric. Entra vestido con su propia ropa (una camisa arrugada y una chamarra vieja) y ojos somnolientos. Se alisa el pelo apelmazado con la mano y carraspea. Nos quedamos mirando la caja que lleva en las manos.

Mira a Neo.

—He llamado a tu madre. —Una concisa señal de aprobación. Tras tensar y destensar la mandíbula, señala el pasillo—. Vamos.

El trayecto es silencioso, a diferencia de nuestro último viaje en coche. Al otro lado de mi ventana, el océano refleja la luz igual que la primera vez que lo vi. Las gaviotas vuelan, el viento mece las olas.

Por muy monumental que sea la muerte, el mar no parece prestarle atención. Demasiados marineros ven su fin en sus brazos.

Pero a Sony le encantaba el mar. Me gusta pensar que el mar está alterado por su ausencia. ¿Por qué si no estaría golpeando los acantilados y trepando a la superficie con sus dedos de espuma, si no fuera por querer ir en busca de la pasión que se le ha arrebatado al mundo?

Eric estaciona el coche. Los padres de C nos siguen. El paseo hasta la playa se parece al viaje en coche.

Nuestros pies descalzos dejan su huella en la arena. La brisa marina y su sabor agrio nos ofrecen una visión del pasado cercano. A lo lejos, en esta misma costa, distingo figuras de personas que andan en el agua, corren por la orilla y se sientan en las dunas.

Eric lleva las cenizas de Sony al umbral entre la tierra y el mar. No se molesta en doblarse los pantalones. El agua se los empapa por encima de la rodilla.

Los padres de C nos esperan en la orilla. Con ayuda de Neo y Hikari a ambos lados, C entra en el agua. El mar está frío; las piedras heladas y las conchas adornan la arena mojada. Eric nos pregunta si nos gustaría decir unas palabras. La respuesta es sí, y todos articulamos nuestra despedida hacia la vastedad del océano. Lógicamente, sabemos que Sony no nos oye, pero en realidad esto no es para ella.

Eric acaricia la superficie de la caja. Apoya la frente en ella y cierra los ojos. Pasa un momento y recuerdo aquellos días en los que Sony se quedaba dormida conectada a un respirador. Recuerdo cómo él lloraba e intentaba tragarse las lágrimas para que ella no se despertara. Recuerdo los susurros que yo nunca lograba descifrar cada noche después de arroparla. Solo ahora, al oírlos de cerca, me doy cuenta de que no eran deseos de buenas noches ni recordatorios para animarla a que siguiera viva, ni nada que simplemente se limitara a la relación entre paciente y enfermero.

Eran los te quiero de un padre. Eric abre la caja.

—Buenas noches, Sony —susurra—. Espero que encuentres tu todo.

Sus cenizas vuelan hacia la libertad tomando la forma de unas alas. El viento se lleva la fina nube gris al cielo y una lluvia llena de polvo se posa sobre las olas que la arrastrarán al otro mundo.

Le tomo la mano a Eric mientras este deja que la caja se hunda en el agua. Se seca la cara y contempla el horizonte, observa cómo Sony se funde con el agua.

Cuando el frío empieza a entumecerle los brazos, Eric se retira a la playa. Se sienta en la arena y Neo y C lo imitan.

Hikari se queda un rato más en aguas poco profundas. Yo me quedo con ella y la ayudo a regresar a su hogar las conchas que tiene en los bolsillos. Solo se queda con la piedra negra que le di. Sigue el dibujo de la línea blanca con el dedo.

—¿Es siempre así? —pregunta—. ¿Pasa sin más, sin que podamos hacer nada al respecto?

A lo lejos, suenan risas. Hikari divisa las siluetas de los desconocidos que están jugando en la orilla. Entran al agua corriendo y se estremecen por la temperatura. Uno abraza a otro; se salpican y dan vueltas. Sus risas suenan como una canción tocada desde demasiado lejos, como un libro que no está lo suficientemente cerca para ser leído.

—Ni siquiera hacía tanto que la conocía —dice Hikari, y se vuelve a meter la piedra en el bolsillo—. Es como si hubiera empezado a quererla sin tener ocasión de terminar.

Me gustaría decirle que el amor no es algo que se termine. Que no es un hecho cronológico. Su amor por Sony se basa en tiernos gestos de cariño, en aventuras escandalosas y en pequeños detalles de amistad que la gente tiende a olvidar. No se termina solo porque tengamos que decir adiós.

Hikari suspira. Al hacerlo, de alguna manera, se siente más ligera, como si parte de la pesadumbre se hubiera ido.

El duelo puede ser destructor, un parásito que hay que expulsar, agua que inunda una presa; pero, como la mayoría de las cosas terribles y necesarias, puede compartirse. El tiempo ayuda. Te lo quita, pedazo a pedazo, hasta que la pena se convierte en una canción cuyo ritmo recuerdas, pero que ya no oyes.

Agarro a Hikari por la muñeca obligándola a sacarse la mano del bolsillo, donde todavía tiene la piedra. Deslizo mi palma por su brazo y uno nuestros dedos para poder mecer la piedra en lugar de aferrarla.

—Mira, Sam —exhala. Con las manos entrelazadas, señala el atardecer que está abriendo paso a la noche. El cielo besa nuestro mar enojado con toques de dorado y carmesí. Se abre paso entre las nubes para acariciar las ondas.

—El mar está ardiendo.

Antes de irnos de la playa, a C le da un ataque de pánico.

La luz del atardecer proyecta sombras en su cara mientras llora. Se la cubre con una mano; la otra sostenida por Neo. Es el tipo de llanto que hace que le tiemble la mandíbula. El tipo de llanto que te aprieta el pecho, y decide luchar contra él en lugar de permitirle escapar.

—Ven, siéntate —dice Neo. Se lleva a C a la zona de pasto junto al estacionamiento. C camina dando tumbos; le tiemblan las piernas. Se cae de espaldas y casi se lleva a Neo con él.

—No te muevas —dice Neo—. Voy a buscar a tu madre.

—No, no te vayas —suplica C. Agarra a Neo por el pantalón y le abraza las piernas, pegando la cara a su estómago, con los ojos fuertemente cerrados.

Neo se lo permite y le pone las manos sobre los hombros.

—¿Qué pasa?

—No puedo hacerlo —dice C—. No puedo regresar.

—¿De qué hablas?

—No quiero renunciar a él, Neo. —Las palabras de C se empapan de lágrimas; con cada respiración, se le arruga la frente. Niega con la cabeza, se ahoga con el aire y de su garganta escapa la voz de un niño que huye de una pesadilla—. No quiero perder mi corazón.

Esas palabras son casi una maldición cuando salen de la boca de C. Neo acaricia la cabeza y la espalda de C en un intento por consolarlo, aunque no va a dejar pasar estas palabras.

—Coeur —dice.

—Quiero quedármelo. —C abraza a Neo con más fuerza—. No quiero otro. —Neo intenta apartar a C en vano.

—Coeur, detente.

—No pienso hacerlo. —C niega con la cabeza ahogándose en la capucha de Neo—. No voy a someterme a eso. No puedo.

—Coeur. —Neo se resiste, empujando y retorciéndose—. No estás pensando con claridad...

—No puedo, Neo.

—Coeu...

—No puedo...

—¡Te morirás, Coeur! ¿Me oyes? Te morirás. —Neo aparta a C agarrándolo por los hombros y le retiene a esa distancia—. Tu corazón ya no puede seguirle el ritmo a tu cuerpo, y no puedes fingir que no le pasa nada y quedarte esperando a que deje de latir.

—No, no..., este corazón es lo que me hace ser yo —dice C señalándose el pecho. Sus ojos se encuentran con los de Neo; el cariño se encuentra con el temor—. En mi corazón hay rayos y truenos, y sé que es débil, pero es el que yo te entregué.

Neo aferra la chamarra de C y niega con la cabeza.

—No tienes derecho a hacer esto.

—Tengo miedo, Neo.

—¡Ya sé que tienes miedo! ¡Yo también tengo miedo, pero no tienes derecho a rendirte!

—¿Y si este miedo significa algo? ¿Y si el trasplante falla?

El temblor de C se extiende por todo su cuerpo. Pone las manos sobre las de Neo y lo mira fijamente, como si nunca hubiera podido hacerlo lo suficiente hasta ahora.

—Quiero estar contigo —dice C—. Eres todo lo que siempre he querido. ¿Y si no tengo tiempo?

Neo, como la roca que es, no se inmuta ante esas palabras. Antes habría dicho que quedarse en los «y si» es un lujo que la gente como ellos no se podía permitir. Habría dicho que el mundo es fundamentalmente injusto y que las oportunidades son ilusiones de decisiones que el tiempo acaba por tomar.

Pero Neo no se deja atrapar por el pasado. Es el más fuerte del grupo, pero también es el más dispuesto a ser débil. No se resiste, no en lo que a él respecta. Las únicas personas por las que está dispuesto a luchar son las que lo acompañan ahora.

Neo le seca las lágrimas a C con los pulgares y le agarra la cara con las manos.

—Entonces, esparciré tus cenizas en el mar y me adentraré en las olas.

C parpadea y deja caer las manos sobre las de Neo.

—Se nota que eres escritor —susurra—. ¿Me leerás esta noche?

—Sí.

—¿Y te quedarás conmigo después de que me duerma?

Mientras Coeur limpia el cuello de la camisa de Neo y le sacude la arena, Neo lo abraza por el cuello y hunde la cara en su cabello.

—*Si Dieu me laisse, on sera ensemble pour toujours* —dice y, aunque su francés sea marcado y quizás no del todo gramatical, C lo abraza.

—Qué desastre de pronunciación.

Se ríen juntos y, cuando C encuentra la fuerza para hacerlo, regresa al coche con Neo de la mano.

Nos vamos a casa, apretujándonos en los incómodos asientos traseros, con los pantalones húmedos y arena en los zapatos, acurrucándonos bajo una misma manta, dejando que el viento nos dé un beso de despedida a través de las ventanas, mientras la bomba de la muñeca de C hace tictac, tictac...

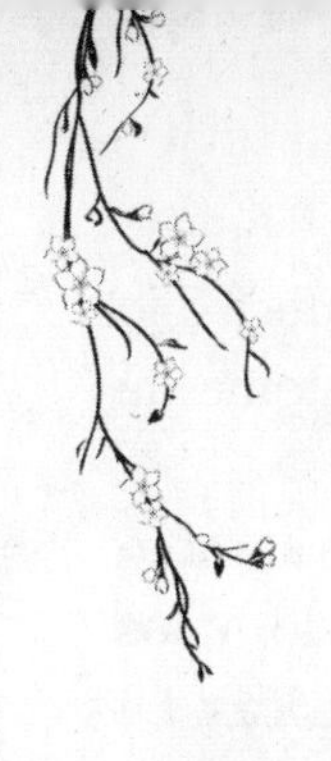

23
Música

Coeur nunca sabía lo que le gustaba. La gente le preguntaba cuál era su color favorito. Le preguntaban si prefería jugar en el parque o en el jardín. Coeur se mostraba bastante indeciso al respecto y, a los cuatro años, pasaba una cantidad desproporcionada de tiempo buscando respuestas a esas preguntas. Pero ¿por qué tenía que elegir? Tanto el parque como el jardín eran divertidos y, si algún color desapareciera, Coeur lo extrañaría.

Con esas filosofías indecisas y su naturaleza relativamente callada, Coeur se convirtió en un niño pasivo en comparación con sus hermanos mayores, siempre en busca de diversión. Era ese tipo de persona que siempre seguía la corriente. A medida que crecía, Coeur descubrió que esta falta de personalidad lo hacía sentirse vacío. Todos los niños del parque tenían sus juegos favoritos. Algunos tenían una energía insaciable y actitudes caprichosas, mientras que otros eran tranquilos y letárgicos. Por más que lo intentaba, Coeur no conseguía descubrir quién era, así que tenía que faltarle algo, ¿no?

Era a eso a lo que Coeur achacaba el dolor. Le dolían los músculos entre las costillas. Las encías. A partir de los diez años, había días en los que perdía audición. Coeur nunca dijo nada al respecto. Creía que no era más que un síntoma de estar vacío.

Al pasar a la adolescencia, Coeur descubrió que agradaba a sus congéneres. Las chicas decían que era lindo, y los chicos lo respetaban por su tamaño y habilidades físicas. La personalidad se volvió irrelevante frente a la popularidad.

Para mantener su imagen, Coeur empezó a hacer natación. No porque le gustara, sino porque ser bueno en ella hacía que se gustara a sí mismo.

Su sensación de vacío se anulaba por un momento al llenarse con el agua de la piscina cuando nadaba. Mientras ganaba competencia tras competencia, los aplausos mantenían la presa llena.

Pero, muy pronto, descubrió que esa presa tenía una fuga.

Cuando su padre, en el camino a casa después de una competencia, le dijo que ya no les quedaba espacio para trofeos, le agarró el hombro y dijo que estaba orgulloso de su hijo. Coeur encontró la eterna pregunta esperándole en algún lugar de su mente, como si fuera la cadena que sostenía un tapón:

«¿Por qué?».

Coeur no se esforzaba demasiado en natación. Solo se le daba bien porque era alto y ganaba músculo con facilidad. Miró a su padre desde el asiento del copiloto. Luego, volvió a mirar el camino, con miedo a hacer la dichosa pregunta.

No obstante, Coeur encontró más distracciones a ese vacío. Lo ayudó mucho un viejo tocadiscos que su madre le regaló por su cumpleaños. Nunca había sido muy hablador, y empezó a pasar días enteros escuchando música porque, aunque no tuviera algo que decir, siempre tenía algo que cantar. Su hábito empeoró cuando consiguió unos audífonos y un celular. La música se convirtió en su eterno acompañante.

Pero estaba muy lejos de ser suficiente. No se puede vivir una vida entera perdido en las distracciones. Había un número limitado de canciones que pudieran expresar el deseo de Coeur de sentirse entero.

Una vez, una chica se decidió a besarlo.

Coeur no era buen estudiante. Le costaba trabajo entender los números, y las palabras, aún más. Una compañera de clase se ofreció a ayudarlo a estudiar. En casa de ella, transcurridos unos veinte minutos, la chica le plantó un beso en los labios.

Coeur se asustó. Nunca había besado a nadie ni tampoco lo habían besado, y era un concepto que solo había concebido como algo que la gente hacía porque estaba en una relación o porque se aburría.

El aburrimiento era un componente natural de la vida de Coeur, pero nunca había recurrido a nada sexual para paliarlo. Como con todo lo demás, no tenía claro si le gustaban las chicas o los chicos o si le gustaba alguien en absoluto, así que lo más fácil era ignorar las opciones. Pero le gustó gustar. Cuando ella se subió encima de él y se besaron hasta que les ardieron los labios, su vacío pareció menor.

—¿Por qué haces esto? —preguntó por fin Coeur.

—Porque me gustas —respondió ella besándole la mandíbula.

—Pero... —Coeur la apartó con cuidado— ¿por qué?

La chica se tomó un momento. Escaneó la habitación como si la respuesta se ocultara en algún lugar de ella. Entonces dijo lo que Coeur temía:

—No lo sé. —Se encogió de hombros—. Eres lindo y eres simpático —argumentó con una sonrisa, y extendió los brazos hacia él. Coeur la detuvo antes de que llegara a tocarlo. Tragó saliva y le preguntó si podían volver a estudiar.

Después de eso, Coeur no volvió a ir a casa de nadie. Pronto descubrió que el ser amable pero callado se interpretaba de una de dos formas cuando estaba a solas con otras personas. O lo tomaban como una invitación para el afecto físico o lo encontraban desagradable.

La gente decía que siempre andaba en su rollo, que estaba mitad en la Tierra y mitad en las nubes, pero, en realidad, Coeur casi siempre prestaba atención. Lo que estaba haciendo era ignorar sus propios problemas.

No sufría dolores en el pecho que a veces se volvían tan fuertes que le parecía estar muriendo. No se sentía tan solo que lloraba por las noches. No se quedaba mirando al techo, escuchando su música, preguntándose si no era más que una silueta, alguien que, secretamente, estaba hecho de vidrio y hueco por dentro. No era una bestia vacía con un corazón sangrante.

Y, un día en el que le dolía el corazón más de lo habitual, Coeur encontró la horma de su zapato en un chico bajito y delgado con un genio infernal y un rostro que no se quedaba atrás.

Coeur se sentaba a su lado en clase de literatura; le traía los libros y, a cambio, el otro chico, Neo, lo ayudaba a responder las preguntas.

Neo era un maestro del silencio. Lo usaba con carácter y no con inseguridad.

A Coeur le pareció que tenía algo extraño y atrayente. Era guapo de un modo poco convencional. Tenía los pómulos marcados, el cabello revuelto, la piel pálida, la nariz pequeña y redonda, una mirada intensa y unos labios que, según Coeur, no habían conocido una sonrisa en toda su vida. Era una portada de disco bonita y a la vez elegante a ojos de Coeur, pero a cuya música le resultaba difícil acostumbrarse.

Neo era mezquino e impaciente. Un tempo acelerado con tónicas de orquesta muy acentuadas.

—Lo siento, soy tonto —decía Coeur cuando se equivocaba en una frase.

A lo que Neo respondía:

—¿Podrías dejar de disculparte cada dos segundos? Es molesto.

O:

—Neo, ¿lo estoy haciendo bien?

—Ya te dije que sí, Coeur. ¿Quieres dejar de preguntármelo?

Neo tenía la costumbre de llamar a Coeur por su nombre completo. Todo el mundo le decía C. Incluso sus profesores. Pero Neo no. Lo pronunciaba con todas sus letras. Especialmente cuando quería ser mezquino.

—Coeur. —Le daba un golpe en la frente—. Atento.

—Coeur. —Le dejaba caer un libro sobre la cabeza—. No te duermas.

Pero, como pasa con todas las canciones, Neo reveló sutilmente algunas partes más suaves, como la melodía de un piano.

—Oye. —Le daba un golpecito a Coeur en el dedo, el que estaba trazando una línea en la página del libro—. No te frustres. Tenemos tiempo. Vuelve a intentarlo.

Y luego:

—Espera, Coeur. —Neo lo jalaba cuando salían del salón y volvía a acomodarle la etiqueta dentro de la camisa.

Además, Neo era divertido sin necesidad de esforzarse demasiado en ello: como un instrumento de viento metal con una entrada *pianissimo* pero nítida y repentina.

—En *El retrato de Dorian Gray* hay un personaje llamado lord Henry que dice que enamorarse es el privilegio de los aburridos —dijo Neo cuando Coeur y él estaban en el salón de castigo por hablar demasiado en clase.

Neo leía. Coeur lo observaba leer. Y, a veces, cuando él decía algo, Coeur sonreía y escuchaba.

—Dice que la gente recurre al amor porque no tiene nada mejor que hacer.

Coeur miró por encima del hombro a su profesora dormida, y luego otra vez a los pucheros que hacía Neo mientras hojeaba el libro. Apoyó el mentón sobre los brazos con una sonrisa torcida y preguntó:

—¿Y si la mayor aventura de mi vida es enamorarme?

—Entonces, eres un aburrido.

Coeur se rio. Neo era la persona más inteligente que jamás había conocido y, al mismo tiempo, era el peor del mundo cuando se trataba de captar indirectas. Aunque a Coeur eso no le importaba en absoluto.

Por primera vez en su vida, sabía lo que le gustaba. Sabía lo que quería. Sabía que estaba en su mundo, mitad en la Tierra y mitad en las nubes, y totalmente enamorado de este compañero de clase tan inteligente como mezquino.

El amor no entiende de razones. Pero Neo le había dado a Coeur una muy sencilla. Miraba en el interior de Coeur en lugar de en su dirección. Iba más allá de la superficie; se zambullía en las profundidades de la alberca.

Así que un día, estando castigados, cuando su profesor había vuelto a quedarse dormido...

—Neo —susurró Coeur—, ¿por qué te caigo bien?

—No me caes bien. Eres irritante.

—Me soportas.

—Lo justo y necesario.

—Y entonces, ¿por qué me soportas?

Neo levantó la vista del libro. No movió los ojos en busca de nada. La respuesta a una pregunta así no estaba escondida en un rincón de la habitación, sino en Coeur mismo. En ese centro que él estaba tan seguro de que le faltaba.

—Eres amable —dijo Neo—. No me refiero a esa amabilidad normal que te brinda la gente. Tu amabilidad es sincera, cruda, altruista; te sale del corazón.

Una timidez repentina se apoderó de Neo en ese momento, y sus mejillas se tiñeron de rojo al mirar a Coeur a los ojos.

—No le bajaste un libro a alguien porque te lo pidiera. Lo hiciste porque viste que no llegaba. —Entonces, Neo se encogió de hombros y se pasó la mano por la cara—. Además, supongo que no eres del todo irritante.

—¿Qué parte de mí es irritante? —susurró Coeur sonriendo como un idiota.

—Para empezar, eres atractivo. Eso llama demasiado la atención.

—Qué lindo. ¿Lo sacaste de *Orgullo y prejuicio*?

—Haz la tarea, Coeur —dijo Neo. Se puso de pie y se colocó la mochila. El timbre había sonado—. O te clavo el bolígrafo en el ojo.

—¿En cuál de los dos?

Neo sonrió. Soltó una risita que más bien fue un resoplido. Ese fue el día en el que Coeur decidió confesarle a Neo sus sentimientos.

—¿Es para una chica que te gusta? —Le preguntó su madre a Coeur más tarde esa noche. Había estado leyendo por encima del hombro de su hijo mientras este escribía (y reescribía durante horas) una carta en el oscuro rincón de su habitación.

Coeur negó con la cabeza.

—Es para un chico.

—Ah.

—Pero sí me gusta.

—Sí, *chéri,* hasta ahí llego. —Soltó una risita, dejó la cena de Coeur en la habitación y lo besó en la mejilla—. Me gustaría conocerlo.

Coeur terminó la carta sin quedar totalmente satisfecho, pero, al fin y al cabo, nunca lo estaría completamente. No hay una manera perfecta de describir la experiencia que se vive al encontrar el amor por primera vez, salvo, quizás, explicar lo a gusto que estás con esa persona y la pasión con la que piensas en ella.

Coeur se quedó dormido horas más tarde mirando el techo, apretando la carta contra el pecho intranquilo, sin pensar en la soledad, ni en el vacío, ni en su corazón.

Pensaba en Neo.

Pero Neo no fue a clase a la mañana siguiente. Coeur lo esperó en su silla dirigiendo una mirada a la puerta cada vez que la perilla se movía, y sintiendo la decepción en el estómago cada vez que veía que era otra persona.

Nunca le había pedido el número a Neo ni nada porque, la única vez que lo mencionó, Neo se puso tenso. Dijo que su padre era un poco controlador en lo referente a la tecnología, así que prefería no darlo.

Así que, con el paso de los días desesperadamente largos en los que Neo siguió sin asistir a clase durante una semana entera, Coeur se acercó, carta en mano, a la mesa de su profesora después de que sonara el timbre y sus compañeros salieran del salón.

—Disculpe... —Coeur carraspeó—. ¿No sabrá dónde está Neo?

—¿Neo? Creo que va a ausentarse durante un tiempo. El pobre ha vuelto al hospital.

Coeur se tomó un momento para asimilar las palabras que en un principio pensó que había oído mal. Luego, aunque con voz entrecortada, preguntó:

—¿Q-qué?

La profesora lo miró a través de sus lentes. Había despertado su curiosidad. Debió de advertir la preocupación de

Coeur, el ligero temblor en la mano, porque suavizó visiblemente su tono y se quitó los lentes para mirar directamente a su alumno.

—Lo siento, C. Supuse que tenía confianza contigo —empezó—. Hace unos años que Neo está enfermo. Por eso falta tanto a clase.

Coeur siempre había supuesto que Neo tenía otros compromisos, como un club del que no hablaba o alguna clase de excusa para faltar a clases la mitad de la semana, y no... algo así.

La profesora suspiró.

—La semana pasada tuvo un accidente con unos chicos. Me sorprende que no te hayas enterado. En la escuela no se habla de otra cosa. Salió bastante mal parado.

Un accidente. Con unos chicos.

Coeur recordó el momento en el que entró en clase después de haber estado castigados el día anterior. Le había dicho a su entrenador que iba a dejar la natación, a lo que este le gritó gesticulando agresivamente. Coeur no recordaba mucho más aparte de haber accedido a participar en una última competencia.

Recordó pasar por el pasillo al lado de Neo, al lado de compañeros con los que no había hablado mucho fuera de los entrenamientos. Prácticamente lo rodearon, pero en ese momento Coeur no lo vio así.

Vio a sus antiguos admiradores, los que lo consideraban simpático, atlético y una bonita imagen para decorar la escena. Los vio reunidos alrededor de la imagen de su felicidad, de esa persona con la que tal vez no se llevara muy bien, pero con quien debía estar.

Coeur tenía una decisión que tomar. Podía acercarse y tomar a Neo por el brazo. Podía apartarlo del peligro que suponían sus compañeros o incluso preguntar a sus amigos qué estaban haciendo. Podría haber hecho muchas cosas. Pero a Coeur siempre se le había dado bien evitar tomar decisiones.

—No dejes que te afecte tanto —dijo su profesora, pero Coeur ya estaba en otra parte, reproduciendo la escena una y otra vez en su cabeza como si pensar en el pasado fuera a cambiarla—. ¿Por qué no lo visitas? Seguro que le gustaría tener allí a un amigo.

Coeur asintió y se fue. La culpa se estaba esparciendo por su cuerpo como un virus. Lo siguió devorando en el curso de las semanas siguientes, hasta que el vacío que Neo había llenado se convirtió en una cueva de muros ásperos y agujereados.

La primera noche, Coeur lloró en silencio. Se sentía mal, sí; pero, por encima de todo, extrañaba a Neo. Aunque eso tampoco era del todo correcto.

En francés, no se dice que extrañas a alguien. Se dice que esa persona te falta.

«Tu me manques», pensó Coeur simulando decir las palabras como si Neo las oyera.

Cada noche, Coeur escribía cartas a Neo hasta acabar rodeado de decenas. Cada noche, Coeur repetía la misma frase una y otra vez *(«Tu me manques tellement que même mon coeur souffre»)*, hasta que, poco a poco, su corazón adoptó esas palabras como si fueran suyas.

Despertarse en el hospital había sido obra del destino. Coeur no tenía ninguna duda al respecto. Sus padres, que ignoraban qué le sucedía a su hijo, estaban preocupadísimos.

A Coeur no le importaba.

Tenía una ligera noción de sus problemas de salud, pero su mente estaba en otras cosas.

¿Estaría Neo en alguna parte del edificio? ¿Estaría leyendo y ofreciendo sus pretenciosas opiniones con insultos sarcásticos a otros pacientes? ¿Estaría bien? ¿Lo habría perdonado? Esa era la pregunta que más perturbaba a Coeur. Daba vueltas en la cama como un perro ansioso por que le quitaran la correa.

Cuando los médicos le diagnosticaron la enfermedad y vieron la agresividad con la que había progresado, le dieron a su corazón una fecha de caducidad. Como si fuera una fruta que se estuviera pudriendo poco a poco.

Un año, dijeron. Un año y después Coeur necesitaría otro. Aun entonces, correría el riesgo de padecer una amplia gama de ataques, infecciones y más cosas que Coeur no tenía ninguna gana de saber. Lo que sí oyó fue que tendría que permanecer un tiempo en el hospital para que lo observaran, lo cual lo hizo sonreír; una sonrisa mórbida, desde el punto de vista de los médicos.

—¿Puedo irme ya? —preguntaba una y otra vez.

Su padre acabó por decirle que fuera a dar una vuelta si los médicos le daban permiso. Merodeaba con decisión explorando los pasillos, colándose en un elevador al que no tenía permitido entrar y peinando piso por piso, hasta que, finalmente, chocó con una extraña figura que corría.

—¡Ay, Dios! —gritó—. ¡Lo siento!

Lo primero que Coeur me regaló fue una disculpa.

Lo segundo, una historia que desvelar.

Pasó el resto de ese día en un caos de emociones. Neo estaba lejos de haberlo perdonado. De hecho, tardaría bastante tiempo en hacerlo. Pero cuando Coeur fue por fin capaz de enfrentarse a su propia ignorancia, el tiempo y la amistad volvieron a entrelazar sus caminos.

Coeur guardó sus cartas junto con su historia durante un año entero. Porque resultó que Neo no necesitaba una confesión apoteósica. No necesitaba que lo enamoraran con grandes gestos ni verse en medio de un amor prohibido.

Esta noche, Coeur está tan animado como un cadáver. Está tumbado en la cama, conectado a un sistema de soporte vital. La sempiterna bomba hace que la sangre siga fluyendo. Los medicamentos embotan sus sentidos. No puede caminar ni levantarse ni comer, y aun así está satisfecho.

Neo está a su lado con la cabeza apoyada en su hombro. Leen libros que ya han leído, escuchan canciones que se saben de memoria. Neo señala ciertos fragmentos que le hacen gracia mientras tararea la melodía.

Cuando Neo escribe, Coeur cierra los ojos y hunde la nariz en su cabello revuelto. Lo abraza por la cintura. Los trazados melódicos de su bolígrafo son paz para él.

Su historia está casi acabada. Dadas las circunstancias, Neo le lee a Coeur el manuscrito completo en un solo día. Mientras lo hace, Coeur no deja de mirarlo.

—¿Qué te parece? —susurra Neo.

—Creo que el mundo llorará por cada palabra que escribas.

—Eso no parece un cumplido.

—Es tu primera reseña.

—Es mi única reseña.

—Deberías citarme en la dedicatoria.

—Para mi querido Coeur —remeda Neo—, por haberse burlado de este manuscrito antes de que estuviera acabado.

—Perfecto.

—Está bien. Pienso ponerlo, francés sensiblero.

—Hace tiempo que quería preguntarte esto: ¿aprendiste a hablar francés en secreto por mí?

—No. —Neo frunce el ceño—. Aprendí francés en secreto para que tu madre y tú dejaran de hablar de mí a mis espaldas.

—Mi madre te quiere más a ti que a mí —se ríe Coeur.

—Bueno, pero eso entonces no lo sabía.

Neo deja caer la cabeza y sus risas se funden en una. Coeur se incorpora y toma la cara de Neo entre sus manos para poder seguir mirándola. Chocan sus narices. Sus risas se desvanecen poco a poco.

—Nuestra historia no ha hecho más que empezar, Neo —susurra Coeur.

—No empieces.

—Claro que sí. No es más que el principio —insiste Coeur—. Te quedan muchísimas historias por leer y por contar.

Coeur desliza una de sus cartas sobre el regazo de Neo, la primera. La que era demasiado larga, llena de errores y tan absolutamente imperfecta que Coeur no podría imaginarse una confesión de amor más sincera. Neo la desdobla con cuidado y alisa el papel. La lee en voz alta deteniéndose de vez en cuando para relajar la tensión en la mandíbula.

En los cuerpos de dos chicos rotos nacieron la amabilidad y la resiliencia, y lo único que desean es más tiempo juntos.

No son una tragedia.

Son una historia de amor y pérdidas.

Cuando Neo concluye la última frase, Coeur sonríe. Sus siluetas se unen en la oscuridad. Coeur acaricia los pómulos pronunciados de Neo, su nariz respingona y sus labios, que habían sonreído por él más veces de las que podría contar. Admira su color favorito, que inunda los ojos de Neo, y no se imagina ningún otro lugar en el que querría estar.

El cirujano ha descrito el procedimiento a los padres de Coeur múltiples veces. Ahora, su madre está hablando mientras le inyectan sedantes para la operación.

A Neo, Hikari y a mí no nos permiten entrar, así que esperamos afuera. Ahora mismo, los hermanos de Coeur están hablando con él por turnos. Su padre lleva puesta su vieja chamarra del equipo de natación de la universidad y habla de cualquier cosa mientras Coeur cae bajo el hechizo de los fármacos.

Su madre es la última en despedirse de él antes de que se lleven su camilla al pasillo. Cuando le dicen que ha llegado la hora, le cuesta dejarlo ir. Coeur es su hijo menor. Su bebé. Y ahora tiene que dejar que unos desconocidos se lo lleven para abrirle el pecho y ponerle un corazón nuevo.

Una vez que Coeur está en el pasillo, Neo se levanta. Se acerca a la camilla.

Eric le pide a la enfermera que le dé un minuto.

—Neo —dice Coeur, un poco alto. Sonríe delirante al ver que Neo se inclina hacia él y le da la mano.

—Hola, Coeur —susurra—. ¿Cómo te sientes?

—Genial —dice Coeur—. Me encantan las drogas.

—¿Ah, sí?

—Me encantan. Pero ni se te ocurra probarlas; son malas.

—Si tú lo dices...

Coeur sigue sonriendo y cierra los ojos unos segundos para luego abrirlos; mueve la cabeza a un lado y luego hacia atrás.

—Dijiste que me robarías un corazón, ¿te acuerdas? ¿Esto es cosa tuya? ¿Lo has conseguido? —Coeur pregunta en un susurro y sus pupilas se agrandan cuanto más mira a Neo.

Los labios de Neo se estrechan y sus ojos se humedecen al recordar el trozo de papel. La promesa.

Para Coeur:
te conseguiré un corazón.

El trozo de papel sigue incrustado en la Lista Negra como un separador de páginas. Coeur quería guardarlo en algún lugar donde no se perdiera.

—No, no he sido yo —dice Neo moviendo el pulgar por los nudillos de Coeur—. Pero ya sabes que el mío siempre ha sido tuyo.

Coeur no puede aceptar sus palabras con la sensatez que merecen, pero lee el sentimiento en el rostro de Neo. Sigue mirándolo mientras puede, con la clase de alegría que solo pueden ofrecer los placeres más simples. Darle la mano.

Oír su voz. Verlo. Estar con él.

—Neo, Neo, Neo —susurra Coeur, casi para sí.

—Sí, Coeur.

—Me encanta tu nombre. Es mi nombre favorito —dice.

Neo intenta guardar la compostura. Traga saliva. Sus exhalaciones suenan frágiles y quebradas. Por encima de la bata, presiona el centro del pecho de Coeur con la palma.

Justo debajo, rugen rayos y truenos.

Neo recorre el rostro de Coeur con los dedos. Se inclina hacia él y junta los labios con los de su amado. Es un beso lento y tierno. Coeur le devuelve el beso como puede y los dos se separan, sonrojados pero sonrientes.

—Más te vale besarme así cuando me despierte —susurra Coeur. Neo ríe entre suspiros y una lágrima le baja por la mejilla.

—Lo haré.

La enfermera le dice a Neo con dulzura que ahora tiene que llevarse a Coeur al quirófano. Neo asiente y sigue sosteniendo la mano de Coeur hasta que se lo llevan.

—¿Neo? ¿Vienes? —lo llama Coeur, aunque la llamada se convierte en un susurro—. Neo, Neo, Neo mío.

Hikari le da la mano a Neo. No se seca la lágrima. Deja que permanezca en su mejilla y se queda mirando cómo Coeur desaparece en el limbo.

Ya te he dicho que no tengo un vínculo con mi cuerpo. Y, de la misma manera, mi cuerpo no tiene ningún vínculo con las percepciones comunes. Las personas normales no tienen permitido entrar a los quirófanos, pero supongo que llegados a este punto ya habrás comprendido que yo no soy ni normal ni una persona.

—Sam.

—¿Sí, Coeur? —digo al pie de la mesa del quirófano.

A mi alrededor, las enfermeras y los auxiliares disponen el material. Dos cirujanas se ponen las batas. Una enfermera coloca en una bandeja cada una de las herramientas que pronto se usarán para manipular los órganos de Coeur mientras el anestesiólogo prepara la dosis.

«Todos me ven —pienso—. Pero no piensan que haya nada extraño en mi presencia. La aceptan, como aceptan el sonido de un escalpelo contra una bandeja de metal o la intensidad de la lámpara del quirófano».

—Sam —vuelve a decir Coeur con los ojos entrecerrados, pero al borde de un ataque de pánico—. Tendrás que cuidar de él mientras yo no esté, ¿de acuerdo?

Le acaricio la mano, la misma que Neo tuvo que soltar.

—De acuerdo.

—Tendrás que asegurarte de que se tome los medicamentos. Ti... ti... tiene una ronda por las noches y dos por las mañanas. Y tampoco come si está solo, ¿okey? Siéntate y... y come con él. Así, al menos, tomará un poco. Y... y tienes que ofrecerte a hacer algo con él o no saldrá de la cama. Llévalo a la biblioteca o a los jardines, pero... pero no dejes que se siente muy cerca del seto o le dará urticaria. Y dice que odia los abrazos, pero no es verdad; los necesita. Dale un abrazo esta noche, ¿sí? Dáselo cuando esté triste o tenga miedo. Y... —Coeur se calla y respira como si estuviera intentando no llorar—. Sam, si viene su padre, tienes que protegerlo. Ya... ya sé que no intervienes..., ya sé que es una de tus normas..., pero necesito que lo mantengas a salvo.

—Lo haré —digo, y Coeur sabe que lo digo de verdad.

—Gracias, Sam. —Sonríe y le suelto la mano—. Eres una criatura extraña y hermosa a la vez.

El anestesiólogo se coloca sobre Coeur y le cubre la nariz y la boca con una máscara.

—Cuenta hacia atrás, ¿de acuerdo, cariño?

—¿Podrías contar conmigo, Sam? —exhala Coeur.

Asiento.

Los recuerdos se entrelazan, no como rollos de película, sino más bien como las hojas de un libro abierto que se funden unas con otras. Conque esto son las personas al final, ¿no? Huesos, sangre y belleza, trituradas en forma de recuerdos.

«Cuatro».

Coeur no piensa en eso mientras se sumerge en las profundidades de un océano tan profundo que no ve la superficie. No recuerda las cosas que hizo o dejó de hacer.

«Tres».

Recuerda a Sony haciendo trampas en el Monopoly, los chistes y los dibujos de Hikari, los coscorrones de Eric, los largos viajes en coche con su padre, los partidos que vio en la televisión con sus hermanos, la risa de su madre cuando le llevaba la cena por la noche.

«Dos».

No piensa en soledad, vacío ni corazones. Piensa en los labios de Neo y las risas que exhalaba sobre su cuello y en sus manos frías pero suaves. En sus sonrisitas. Y en la lágrima que caía por su mejilla la última vez que lo vio.

«Uno».

Coeur se hunde en la oscuridad.

Y su amor por Neo se hunde con él.

24
Antes

No sé lo que es el amor.

Hay quien dice que tiene dos formas. Puede rugir y ser pasional. Te engulle, te consume. La otra persona es fuente de respiración. Como una llama violenta que se consume en una sola noche.

El amor también puede ser suave, sutil. Una ola que llega a la orilla en una tarde tranquila. Se asienta sobre ti hasta que te acomodas con la marea.

Sam ha empezado a llamarme «mi amor». Comenzó como una frase tierna, de esas que solía susurrarme cuando nos besábamos en los armarios o debajo de las mesas.

Besar a Sam es adictivo. Para alguien como yo que siente haber entrado sin permiso en el propio cuerpo, es la conexión hecha acto. Me da una sensación de pertenencia. Como si él fuera mi destino y yo el suyo.

—Mi amor, cuéntame algo —dice.

—¿Qué te apetece que te cuente? —pregunto.

—Cualquier cosa. Quiero escucharte.

—Sabes a medicina —digo, y sonríe rozando sus dientes contra mis labios. Puede que esta sea mi sensación favorita del mundo.

Sam y yo dormimos en su cama. Sus piernas se enredan con las mías mientras la oscuridad se apodera de la luz. Su cabeza descansa sobre mi pecho, la sábana le cubre el cuerpo hasta la barbilla. Morfeo empieza a tener efecto en él, pero antes de abandonarse al sueño me acaricia el pómulo con dos dedos y me pregunta:

—¿Con qué sueñas, mi amor?

—Creo que no sé soñar —le digo.

—Todo el mundo sueña —me dice—. Yo sueño con que tú y yo navegamos por el océano mientras recorremos el mundo.

—¿El mundo entero? —le pregunto.

—Cada rincón. —Suena el roce de las sábanas cuando Sam se mueve—. ¿Con qué sueñas, mi dulce Sam?

Me deleito con la sensación que me produce sentir los labios de Sam posándose cariñosos en mi cuello. Mientras, reflexiono acerca de su pregunta.

—Sueño con esto —digo. La curiosidad de Sam me mira a través de sus pestañas—. Sueño contigo y conmigo así. Hoy, mañana, y todos los mañanas siguientes.

—Mi amor —dice Sam como si fuera una afirmación en sí misma, como si fuera un beso que no se da, sino que se pronuncia—, todos mis mañanas son tuyos.

Apoyado en la camilla, Sam estira el cuello y exhala a la vez que los médicos le desatan la bata. Está acostado para que lo examinen. Tiene marcas en el cuerpo, manchas salpicadas sobre la superficie de su piel que se agrietan y sangran con el frío. Cuando se baña, le duelen y se ponen en carne viva.

Los hombres que lo rodean hablan entre ellos como si él no estuviera allí. El motor de Sam necesita cuidados, y ellos son los mecánicos cuyas manos repasan los tornillos y tuercas. Detectan inconsistencias y reflexionan sobre cómo remediarlas.

Me siento al otro lado de la habitación. Los médicos me tapan la vista, como un volante de buitres blancos a su alrededor. Solo veo la cara de Sam o, más bien, una versión desconectada de su rostro. Al igual que yo, él intenta mirarse a sí mismo desde otro punto de vista. Observa el techo, las paredes, las partes inanimadas de la habitación a las que antes solía otorgar un alma.

Que lo piquen o que tenga que estar ahí desnudo mientras mueven su cuerpo de un lado a otro son cosas que a Sam no le resultan extrañas. Lleva sometiéndose a este tipo de rutina desde que era pequeño. Es la norma. Pero la vergüenza nunca desaparece, según dice. No es lógico que la sienta, pero la siente. Se siente expuesto, mirado de soslayo, vulnerable.

Sam me mira por fin a la vez que traga con dificultad; yo sonrío como si eso pudiera facilitarle las cosas. Sam me saca la lengua, a lo que yo respondo frunciendo el ceño. Intenta contener su risa escondiendo los labios en la boca.

Una vez que terminan las pruebas, se incorpora con músculos temblorosos y se abraza el cuerpo con los brazos.

Corro a su lado.

—¿Estás bien? —le pregunto.

—Sí, mi amor —dice. Me besa la nariz—. Tengo ganas de reír un poco, ¿tú no? Vamos a jugar a las cartas con Henry.

—Okey. —Lo ayudo a levantarse de la camilla y a vestirse.

Si un niño padece una enfermedad puede volverse más duro. No es una respuesta al dolor, es una respuesta a la sensación de que su vida se haya vuelto difícil y forme parte de un monótono círculo. Los recuerdos se confunden. Un año en el hospital pueden parecer diez. Quizás es por eso por lo que muchos pacientes tienen la sabiduría de un anciano y el temperamento de un niño.

Henry me dice que la guerra se parece mucho a la enfermedad. Quien está en combate se pregunta: «¿Saldré de esta o no?». Hay mucho dolor, mucho aburrimiento y camaradería entre los heridos y aburridos.

Henry me cuenta que recuerda el peso exacto de su fusil y la extraña sensación que le producía tenerlo en brazos mientras corría con una mochila rebotándole en la espalda. Según dice, el aire era casi negro y estaba lleno de una niebla tan espesa que podías llegar a sentir el alquitrán en los pulmones.

Las sirenas y los disparos atravesaron los tímpanos de Henry con la misma intensidad con la que el hedor de la sangre se impregnó en sus fosas nasales.

Voltea hacia mí con la cabeza flácida sobre la almohada. Luego me pregunta si es así como se siente uno al morir. Quiere saber si significa correr hacia la oscuridad, sin saber si hay luz al otro lado.

Henry vuelve a mirar su pipa. Acaricia la boquilla y mira a través de la habitación, como si en una cama junto a la suya hubiera un alma vecina bajo las sábanas.

Habla con el aire, con ese pequeño fantasma que tiene cerca. Murmura cosas que no consigo descifrar; capto algunas palabras: «me acuerdo», «casi» y «pronto estaré allí».

Espero a que Henry se duerma para ir a ver a Sam. Está leyendo un libro. Tiene la mano cerrada en un puño y la sangre sale lentamente de su brazo para desembocar en una bolsa.

Las manchas de la piel le arden al entrar en contacto con el aire frío, se le agrietan y le sangran, haciéndolo estremecerse. Sus ojos se tiñen de gris y púrpura. Me meto en la cama con él y le pregunto cómo le ha ido el día.

Me besa la cabeza y me habla. Alarga las frases, usa más palabras de las necesarias porque sabe que su voz me calma.

Le pregunto a Sam si se siente tan atrapado por su cuerpo como Henry por el suyo.

Sam, por su parte, me pregunta que por qué se me ha ocurrido que él puede sentirse así, a lo que yo le contesto que está enfermo. Alega que no hace falta estar enfermo para sentirse atrapado. Le vuelvo a preguntar si es así como se siente, y él responde que *atrapado* no es la palabra correcta. Dice que se siente enraizado, porque su mente puede ir a donde quiera, pero su cuerpo siempre lo trae de vuelta a casa.

Juega con mi cabello mientras dibujo una línea imaginaria por la parte sana alrededor de los cráteres de su piel.

Me pregunta si estoy bien.

Yo le digo que ojalá pudiera escuchar más sin entender menos.

Henry muere unos días después.

Estamos en medio de una partida de cartas cuando una oleada de agotamiento lo ahoga. Sam le pregunta si se encuentra bien y si quiere un poco de agua, pero este contesta que solo necesita un momento, una siestecita antes de la siguiente partida. Pero cuando Sam y yo salimos de la habitación, su corazón deja de latir. Intenta respirar pero no puede.

El personal inunda la habitación con la enfermera Ella al frente, quien recuesta su camilla. Pronuncian códigos y órdenes apresuradas que vuelan de un lado a otro. Su ruidosa y rigurosa eficacia queda eclipsada por los jadeos de Henry.

Sam intenta sacarme de la habitación.

—Espera —le suplico. Henry abre los ojos, gira la cabeza sobre la almohada y extiende un brazo por encima de la pipa. Intenta hablar, pero no le queda aire en la garganta para crear palabras. Luego, su cuerpo se debilita. Sus ojos se vuelven vidriosos hasta que nada, nadie, existe tras ellos.

—Espera...

—No tienes que ver esto —susurra Sam empujándome por el pasillo. No hay tiempo para calmarme, así que abre la puerta del viejo cuarto de suministros y me hace entrar.

—Pero si se encontraba mucho mejor... —susurro caminando por el pasillo, intentando no repetir la escena en mi cabeza.

—Lo sé. Lo sé, no es justo —dice Sam abrazándome fuerte, pero sé que él también está llorando—. Todo estará bien. Todo estará bien. —Su respiración es entrecortada, su calor sopla en mi cabello. Su voz, apagada—. Todo va a estar bien. No pierdas la esperanza.

—Era tan fuerte —digo—. ¿Por qué ha muerto?

—No lo sé —susurra Sam—. No lo sé, mi amor.

—Él solo quería estar con su amigo.

—¿Qué?

—Henry —digo con el pecho completamente apretado—. Cuando perdió la pierna en la guerra, su amigo murió a su lado. Él lloro y gritó. Solo quería estar con él.

—¿Él te dijo eso?

—No. —Sacudo la cabeza y la sangre de ese día bien podría estar derramándose en el suelo ahora mismo. Puedo olerla, la siento—. No, yo lo vi.

—Mi amor, Henry perdió la pierna hace más de sesenta años —dice Sam—. Tú ni siquiera habías nacido.

Mi existencia es difícil de expresar y aún más difícil de explicar. Nadie la ha cuestionado nunca. Nadie se ha preguntado nunca el porqué de ella. Por eso, cuando la mirada confundida de Sam se cruza con la mía, no sé cómo decírselo.

—Yo... —Trago saliva—. No soy como las demás cosas rotas que conoces.

Los brazos de Sam descienden lentamente. Sus manos se posan en mis muñecas, su cicatriz roza mi piel. Frunce el ceño, confundido.

—No lo entiendo.

—Este lugar —le digo— es el sitio al que pertenezco. Esto es lo que soy. —Llevo mis manos a la cara de Sam; trazo la curvatura de su precioso rostro con ellas. Observo cómo ha cambiado pero cómo también sigue siendo igual en muchos aspectos.

—Yo sentía tanta soledad... —digo como disculpándome—. Quería saber por qué la gente a la que debo proteger siempre se me escapaba de las manos. —Quiero llorar. Quiero llorar y traer de vuelta a Henry y a su amigo. Quiero que se abracen como Sam y yo nos abrazamos. Deseo que se fumen sus respectivas pipas mientras viven juntos en esa pequeña cabaña junto al río.

Tartamudeo ahogando un sollozo.

—¿P-por qué tiene que morir la gente?

Sam no sabe qué decir. Llevo buscando una razón, un porqué, una respuesta a esta pregunta, pese a que condeno toda razón.

Y Sam no tiene la respuesta.

Aprieta los labios y suelta un ruido frustrado. Me agarra de las muñecas. Estamos frente con frente.

—Podemos irnos —dice respirando pesadamente tras decirlo.

Parpadeo.

—¿Qué?

—Podemos huir de todo esto —dice—. De toda esta tristeza y muerte. Podemos alejarnos de este lugar tan yermo de historias y aventuras.

—Sam...

—Nos llevaremos frascos de mi medicina. Tendré cuidado. Puedo conseguir un trabajo. Cuidaré de ti y de mí —susurra. Su voz está rasgada por la urgencia, como si estuviera listo para correr y arrastrarme con él, como si fuera un niño en el parque—. Podemos ir a ver el mundo, mi amor. Podemos experimentar todas las cosas que nunca hemos sentido. Por fin podremos ser libres y ver el amanecer sin cristales de por medio.

Todo se está moviendo demasiado rápido. El agarre de Sam sobre mis muñecas es puro hierro. Sus palabras son fluidas. Me ahogan. Me siento como aire atrapado bajo el agua.

—No puedo —susurro.

—Sí puedes —dice Sam—. Sé que da miedo, pero nos tendremos mutuamente.

—No puedo irme, Sam. —Me zafo. Camino hacia atrás hasta que nuestros cuerpos quedan desconectados—. No para siempre como tú me pides —digo pasando mi manga sobre mi boca como si las palabras pronunciadas pudieran ocupar menos espacio si las ahogara.

—¿Qué quieres decir con eso de «para siempre»? —pregunta Sam evaporando todo rastro de suavidad.

—Yo...

—¿No quieres estar conmigo? —No es una pregunta. Sino una acusación. Busca un salvavidas como hacía Henry al buscar su fantasma—. ¿No me quieres?

Sam y yo nos miramos fijamente, el armario está tan poco iluminado que solo puedo distinguir su cara y su silueta. Cuanto más tardo en contestar, más se tensa.

Quiero que sea feliz.

Quiero que sea feliz conmigo.

Yo lo amo y él ama el mundo.

Así es que, por primera vez, no tengo claro que yo sea suficiente.

El cuerpo de Sam se hunde lentamente. Las lágrimas que pertenecían a Henry se secan; con la mandíbula hacia adelante, se las limpia de las mejillas. Tiene el mismo aspecto que cuando lo examinan. Vulnerable. La vergüenza surge tras el eco de sus respiraciones.

Se frota la cara de arriba abajo. Entonces lo invade una dureza que desconozco, como la de un caballero que se pone un escudo.

—Está bien —susurra. Se da la vuelta y sujeta la perilla de la puerta.

—¿Sam? —lo llamo—. Sam, no te vayas, por favor —le ruego. Intento agarrarlo por detrás de la camiseta, pero ya ha abierto la puerta y la ha cerrado tras de sí—. ¡Sam!

La habitación se queda completamente a oscuras.

Como un campo de batalla lleno de niebla tóxica.

Mientras lloro, me pregunto si Henry habrá obtenido la respuesta a su pregunta. Si sabe ahora lo que pasa después de que la gente se muere. Me pregunto si habrá corrido a través de la negrura hasta salir a otro lado. Me pregunto si, en la luz, su amigo lo estaba esperando, fumando de su pipa, sonriendo con los brazos abiertos.

Y luego me pregunto si Henry seguirá corriendo. Me pregunto si correrá a través de la oscuridad solo para descubrir que no hay nada al otro lado.

25
Los momentos intermedios

Papá:

Mi primer recuerdo es sobre ti.

Me besas la cara, te ríes cuando la arrugo. Tus manos suaves sobre mi espalda. Mamá está a tu lado, sus manos me hacen cosquillas en el estómago. Tus ojos son cálidos. Tus palabras, tiernas. Mi mundo es una cuna y tu amor es la temperatura.

No estoy seguro de cuánta realidad encierra ese recuerdo, pero no pierdo mi tiempo cuestionándomelo.

Es curioso cómo funciona la memoria, ¿verdad? Recordamos más lo extraño que lo normal. Los días comunes se mezclan, pero los momentos intermedios destacan.

Me pregunto qué dice de mi vida que recuerde más vívidamente los momentos de tu bondad que los de tu odio.

No era consciente de ello cuando era más joven. Me refiero al odio. No sabía que no era normal que tu padre te gritara y golpeara la mesa porque habías roto un plato sin querer. No sabía que era raro que te desnudaran y te metieran en una bañera de agua helada si preguntabas por qué un chico no podía besar a otro chico.

Mamá era la que limpiaba los añicos de mí cuando me secaba mientras temblaba. Me entristecía que se limitara a poner la otra mejilla, pero a diferencia de ti, su cariño era constante. Nunca me hizo daño.

Una noche, cuando estabas en un viaje de trabajo, se durmió en mi cama. Cuando pensaba que yo ya estaba dormido, se echó a llorar. A la mañana siguiente, vi el moretón en su mejilla. Un remolino color vino atrapado en una mancha borrosa verde y amarilla.

Fue entonces cuando decidí que no la odiaría.

Por supuesto, tampoco podía odiarte a ti. Eras todo lo que conocía. Me enseñaste a distinguir el bien del mal. Me guiaste a través del comienzo de la vida. Y cada vez que me desviaba hacia el camino equivocado, actuando de forma un poco demasiado débil o un poco demasiado curiosa, decías:

«Dios te perdonará».

Yo era ingenuo por aquel entonces. Un niño pequeño que pensaba que la bondad residía en un puño cerrado, o que mi existencia era algo por lo que tenía que disculparme.

Pero te olvidaste, papá, de que cuanto más crece un niño, más grande se hace el mundo que lo rodea. Mi cuna se convirtió en una casa y nuestra casa, en una ciudad, y, poco a poco, llegué a conocer la verdadera cara de la bondad.

Un día, me llevaste al parque a jugar a la pelota. Me acababan de dar mis primeras calificaciones y eran buenas. Así que, como siempre, sonreíste. Sin embargo, tras esa sonrisa, había algo que te molestaba. Los niños son intuitivos, se dan cuenta de esas cosas.

Incluso entonces, cuando apenas te llegaba a las rodillas, supe que te molestaba que mis profesores dijeran que era reservado en lugar de extrovertido. Te molestaba que, teniendo en cuenta la edad que tenía, ya tendría que llegarte por la cadera. Tampoco te agradaba mucho que apenas hablara, ni que no pudiera atrapar bien un balón.

Así que cuando la pelota de beisbol me golpeó en la cabeza como síntoma de tu frustración, dejé que sucediera. Dejé que la sangre me cayera sobre el ojo, y dejé que me llevaras de regreso al coche mientras besabas mi frente con mil disculpas.

Esa fue la primera vez que otras personas presenciaban cómo me hacías daño. Recuerdo a las madres con sus hijos pequeños junto al tobogán y los columpios llevándose la mano a la boca, asombradas.

Yo quería decirles que no había pasado nada. Que había sido un accidente. Que te preocupabas por mí y que solo nos hacías daño a mamá y a mí algunas veces.

Aquella noche me lavaste el cabello y me vendaste la cabeza. Me diste un beso de buenas noches y me dijiste que me enseñarías a atrapar la pelota, que todo iba a estar bien.

Aunque no lloré cuando apagaste la luz, sentí un inmenso vacío. Mamá y yo éramos una pareja silenciosa. La propia casa tenía más que decirnos de lo que teníamos por contarnos mutuamente. Tampoco tenía amigos o hermanos con los que hablar.

Me sentía solo.

Yo ansiaba tu cariño y, por eso, estaba dispuesto a aprender a jugar. Estaba dispuesto a fingir ser alguien que no era para complacerte.

Funcionó durante un tiempo.

Tu ira se hizo menos frecuente. De vez en cuando te enfurecías y me gritabas, me insultabas o me empujabas, pero siempre te controlabas y te disculpabas.

Un hábito. Una rutina.

Me agarrabas. Nada más. Solo me agarrabas del brazo. Veías cómo tu mano prácticamente lo envolvía. Luego, después de un momento, te reías, me soltabas, me revolvías el cabello y me decías que tenía que comer más.

Te gustaba ver el miedo en mis ojos. Te gustaba la adrenalina momentánea que te daba saber que podías partirme el hueso en dos y que yo no podría hacer nada. Te gustaba saber que, hiciera lo que hiciese, todo estaba en tus manos. Tú eras quien decidía qué estaba bien y qué no. Y tenías el poder de convertirme en aquello que querías que fuera...

O puede que eso solamente estuviera en mi cabeza.

Puede que solo estuvieras jugando. Así que seguí intentando complacerte. Seguí cerrando los ojos por la noche y rogándole a Dios que me perdonara.

Pero había ciertos aspectos de mí que no podía cambiar por ti, partes de mí que no podías alterar a tu gusto.

Solías decirme algunas frases asiduamente...

«Neo, come un poco más. Se te notan todos los huesos debajo de la camiseta».

«Deberías hacer algo de músculo. Tus brazos parecen palillos. Neo, no pongas esa cara, pareces una niña».

«Parece que no te vas a poder subir a la montaña rusa hasta dentro de mucho».

«No pongas esa cara, solo te estoy tomando el pelo».

«Tienes caderas de mujer, ¿lo sabías?».

Empecé a ser muy consciente de mi tono de voz y del tamaño de mi cuerpo. Me sentía culpable por ser demasiado bajito, demasiado delgado, demasiado femenino. Me odiaba a mí mismo.

Mi soledad se enconó. Me carcomía. Yo era un pedazo de tierra, un terreno abonado para que las malas hierbas de la vergüenza crecieran y florecieran hasta convertirme en nada.

Prefería suicidarme antes que dejar que eso ocurriera.

A los nueve años, soñaba con dormirme en brazos de mamá cuando te ibas de viaje y no despertar nunca. Pensaba que entonces así, quizás, podría conocer a Dios. Y me diría que me perdonaba. Que ya no tenía por qué recibir golpes o sentir miedo.

También soñaba con que mamá desapareciera conmigo.

A la mañana siguiente, planeé salir a la calle y dejar que un autobús me atropellara. No dejaba de imaginarme aplastado en la calle con el cráneo abierto y la cabeza llena de sangre y sesos.

Pero al sentarme, encontré algo. Un libro que alguien había dejado en la parada del autobús. En la portada podía leerse: Grandes Esperanzas. *Lo robé sin pensarlo dos veces. El libro estaba escrito de forma demasiado complicada para mí, pero lo intenté de todos modos. La calle podía esperar.*

Mi profesora se dio cuenta de que lo estaba leyendo; como vio que me costaba trabajo, me dio otros libros más fáciles para empezar. Estaba decidido a leerlo, así que seguí su consejo y empecé por los más fáciles.

Fue entonces cuando me enamoré de las historias.

Me regalaban una vía de escape, un respiro en el entramado de hilos que tejía la vida.

Resultaba que no tenía por qué ser yo. Sino que podía ser cualquiera.

Aprendí a vivir a través de las páginas, de la tinta, de la escritura. Supongo que debo agradecértelo. De no ser por la vergüenza y la soledad, nunca habría encontrado mi raison d'être.

Mamá me animaba a que cultivara esa pasión mientras tú estabas fuera por viajes de trabajo. Me leía antes de acostarme; también me daba un lápiz y un cuaderno siempre que se lo pedía.

La vergüenza y la soledad empezaron a marchitarse poco a poco. Me desprendí de ellas plasmando mi piel sobre el papel, y seguí escribiendo hasta que me salió bien.

Creo que esto también te molestaba. Porque me volví menos dependiente de ti. Me consumí, me evadí intensamente de la realidad a través de la literatura. Empecé a aprender y a formular opiniones que no eran las tuyas.

Empecé a convertirme en alguien.

«Neo, ven a pasar un rato afuera conmigo».

«¿No tienes amigos con los que jugar?».

«Deja el bolígrafo, vamos».

«No compres ese libro, te llenará la cabeza de veneno».

«¡Neo! Guarda eso. Vámonos».

«Carajo, pero no leas ese montón de mierda para gays».

«¡Dame eso! ¡¿De dónde lo has sacado?! ¡¿Qué clase de maricón te lo ha dado?! ¡Dímelo!».

Una noche, llegué a casa de la escuela con una sonrisa en la cara. Un chico se había sentado a mi lado en el autobús y me había dicho que era guapo. Luego me había besado en la mejilla y me había dicho que guardara el secreto. Sentí algo. Tan nuevo: mariposas en el estómago, nervios de los buenos, una emoción que nadie podía arrebatarme.

O eso creía yo.

Escribí una historia sobre ese chico y yo. Tú me la arrancaste de las manos y la leíste entera.

Luego te quitaste el cinturón y me azotaste con él. Me encerraste en el clóset durante más de día y medio. Mamá lloraba rogándote a gritos que me dejaras salir. Finalmente, cuando te fuiste, ella corrió escalera arriba. También le habías pegado a ella. Tenía el labio partido y no podía abrir un ojo. Me dejó salir y me abrazó. Me había orinado en los pantalones y estaba temblando, pero a mamá no le importó. Me abrazó y me pidió perdón.

Me bañó, me lavó la ropa y, de un modo extrañamente íntimo, nos curamos mutuamente. Le limpié el labio con un algodón y ella me puso pomada en las marcas que me habían dejado los latigazos.

Me alegro de que no estuvieras allí para disculparte. Lo más cruel de todo siempre eran tus disculpas. Porque las decías de corazón. Sabías que nos hacías daño con tus actos, y seguías repitiéndolos una y otra vez de todos modos.

Sé que recuerdas estos momentos, papá.

Pero quiero que los revivas.

Quiero que sepas que tu esposa y tu hijo se encontraron mutuamente a la luz de tu violencia. Quiero que sepas que, incluso después de esa noche, seguí sin odiarte.

Decidí fingir que los moretones, los golpes, los gritos y todo lo demás no eran más que sueños febriles. Lo real era solo el cariño.

Me aferré al recuerdo de cuando era un bebé, a las sonrisas que compartías conmigo, a las bromas que hacíamos juntos, a las veces en las que me levantabas en el aire e imitabas los ruidos de un avión. Me aferré a los besos de buenas noches, a las películas que vimos juntos, a cada bache en medio del camino.

La noche en la que decidí odiarte fue una en la que ni siquiera me hiciste daño. Llegabas a casa de un viaje de negocios.

Yo estaba leyendo en mi habitación. Me había acostumbrado a esconder mis libros y escritos en cajas, en el ático, ya que nunca subías allí. Aquella noche oí tu voz cada vez más fuerte a través de las paredes. Me asomé por la puerta y oí el ruido de una lámpara rompiéndose contra la pared, otro de un plato contra las losetas.

No quería que mamá se lastimara, así que bajé la escalera pensando que te detendrías si sabías que yo estaba allí.

Pero no lo hiciste.

Le quitaste lo que le quedaba de cordura y la violaste delante de mí.

No me importó la razón. Ni siquiera me importaba si había una razón. Quería matarte. Fantaseaba con agarrar un cuchillo del cajón de la cocina y clavártelo en la espalda.

Mamá ni siquiera se dio cuenta de que yo estaba siendo testigo de lo que ocurría. Se estuvo mordiendo el brazo todo el tiempo para no hacer ruido, y trató de limpiarse y recobrarse antes de verme.

—Mamá.

—Neo —dijo sonriendo, fingiendo que un par de lágrimas no caían por sus mejillas—. No pasa nada, cariño, vuelve a la cama.

—Te sangra la cara —le dije.

—¿Ah, sí? —Se tocó la mejilla y siseó—. ¿Verdad que últimamente estoy más torpe?

—¿Mamá?

—¿Sí?

—¿Puedes dormir en mi habitación esta noche?

Ella se sorbió la nariz y asintió.

—Sí —dijo—. Sí, claro que puedo.

C no podía vivir sin su corazón.

Creo que siempre lo supe. La pena no es lo primero que golpea cuando los cirujanos entran en la sala de espera, sino la comprensión de que aquello que llevas tiempo esperando ya haya llegado, como si fuera el final de un camino que sabía que era en realidad un callejón sin salida.

«Eres una criatura extraña y hermosa a la vez».

Eso es lo último que me ha dado.

Hikari y Neo se toman de la mano apoyándose el uno en el otro. Me siento al lado de Hikari con los ojos cerrados, mi conciencia viaja a través de las paredes para poder ver la operación.

Cuando el cuerpo de C rechazó el corazón nuevo, el pavor se filtró en la habitación sumergiendo a sus médicos en decisiones difíciles.

Hicieron todo lo que pudieron. Siempre lo hacen.

La madre de C es la primera en romper a llorar cuando los cirujanos le dan la noticia. Su padre también llora abrazando a su mujer y a los hermanos de C. Cada uno cae en su propia versión de miseria y frustración. Dos de sus hermanos se levantan y se marchan enojados. Otro se lleva las manos a la cara, temblando. Los demás rodean a sus padres en un abrazo, como si eso fuera a mitigar el golpe recibido.

Hikari está allí sentada, incrédula. Llora, pero sin hacer ruido. En su mano tiene los audífonos que C le dio para que los guardara. Los mira sin saber qué hacer. La estrecho entre mis brazos y le beso la cara, salada y húmeda. Se refugia en mi cuello.

Neo no tiene lágrimas.

No llora ni se desploma de rodillas en el suelo. Tiene las manos cuidadosamente cruzadas sobre el regazo; una cubre el celular de C; la otra, la promesa que le dio, arrugada. Con calma, se levanta después de que los cirujanos se retiran con sus condolencias. Camina hacia la familia de C deteniéndose ante su madre.

—Disculpe —dice.

La madre de C levanta la cara de entre las manos, con la respiración entrecortada da paso a un llanto más silencioso. Neo se arrodilla frente a ella.

—*C'était là où il gardait toutes ses chansons préférées* —dice entregándole el teléfono. Luego, con la voz más suave que conoce prosigue—: *Je suis désolé pour votre perte.*

Neo se marcha al cabo de unos minutos. Nos pregunta a Hikari y a mí si puede estar solo un rato. Vuelve a su habitación como cualquier otro día y una puerta cerrada le da la bienvenida.

La abre. Ve a su padre sentado en el escritorio con la carta de Neo doblada sobre el regazo.

Neo le mira, apático, sin alterar su estado corporal en absoluto. Mira a su padre como si se tratara de una obra de arte nueva y poco interesante, y entra sin mirar más de lo necesario.

—Has estado fuera bastante tiempo —dice Neo cerrando la puerta tras de sí. Su padre dobla la carta y se aclara la garganta.

—Tu madre me convenció para que te diera espacio —dice.

Neo no puede evitar notar el estado de sus nudillos. Se imagina lo que le habrá hecho a su madre para que conserven esa coloración tan sanguinolenta. Se pregunta si acaso sería capaz de matarla, si ya lo habrá hecho. Entonces se ríe un poco al pensar en la probabilidad de que su madre y su corazón pudieran morir el mismo día.

—¿Vamos a hablar de esto? —pregunta su padre sosteniendo los trozos de papel.

—No hay nada de que hablar —dice Neo.

Neo se dirige hacia donde tiene su pila de libros, mete la mano debajo de la cama para sacar la caja de cartón y, uno a uno, los mete dentro.

—¿Qué pasa? ¿Acaso tu pequeña huida te ha hecho ganar valentía? —pregunta el padre de Neo. Su tono no es agresivo ni desdeñoso. El orgullo fluye a través de su voz hasta quedar atrapado en sus labios. Está contento, Neo se da cuenta. Y es que su hijo no se ha quedado en el hospital, patético, débil, asustado. Por el contrario, ha aprovechado su oportunidad para escapar.

—No soy valiente —dice Neo. Los lomos de los libros rozan las paredes de la caja de cartón hasta acabar cayendo al fondo—. Nunca lo he sido. Sé que eso te decepciona. —Mira fijamente a su padre a la cara—. Pero al menos puedo reconocer que soy débil.

El padre de Neo suspira. Es un suspiro que preludia la violencia, es la antesala de un momento que Neo conoce demasiado bien. Así que, por instinto, se levanta, su respiración se agita a un ritmo inestable. Retrocede mientras su padre se dirige hacia él.

—Eso no importa porque... —Neo es interrumpido por una mano áspera que lo agarra del antebrazo, pero no cae en un silencio resentido, no flaquea. Habla más alto—. ¡Porque soy un buen escritor! —grita—. Soy inteligente y he aprendido infinitamente más de los libros que consideras inmorales y de la gente que hay entre estas paredes que de ti.

Las manos de Neo se cierran en un puño, tensándose. Se concentra en el olor de las páginas que crujen y en el dolor que le produce el agarre que aprieta su carne. Espera respirando con la boca abierta a que su padre lo golpee. Espera esa sensación de ardor. Esa uña que le roce el labio. Ese calor que entumece.

Cuando Neo mira a su padre a los ojos, descubre destellos de frustración. Descubre contención. Ese deseo de hacerle daño. Tan antiguo como el día en que le lanzó una pelota de beisbol directa al cráneo.

Neo se ríe. Se ríe tanto que llora y sus lágrimas caen sobre los papeles del suelo.

—Había una parte de mí que siempre creyó que podías cambiar —dice. Su débil muñeca sube hasta la altura de sus ojos, cubriéndolos—. Cuando enfermé, cuando me dieron una paliza, cuando estaba en una puta silla de ruedas..., todas esas veces pensé que quizás entonces ibas a cambiar.

El padre de Neo no cede en su agarre. No intenta golpearlo, empujarlo o asustarlo. Sabe que es inútil. A Neo todo eso ya no le duele. De hecho, le duele más que su padre intente mostrar preocupación por él. Le duele que, después de tanto tiempo, aún pueda mostrarle afecto.

Neo ríe de nuevo, prácticamente a carcajadas. El dolor en su forma más pura le desgarra desde el centro hasta la piel. Le reclama como a una víctima del pasado y le recuerda con cada recuerdo fugaz que comparten que, a partir de ahora, ya no habrá más.

Neo recarga la cabeza contra la pared y su risa enloquecida se convierte en un largo suspiro.

—Me pregunto, papá, ¿cambiarías ahora? —pregunta—. ¿Si supieras que el chico al que amo acaba de morir? ¿Me abrazarías y me dirías que todo estará bien?

Congelado, el padre de Neo no puede ni abrir la boca, y mucho menos responder.

—No, no te importo lo bastante como para eso —dice Neo—. Te preocupas lo suficiente para sentir lástima por mí, o eso creo, pero tus valores son más fuertes. Lo sabías desde el principio, ¿verdad? —Sonríe con un suspiro—. Tu odio siempre tuvo un nombre. Simplemente nunca lo pronunciamos en voz alta.

—Siento lo de ese chico —dice rápidamente su padre sentándose en la cama. No lo suelta—. No puedo culparte por estar confundido. Cuando regresemos a casa...

—No regresaré a casa contigo. —Neo mira fijamente las líneas de su puño y letra. La tinta se disuelve con sus lágrimas como pintura.

Su padre lo jala del brazo levemente, a modo de advertencia.

—Neo...

—Puede que prefieras tener algo más de cuidado de ahora en adelante cuando me toques... —dice Neo—. No eres el único al que le he escrito una carta.

La puerta se abre de golpe. Eric se para en el umbral. Prácticamente estrangula la perilla de la puerta. Tiene el cabello alborotado, el uniforme hecho un desastre y unas marcadas ojeras.

—Neo, ¿todo está bien? —pregunta.

—Aquí no hay ningún problema, soy su padre...

Los ojos de Eric pasan de la piel irritada, roja y magullada del antebrazo de Neo a las lágrimas que bañan su cara.

—Quítele la mano de encima.

—¿Cómo dice?

—Le está usted haciendo daño —sentencia con un tinte de urgencia en su voz—. Le he dicho que le quite la mano de encima.

El padre de Neo intenta razonar con Eric, tranquilo y sereno, como el verdadero hombre de negocios que es. Neo pone los ojos en blanco ante la vieja táctica que siempre parecía funcionarle cuando levantaba la voz más de lo normal en público o lo sujetaba con demasiada brusquedad.

—Por el amor de Dios, ¿acaso cierras el pico alguna vez? —Neo se dirige a su padre y este lo fulmina con la mirada.

—¿Qué acabas de decir? —Su mano se convierte ahora en un hierro candente que aprieta el antebrazo de Neo con tanta fuerza que lo hace encogerse de dolor.

—¡Seguridad! —grita Eric enseguida.

Neo ve cómo el pánico se agita en los ojos de su padre. La satisfacción que estaba sintiendo al herirlo se ve apagada por la culpa que se asienta en su estómago.

—Neo. —Sujeta a su hijo por los hombros lo más suavemente que puede, como hizo aquella vez que lo besó con ternura y le regaló palabras de perdón—. Dile que le has mentido, que solo estabas confundido.

Neo no cumple órdenes esta vez. En lugar de eso, vuelve a sonreír.

—Siempre te querré por los momentos intermedios, papá —dice—, pero el resto no te lo perdonaré nunca.

El jefe de seguridad entra corriendo en la habitación y escolta al padre de Neo hasta la salida. Pese a que el alboroto que se genera llama la atención de todo el piso, Neo conserva la calma.

Eric nos deja entrar a Hikari y a mí, y le dice a Neo que ya está a salvo, y que volverá enseguida.

—Neo. —Hikari entra con Elle que descansa cómodamente en su suéter. La gata salta a la cama de Neo acurrucándose en su regazo.

—Estoy bien —dice Neo. Hikari se queda mirándole el brazo con la herida en forma de medialuna que gotea sangre sobre las sábanas. Rodea el cuello de Hikari para atraerla hacia su abrazo—. No llores, tonta. Estoy bien.

Neo decide entonces dejar de recoger sus cosas. En lugar de eso, deja la habitación tal y como está. Nuestra sede. Se imagina a Sony tumbada en el alféizar de la ventana, jugando con Elle, mientras Coeur golpea sus muslos al ritmo que marcan sus audífonos.

Su manuscrito y el de Coeur está en un rincón.

Se dice a sí mismo que lo terminará otro día.

—Quiero tumbarme un rato al sol, ¿quieren? —susurra.

Hikari acepta y salimos al jardín, con cuidado de no sentarnos demasiado cerca del seto. Neo se acuesta en la hierba. Lleva puesta la chamarra de C; aspira su olor y su calor pensando que son los brazos de C los que lo sostienen en lugar de la tela vacía. Me acuesto a su lado. Hikari y Elle nos imitan. Somos soledad y supervivencia bañada por un sol.

Me pregunto qué pensará el padre de Neo de la carta de su hijo. No sé si alguna vez leerá el resto. Aunque mientras Neo mira el cielo con paz, sé que no importa.

Papá:

Dos semanas después de que violaras a mi madre, tuve una infección. Dijiste que no era nada más que un síntoma fruto de mis rabietas y de negarme a comer, ¿te acuerdas? Luego, una semana después de eso, me tuvieron que internar. Mi enfermedad es tan poco frecuente en gente de mi edad que tardaron un año en dar con el diagnóstico.

No era que me hiciera gracia, pero lo que sí me hizo reír fue que los médicos me preguntaran si hacía deporte. Con todos los moretones que tenía, para ellos era evidente que así era. Sabía que los servicios de protección de menores me llevarían si decía algo al respecto, así que les dije simplemente que solía pelearme con mis amigos, y que era un poco torpe. Se lo creyeron.

En cualquier caso, estaba pletórico.

Tendría una enfermedad de por vida, según dijeron.

Estaba tan feliz, papá. Creo que nunca me había sentido así. Durante los últimos tres años, me han regalado una vía de escape. Un lugar en el que no puedes hacerme más daño que un pequeño moretón aquí o allá. La vida me ha obsequiado un lugar donde soy libre de tu control.

Leo y escribo tanto aquí, que es pura dicha para mí. He entablado amistad con algunas personas. Personas extrañas, hermosas, divertidas y amables. Son gente que no te pertenece. Mis amistades me han enseñado cómo se siente la pertenencia. Ser feliz. Sentirse apreciado.

Ahora me doy cuenta de que tú estabas tan feliz de tener un hijo como yo de estar enfermo. Yo no era el hijo que tú querías.

Me moldeaste a imagen de alguien que no soy, y si me desviaba un milímetro, te sentías amenazado. Por lo tanto, nunca has sentido apego hacia mí, ni tampoco hacia el sentimiento de autoridad. Has vivido siempre apegado a esa imagen concebida. A esa idea. A esa persona que en realidad no existe.

Por eso no te culpo, papá.

Pero mis últimos recuerdos no serán los tuyos.

Serán los de mi madre, los de las noches en las que nos hemos curado mutuamente.

Aquellas noches en las que me leyó y me animó a ser quien quiero ser. Mis recuerdos tendrán como protagonista a esa chica guapa y gritona a la que le robé ropa y un gato. Llevarán el nombre de una chica ingeniosa, llena de optimismo para alcan-

zar las estrellas, llena de chistes que hacen que mi tripa tiemble de risa. Mis recuerdos los llenará esa extraña persona que me sacó de mis pesadillas y nunca se separó de mí. Y mis recuerdos, papá, los ocupará un chico con más corazón que la mayoría. Mi último recuerdo serán sus labios, su alegría, su belleza, su optimismo. Su eterna bondad.

Esta carta no es para ti, papá, es para mí.

Porque no tengo nada que lamentar. No necesito que me perdonen por lo que elijo ser, y menos aún que me perdonen por amar a quien elijo amar.

Así que gracias, Sony, Hikari, Sam...

Gracias, Coeur...

Por enseñarme a amarme a mí mismo.

26
Grandes esperanzas

No recuerdo despertarme ni tampoco dormirme. Entro en otro mundo, en otra forma. Es como si me hubiera ido. Y como si luego al concentrarme en un grano de arena o en una nube baja, de repente recordara dónde estoy.

Las flores silvestres y la hierba crecida se extienden por la tierra, sin un centímetro de jungla de asfalto. Los pájaros cantan, los animalitos hurgan en la basura y los árboles enmarcan los pastos. El cielo se une a las montañas en los confines del lienzo, y todo lo demás son esplendores de la naturaleza.

—Ay, qué bien. —El viento acompaña una voz. Volteo siguiendo el perfume de un océano, donde las sombras de un azul espumeante bañan la orilla—. Te has despertado.

Sentado a mi lado, contemplando una escena diferente, un chico sostiene una pequeña maceta con las mangas de una sudadera robada.

—¿Esto es un sueño? —le pregunto.

Asiente.

—Nunca había estado en el sueño de nadie.

—No creo que sea solo mi sueño —dice—. Creo que también es el tuyo. Nuestros sueños son dos cuadros que se cruzan más allá de sus respectivos marcos.

Vuelvo a dirigir la mirada al campo, hacia la vida y la luz que hay en él. Observo su mar infinito, respiro el olor amargo que emana para luego posar mi mirada sobre las nubes gestándose en la lejanía.

—Quiero traer a Coeur aquí —dice—. Es un sitio aislado, completamente silencioso, quitando el sonido de las olas. —Señala las aguas tranquilas y la arena oscura. Lo miro a la cara mientras habla. Su boca se entreabre ligeramente, sonríe ligeramente al pensar en C paseando por la arena con él de la mano.

—También le encantarían las playas de Francia —dice—. Nunca ha estado allí, lo sé, pero sus padres sí, obviamente, así que podrían llevarnos. Hay gente muy psicodélica en Europa, tanto como él. Hay una biblioteca en París a la que me gustaría llevarlo. Tomaría fotografías, cual turista. —Una chispa de diversión se mezcla en su voz. Juguetea con la suculenta colocándola delicadamente entre él y yo, como si contuviera un alma más con la que contemplar la subida de la marea.

—Neo —le digo sacándolo de sus ensoñaciones—, ¿dónde estamos?

Aprieta las rodillas contra el pecho y se queda pensativo.

—Mi padre me traía aquí cuando era pequeño —dice—. Era otro mundo. Un lugar en el que yo escribía, mientras mi madre leía en la toalla y mi padre tiraba piedras al mar para hacerlas saltar.

Falsas figuras de sombra y viento se mezclan con su recuerdo. En su mente salpican destellos del trazo de un lápiz y de una roca de bordes planos golpeando contra las olas. Un padre levanta juguetonamente a su hijo en el aire mientras su madre lo observa. El recuerdo se desvanece en su mente y la realidad se inclina para sacarnos de él.

—¿Dónde estamos realmente? —le pregunto.

Se muerde el labio deslizando un dedo por las briznas de hierba que se desvanecen suavemente entre las piedras.

—Los Servicios de Protección de Menores vinieron a verme hace unas horas —dice—. Los padres de Coeur se ofrecieron a aceptarme, pasara lo que pasara. Sin embargo, los médicos no me han dado de alta aún porque... bueno... —Intenta sonar desenfadado. Lo hace por mí, pero lo que sale por su boca es seco, como un detalle irónico que completa un cuadro oscuro—. Porque ahora mismo estoy acostado con un tubo gástrico conectado a mi estómago, mientras tú y Hikari duermen junto a mi cama.

Me estremezco al pensar en su cuerpo huesudo comiéndose a sí mismo en todos los sentidos posibles. Él se da cuenta de lo que pasa por mi cabeza.

—Pero ahora, aquí, no siento dolor.

Mientras el aire se enfría a nuestro alrededor, su mirada se endurece sobre su océano. Se paraliza tanto que mi parte del sueño ya no existe para él.

Algo parecido al miedo y al cariño atado a una piedra me suben por la garganta y aguardan en el silencio.

—Neo —consigo pronunciar—. ¿Vas a morir esta noche?

Deja que la pregunta fluya como una ráfaga de viento.

Las nubes sobre él y sobre mí se hunden, las ballenas se sumergen bajo el agua y van resurgiendo en busca de aire. Dibujan patrones, ensombrecen el paisaje al salir a la superficie, antes de dejar que la luz se filtre de nuevo.

—La vida está llena de sombras. —Suspira y saca un libro del bolsillo delantero de la sudadera. El lomo está deteriorado. Las páginas son finas y pálidas, pero están llenas de texto—. Es fácil olvidar que algunas personas prefieren la oscuridad.

El libro imita en cierto modo al mar: gris, azul y bastante intimidante. Hojea cada palabra, las escruta como si fueran células. Como si cada frase fuera un conjunto muscular.

—A simple vista, puede parecer que esta historia trata sobre el valor del amor por encima de toda clase social. Pero la raíz, como ocurre con la mayoría de las cosas, es más simple —dice—. Trata sobre el amor despojado de toda culpa. Un amor que no se pide y que no espera nada a cambio. Se trata de no dejar que este tipo de vínculo se ignore.

Luego, con un resoplido desdeñoso, estira las piernas y se recuesta, sosteniendo la novela sobre su cabeza.

—Odio este libro.

No puedo evitar sonreír.

—¿Lo odias?

—Sí, Pip es un idiota. —Neo extiende la mano como si quisiera burlarse de un actor recitando de forma dramática—. «Sabía, para mi gran pesar, que la amaba contra toda razón, contra toda promesa». Suena igual que tú.

Lo dice para hacerme reír y, aunque funciona, no tardamos en recordar dónde estamos en realidad. El agua y el viento nos avisan que nuestro tiempo aquí es limitado. Terminará, y cuando lo haga...

—Creo que esa parte de Pip vive en cada persona —dice—. En el fondo toda la humanidad se parece. Cada persona quiere un trocito de algo extraordinario. Por desgracia, la mayoría de las vidas transcurren sin que ocurra nada de eso, e incluso si ocurre, nos damos cuenta de que son los momentos ordinarios los que deberíamos haber apreciado.

No hay arrepentimiento en su voz. No hay resentimiento por una existencia injusta y sin incidentes. Como si su vida acabara de empezar y declarara que no la dejará pasar.

Pero he aprendido lo suficiente como para saber que es todo lo contrario.

—La gente tiene esta ilusión de propósito inherente, como si el destino estuviera grabado en piedra, cuando en realidad la pluma siempre ha estado en nuestras manos. —Sus dedos se cierran alrededor de las páginas arrugando los bordes. Luego se incorpora, y con él, el libro.

—Somos protagonistas actuando de forma pasiva, hasta que, al final, aprendemos a escribir.

—Entonces, ¿qué somos cuando dejamos la pluma?

—Cuando la dejamos hemos llegado al final de nuestra historia.

—¿Y es justo eso lo que siempre pretendiste hacer? —Levanto la voz cerrando los puños. Me mira y yo lo miro a él—. Cuando creaste un mar de páginas entintadas y escribiste hasta que te sangraron los dedos, ¿era tu intención no llegar nunca al final?

—Sam...

—Aún puedes vivir, Neo —digo, y las palabras resuenan como un eco, pero no creo que las oiga de verdad. Solo oye la voz de su enfermedad susurrándole al oído como una sirena.

Seguro que te habías dado cuenta.

Desde el principio.

Cuando Neo acariciaba su venda en la cabeza, cuando le daban igual los tratamientos. Su sutil frustración cada vez que alguien le mencionaba que estaba mejorando. Cada pensamiento que pasaba por su cabeza era una narración que convertía su enfermedad en fantasía.

Sea quien sea el asesino de Neo, él le permite actuar.

El gran maltratador de su vida nunca fue su padre, sino la enfermedad de sus venas. Neo forjó un vínculo que no había pedido, ávido de carne y cordura. Sin embargo, por mucho dolor que le causara, nunca se acercó lo más mínimo al dolor que le provocaba ser otra persona.

Así que se enamoró del vínculo.

—Te has estado enfermando a ti mismo todos estos años, ¿verdad?

No me contesta, porque ya sé la respuesta.

Cada comida que no tocaba y cada pastilla que fingía tomarse contaban como un día más para añadir a su condena en el hospital. Cada ataque, cada brote, cada vez que estaba a punto de morir... no era más que un indicador de lo que había elegido para sí mismo.

—¿Y qué hay de tu historia? —pregunto temblando al pensar en él dormido con un tubo pegado a la boca; al pensar que él está de acuerdo con morir de esa manera—. ¿Qué pasa con todas las historias que te quedan por contar?

—Solo importa una —dice tomándome de la mano para tanquilizarla—. Y confío que la persona a la que he elegido para que acabe la historia la narre bien.

—Neo, por favor...

—La vida está hecha de muchas despedidas unidas entre sí. —Me aprieta la mano, su tacto es tan tangible como el primer día que lo sentí—. Así que teme a los finales. Llora, enójate y maldícelos. —Una sonrisa triste se dibuja en sus labios—. Pero no olvides apreciar los comienzos y todo lo que hay entre ellos.

—No entiendo.

—Siempre te han encantado las historias de amor, Sam, así que ve tras la tuya —susurra—. Ámala. Ámala. Ámala. Y contra todo desaliento que pueda haber, deja que ella también te ame a ti.

Me ahogo en un grito deseando que Hikari esté aquí.

Agarro sus manos, esos instrumentos fríos, finos e ingeniosos que aprendieron a ser sostenidos en lugar de agarrados bruscamente. Las acerco a mi cara recordando todas las veces que me entregaron libros y me abrazaron en ataques de risa, lágrimas y todo lo demás.

—¿No hay nada que pueda hacer para que cambies de opinión? —le pregunto.

Se inclina hacia mí moviendo los dedos como tornillos sueltos que caen por unos brazos que me sujetan, igual que lo hicieron los días en que lo ayudé a aprender a ponerse de pie de nuevo.

—Sabes que nunca quisiste que fuéramos felices, Sam. La felicidad es algo frágil y fugaz —dice mirándome a los ojos. Creo que lo hace para que yo pueda ver que no está triste. No está dolido, ni arrepentido ni resentido. En sus ojos no hay nada que no sea paz—. Tú querías que nos sintiéramos queridos, y así ha sido.

Mira hacia el mar, su mirada se extiende a través de su infinidad. Recoge su libro y juega con los cordones de su sudadera robada.

Luego se levanta solo. Se desprende del anclaje de nuestros sueños y vaga hacia el océano. *Grandes esperanzas* se empapa con el mar y se hunde. Su tinta se disuelve en la nada.

Sube a su barca de remos. Saca una pierna y, con un pie, empuja el fango para darse impulso. Se sienta en el centro de la barca. Cuando comienza su viaje, me pongo de pie y, aunque no puedo seguirlo en la oscuridad, lloro al mismo tiempo que me doy cuenta de que nunca estuvo enamorado de estar enfermo. Se enamoró del hogar que le dimos. Navega hacia el corazón de ese hogar, atravesando olas, tormentas y una capa de oscuridad tan espesa que se puede respirar.

Me gusta imaginar que, al otro lado, encontrará una orilla. Una vez llegue, lo estarán esperando las siluetas de un niño y una niña dibujando en la arena con palos y conchas marinas.

Cuando eso pase, Neo no podrá contener su alegría. Saltará del bote de remos y nadará el tramo que falte. Llegará dando tropiezos al correr por la zona donde apenas llega el agua. Con el lodo bañándolo hasta los tobillos, correrá mientras grita sus nombres. Sí, Neo corre por la playa desbordado por las risas de júbilo.

Coeur oye su voz. Voltea. El cielo arroja luz sobre él hasta que la única sombra que queda es la de Neo, saltando a sus brazos y besándolo tal como le había prometido.

27
Antes

No he visto a Sam desde la noche en que murió Henry. Bueno, en realidad, yo sí, aunque él a mí no. Lee en su cama la mayor parte del día, terminando los libros casi tan rápido como los empieza. No duerme a menudo. Cuando lo hace, me quedo mirándolo un rato más al pasar por su habitación. Desearía poder meterme en su cama y pedirle perdón.

Sin él, siento como si estuviera, pero sin estar. Como si me faltara una parte.

Como no puedo estar con él, sigo a la enfermera Ella a todas partes, como si fuera su sombra. Cuidamos de los pacientes. O, más bien, lo hace ella. Yo sobre todo observo. Los bebés, los niños pequeños y las personas que aún no se han convertido en personas son los que me dan alegría. La enfermera Ella dice que miro demasiado a las criaturitas. Yo le digo que cuando se tiene la edad que tiene ella, vivir se vuelve desagradable, y que por lo tanto tengo que disfrutar del placer de mirar a los bebés mientras pueda. Con razón, me da un golpe en la nuca.

—¿Sam está bien? —le pregunto. Ella garabatea en una hoja de papel. No me interesa lo que sea, el papeleo en los hospitales es tan infinito que requiere de bosques enteros. La burocracia, el papeleo..., todo eso es como la violencia. Abunda demasiado y, a menudo, es inútil.

—Sam está siendo más pesado que una vaca en brazos —dice la enfermera Ella—. Ahora que lo pienso, él y tú llevan bastante tiempo sin meteros en líos. ¿Qué ha pasado?

—Se enojó conmigo.

—¿Por qué?

—No era mi intención...

La enfermera Ella gruñe, disgustada.

—Sam se está haciendo hombre. Ahora que eres joven, te convendría aprender que los hombres son unos sensibleros. Solo Dios sabe por qué son ellos los que dirigen el mundo ¿Es por eso por lo que has estado con un humor de perros?

—¿Humor de perros? —pregunto, ya que no entiendo la expresión.

—Ay, de verdad... —La enfermera Ella tira los papeles exasperada y se quita la filipina—. Ven.

—¿Adónde vamos?

La enfermera Ella nunca responde a mis preguntas. Se limita a guiarme y yo la sigo.

La habitación de Sam está a oscuras. Tiene una sola lámpara en el rincón más alejado. Las persianas están cerradas. Las plantas se apoyan en el alféizar con sus respectivas macetitas. Se han convertido en enredaderas y pequeñas matas abultadas durante la última década, y se están secando bajo el resplandor azul.

La enfermera Ella entra sin llamar ni saludar. Sam levanta la vista de su tarea apoyada en sus rodillas con las cejas fruncidas.

—¿Enfermera Ella?

—Levántate —dice rodeando su cama y chasqueando los dedos.

—¿Qué?

—Que te levantes —vuelve a decir. Le quita la tarea de las manos y la tira a un lado.

Sam frunce el ceño.

—No.

—Disculpa, pero no creo haberte pedido que te levantaras diciéndote: ¿sería tan amable de levantarse, distinguido caballero?

—Bruja.

—¡Arriba! ¡Ahora! —Da una palmada—. ¡Y tú! Aquí dentro. Siéntate.

Una vez que Sam y yo estamos en el borde de su cama, la enfermera Ella se coloca las manos sobre las caderas, escaneándonos como prisioneros merecedores de que saque el tolete.

—En toda mi carrera nunca me había topado con gente que diera tanta guerra. Desde que me llegan a las rodillas han estado causando estragos. Por Dios, si supieran los dolores de cabeza que he sufrido para meterlos en cintura, pequeños diablillos... —La enfermera Ella hace de sus regaños una obra maestra. Es teatral e inspira fuerza cuando hace una pausa.

—Dicho esto, cuando no hacen travesuras juntos, son todavía peores. Tú. —Me señala—. Tú te conviertes en un bebé ñoño y melancólico que se aferra a mi falda a todas horas. Y tú. —Le da un golpecito en la frente a Sam; supongo que en un intento por quitarle las arrugas que se le están formando con el ceño constantemente fruncido—. Mírate, perdiendo los estribos cada dos por tres porque te han herido los sentimientos. ¿Te he criado para que fueras tan patético? No soy una mujer paciente. Tengo mejores cosas que atender que tus pataletas. ¡Así que hagan las paces! ¡Y rapidito!

Al salir, la enfermera Ella sigue farfullando en voz baja acerca de nuestros diversos atentados contra su cordura. La puerta se cierra tras ella, y una corriente de aire atraviesa la habitación con un silencio pesado y desagradable.

Sam y yo no nos miramos. De hecho, no miramos nada hasta que él habla.

—¿Fuiste de soplón?

—No —le digo—. Creo que fue lo bastante lista para atar cabos.

Sam se levanta de la cama y se acerca a la ventana. No abre las persianas. En lugar de eso, aplasta las hojas cafés, escuchando un crepitar que parece fuego. Al hacerlo, su manga se desliza por su brazo dejando al descubierto las manchas de su piel. Los tonos rosados surgen como mesetas. Con costras. Y en carne viva.

Se han extendido.

—Sam, tu piel. —Me apresuro a cruzar la habitación e intento tocarlo, pero él se aparta. No por reflejo, sino voluntariamente.

Retiro los dedos, dejo caer ambos brazos a los lados.

—Sigues enojado conmigo.

—¿En serio? —se burla Sam—. ¿Cómo te diste cuenta?

—No lo entiendo.

—No, claro que no lo entiendes. Me sorprendería incluso que supieras atarte los zapatos.

—Estás siendo cruel.

—Y tú eres idiota.

—No lo soy —digo con la tensión apoderándose de mi voz.

—¿Tú crees? ¿Acaso ya entendiste por qué estoy enojado contigo?

—Estás enojado porque no me quiero marchar.

—No. —Sam me toma la cara con las manos, como cuando quiere abrazarme. Solo que ahora no quiere besarme. No se ríe ni junta nuestras frentes. Me sujeta para que él sea lo único que vea—. Estoy enojado porque eres lo único por lo que vivo —susurra—. Y ni siquiera puedes decirme quién eres. Ni siquiera puedes decirme que me quieres.

Me suelta suavemente, como se suelta a un pez en el mar. Cuando no te importa dónde acabe, siempre y cuando esté vivo y no en el barco.

Se tambalea al volver a la cama. Está más delgado de lo que recordaba, y su rostro ha adquirido un gris más enfermizo. Recoge su tarea y se vuelve a tumbar sobre las sábanas como si esta discusión estuviera a punto de terminar.

—¿Sabías que el sol te besa por las mañanas? —le digo—. Atraviesa mundos solo para saludarte. Lo lleva haciendo desde que eras un bebé. —Sam finge no escuchar. Se concentra en el papel, como si lo que estuviera escribiendo fuera algo más que garabatos sin sentido o líneas incoherentes.

Me acerco.

—Un velo rosa cubre tu rostro cuando la luz se detiene. Hay otros tonos, los que emiten calor cuando te ríes o cuando nos besamos, por ejemplo. Tus manos también funcionan igual. Son suaves. Recuerdo que, cuando eras pequeño, acunaban tus plantitas.

Cuanto más me acerco, más se le contrae la cara, como si los nervios le picaran con un alfiler con cada palabra que pronuncio.

—Siempre hacías ruiditos tontos cuando no podías contener tu emoción. Y no tardabas un segundo en recurrir a los pucheros cuando no te salías con la tuya. De hecho, sigues haciéndolo —digo—. Comes como un bebé. Siempre acabas manchándote la cara de natillas. Solíamos comérnoslas en el parque, ¿te acuerdas? Te gustaba mucho aquel lugar bajo la sombra del sauce. Siempre decíamos que queríamos llevar allí a Ella, y también a Henry. Que escucharíamos sus historias en la hierba mientras jugábamos a las cartas.

Me siento en la cama frente a él. La ira desaparece lentamente del rostro de Sam, como una máscara de polvo que se marchita en la nada, como una hoja seca que cruje y se deshace.

—No sé por qué me cuentas todo esto.

—Dijiste que este lugar está vacío de historias, Sam, pero te equivocas. Está lleno de ellas —digo—. Está lleno de gente que intenta sobrevivir como tú. Pero la mayoría no lo consigue, y quiero saber por qué.

Sam me mira ahora fijamente. Su curiosidad infantil se sienta al lado de su hambre de comprensión y de un rencor que intenta contener.

—Quiero saber por qué la gente que encuentra refugio en este lugar tiene que sufrir. Quiero saber por qué muchas de sus vidas acaban inconclusas. Quiero aprender a defenderme de mis enemigos. Quiero salvar a todo el mundo; es mi propósito. —Tiemblo. Mi voz siempre le ha pertenecido, pero mi existencia es mía. Es un enigma. Difícil de expresar. Aún más difícil de decir en voz alta.

Sam se ablanda cuando se da cuenta de lo que intento decir.

—Nunca te has preguntado de dónde vengo, ni quién soy ni por qué estoy aquí. Nadie lo hace nunca, porque soy parte de este lugar. Como el color de una pared o el peso de una puerta. Un fantasma de tristeza se arrastra sobre mí. Es seco, está gastado. Es familiar, descolorido. Es el dolor de estar perpetuamente en soledad.

»Sentía tanta soledad antes de conocernos, Sam —digo, casi llorando—. Poco importaba con quién me topara, todo el mundo me abandonaba, de una forma u otra, pero tú nunca lo hiciste. Mi maldición cometió un error el día que naciste. Tú, como yo, estabas solo, pero la vida nos regaló la mutua presencia. Nunca te he mentido, y hoy no será el día en que empiece a hacerlo. No sé lo que es el amor. Pero, de no haber sido por ti, nunca habría intentado entenderlo.

Sam arroja a un lado los papeles y el lápiz. Caen al suelo. Se pone de rodillas y me abraza.

—Dulce Sam —susurra estrechándome contra él.

—Te quiero —le digo—. Quiero que te cures, que estés a salvo y que tengas la vida que deseas. Quiero que seas feliz. Si eso es el amor, te he amado más tiempo del que puedo recordar.

—Yo deseo lo mismo para ti, lo sabes. Solo me molestó que no fueras capaz de responderme —dice. Se acerca para percibir mi olor y cae encima de mí, apoyando su peso en los codos. Y nos besamos. Pidiéndonos perdón. Hambrientos. Para recuperar algo de la pasión que el tiempo ha intentado robarnos mientras nos hemos soltado la mano.

—Iré contigo —digo finalmente. Empujo a Sam de nuevo para ser yo quien lo mantiene erguido—. Cuando te mejores, iremos. Solo tú y yo.

—Pero tú dijiste que...

—Pertenezco aquí, sí, pero... —Me detengo para reconsiderar que las reglas de mi existencia pueden romperse. Nunca me he arriesgado a ir demasiado lejos de estas paredes—. Aún sigo buscando respuestas —le digo—; quiero buscarlas contigo.

—¿Lo estás diciendo de verdad?

—Sí. —Lo beso de nuevo. Beso las comisuras de su boca, su nariz, sus párpados. Entonces me atrevo a preguntar, piso de puntitas la fina línea que rodea mi secreto. Un cofre en mi pecho que se abre con una llave que solo yo poseo.

—Entonces..., ¿quieres saber quién soy?

Sam sonríe.

—Sé quién eres —me dice—. La amistad que ofreces está llena de cariño. —Besa mis labios—. Eres una enfermera meticulosa. —Me besa de nuevo deslizando sus manos bajo mi camiseta—. Y eres un hombre que juega fatal a las cartas. —Sus labios viajan hasta mi cuello—. Eres un valiente caballero. —Me agarra de la cintura—. Eres una amable bailarina. Y todos tus mañanas son míos.

Los médicos de Sam identifican su misteriosa nueva enfermedad unos días después. No hay forma de saber exactamente cómo la contrajo, pero teniendo en cuenta lo comprometido que está su sistema inmunitario, el pronóstico no es prometedor.

Sam me dice que no importa, que ha sobrevivido a todo desde que nació. Me dice que aguante, que seguiremos nuestra aventura cuando se cure.

Pero a medida que pasa el tiempo, el estado de Sam no mejora. Nunca me alejo de él, por eso, hasta los cambios más pequeños importan. Si camina más erguido, si pasa una noche entera sin sucumbir a la tos, si puede comer sin náuseas..., siento que en mí se plantan diminutas semillas de esperanza.

Pero la esperanza es frágil. No es infinita.

Mi bebé mantequilla muere en su tercer mes de vida. Sam me persigue hasta la calle. Evita que me atropellen, me abraza, me calma, me dice que todo estará bien.

Llega más gente al hospital. Gente a la que llego a conocer y cuidar. Más gente que se marchita hasta convertirse en esqueleto y cenizas. Cada vez que eso pasa, regreso a Sam, cuya piel se vuelve más gris con el tiempo. Y cuyas fuerzas se van debilitando. Él me abraza por la noche. Me calma, me dice que todo estará bien, que no pierda la esperanza.

Me pregunto, en sus brazos, cómo se pierde algo tan intangible como la esperanza. No se puede extraviar. No se puede dejar a un lado. Eso solo puede ocurrir si te olvidas de ella.

El olvido es una parte esencial del duelo.

28
Desnudar el alma en papel

> El corazón roto. Crees que vas a morir, pero sigues viviendo día terrible tras día terrible.

La soledad agrede, entona canciones de cuna. Con su suave voz repite: «No tienes a nadie, no eres nada, tu interior está vacío».

Hikari yace en mis brazos y, aunque juré protegerla de las pequeñas sombras espinosas, nunca me ha parecido más ligera.

Las persianas están cerradas. Las finas líneas de luz se dibujan sobre las colinas de nuestras piernas, que descansan bajo las mantas. Le hablo, le cuento cosas, le hago preguntas, pero rara vez responde. Por mucho que la abrace, sigue teniendo frío. Sus ojeras se tiñen de un morado cada vez más enfermizo, por muchos besos que le dé en los párpados.

Sus padres vienen a verla siempre que pueden. Ambos han tomado días de licencia en sus trabajos, pero Hikari no habla con ellos. No habla con sus médicos ni con nadie.

Habla conmigo, supongo que porque cree que soy la única persona que la puede entender. Porque este lugar es mi prisión, igual que ella es prisionera al depender de mí.

Me doy cuenta cuando agarra el cuchillo para cortar la comida y se mira en el plástico reflectante.

—Hikari —le digo—, ¿puedes comer algo, por favor?

Ya no reconoce el reflejo, pero sabe que sigue siendo ella. Su puño aprieta el mango. El cuchillo tiembla.

Dibujo patrones sobre sus nudillos cuando se pierde en esos pensamientos. Le pido que me hable. A veces lo hace, sacude la cabeza y baja el cuchillo. Otras, lo agarra con más fuerza, cae en un abismo más profundo y trata de cortarse las muñecas.

Lucha contra mí mientras la detengo con la respiración entrecortada y la mandíbula apretada. Tomo el cuchillo y lo tiro al suelo para que no pueda volverlo a agarrar. Luego la abrazo y le agarro la nuca mientras me jala de la ropa y trata de apartarme a empujones.

Me golpea en el pecho, pero está tan débil que no me hace ningún daño. Luego, cuando se queda quieta y callada, la suelto. Se separa lentamente de mí, murmurando una disculpa.

Más tarde, cuando termina de comer lo que puede y lo vomita, la ayudo a lavarse. La vuelvo a vestir y le pongo pomada en las cicatrices. Luego nos acostamos en su cama, bajo las sábanas.

—¿Encontraste alguna vez la respuesta? —me pregunta con voz ronca y triste—. ¿Averiguaste por qué la gente tiene que morir?

Me muevo en la cama para que mi boca quede pegada a su cuello mientras ella gira hacia el otro lado.

—No —susurro acariciando sus manos, pasando los dedos por el cuero y el cristal del reloj de su muñeca.

—Quizás no exista respuesta —dice—. Puede que la muerte tenga tan poco sentido como la vida.

El sueño que compartí con Neo lo confirma, pero no puedo decírselo. Ella necesita que la escuche, no que discutamos.

Así que me envuelvo a su alrededor presionando mi frente contra su espalda, intentando no concentrarme en la prominencia de sus huesos o sus palabras. Me concentro en su respiración, en los latidos de su corazón, en cualquier señal de que no es un cadáver.

—¿Me quieres, Sam? —me pregunta—. ¿O solo me cuidas porque te sientes mal?

—Claro que te quiero —susurro con dureza, abrazándola más fuerte—. ¿Tú me quieres?

—Sí —contesta. Las sábanas rozan nuestra piel. Se zafa de mi abrazo y se sienta en el borde de la cama—. Sería mucho más fácil si no lo hiciera.

Sus pies descalzos chocan con las losetas. Desengancha su bolsa de suero y la cuelga del porta suero.

—¿Adónde vas? —le pregunto.

—Quiero ver a Neo —dice.

El portasueros le sirve de apoyo para salir de la habitación.

Neo se suicidó. Murió por inanición. Le falló el corazón.

Hikari vio su cuerpo. Le estaba sujetando la mano y se despertó cuando la vida ya se le había agotado. Su piel era fría, rígida; la describió como una roca llena de líquido helado. Hikari hablaba sobre lo ocurrido sin rastro de emoción, como si aún no hubiera asimilado los hechos. Solo recuerdo que dijo que no tendría que haber muerto así, con un tubo pegado a un lado de la boca, el cuerpo hecho un esqueleto gris y un sarpullido de mariposa en los pómulos. Según ella, Neo tendría que haber muerto en algún lugar rodeado de sus libros. En paz. Con sus propias ideas y sus propias creaciones.

Le dije que Neo murió tal y como quería. Le dije que había podido navegar su océano, y que emergió con la gente que ama esperándolo al otro lado.

A lo que ella respondió que eso yo no podía saberlo.

Desde entonces, Hikari ha entrado en un estado de regresión. A veces murmura para sí misma, como si estuviera hablando con alguien en la habitación que no fuera yo.

Cada vez que me dice que quiere ver a Sony, se va a los jardines. Se sienta en la hierba y se queda mirando las nubes. Se pone a hablar, no sé de qué. Cuando me dice que quiere ver a Neo, se va a su habitación y lee sus historias. En cambio, cuando quiere visitar a C, se dedica a ponerse las mangas de su chamarra sobre los hombros, como si sus brazos pudieran envolverla aún. Ella sigue formando parte de los viejos escenarios. Esos que solamente recupera cuando me ve.

Quizás por eso está resentida conmigo. Entiendo el dolor, entiendo que yo le recuerdo ese dolor. Comprendo muy bien lo que es encontrar por fin el lugar al que perteneces y que te lo arrebaten.

Camino detrás de Hikari a lo largo de un pasillo de la misma forma que lo hice la primera noche que la vi. La diferencia es asombrosa. Es casi un insulto. Su vestido amarillo ha sido sustituido por una insípida bata de hospital. Sus pasos vivaces y curiosos son ahora lentos. Su respiración, concentrada en el siguiente paso. No explora ni roba nada, ni siquiera una mirada. Su silueta está doblada y rota. Cojea tras la de su pasado.

No quiere que la siga, pero yo lo hago. Lo necesito. Por ella. Por el bien de mi paz mental.

Cuando llegamos a la habitación de Neo, se detiene antes de llegar a la puerta. Está abierta por alguna razón, sujeta por una cuña. Su madre está fuera, con la espalda apoyada en la pared. Al vernos, se tensa. No comprendo lo que está sucediendo hasta que oigo ruido de papeleo y veo el desorden de maletas que reina en el interior de la habitación.

—Hikari —le digo cortándole el paso para que no pueda ver—, vamos a ver a Sony o a C, ¿sí? Yo te llevo, vamos...

—¿Qué están haciendo? —Entrecierra los ojos mirando por encima de mi hombro, intentando distinguir a la gente que mueve cosas en la habitación de Neo.

No sé quiénes son los otros dos hombres. Quizás sean sus primos, o tal vez algún otro pariente lejano cuya mayor afición era enviar ramos de flores en lugar de presentarse en el hospital. En medio de ellos, el padre de Neo recoge ordenadamente todas las hojas de papel de la habitación, todos los cuadernos, todas las novelas, todos los bolígrafos, y los coloca con todo el cuidado del mundo en una caja de cartón con un encendedor justo al lado.

—¿Qué-qué hacen? —Hikari tartamudea mientras intenta apartarme para entrar en la habitación.

El padre de Neo la oye. Levanta la vista con los ojos en carne viva, rojos, sensibles. No nos reconoce, ni a ella ni a mí. Se seca las lágrimas y recoge los últimos papeles: el manuscrito de Neo y un viejo cuaderno de espiral cuya portada ha sido arrancada.

—Espera. —Hikari me empuja, pero le cierro el paso—. Espera. Detente.

—Hikari...

—Eso no es tuyo. No puedes tomarlo —dice. El padre de Neo tira el encendedor encima de la pila y agarra la caja.

—¡No, no, por favor! —Hikari intenta agarrarlo mientras sale de la habitación. Parece una niña pequeña que quiere alcanzar un libro de un librero demasiado alto. Para ello, lucha con la poca fuerza física que le queda—. ¡Por favor! —Hikari grita arañándome a mí, a él, y arrancándose su propia vía para recuperar las pertenencias de Neo—. ¡Por favor! Es lo único que nos queda de él.

Consigue agarrar la caja por encima de mi hombro, pero el padre de Neo la aparta con una expresión de asco, casi de miedo, frunciendo las cejas.

Siento el impulso de hacerle daño, de arrancarle la caja de los brazos y empujarlo contra la pared solo por haber mirado así a Hikari, pero no lo hago.

La sostengo en mis brazos cuando se le quiebra la voz y cae de rodillas.

—No, no, por favor, no puedes llevártelos —solloza con los puños apretándome la camiseta y la cara apretada contra mi pecho—. No puedes llevártelos, no puedes hacerlo, por favor.

No sé qué me pasa. Tal vez sea mi instinto de protegerla, pero no consigo actuar y me llena de rabia.

Eric aparece a mi lado disuadiendo a las otras dos enfermeras para que dejen de intentar quitarme a Hikari de los brazos.

Todo lo que puedo hacer, como siempre, es estar ahí. Estar presente mientras le quitan algo que es importante para ella. Estar ahí cuando está demasiado enferma para luchar contra lo que está ocurriendo. Estar ahí mientras la persona a la que amo llora y sufre mientras le arrebatan su derecho al duelo.

—Sam —dice Eric—. Tenemos que llevárnosla a la habitación...

—Yo me encargo de ella —interrumpo con la voz endurecida.

—Sam, solo déjanos...

—¡He dicho que yo me encargo! —grito.

Levanto a Hikari del suelo y, sin saber adónde ir, camino, acunándola como a un bebé, hacia donde la soledad y el dolor no puedan tocarnos. Mientras tanto, pienso en la madre de Neo, en cómo aprieta siempre el puño alrededor de su collar, igual que Neo se rodeaba la muñeca y se la apretaba.

No sé si existe un Dios.

He visto como aquellos que dicen conocer la voluntad de Dios, engañan, manipulan y explotan a la gente. Eso no ayuda a creer que exista. Creo que Dios puede ser algo bueno, una idea buena. Dios es el mayor promotor de esperanza entre quienes no pueden encontrarla en sí mismos.

No sé qué pensar. Él, ella, ello, elle, o lo que quiera que sea, nunca me ha hablado en persona. Lo más cerca que he estado de Dios ha sido en la capilla del hospital. Un lugar bastante destartalado con una cruz colgando en la pared del fondo y bancos colocados en fila para el culto.

Contemplo la cruz en el centro y el púlpito iluminado por vitrales de imitación, preguntándome si el tiempo, la enfermedad y la muerte son sus cómplices o también sus enemigos.

Hay una cosa que tengo clara.

Si Dios ha hablado alguna vez, ha sido a través de los destellos amarillos de los ojos de Hikari, o a través de los destellos del mismo color de Sam. El amor que siento en mi corazón es tan fuerte, que tengo la suficiente decisión como para desafiar la maldición que Dios me impuso al nacer.

Pero hoy los ojos de Hikari están apagados y Dios calla.

—Me lo advertiste —dice. La siento en el banco más alejado de la puerta. Se queda mirando el techo o, más bien, más allá de este. Lágrimas mudas caen por sus sienes—. Me dijiste que la esperanza era inútil. Tendría que haberte escuchado.

—No. —Sacudo la cabeza—. No, por aquel entonces me equivocaba. El pasado me enojaba, eso es todo, ya lo sabes.

—¿Cómo es que eres así, entonces? —pregunta como si me estuviera acusando—. ¿Cómo eliges no sentir nada tan fácilmente?

—Yo sí siento. Ya he pasado por esto, me destroza. Yo solo... te quiero. Necesito estar aquí para ti. —Tomo su mano, la que cuelga inerte de un lado del banco. Paso mi pulgar sobre el punto de su pulso—. Yo también los quiero, y me aferro a eso...

—Los querías —me corrige.

—Hikari, el amor no se desvanece cuando las personas se van. —Extiendo la mano para alcanzar los trazos negros de una luna en su pecho, gemela del sol que yo llevo tatuado—. El tiempo se detendrá, la enfermedad supurará y la muerte morirá.

—¡Están muertos, Sam! —grita apartando mi mano de ella. Se sacude enderezándose en el respaldo del banco para poner espacio entre ella y yo. Para crear distancia. Como si el mero contacto con mi piel fuera a quemarla como si fuera de papel.

—Nuestros enemigos ganaron. Se los han llevado y ya no están. —Las manos de Hikari se enroscan en el borde de su asiento. Sus ojos, tan abiertos como abatidos—. Coeur y Neo nunca podrán terminar su historia —sentencia—. Neo nunca podrá pasar los dedos por una portada con su nombre en el lomo. Y Coeur nunca podrá rodearlo con sus brazos y sonreírle en el cuello mientras lo hace. Sony nunca estará ahí para regalarle sus sudaderas. Tampoco podrá seguir contando historias a sus niños del hospital.

Sus palabras atraen sombras que ya había ahuyentado. Se arrastran más allá del umbral de lo que se supone que tendría que ser un lugar sagrado. Se extienden hasta infectarlo, como depredadores que llevaban aguardando pacientemente a que llegara este momento. Se arrastran más allá de Hikari, a la que ya consideran como algo suyo. Ahora han puesto sus ojos en mí.

—Nunca envejecerán —dice Hikari, pero está tan vacía que su voz es solo aire—. Nunca se casarán. Nunca tendrán hijos. Nunca verán el mundo ni vivirán las vidas que deberían haber vivido. Y nunca saldrán de este lugar.

Hikari me mira como si yo fuera una de las sombras, como si perteneciera a todos los monstruos de pequeñas espinas que nos arrebatan la vida. Me mira como si me sentara entre ellos, como si tuviéramos la misma culpa.

—Se han ido. No los salvamos. Se acabó, Yorick —susurra—. La gente muere, la enfermedad se extiende y el tiempo avanza.

Sus ojos se dirigen al tatuaje que asoma por debajo de mi clavícula. Lo mira del mismo modo en que mira su cuchillo durante las comidas. Rechaza el reflejo que proyecta, como algo del pasado. Y esta vez, cuando se levanta para marcharse, sé que no puedo seguirla...

«¿Soy acaso una sombra, Dios? —le pregunto una vez que se ha ido—. ¿Soy la soledad y el miedo? ¿Represento eso y a la vez soy lo suficientemente idiota como para creer que soy luz?».

Espero una respuesta, pero sin Hikari, la soledad se enreda a mi alrededor, atrapándome. No me malinterpretes. No es que Hikari me importe porque es un cuerpo que ocupa un espacio. No tengo miedo a la soledad, solo tengo miedo de sentir soledad sin ella.

—No te lo diré otra vez. Devuélvemelo.

—¿Vas a pegarme? ¿Precisamente aquí?

—Estás viviendo el duelo. No piensas con claridad. Déjame gestionar todo esto...

—No. No dejaré que lo erradiques de este modo.

Fuera de la capilla, un hombre y una mujer discuten. Cuando el hombre levanta la voz, me pongo de pie. Seguridad ya tuvo que escoltarlo afuera por hacerle daño a un paciente en una ocasión. Que ese paciente fuera su hijo u otra persona es totalmente irrelevante. Si no tiene cuidado, lo echarán a la fuerza, y esta vez para siempre.

La madre de Neo lo sabe bien, se aprovecha de ello. Y, así, los pasos de su marido retumban en el suelo de la capilla mientras se aleja por el pasillo, murmurando Dios sabe qué en voz baja.

Entra, presa del pánico, con el cuerpo prácticamente temblando. Lleva el pelo corto, suelto; es del mismo color que el de Neo. Mientras intenta recomponerse, noto como un morado oscuro le cubre la mandíbula y los pómulos.

—Disculpe...

Brinca al oír mi voz; me reconoce vagamente. Lleva algo en los brazos. Papeles, creo.

—Hola, emm... —Se detiene en seco, su tono de voz se vuelve dócil. Por la expresión de su cara, sé que no sabe si soy una chica o un chico. Para ella, no tiene sentido que exista algo intermedio, así que espera que yo rellene los huecos con la información que le falta.

—Me llamo Sam —le digo.

Se le ilumina la cara.

—Sam —repite—. Me habló de ti. Cuando volvió al hospital para que le administraran el tratamiento, yo no entendía una palabra de lo que decían los médicos, pero él me dijo que no me preocupara, que no estaría solo, que Sam estaría aquí para él. —Vive la anécdota con un cariño que luego se tiñe de pena.

—¿Tú llegaste a leer su... emm... lo que Neo escribía?

—Sí.

Asiente con la cabeza y se moja los labios.

—Desde pequeño, fue muy calladito. Sonreía muy poco, pero se alegraba mucho cada vez que le leía algo —dice—. Ojalá hubiera seguido haciéndolo a pesar de todo... Entablaron amistad, ¿verdad?

—Sí —le respondo.

—¿Él era feliz aquí? —pregunta—, ¿sonreía?

Pienso en el día que conocí a Neo. No parecen haber pasado tres años. Es como si lo conociera de toda la vida. Recuerdo su ceño fruncido, sus quejas y su constante necesidad de ser negativo con todo lo que le rodeaba. Pero también me acuerdo de cuando se le suavizaba esa expresión de enojo. Sus pequeños actos de compasión espontáneos eran un tesoro. En retrospectiva veo que su confianza en mí era algo que nunca llegué a valorar tanto como ahora.

Tengo que decirle la verdad. Se lo debo a Neo, se lo debo a la sonrisa que me dedicó antes de adentrarse en el océano.

—Fue feliz cada día.

La respiración de la madre de Neo se entrecorta en sus labios; sus brazos abrazan los papeles que sostiene, como si llevara a Neo en ellos.

—Gracias —dice abrazándome, sonriendo mientras llora—. Gracias, Sam.

La madre de Neo pone en mis manos los trozos de papel que ha conseguido salvar. Aunque están arrugados, siguen intactos, rebosantes de tinta. El padre de Neo quemará el resto, está más que claro, pero al menos, bajo esas hojas perdidas, las palabras *Lista Negra* me miran fijamente. Las espirales metálicas atrapan la luz, las pequeñas notas de los márgenes, magulladas por el tiempo, parecen querer mostrarse como si el propio cuaderno se estuviera jactando de haber podido ser robado.

El último sobreviviente es un sobre que la madre de Neo se guarda para sí misma. Sé que Neo le escribió algo, pero no sé qué fue. Tampoco sé si la ha perdonado, la ha condenado, o si simplemente se ha despedido. No sé si ella lo llegará a leer o no. Lo único que sé es que sale de la capilla sosteniendo el sobre contra su corazón en lugar de ponerse a darle vueltas a la cruz de su collar. Cuando se va, sea cual sea la dirección que tomó su marido, ella va en dirección contraria.

—¡Hikari! —Corro a su habitación. Está oscuro, la noche se dibuja sobre la ciudad, pero ella no está en la cama. Despliego la Lista Negra sin molestarme en encender la luz—. Hikari, mira, la madre de Neo me ha...

Me detengo, recupero el aliento y me doy cuenta de que no está aquí. La bandeja de la cena está sobre la cama, pero la cena está intacta. Lo único que falta es el cuchillo.

—¿Hikari? —pregunto con más cautela, esperando algún ruido, una respuesta, cualquier cosa para saber dónde está. Por el rabillo del ojo, veo que la puerta de su cuarto de baño está abierta. Adentro, una chica apoya su peso con los brazos tensos sobre el lavabo, mientras la cabeza le cuelga entre los hombros. Su figura se difumina con el fondo azul oscuro como si fuera una acuarela. El brillo dentado de la hoja tiembla en su puño.

—Hikari —respiro con miedo a dar siquiera un paso—. Hikari, baja eso, por favor.

No responde, ni siquiera voltea a mirarme. Cierra los ojos con fuerza y sé que en cuanto corra hacia ella, se cortará. Un cuchillo de plástico tarda en llegar a las venas, pero ella tiene toda la intención de cortar profundo.

—Por favor —le ruego sin moverme, sintiendo cómo el calor en el fondo de mis ojos se hincha y forma una capa brillante de agua.

Hikari suelta un gemido.

Ella me dijo que todo sería mucho más fácil si no me quisiera. Sin embargo, por suerte, me quiere lo suficiente como para tirar el cuchillo al lavabo. Cuando choca con la cerámica, corro hacia ella y la atraigo hacia mí.

—¡No me toques! —grita—. ¡No, no, detente! ¡Detente, no me toques!

Hikari empieza a golpearme en el pecho, en el estómago. Intenta alejarme, pero se ha vuelto muy débil. Si la suelto, volverá a derrumbarse. Le agarro la nuca y le rodeo la espalda con el otro brazo. Me golpea los hombros con los puños, llorando. Los golpes me arden, pero prefiero que me haga daño a mí antes que a sí misma.

—¡Lo siento! —grita. Su violencia, alimentada por el dolor, se vuelve derrota—. Lo siento por ser así.

—No pasa nada —le susurro besándole el cabello—. No me he enojado. Estoy aquí. ¿Quieres leer un poco a Shakespeare conmigo? —le pregunto—. También podemos dibujar, si quieres.

Hikari no ha abierto un libro ni un bloc de dibujo desde que Sony falleció. Niega con la cabeza, así que la llevo a la cama y, antes de taparla con las sábanas, le tiendo la mano una vez más.

—Hikari —susurro acariciando las frescas e ingrávidas rugosidades de su mano—, ¿quieres que vayamos a ver nuestras estrellas?

No me contesta. En cambio, se queda mirando las plantas moribundas del alféizar de su ventana. Intento regarlas todos los días, pero sin los cuidados de Hikari se marchitan de todos modos.

—Sam —dice rompiendo el silencio—. En la playa dijiste que me tenías que decir algo, ¿qué era?

Acomodándome en la cama, no puedo evitar pensar que nuestro dolor se ha vuelto cíclico. Ella se aferra a cosas del pasado, objetos, recuerdos y lugares, como si pudiera meterse en el cuerpo del tiempo y desgarrarlo desde dentro para salir de él y escapar a un lugar en el que sus amigos siguen vivos.

Así que ella siente su dolor, su soledad. Siente esa insoportable sensación de estar muriéndose, pero, al mismo tiempo, no siente que se vaya a morir lo suficientemente pronto. Se enfrenta a su culpa, a su miedo y a su amor por mí. Todas esas cosas la torturan hasta que no puede soportarlo más y debe sentir el dolor con sangre. Cuando la detengo, se enoja conmigo. Le molesta que la mantenga con vida. Luego todo vuelve a empezar, hasta que solo le queda a su mente su mente, una mente que se diluye poco a poco, al mismo tiempo que su cuerpo.

—Eso puede esperar —le digo suavemente mientras me acuesto con ella bajo las sábanas.

Mientras Hikari se duerme, me asalta una fantasía egoísta. Sueño que Hikari y yo nos convertimos en una sola persona. Sueño que estamos tan cerca que nos fundimos mutuamente. Si así fuera, podría tomar todo ese dolor que ella siente; podría beberme cada gota de esa miseria hasta absorberla por completo. Podría liberarla de las sombras. Podría soportar cada nota de sufrimiento hasta que volvieran sus sonrisas, sus travesuras, su curiosidad y todas las cosas que son suyas.

Le ruego a lo posible que me regale esta única imposibilidad. Suplico como una vez supliqué a los muertos que acecharan y deambularan en estricto silencio. Porque si ella y yo fuéramos uno, entonces nunca podría perderla.

—Sé que estás sufriendo, mi Hamlet —susurro temblando. La abrazo muy fuerte—. Pero, por favor, aguanta. Aguanta por mí. —La beso de nuevo. La beso hasta que me doy cuenta de que ya se ha quedado tan vacía como yo. La beso hasta que siento que mi fantasía podría hacerse realidad. E incluso si muere esta noche, fingiré que he muerto con ella. Me arrastraré bajo tierra mientras esta se esparce cubriendo nuestros cuerpos, mientras la oscuridad nos sumerge. La abrazaré cuando se descomponga en huesos y luego en cenizas, y la amaré hasta que el tiempo se lleve el mundo y mi maldición sea vencida por su fin.

—Por favor, Hikari. —La beso como si fuera la última vez—. Por favor, no me dejes todavía.

29
Lo entiendo

—¿Es así como te sentiste cuando Sony se estaba muriendo? —pregunto. Me siento en una silla con ruedas de la estación de enfermería. Sostengo la Lista Negra mientras observo la habitación de Hikari desde lejos.

Ha llegado el invierno y su madre renunció al trabajo. Pasa los días en el hospital para estar con su hija, mientras su marido sigue trabajando para pagar las facturas médicas.

—¿Pensaste: «Muy bien, ya está, ha llegado el día»? ¿Te habías planteado si ese podía ser el día en que la perdieras?

Eric no oye mi pregunta o la ignora. Va rumiando algo inaudible mientras los diferentes gráficos llegan a sus manos. Maneja el papeleo con la misma eficiencia de siempre, solo que ya no es el mismo. Después de esparcir las cenizas de Sony, volvió al trabajo como si nada hubiera pasado. Le ofrecieron una licencia que no aceptó, pero todos sus compañeros siguen andando de puntitas a su alrededor.

No creo que a Eric le guste eso.

Creo que yo tampoco le he gustado nunca, pero lo conozco desde que empezó las prácticas clínicas recién salido de la facultad. Cuando me vio por primera vez, reaccionó de la misma manera que todos los demás. Sintió que me conocía.

Básicamente, pensó que yo podía ser una cara de su pasado, pero no se detuvo a reflexionar dos veces. Me ignoró con la naturalidad con la que uno ignora el estetoscopio alrededor del cuello de un médico o el sonido de los zapatos contra las losetas.

Tampoco se da cuenta de que no parezco haber envejecido ni un día desde entonces. La gente no cuestiona los antecedentes a menos que alguien les pida que lo hagan. Los aceptan tal como son. A veces, sin embargo, me pregunto si, como Hikari, Eric se pregunta qué soy. Me pregunto si se da cuenta de todas mis peculiaridades. Me pregunto si las ignora porque, a pesar de todo lo que no le gusta de mí, le gusta que sea constante. No me escondo ni ando de puntitas ante su presencia. No actúo de forma distinta después de lo ocurrido.

La gente solo necesita eso a veces. Necesitan que las cosas sigan igual para hacer sitio a lo que ha cambiado.

—Creo que la perderé todos los días —digo poniéndome de pie y dejando la Lista Negra en la cubierta junto a lo que Eric garabatea—. Cada noche, cuando su madre se va a casa, me acuesto con ella y le ruego que no me deje.

A Hikari ya no le tientan las navajas de ningún tipo. Apenas tiene voluntad para que otra persona le dé de comer, y mucho menos para alimentarse por sí misma. En ausencia de cuchillos, entra en estado vegetal. No sale de la cama a menos que la obliguen. No puede estar despierta más de unas pocas horas seguidas. Vomita después de cada comida. Pierde mechones de cabello antes de que le hayan crecido siquiera.

—La madre de Neo me dio esto —digo acariciando la portada y el título de nuestro maravilloso cuaderno—. Aquí está escrito todo lo que alguna vez hemos robado.

También sé que en esa lista está todo aquello que mis amigos nunca llegaron a robar.

—Me dio las gracias —digo con voz débil. Yo no salvé a Neo. No salvé a nadie. Y, sin embargo...—. ¿Por qué me dio las gracias?

Eric sigue repasando los historiales médicos, dejándolos caer con ímpetu en las bandejas correspondientes, como para acentuar que no tiene respuestas que ofrecerme.

La gata, que ha hecho de este piso su hogar, salta sobre la cubierta.

Decide ignorarla también. Con su patita corta arqueada, juguetea con la identificación de Eric, sujeta al bolsillo de su pecho. Si la creyera capaz de ello, me atrevería a decir que Elle está intentando animarlo. En otro momento, quizás si Sony siguiera viva, Eric habría sonreído ante las travesuras del animalito.

Pero no lo hace. Vuelve al trabajo examinando de nuevo otra tabla, solo que ahora su bolígrafo se ha quedado sin tinta. Se frustra y garabatea tan fuerte que la punta rompe la página. Entrecierra los ojos, como si el bolígrafo hubiera cometido una gran ofensa al no funcionar. Lo lanza a un lado y tira la tabla de la mesa, generando un ruido estrepitoso con la caída. Eric planta los codos sobre la mesa y se jala el cabello.

—¿Eric?

—¿Sabes de dónde viene la palabra *paciente*? —pregunta—. Significa «aquel que sufre». Y luego, *hospital* proviene de la palabra *hospes*, que significa «forastero» o «huésped», según cómo se interprete del latín. Lo aprendí en la universidad. Iba por mi octava taza de café y estaba solo en la sección de medicina de la vieja biblioteca de la facultad. Estaba sentado en una silla de mala muerte rezando para aprobar los finales y, allí mismo, en medio de mi lucha privilegiada, me di cuenta de que tanto un recién nacido como un anciano moribundo son forasteros que sufren. —Sus manos descienden hasta su cara formando un lazo de oración alrededor de su nariz—. Me di cuenta de que estaba empezando una carrera en un lugar donde la gente empieza y acaba su vida.

Elle maúlla de nuevo, apoyándose en su pata trasera para apretar las delanteras contra el pecho de Eric. Se acurruca bajo su mandíbula y pasa la cabeza contra su incipiente barba.

Eric suspira y la acaricia.

—Podría mentirte, Sam —dice—. Podría decirte que es importante ser una persona agradecida, como la madre de Neo. Pero yo no siento una pizca de gratitud. Estoy enojado. Porque sus médicos no hicieron más, porque yo no hice más. Me enoja que la gente tan joven tenga que vivir esa enorme cantidad de sufrimiento. Y me enoja que ellos hayan muerto.

La voz se le pone gruesa. Pero en lugar de lanzar un bolígrafo, apartar una tabla de un manotazo o gritar, se derrumba. Abraza a la gata de Sony y ahoga un grito en su pelaje. Cuando ella emite un ligero maullido a modo de protesta por como la aferra, el llanto de Eric se convierte en carcajada.

—Eran tan felices aquel día en el techo mientras bailaban —susurra Eric. Sonríe con la mano cubriéndole la boca al recordarlo—. No saben lo reconfortante que fue recibir sus llamadas, o descubrirlos saliendo a escondidas, robando, haciendo tonterías y simplemente siendo jóvenes.

Recuerdo aquella noche en la que nos dormimos bajo las mantas como pequeñas colinas amarillas en la azotea. Eric debió de venir a decirnos que volviéramos adentro, pero cuando vio nuestros cuerpos envueltos en frío y música, nos dejó ser.

Yo solía tener un concepto exacerbado del amor. Creo que intenté ponerle cara, como se la pongo a todas las cosas que no entiendo. Por la expresión en la cara de Eric al recordar el baile de Sony, sé con certeza que el amor es algo imposible de robar.

—Tu propósito no es salvar a extraños que sufren, Sam. —Eric se limpia los ojos. Me abraza y me acaricia el cabello. Sonríe como se sonríe a un viejo amigo—. Espero que sepas que tu propósito es muchísimo más que eso.

Eric no dice nada más. Recoge los documentos y el bolígrafo y los vuelve a colocar en su sitio. Endereza su identificación y alisa su arrugado uniforme. Cuando voltea para volver al trabajo, un grupo de niños pequeños choca con sus piernas. Las pequeñas criaturas se apiñan a su alrededor como perros pastor. Uno de ellos sostiene un libro ilustrado, el resto salta, grita, ríe.

—¡Eh! ¡Más despacio! ¿Qué he dicho de correr? Sebastian, deja de tocarte el cubrebocas. Caitlin, Nora, ¿no les habían leído ya este libro la semana pasada? No lo habrán robado de alguna parte, ¿verdad? ¡Eh!, tú, Sawyer, deja de darle besos a Hazel ¡o si no te acabarás comiendo su mejilla! Basta ya, que no les voy a leer nada como no se tomen el medicamento sin quejarse. ¿Entendido, Nora? No huyas de mí, pequeño, te puedo ver.

Eric toma a una de las niñas, la hace saltar en sus brazos una vez y le ajusta las puntas nasales sobre la mejilla y la oreja.

Sonrío por Eric. Sé que está dolido, pero cuando se marcha a cuidar de su nueva banda de ladronzuelos y no mira atrás, sé que él también está contento.

Una tristeza ruda y profunda se apodera de mi pecho cuando vuelvo a mirar el solitario cuaderno sobre la cubierta. Eric guardó y se llevó a casa la ropa de Sony, incluidas sus sucios tenis blancos. Los compañeros de Coeur vaciaron su habitación y se llevaron a casa sus discos y sus audífonos enredados. El padre de Neo quemó su manuscrito y todos sus libros.

La Lista Negra es todo lo que me queda de ellos.

Paso lentamente a la primera página y leo la dedicatoria, la declaración de guerra contra todos aquellos que cometieron injusticias contra nosotros. Siento los dedos delgados de Neo escribiendo las palabras, y oigo la voz de C leyendo cada palabra en voz alta. Veo los pies de Sony mientras gira en círculos alrededor del cuaderno, el viento le atrapa el cabello y lo tiñe de rojo sobre un gris apagado.

Paso a la siguiente página. Las palabras van saltando, desiguales, garabateadas. Las letras se agolpan, nota tras nota en los márgenes, y hacen juego con una lista de cosas robadas, tan larga que debería «ocultarse a la policía a toda costa». Sonrío al recordar esa frase que un día pronunció Sony.

Paso más páginas, las leo todas. Me río de algunas anotaciones en pleno centro de las hojas. Algunas, las más graciosas, son de Sony. Otras, bastante extrañas, son cosa de C. Pero Neo las escribió todas con el mismo vigor que le caracterizaba.

El último encabezado en negrita me mira fijamente:

Nuestra huída

Al final, no escaparon con todo el botín.

No consiguieron salirse con la suya.

No encontraron su todo.

Y el único paraíso al que podían optar estaba en la muerte.

No me doy cuenta de que estoy llorando hasta que una lágrima cae en la página. Empapa la hoja y la tinta, ahora emborronada de azul y negro. Aprieto los puños sobre la mesa y cierro los ojos con tanta fuerza que me duelen.

¿Aquí acaba todo?

¿A esto se reducen sus vidas? ¿Es este el final injusto que me dijeron que llorara, rabiara y maldijera? ¿Es ese único día lleno de tatuajes y playas el intermedio que se supone que debo apreciar? ¿Acaso vivieron solamente para morir? ¿Es el amor inútil? ¿Puede ser que incluso lo único que no se puede robar esté destinado a perderse? ¿Hay alguien en el mundo, ya sea humano, sombra, enemigo o Dios, que pueda responderme?

Lloro en silencio mirando la página vacía. Los echo tanto de menos que el dolor me atraviesa el pecho. Echo de menos a Hikari y a todo aquello que conforma su alma. Echo de menos poder caerme y saber que mi caída será amortiguada. Añoro el momento en el que todo el grupo la arropamos en los fríos suelos de la antigua ala de cardiología, sin dejar que el resto del mundo cupiera dentro de ese abrazo.

Elle maúlla cerca de mi cara de pronto. Trato de acariciarla, pero me sacude. Vuelve a maullar y se lanza corriendo hacia la Lista Negra, volcándola y rasgando una página con sus garras.

—¡Elle! ¡Cuidado! —le grito.

Agarro el cuaderno con tanta ternura como puedo y lo vuelvo a colocar sobre la cubierta con ímpetu, como si fuera un bebé llorón que necesita atención. Lo limpio y miro a través del trozo rasgado. Solo que, después de la página rota y desgarrada de «Nuestra huida», no veo las páginas vacías que esperaba...

Suena una triste secuencia de notas de piano mientras empieza a nevar al otro lado de la ventana. Todo lo demás se vuelve borroso. Apagado. Perdido en otro mundo. Las manchas blancas se hunden en una tarde gris y brumosa. Proyectan su luz a través del cristal sobre una fotografía brillante pegada a la hoja.

Es una Polaroid.

Es un día soleado con arbustos de fondo. Sony es quien toma la foto, tiene el brazo extendido y luce sus dientes en una sonrisa. Neo pone los ojos en blanco a su lado, C toma la mano de Neo. Yo aparezco en la imagen mostrando una clara incomodidad y rigidez. Debajo se puede leer:

Prīmavera

Hay un párrafo escrito con rotulador bajo el pie de foto, un relato, desordenado aunque legible, de lo que hicimos ese día.

Al principio, me invade la confusión. Mi llanto se detiene. Pero cuando paso la página, hay otra.

Hay una en la que salimos Neo y yo durmiendo en la biblioteca. Hay otra de C probando la oxigenoterapia de Sony. Las puntas nasales asoman por su nariz; dijo que le hacían cosquillas, Sony se rio. Hay una foto del primer día de Neo en silla de ruedas, y otra del último día que la usó. En otra de las fotos, C sale en medio de una ecografía de corazón con la lengua de fuera. Hay una de Sony abrazándome en su primer día sin oxigenoterapia. Y como esas, muchas más.

Hay letras de canciones, pasajes de libros y frases de películas. Hay una hoja de árbol, café y arrugada, pegada con cinta adhesiva. Hay pequeños dibujos y garabatos que reconozco de la mano de Hikari. Hay extractos de los cuentos de Neo, los que siempre fueron mis favoritos. Toda una representación de momentos buenos y momentos malos abarrota las páginas. Las fotos y letras plasman las ocasiones en las que nos reímos, pero también aquellas en las que lloramos.

Llego a la última página con mano temblorosa.

Aquí no hay nada escrito. No hay elementos decorativos, ni recuerdos ni letras. Solo hay una foto de una chica guapa con un vestido de tirantes besando a una persona común y corriente a la que ama en la orilla. Justo debajo está el último dibujo que Hikari hizo de nuestro grupo. Y en el otro lado del cuaderno, para darle cierre, hay un mensaje:

Sam:
Tu jardín creció y floreció, y fue hermoso por un tiempo.
Enfermó y murió. Su belleza solo perdura en el recuerdo.
Pero sin ti,
puede que esas flores nunca hubieran conocido la luz.
Así que, a quien narra la historia, a nuestra amistad más querida, gracias.
Por los recuerdos.
Por las despedidas.
Por el Paraíso.

La nieve sigue cayendo acompañada por el ritmo lento de una canción triste. Cierro nuestro solitario cuaderno y contemplo con visión borrosa la ciudad que vi crecer desde que no era más que un páramo.

Mis lágrimas caen y, sin embargo, sonrío.

Sonrío y estrecho la Lista Negra contra mi pecho.

Pienso en la gran suerte que tengo.

De haber conocido a un chico, malhablado y resiliente, con un corazón rebosante de poesía. A una chica, valiente, brusca y apasionada. A un salvaje todo corazón, delicado, musical, de pájaros en la cabeza y, sobre todo, de amabilidad infinita. A un enfermero malhumorado, con un sentido del deber y del cuidado superior a cualquiera. A una chica cuya alma ya conocía.

Ella entró en mi vida a través de aquella puerta, chirriante y ruidosa. Su amarillo brillante impregnó la oscuridad de sus raíces. Ella, con lentes demasiado grandes, demasiado redondos, que descansaban en el puente de su nariz. Cuando me dio su todo y yo le di el mío, volví a caer.

Cuando miro por la ventana por segunda vez, en medio de la tormenta que se avecina, las calles vacías hospedan a una sola viajera. Es una chica cuya alma ya conozco, cruzando un puente sin nada más que un abrigo, una bata de hospital y los pies descalzos para dejar marcas en la nieve.

30
Antes

Cuando muere una persona, decimos que se ha ido al otro lado. Es como si quien muere hubiera viajado de su cuerpo a otro mundo que los vivos no pueden percibir. Solemos decir también que hemos perdido a esas personas. Luego, reflexionamos acerca de las manos que nos las han arrebatado.

¿Qué forma toma la muerte después de haberse llevado esas almas?

Las hemos perdido a manos de una criatura convincente en lo hipotético, y aterradora en lo tangible.

Porque, ¿y si no hubiera nada? ¿Y si la muerte fuera la explosión de incontables sinapsis?, ¿y si fuera una luz que se apaga sin más? ¿Puede ser que Henry y el resto de los soldados caídos caminen ahora penosamente por la oscuridad, solo para que no haya nada al otro lado?

Los seres humanos son egoístas. No lo aceptan porque no pueden concebir un mundo sin su existencia. Por lo tanto, tiene que haber algún tipo de vida eterna. Ya sea en la espiritualidad, en la ilusión o en Dios, tiene que haber un después. Un Cielo.

También hay amor en esa creencia. Cuando las enfermeras y los enfermeros cierran los ojos de sus pacientes, su tristeza va acompañada de gratitud. Si hay algo en lo que todo el mundo puede estar de acuerdo es en que no hay dolor en la muerte. Tan solo una especie de paz eterna.

Sé que Sam no es el ser eterno con el que suelo fantasear.

Un día morirá, y cuando lo haga, yaceré junto a él en la tierra. Pondré este cuerpo robado a descansar en su abrazo.

Egoístamente, igual que un humano, me resisto a aceptar que morirá. Aún le queda mucha vida por vivir. Es solo un niño. Si el tiempo aún conserva algo de compasión en su corazón, le regalará más.

Su medicina funcionará. Se curará. No podrá quedarse aquí para siempre, pero vivirá su vida en el mundo exterior y, a pesar de las leyes que rigen mi vida, iré con él...

A estas alturas, ya debes de saber que no soy normal. Mi carne y mi sangre son invenciones creadas para paliar mi soledad.

No soy una persona. No puedo morir. Nunca temeré a la muerte. No puede tocarme. Tampoco la enfermedad ni el tiempo. Todo lo que pueden hacer es seguir arrebatándome.

¿Ahora entiendes por qué es tan peligroso para mí vivir? Todo el mundo se pregunta qué hay después de la muerte, pero nadie puede comprender la crueldad que supone vivir eternamente.

Al final, mi maldición es simple.

Recordaré a la gente que amo durante mucho más tiempo del que tuve oportunidad de conocerlos.

La enfermera Ella muere en plena primavera. Cáncer de mama. Tenía cincuenta y dos años.

Las flores coronan el lugar donde yace enterrada. Su lápida se levanta del suelo rodeada de ellas, como si los capullos florecieran solo para leer su nombre.

Sam se sienta apoyando la espalda contra el lado no cincelado, de cara a los árboles. Se dedica a doblar tallos de hierba hasta arrancarlos de la tierra. Con la ayuda de su dedo, escarba en la tierra.

—Sam —digo de cuclillas frente a él.

Abre los ojos, su cubrebocas oculta sus bolsas de color enfermizo. Le doy un periódico que he robado del puesto de periódicos.

—¿Quieres que le leamos? —pregunto.

Sam niega con la cabeza, haciéndose a un lado mientras acaricia la tierra.

—Léele tú —dice con la garganta dolorida y cansada.

—Está bien.

Me siento contra la lápida de Ella. Fría, dura. Parece como si ella misma nos estuviera sosteniendo. Como si el fantasma de su presencia estuviera allí, gruñendo disgustada, segura de que nos mancharemos los pantalones de verde y preocupada porque ningún suéter nos proteja los hombros.

Abro el periódico y empiezo a leer el primer titular sobre el puente recién construido que une los dos lados del río que antes partía la ciudad en dos.

Sam deja caer la cabeza sobre mi hombro. Escucha mis palabras hasta quedarse dormido, mientras las silenciosas lágrimas ruedan por sus mejillas.

El calor que llega a la ciudad alivia la tristeza de Sam a medida que pasa el tiempo.

Pero el tiempo no consigue aliviar su enfermedad.

Él y yo dormimos en la misma cama todas las noches. Antes de que oscurezca, siempre sintonizo en la radio su estación favorita. Me pongo de pie sobre la cama mientras tarareo y doy codazos hasta que Sam se levanta. Una sonrisa curva lentamente sus labios y bailamos como solíamos hacer antes.

Cada día le cuento acerca de los pacientes a los que veo cuando le llevo nuestro desayuno a la habitación. Él siempre sonríe, acepta la bandeja obediente y me besa. Es nuestra rutina. Mientras comemos, le pregunto cómo se encuentra. Dice que está bien, pero que apenas come. Le pregunto si le gustaría hacer pronto aquella escapada que habíamos planeado. Dice que tal vez mañana, como lleva diciéndome desde hace tantos días.

Sam tose mucho por la noche. Escupe sangre mientras se agarra la garganta. Le traigo agua caliente y le froto la espalda hasta que se acaban sus ataques.

Los medicamentos que le administran sirven para mantenerlo con vida, pero tienen el efecto secundario de embotar sus sentidos. El rubor no sube por sus mejillas cada vez que lo beso. Cuando come, no se dibuja esa sonrisa infantil en su rostro. Los placeres simples en los que solía confiar para mantener a salvo su cordura ya no son placeres. Su pasión comienza a morir de hambre cuanto más firmemente aprieta su enfermedad.

Mira por la ventana durante horas. Cierra los libros antes de haberlos siquiera terminado. Sus sonrisas empiezan a escasear. Sus besos son más leves. Ya no pregunta por otros pacientes.

Cada vez que le sugiero que vayamos al parque, a la panadería, a ver nuestras estrellas, o a leerle el periódico a Ella, Sam dice que está cansado. Siempre sugiere que tal vez podamos ir mañana.

Pasadas unas semanas, Sam se debilita considerablemente. Adelgaza. Sus mejillas se convierten en barrancos huecos. Le tiemblan las piernas al caminar, la fragilidad se adueña de cada paso. Las zonas de su piel que sangran y están en carne viva se van extendiendo cada vez más, como países en un mapa que superan y conquistan mares de piel sana. Ya no puede bañarse sin sisear de puro dolor.

Le pregunto si hay algo que pueda hacer, pero es una pregunta cruel. Es como preguntarle a una persona aferrada a una cornisa qué puedes hacer por ella desde el suelo que pisas.

Nunca me alejo de su lado.

Cuando el dolor es demasiado para aguantarlo, le leo, le canto, le hablo. Le digo que lo amo. Le digo que siempre estaré aquí, que todos mis mañanas son suyos.

A altas horas de la noche, cuando cree que me he dormido, Sam se echa a llorar. Me abraza y susurra para sí una y otra vez:

—Mantente con vida. Simplemente sigue viviendo.

Caen más lágrimas y ahoga un sollozo de sufrimiento para no arriesgarse a despertarme.

—Tan solo sé fuerte. Vive a pesar de lo que está ocurriendo.

Pasa su mano por mi columna, acariciándome de arriba abajo. Me besa el cabello conteniendo los gemidos.

—Solo vive —dice de nuevo y, aunque no puedo morir con él, quiero decirle que todo va a estar bien. Ojalá pudiera compartir un beso final y decirle que está bien soltar. Que estaré con él hasta que desaparezca de su cuerpo, hasta que su alma pase a otro mundo que no podemos compartir.

Pero no lo hago. A pesar de no ser un ser humano, soy egoísta y no quiero vivir sin él. Así que finjo haberme dormido y estrecho a Sam en un abrazo más fuerte hasta que se abandona al sueño.

A algunos médicos les gusta llamar milagros a las remisiones improbables. Y yo lo encuentro un tanto insultante. No es casualidad que digamos «luchar contra una enfermedad». Henry tenía razón cuando hablaba de guerra al referirse a ella.

Cuando Sam vence la batalla, no sale ileso. Su piel tiene cicatrices permanentes, manchas oscuras y pecosas. Su rostro cetrino está surcado por líneas hundidas de sonrisas pasadas. Nunca volverá a caminar igual. Sus órganos nunca funcionarán tan bien como antes.

El dolor ha desaparecido, según me asegura Sam. Cuando me lo dice, sonrío ante tal noticia al borde de las lágrimas de alivio. Sam, sin embargo, no está muy contento con su victoria. Las sonrisas juveniles y modales juguetones, que se habían quedado en estado de hibernación, no despiertan con él.

Nos adentramos en el invierno, los meses discurren paulatinos, los días son largos. Y yo los paso todos cuidando de Sam. Nuestra rutina es la misma siempre. Todos los días le pregunto a Sam si está listo para escapar.

Y todos los días dice que tal vez mañana.

El invierno ha llegado. El primer día irrumpe en lo que dura un escalofrío. El viento respira fresco anunciando que es hora de cubrirse con una manta de más. Paso el día yendo a todas las habitaciones para asegurarme de que los pacientes estén calientes. Igual que la enfermera Ella solía hacer cada primer día de invierno, solo que lo hacía de forma más ordenada y rigurosa que yo.

Cuando termino, ya casi es de noche. Los antiguos caminos de tierra ahora son de adoquín y se congelan a la intemperie. La panadería de enfrente cierra temprano en esta época. Son pocos los viandantes que transitan las calles. Todos desaparecen de regreso a sus hogares para acurrucarse con sus familias y resguardarse del frío que se avecina.

—Buenas tardes, Sam.

Entro a su habitación. Las cortinas están corridas. La luz no puede entrar; es incapaz de besar las macetitas del alféizar o al pequeño jardinero que solía ocuparse de ellas.

Sam se sienta en el borde de su cama y mira al suelo en lugar de la ventana. Abro las cortinas y le doy un beso fugaz en una mejilla.

—Hoy le dan a todo el mundo una manta más, pero no hay natillas para nadie... Aun así nos he conseguido un poco de pan dulce. —Dejo nuestros manjares envueltos en papel encerado en la mesita auxiliar—. ¿Quieres que salgamos mañana? Nunca he salido en invierno —digo. Sam tampoco. El aire es demasiado seco y los patógenos buscan un hogar en los cuerpos durante esta época del año. Pero ahora que se ha recuperado, si sale provisto de cubrebocas y guantes y me tiene a su lado, podríamos compartir esta aventura por pequeña que sea—. ¿Sam? —lo llamo, pero no responde. No reacciona ante mí—. Sam, ¿estás bien?

—¿Crees que el sol sale solo porque antes se ha caído? —me pregunta. Ahora mira a través del cristal observando cómo los colores se abren en un abanico en el cielo, cada uno más oscuro que el anterior.

—Tal vez —digo—, pero confío en que el sol saldrá pase lo que pase.

—¿Crees que alguna vez se cansa? —pregunta Sam. Habla pausadamente con la respiración marcada, como si le costara pronunciar cada palabra—. ¿Crees que una vez que el sol se pone, desearía poder ponerse para siempre?

—No lo sé —admito contemplando los colores. Se van desvaneciendo, lo que hace que me voltee, mientras que a Sam le fascina aún más.

Me arrodillo delante de él, presiono mis manos sobre sus rodillas y sonrío como él siempre lo ha hecho conmigo.

—Pues a mí me parece que el sol sabe que sin él, todo el mundo estaría perdido para siempre —digo—. Creo que sigue saliendo cada día por nuestro bien.

Un conflicto se empieza a gestar de pronto en el rostro de Sam. Aprieta la mandíbula y frunce el ceño como si le hubieran jalado los nervios, de unos hilos atados a una aguja.

—Lo siento mucho, mi dulce Sam —susurra.

Entonces me invade una preocupación que ha entrado a hurtadillas en mi ser.

—No me pidas disculpas, no has hecho nada malo. Te estás perdiendo en tu cabeza otra vez. Juguemos a las cartas y vayamos a cenar. Podemos hacer la maleta con tus cosas mañana y marcharnos a ese viaje. Puede ser tan corto o tan largo como quieras. ¿Qué dices?

Me levanto, me aliso la ropa con la mano y luego le doy unas cuantas palmaditas en las piernas a Sam. Tomo su mano y la apoyo en la mía, solo que cuando intento avanzar con él no se mueve. Mi cuerpo se ve arrastrado hacia donde está sentado.

Traga una vez para agarrar fuerzas y obligarse a imitar expresiones pasadas. Una sonrisa torcida y ese pequeño destello amarillo que tanto solía aferrarse a la vida, brilla ahora como un foco moribundo en su ojo.

—Nunca he sido digno de ti, ¿verdad? —Sam respira.

—No entiendo.

—Lo siento, mi amor. Ya no puedo seguir haciendo esto.

Me quedo completamente de piedra. Una repentina sensación de temor me crece en el estómago.

Sam nació durante una tormenta. Su madre lo abandonó cuando él era tan solo un bebé. Creció sin la protección que la gente necesita para sobrevivir. Intenté ser un escudo, proteger a Sam como si yo fuera una armadura.

Al principio, su vida era como la de cualquier otro niño. Su casa era lo que él hacía de ella. El hospital era nuestro palacio, él y yo, sus caballeros. Pero cuanto más alto se hacía Sam, más veía lo que había afuera. Y más veía todo lo que se estaba perdiendo.

Recuerdo la expresión de su rostro cuando me llevó al baile. Al mirar a la gente que había al otro lado, recordó que nunca tendría lo que ellos tenían. Pero me dijo que no pasaba nada, que había pasado años felices con nuestros pacientes, con Henry, con Ella y conmigo. Sin embargo, ahora que veo la expresión en su rostro, lo entiendo todo.

Todo deletreado en el espacio que nos separa.

La única razón por la que Sam luchó tan duro para sobrevivir fui yo. Todos los recuerdos que compartimos también están llenos de su sufrimiento. Por el aspecto que tiene ahora mismo, por la culpa que recorre su rostro... está claro que ya no soy suficiente para eclipsar su sufrimiento.

Nuestro palacio está en ruinas.

Los fantasmas rondan sus pasillos.

Y Sam está demasiado cansado para seguir fingiendo que su jaula es el mundo. Toma mis manos esperando que diga algo.

—P-pero ahora estás mejor. Te curaste. Estás bien —balbuceo con incredulidad—. Sé que fue difícil y lamento mucho no haber podido hacer nada más, pero ahora estás bien. Podemos escapar como querías. Podemos marcharnos. Vámonos, Sam, a donde quieras, por favor.

—Nunca voy a mejorar. Nunca me voy a curar. Y tú lo sabes. —Sam no me aleja. No físicamente. Pero sus palabras se encargan de hacerlo por él—. Siempre he estado enfermo y siempre lo estaré, y ni siquiera el amor puede cambiar eso.

—No. —Sacudo la cabeza—. Por favor, no hagas esto. No después de todo. Me dijiste que esperara. Me dijiste que no perdiera la esperanza.

—Tú eras mi esperanza, mi dulce Sam —dice. Su calidez, que una vez me embriagó sin más esfuerzo que nuestra conexión, se está enfriando. En cambio, ahora, la luz se agota. Besa el nacimiento de mi cabello—. Sencillamente, ya no puedo esperar más atardeceres.

Lloro casi ahogando un gemido silencioso, de esos que permanecen en los pulmones hasta llenarlos de aire tóxico. No quiero perderlo. No puedo hacerlo cuando hemos pasado ya por todo esto, no después de que ha luchado tan duro para sobrevivir. Ya no cuelga de una repisa... Consiguió levantarse y lo ha logrado.

Y ahora quiere saltar.

—Por favor —imploro—. Ni siquiera sabes quién soy.

—Sí, lo sé —susurra Sam. Toma mis dos manos y las sostiene contra su corazón—. Eres mi primer y único amor, y eso es suficiente —dice—. Incluso aunque no pueda ser para siempre, basta con que todos estos años hayas respondido a la oración de un niño pequeño y hayas realizado su deseo.

Cae la noche.

Él se separa de mí.

Sale y camina en el frío.

Lo sigo hasta el puente que se cierne sobre aguas tranquilas y negras.

Le digo quién soy.

Pero no lo puedo convencer.

No lo puedo detener.

A veces la esperanza, sencillamente, es insuficiente.

No está destinada a salvar a la gente.

La oscuridad se lo traga y lo veo morir.

Mientras caen mis lágrimas, me doy cuenta de que siempre me he preguntado si los soles de sus ojos quedaban bien con las lunas de los míos. Me lo he preguntado siempre hasta ahora, hasta que ha llovido y esos ojos como soles se han cerrado para siempre.

31
Una línea rimada en mi historia

Nunca tendría que haberlos dejado solos.

Corro a través de las puertas principales y salgo a la calle gris cubierta de niebla. Cae la nieve. Ni un solo coche en la calle. Ni una sola persona en las banquetas, todo el mundo resguardado. Todo el mundo salvo una chica que deja un sendero de huellas a su paso.

Estoy sin aliento corriendo como lo hice tantos años atrás, gritando un nombre diferente, pero con el mismo fervor.

Hikari mira el río caudaloso. Su cuerpo, gravitando hacia él. Las yemas de los dedos enrojecidos se deslizan sobre el barandal de metal, su aliento se ha hecho vapor. Sin más ropa que una bata de hospital y un abrigo que le cae sobre los hombros, su barbilla se eleva hacia el cielo.

La oscuridad se arrastra tras ella. Se rodea la cintura con los brazos y apoya la barbilla en el hombro. Luego empuja muy lentamente hasta que su cabeza cuelga de sus hombros, y en su mente no queda nada por hacer más que dejar que su cuerpo caiga al abrazo del agua.

—¡Hikari! —grito tan fuerte que me duele la garganta. La línea que juré nunca más romper, el puente que juré nunca más cruzar. Echo todas esas promesas a un lado y subo los escalones de piedra. Corro. No me detengo.

Hikari parpadea. Llena de fragilidad, aparta la mirada del río y, cuando sus ojos me encuentran, la sombra a su espalda aprieta fuerte los puños.

Ya casi he llegado. Una vez que la tenga, no la soltaré. No dejaré que la sombra le susurre al oído que es mejor acabar con su vida antes que soportar un minuto más el dolor de esta. No dejaré que esa voz la arroje al frío y se ría mientras su cadáver cae en cascada río abajo.

—¡Hikari!

Los faros de un coche rompen la niebla al girar hacia la calle del puente.

—¿Sam? —La voz de Hikari viaja alcanzándome mientras la mía la alcanza a ella. Se aleja del borde y voltea hacia mí como un imán que no tiene elección en su dirección. Da un paso tras otro, con las piernas desnudas rojas y los pies descalzos en carne viva. Utiliza el barandal como muleta, pero en el momento en que decide soltarlo, tropieza con la banqueta.

Suena un claxon y el coche se desvía con las ruedas chirriando contra el hielo. Los ojos de Hikari se cierran mientras su brazo hace de escudo para protegerlos de la luz. La parte trasera del coche se desvía de su rumbo y Hikari se agarra de nuevo. La sombra extiende una mano, pero solo sabe cómo asustar, cómo mirar, cómo empujar.

Quizás yo también sea una sombra, pero yo sí sé lo que significa caer.

Agarro a Hikari por el brazo y jalo su cuerpo hacia la banqueta, arrastrando también el mío con el de ella antes de caer al suelo. Hikari cae encima de mí y luego giramos hasta que queda justo debajo de mí. Mi mano cubre la parte superior de su cabeza, protegiéndola.

Cuando miro hacia la calle, el coche ya se ha ido, ha avanzado más allá de la niebla, ni siquiera se ven las luces traseras.

Hikari está sin aliento, el pánico en sus venas regresa ahora a un sentimiento más familiar. De repente, cuando ve mi rostro flotando sobre el suyo, todo lo que quiero decirle y todo lo que soy, vuelve para perseguirla. Ella lucha contra mí, las lágrimas brotan de sus ojos al verme.

Ahora que me tiene cerca, ve a sus amigos enfermos, se ve a sí misma enferma. Ve cómo sus amigos mueren, cómo ella misma muere. Cierra los ojos con fuerza, sacude la cabeza contra el cemento y empuja sus manos contra mi pecho.

—Hikari...

—No, no... —se lamenta como si yo fuera veneno, como si le hubiera lanzado una maldición. La mantengo ahí abajo porque sé que si le permito ponerse de pie, caminará hacia la niebla, cruzará el puente río abajo y se adentrará en la oscuridad.

—Hikari, por favor...

—No, no puedo... no puedo... —Ella lucha conmigo, las cicatrices en sus brazos palpitan. La de su cuello, completamente enrojecida por el frío. La sombra está aquí, sobre ella, sobre mí. Da igual cuál sea su nombre: suicidio, autolesión, miedo, depresión, abuso u odio... no la tomará de la mano. Esta vez no.

—¡Hikari, esto acabará! —grito inmovilizando sus brazos. Ella se queda quieta, su pecho palpita. Me aferro a sus muñecas y nuestro peso se hunde en la nieve creando un hueco. El labio inferior de Hikari tiembla, su piel está fría bajo las palmas de mis manos, pero entra un poco en calor cuando las emociones vuelven a toparse con su rostro, cuando la sombra que se cierne sobre ella da un paso atrás.

—Todo terminará —susurro sacudiendo la cabeza—. Todo muere y todo cesa, incluso tu dolor. No mueras por ello, mi Hamlet. No le des la satisfacción. Te prometo que esto terminará.

—A-aunque así sea... —tartamudea Hikari con la respiración entrecortada y húmeda—. Incluso si es así, no quiero vivir para ser testigo de lo que viene después.

—Sí quieres.

—No, no puedo. Siempre estaré enferma, Sam, por el resto de mi vida. No soy suficientemente fuerte.

—Entonces te daré mis fuerzas —le digo.

Hikari llora por aquella noche en la que nuestros cuerpos dibujaron la misma silueta. Por esa vez en la que en lugar de un río, había olas de fondo. Por esa noche en la que nuestra luz la conformaban las estrellas y no la nieve.

—Sé que los extrañas —declaro secándole las lágrimas con el pulgar y tomando su rostro entre mis manos—. Sé que sientes como si nos los hubieran arrancado de raíz, y sé que duele, pero esta tortura que sientes ahora, esa intensa sensación de que nada mejorará, se acabará.

Esbozo una sonrisa triste que sé que no captará, pero tengo la convicción de que su corazón comprenderá.

—Un día —susurro— recordarás tu tiempo aquí y llorarás, pero también sonreirás. Sonreirás al pensar en la risa burlona de Sony, en las fijaciones de C con la música, y en los raros abrazos de Neo. Recordarás nuestras noches bailando y besándonos con Shakespeare de fondo, y recordarás cada momento intermedio. Sobrevivirás y sentirás tus cicatrices, recordando que incluso aunque fue la cosa más difícil del mundo, ya pasó. Lo viviste y conociste a tres personas hermosas y las amaste tanto como pudiste.

—¡Sam! —grita en un sollozo.

—Hikari. —Presiono mi frente contra la de ella como lo hice aquella noche en que las sombras le arrancaron el cabello y parte de sus sueños. Cuando me separo de ella, me mira con la misma súplica con la que yo la miré en otra vida.

—¿Por qué tiene que morir la gente? —pregunta, y todo su dolor se escapa en esas pocas palabras.

No hay cura para el duelo. Es el sufrimiento más tangible y a la vez intangible que pueda llegar a existir, porque solo una cosa puede hacerlo soportable. El olvido no es una parte esencial del mismo.

Pero el tiempo sí.

La propia sombra del tiempo está ahora a mi lado. Mi enemigo, que también ha sido fiel compañero, se inclina y acaricia suavemente con la palma de su mano la fina capa de cabello de Hikari. No promete un futuro, pero sí un pasado imposible de ser robado. Promete continuar, permanecer a su disposición.

—No lo sé —le respondo, porque es la única verdad que tengo—. El ser humano se empeña en buscar una razón, y lo hará hasta que el sol y la luna desaparezcan, porque creemos que una respuesta equilibrará la tragedia. —Hikari me mira con la desesperación brillando en las lágrimas que le caen. Yo se las limpio a medida que las mías también caen para mezclarse con las suyas—. No hay motivo para la tragedia —afirmo—. Un día, el universo colapsará, la muerte no tendrá a quién reclamar, la enfermedad no tendrá cuerpo que infectar y el tiempo llegará a su fin, pero aun así, no habrá sido en vano. Porque si eligiéramos amar solo aquello que no podemos perder, nunca llegaríamos a amar en absoluto.

Tomo su rostro con ambas manos y, aunque me duela, recuerdo todos y cada uno de los momentos en que la sostuve de esta manera. Y también recuerdo cada momento que sostuve a Sam.

—El amor no es una elección —declaro, sonriendo con toda la gratitud del mundo por ser la criatura mediocre a la que ella decidió elegir—. E incluso aunque lo fuera, te elegiría siempre.

—Sam.

—Hikari.

Cada recuerdo que un día guardé con llave en este puente rompe toda barrera. Los recuerdos, atrapados hasta la fecha, salen de sus ataúdes de cristal y los dejo vivir dentro de mí como merecen. La nieve continúa formando una neblina a su alrededor. Los brazos de Hikari me rodean. Su cabeza estaba hasta ahora pegada a mi pecho para protegerla de la tormenta que parecía avecinarse. Finalmente, deja que los copos de nieve besen su rostro.

—Las estrellas están cayendo —susurra.

—Mi amor —lloro—. Ya han caído todas.

La particularidad de la esperanza es que es una reacción ante el miedo. Si la llegamos a sentir es porque nos sentimos aterrados. Porque pensamos que, de alguna forma, se nos debe algo. Pero la pretensión de esta historia nunca ha sido tratar la esperanza que nace en medio de las catástrofes. Esa esperanza es tan solo pasiva, no es un ser, sino un estado del ser.

Hay otro tipo de esperanza. Eterna. Un paisaje que no ves hasta que lo miras por segunda vez. No es un deseo, es un momento de apreciación. Una sensación de gratitud ante la vida misma, tal y como es.

Todo tiene un alma. Incluso los libros, las cosas rotas, la esperanza. Todo.

Ese día, la esperanza persiguió a la desolación por la calle. La agarró por la cintura y la salvó tal y como ella la había salvado del brillo insoportable de su propia creación. Después de todo, los soles no pueden ver su propia luz.

Así que esperanza y desolación se mantuvieron juntas hasta que las sombras desaparecieron.

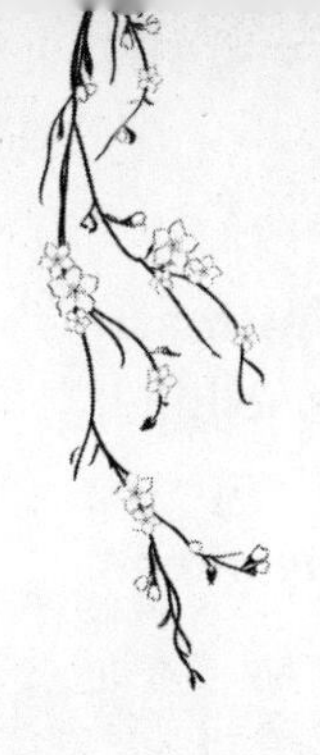

32
Después

Tarda un tiempo.

Pero durante el transcurso de los meses más fríos del invierno, Hikari comienza a sanar. Su cuerpo se cura y, gracias a la merced del tiempo, también lo hace su mente.

Sus padres aceptaron ir a terapia con ella por recomendación de sus médicos. Mientras ellos aprenden a escuchar, Hikari aprende a comunicarse. Veo cómo su madre la abraza más a menudo y como lee con ella. Su padre se detiene a observar los dibujos que hace y le pregunta sobre ellos. Su relación, por herida que esté, se va reparando con cada sonrisa sutil y contagiosa.

Todos los días, cuando el reloj roto sobre la puerta marca el mediodía, Hikari me toma de la mano mientras sostiene su cuaderno en la otra, y nos dirigimos a la biblioteca, al jardín, a todos nuestros lugares favoritos. También empieza a conocer a otros pacientes de su edad. Al principio, Hikari se muestra tan reservada y asustada como ha sido en el pasado. Pero conmigo a su lado recupera la confianza. Quienes aprecian la creatividad, el descaro y las pequeñas travesuras de Hikari entablan amistad con ella. Pasadas algunas semanas de aliento, Hikari regala un poco de su tiempo, un poco de su amabilidad y un poco de sí misma a alguien nuevo cada vez que puede. Ella aprende, como hizo con nuestros tres ladrones, que hay personas que la entienden. No solo eso, sino que también hay personas que intentarán entenderla a pesar de que no puedan.

¿Y qué hay de nuestra historia?

Seguimos siendo ella y yo.

A veces repasamos la Lista Negra recordando los días buenos que pasamos, al mismo tiempo que los peores suyos empiezan a mejorar. Robamos manzanas que nos comemos por la noche, mientras leemos libros. Bailamos como si estuviéramos actuando en un teatro y recitamos a Shakespeare como si fuéramos profesionales.

Me considero la criatura más afortunada del mundo porque ella me ha acogido. Es un auténtico privilegio escuchar la risa que enrojece sus mejillas y la hace entrecerrar los ojos; adoro sentir sus manos reflejarse y encontrarse con las mías. Me deleito en todos los pequeños momentos que compartimos. Los momentos en los que me da su todo.

Hikari ha aceptado que nunca llegará el momento en el que las sombras no la persigan. Vivirá con su depresión y su enfermedad el resto de su vida.

Las enfermedades crónicas son solamente eso. Crónicas. Recurrentes. Para siempre. No son dolores molestos u ocasionales que se eliminen con una pastilla. Son persistentes a la hora de querer atrapar tu cordura.

Los síntomas se acumulan y la gravedad fluctúa. Es como si fueran fichas de dominó que caen con patrones aleatorios. Pueden ser mortales, como ocurrió en el caso de Sony o en el de Coeur. O bien adquirir otra cara distinta, pero igualmente mortal, como en el caso de Neo.

No es que vivir con una enfermedad crónica sea difícil porque esta es interminable. Es difícil vivir con ella porque es impredecible. Pero, igual que ocurre en el duelo, todo brote cesa y, aunque la amenaza que se avecine sea constante, se aprende a vivir junto a ella. Es como una sombra de bendiciones mixtas. No es que se cure igual que lo hace una herida, pero te enseña tu propia fuerza hasta que puedes usarla como cicatriz de batalla.

Y eso Hikari lo sabe mejor que nadie.

Mañana la darán de alta. Volverá a casa con las heridas limpias y la piel encendida. Sus antiguos rasgos están de vuelta; cada día que pasa, vuelven a asomar poco a poco esas mejillas llenas que combinan a la perfección con la pizca de diversión que adorna su sonrisa. Su vacío se marcha con el apoyo de quienes la rodean, hasta que está lo suficientemente llena como para pararse, caminar, tocar y ser.

Llega el día en el que esos destellos amarillos en sus ojos brillan como lo hicieron el primer día que la vi, y un alivio agridulce me recorre el cuerpo.

—Me tratas con tanto cariño... —dice Hikari mientras suspiro en nuestro abrazo.

—¿Por qué no debería hacerlo? —pregunto, su aroma me llena. Mi rostro se posa en la curva de su cuello, sus manos suben y bajan por mi espalda.

—¿Te acuerdas que al principio te daba mucho miedo tocarme? —susurra—. Tenías miedo de que te quemara.

—Tenía miedo de que te quemaras hasta convertirte en nada —le digo. Cuando levanto la cabeza para encontrar su mirada, mi mandíbula se deleita ante el mismo calor eclipsante que ahora nutre mi corazón—. Quería salvarte.

—¿Y lo conseguiste?

—No.

Hikari se ríe.

—No necesitabas que nadie te salvara —le digo besando su nariz debajo del puente de sus lentes—. Solo necesitabas que te recordaran que no estabas luchando sola. —Presiono mis labios contra su hombro mientras el elevador sube.

—Al final —le susurro en el pelo—, erradicaste mi soledad.

—Porque tú erradicaste la mía.

—¿Con mis brazos rudos pero amorosos?

—Con todos tus mañanas.

Quiero saborear este momento. Este pequeño instante en el tiempo en el que ella es mía y yo soy de ella. El resto del mundo bien podría no existir ahora mismo.

—¿Estás bien, mi Yorick? —pregunta Hikari acariciándome la cara tiernamente con los dedos.

—Tengo algo que darte.

Las puertas del elevador se abren con un cling. Tomo la mano de Hikari entre las mías y la acompaño por nuestra vieja escalera de cemento.

—¿Otro gran gesto? —pregunta ella.

La miro por encima de mi hombro.

—No exactamente.

El rechinido de la puerta y un sabor a viento nos dan la bienvenida a la azotea, nuestro lugar de encuentro, nuestro cementerio y nuestra cornisa. Con la diferencia de que esta noche no está desierta ni es gris.

Esta noche, guirnaldas de luces adornan las paredes y una manta amarilla adorna el centro, dispuesta a modo de pícnic. Encima de ella, descansa cierta caja de cartón familiar con recuerdos, coronada por una suculenta que ya no necesita de mis cuidados.

Hikari se maravilla ante la escena mientras la luz se refleja en el cristal del reloj que trae en la muñeca. Juguetea con ella sonriendo mientras sus pies bordean la manta.

—¿Es esta una fiesta de despedida?

—Tú odias las fiestas —le recuerdo. Busco a tientas detrás de la caja de cartón hasta que suena el crujir de la bolsa de plástico con los panes.

—Aunque la comida sí me gusta. —Intenta quitármelos, pero sostengo la bolsa por encima de mi cabeza.

—¿Y los grandes gestos?

—Sam —me ruega riéndose mientras le doy un mordisco a esa cosa de chocolate con mantequilla de la que nunca se cansa.

En lugar de regañarme o intentar robarme el pan, me besa con fuerza en la boca, probándolo ella misma.

—Toma. —Le entrego la bolsa y solo necesita dar dos bocados antes de que el chocolate le manche toda la cara.

—Gracias por todo esto —dice mientras le limpio el labio inferior con el pulgar—. Lamento no haber podido apreciar tu gesto la última vez.

De haber podido, aquella vez le habría entregado una carta bajo falsas estrellas, pero esta noche le entrego mi corazón a través de palabras reales; creo que eso le gusta más, lo cual me hace feliz. Mi pieza del rompecabezas universal que podría encajar en cualquier paisaje es una parte natural de este cuadro y, a la vez, el color más llamativo del mismo.

—¿Qué ocurre? —pregunta con la cabeza ladeada y su cabello oscuro y liso lo suficientemente largo como para moverse a su mismo son.

—Eres preciosa —le digo.

Frunce los labios y me mira entrecerrando los ojos.

—Esa línea me tocaba a mí.

Hago una reverencia dramática en un intento de aparentar tanta elegancia como me permite mi torpeza. Hikari se ríe y me sigue el juego, permitiéndome un beso en sus nudillos cuando acepta mi mano.

—Mi Hamlet, sea cual sea la forma en la que me honras con tu presencia, nunca dejas de enamorar mi corazón.

—Qué poética es esta noche, Yorick —bromea—. No estarás diciéndome adiós, ¿verdad?

Está bromeando. Molestándome. Pero al final nervioso de esa pregunta no le ayuda el silencio que la sigue. Hikari mira la caja, luego vuelve a mirarme, esperando expectante a que diga algo más, esperando a que le dé la negativa que quiere escuchar.

Hay una razón por la que, cada día, estoy intentando memorizar sus palabras, su tacto, su todo. Pero admiro todo eso con una sonrisa para que no se note.

—Has sanado, mi Hamlet —digo. Mi voz se vuelve débil—. Estás lista para dejarme ahora.

—Eh.—Hikari deja la bolsa y camina hacia mí con la preocupación arrugándole la frente—. Vendré a visitarte. Todos los días. Sabes que lo haré. Hasta que te mejores, aquí estaré...

—¿Recuerdas esa noche en la orilla? —pregunto—. Dije que te tenía que contar algo sobre mí.

Hikari parpadea después de un momento, asintiendo, como si estuviera ansiosa por saber lo que sigue.

Le sujeto ambas manos tratando de reunir el coraje para finalmente explicarle mi verdad.

—¿Alguna vez te has dado cuenta de que no soy igual que el resto de la gente? ¿Te has fijado alguna vez que no tengo padres ni familia de quienes hablar, o que no tengo una habitación propia?

Hikari parece confundida. Sam tenía la misma expresión cuando se lo dije. Es como intentar obligar a alguien a cuestionar la gravedad. Tienen los pies en el suelo y por eso les resulta muy difícil mirar dos veces algo que parece tan simple.

Hikari traga y sacude la cabeza.

—Tú eres... tú solo...

—No tengo ninguna enfermedad —le digo—. Simplemente me ves de esa manera porque es así como quieres verme.

—No entiendo.

—Llevas diciendo que te resulto una persona extraña desde que me viste por primera vez, ¿recuerdas?

—Sí —dice Hikari acercándose. Pasa sus pulgares por mis nudillos—. Eres una persona que me resulta extraña y a la vez familiar, pero eres mi persona.

—Te resulto familiar porque nos conocemos de antes, mi amor —digo—. Nos conocimos en una vida pasada, una en la que tenías los mismos destellos amarillos en los ojos y en la que tu alma era la misma que ahora.

—Sam, ¿qué estás diciendo?

El cabello de Hikari solía ser amarillo. Ni dorado ni rubio. Amarillo. Como dientes de león y limas. El color invadió la oscuridad de sus raíces, enmarcando su rostro con grandes lentes redondos colocados sobre su nariz.

Los ojos de Sam fueron amarillos alguna vez, incluso brillantes cuando estaba feliz, y aún más brillantes cuando estaba triste. Su voz era joven y aguda, pero cómoda a oídos de cualquiera. Se comportaba como un personaje protagonista, un héroe de novela, un caballero sin un atisbo de timidez en todo su cuerpo.

Todos esos detalles que han viajado a través de diferentes planos del tiempo son las razones por las que hoy estoy aquí.

—¿Y si te dijera que la esperanza tiene alma? —le pregunto—. ¿Qué pasaría si la esperanza quisiera saber por qué los extraños que le importan se le escapan de las manos? ¿Qué pasaría si ella estuviera tan desesperada por obtener respuestas que hubiera decidido crear un cuerpo y caminar entre los vivos para encontrarlas?

—No entiendo lo que estás diciendo...

—Todo tiene un alma, Hikari, incluso todo aquello que no tiene nombre. Y yo, de hecho, nunca tuve un nombre hasta que alguien me dio el suyo.

Hikari frunce el ceño mientras reflexiona, mientras se dedica a conectar líneas que siempre había creído incapaces de cruzarse. Solo empieza a cobrar sentido cuando recuerda que nadie me ha descrito nunca. Nadie, nunca, ha afirmado haberme visto de ninguna otra manera que no sea yo. Nadie me ha cuestionado nunca.

—Sam. —Hikari abre mucho los ojos, fijos en los míos mientras la gravedad se deshace—. ¿Eres el alma de la esperanza?

Sacudo la cabeza.

—Lo que tú ves como esperanza es solo un último recurso. Soy más que eso, creo. Soy el alma de un deseo incumplido. Soy lo que surge para mantener a flote a la gente cuando lo más cómodo parece hundirse.

No soy mujer ni hombre, ni niño ni niña. No soy joven ni soy adulto. No tengo raza ni origen. Mi peso no es mayor ni menor que el de nadie, tampoco soy una persona alta ni baja. Sin embargo, soy todas esas cosas a la vez. Soy lo que necesites que sea. Cualquiera que sea la cara que le des a la sombra, la necesitarás cuando se ponga el sol.

—Yo nací al mismo tiempo que este hospital. Cuando había más sufrimiento que sentido común —le digo, acordándome de cuando este cuerpo tenía una existencia condicional y mi verdadera estructura era inanimada—. La gente me necesitaba, así que recibían mis cuidados y luego morían. Pero me llevó mucho tiempo comprender que, incluso aunque mi condena sea recordar a las personas por más tiempo del que tuve la oportunidad de conocerlas, he tenido la enorme suerte de conocer a muchas almas que no habría tenido la oportunidad de conocer.

Sabios ancianos, hermosos niños, amables enfermeras y enfermeros, médicos perseverantes, amistades que me mostraron otros mundos, amores que me enseñaron a vivir mi propio amor.

Hikari se lleva la mano a la boca con incredulidad, en *shock*, triste por todas las cosas que reflejo ahora.

—Hikari. —Intento convencerla de que vuelva conmigo—. De no haber sido por esta condena, no te hubiera conocido nunca.

Ella sacude la cabeza, temblando.

—No eres real.

—Sí lo soy.

—Soy tan real como cualquier persona que puedas ver, tocar u oír. Simplemente soy diferente, más joven, pero mayor al mismo tiempo, más fuerte y más débil. Soy una ilusión, el personaje narrador que trascendió su propósito y eligió adentrarse entre las páginas de la historia.

Un día derramé la misma lágrima que hoy llora Hikari.

—Es solo que no soy real de la forma en la que necesitas que lo sea.

—Pero... pero puedes dejar este lugar —dice aferrándose a mi existencia tal como la conoce, no porque rompa algún tipo de narrativa, sino porque, poco a poco, se está acercando a la misma comprensión a la que yo llegué cuando puse su vida por delante de la mía—. Escapaste con nosotros. Tú...

—Puedo extenderme hasta donde llega la influencia del hospital. Lo cual se aplica a la influencia de cualquier paciente —le digo—. Pero solo puedo alcanzar un cierto punto hasta que tengo que volver a casa.

—Sam. —Su voz se vuelve pequeña, convirtiéndose en un sollozo.

Esta noche no solo le estoy dando la realidad de quién soy. También le entrego la verdad de nuestra imposibilidad relativa. Con Sam, me aferré a la posibilidad de convertirnos en un solo ser para la eternidad. Con ella, me había aferrado al mismo deseo.

Sabía que llegaría un día en el que no hubiera más mañanas. Eso era algo que ya sabía. Y aun así, lloro.

—Te amo —dice Hikari. Mis manos permanecen apretadas a las suyas como un alegato en sí mismo—. No quiero vivir sin ti.

La atraigo hacia mí de nuevo. El peso de su cuerpo, las crestas de sus huesos, la suavidad de su piel. Todo queda grabado en mi memoria. Un para siempre es un sueño imposible. Y, sin embargo, soñar con eso es lo que te hace aferrarte y continuar. La esperanza es la que teje recuerdos entre una persona y otra. Recuerdos de momentos extraordinarios y mundanos ya pasados.

—Tendrás un sinfín de amores, Hikari —le susurro—. Tendrás una vida que será mucho más que yo.

La veo rodeada de todos sus nuevos amigos, yendo a la playa y dejando que el mar empape su vestido de tirantes. Oigo su risa vibrar mientras ve una película con sus padres y mientras dibuja a sus personajes favoritos en superficies de lo más aleatorias. Encontrará niños y niñas que consigan emocionarla, que le hagan sentir mariposas en el estómago y que la traten como si fuera lo más valioso del mundo, porque lo es. Elegirá a su propia familia. Verá un mundo al que obsequiará con sus lecturas y escritos mientras escucha nuestras canciones favoritas antiguas con un par de audífonos enredados.

Pensará en mí los días en los que la soledad apriete; pasará sus dedos por un lomo con el nombre de Shakespeare. Me pedirá que la persiga, y yo lo haré tanto en el recuerdo como en la imaginación. Habrá días duros en los que no tendrá ganas de volver a levantarse, pero lo hará de todos modos. Dará largos paseos en coche, con la música *rock* sonando a todo volumen mientras la brisa coquetea con su cabello a través de las ventanas abiertas.

La aprieto contra mí estremeciéndome por el calor de su piel.

Ella tendrá una vida mucho más allá de mí.

—Y me llena de felicidad que te hayas aferrado a la vida.

—¿Y qué pasa contigo? —Hikari llora—. ¿Qué hay de tu vida?

El viento pasa entre nuestros cuerpos recordándonos su existencia. Viaja desde el primer piso hasta aquí, donde tocamos el cielo. A través de su baile, siento a cada persona dentro de las paredes del hospital y recuerdo que, incluso aunque nunca vaya a dejar de haber gente a mi alrededor...

—Sabes que tú eres la única vida que jamás he necesitado.

Los ojos de Hikari se empañan, el amarillo brilla como el sol que refleja la luna. Toca el tatuaje de mi pecho.

—Si lo que dices es verdad, entonces no importa cuántas vidas viva, siempre me perderás.

—Sí —digo llorando con ella, apartando su collar a un lado para captar los rayos en punta de su medio sol—, pero también significa que siempre te encontraré a ti primero.

No hay nada en el mundo que pueda separar a dos almas solitarias a través de diferentes fronteras que comparten un solo universo. Yo no puedo robarla a ella, y ella no me puede robar a mí. Y mientras esté aquí, nunca más romperé mi promesa.

—Todos mis mañanas son tuyos, Hikari —digo. Mi nariz se encuentra con la suya, nos rozamos. La sal de nuestro adiós se encuentra en una corriente de agua.

Su respiración se topa con mis labios. Le coloco el cabello detrás de las orejas y la beso. Cada beso que hemos compartido se mantiene aún fresco en nuestras bocas. Ya he pasado una vida con ella. El tiempo que se nos ha brindado me llena de un profundo agradecimiento. Ese sentimiento está justo detrás, listo para alejar mi cuerpo de ella, mientras ese antiguo deseo de poder convertirnos en un solo ser se desmorona por completo.

—¿Volverás, mi amor? —pregunto—. Cuando hayas vivido esta vida, hayas tenido tus amores y estés lista, ¿volverás a mí por última vez?

Le deslizo un trozo de papel roto en la mano, material de oficina robado. Desnudé mi corazón la noche que nos besamos por primera vez en la antigua ala de cardiología. Escrito en él, se encuentra otro sueño, listo para ser tomado, otra promesa. Hikari lee las palabras mientras sus lágrimas caen sobre el papel. Una última vez, me honra con su sonrisa contagiosa y, aunque sea agridulce, esa será la sonrisa a la que me aferraré cuando ella ya no esté.

—Sí —respira Hikari. Sus palmas se deslizan de mi cara hasta que todo lo que sostienen es la forma del viento—. Volveré contigo.

El cuerpo que creé hace décadas se desvanece hasta no ser más que una idea que descansa en paz. Me esparzo a través de mi hogar superior. Mi alma está ahora anclada al lugar en el que nací.

La despedida duele. Siento como si una parte de mí se estuviera quebrando mientras me desangro sobre la piedra. Y cuando Hikari se vaya, sé que llorará por mí como yo lloro por ella.

Pero lo sabe.

Ella sabe que cuando regrese dentro de décadas, la sostendré en mis brazos y la mantendré cerca, mientras las sombras se acercan y la muerte se la lleva suavemente a otro reino. Y si el tiempo está dispuesto, nos dará algo más que un simple adiós.

—Te lo prometo.

33
Hikari

Hace dos siglos nació un hospital. Los hombres lo construyeron con piedra, madera y la fe de que pudiera mover montañas un día. En su interior, algo cobró vida más allá de toda comprensión. Una criatura de hechizos, un alma hecha de los sueños a los que se aferraban las personas que construyeron el hospital. Esa alma me dio esta historia que ahora te cedo.

La infancia del hospital fue larga. Era difícil de cuidar y de mantener. A medida que creció y evolucionó, se convirtió en un lugar que todo el mundo conocía. Poco a poco, acabó siendo ese sitio al que la gente acudía para ser salvada.

Llegaron mineros y sastres con cortes y dedos rotos, cuyos males se solucionaron en poco menos de una hora. Se fueron adoloridos, pero agradecidos. Aunque no era más que un pedacito de espacio sin cuerpo humano propio, el alma que estaba dentro del hospital fue testigo de las expresiones alegres de la gente al despedirse con la mano. También llegaron otras personas necesitadas de ayuda. Algunas estaban demasiado tristes para sobrevivir, por lo que el alma solitaria las tomó de la mano hasta que dejaron de respirar. A esa criatura siempre la entristecía tener que decirles adiós de esa manera.

Sin embargo, pronto conoció a los niños y niñas que eran lo más hermoso del lugar. Hacían ruido, el color inundaba sus vidas y sentían atracción por todo aquello que desconocían. Descubrió que su propia curiosidad se parecía a la de esas personitas. Se reían de cualquier cosa y corrían por los pasillos para jugar. Pureza, amabilidad y esperanza hasta la médula era lo que derrochaban.

Esa criatura los amaba a todos. Amaba a los bebés, cuyos puños se curvaban alrededor de los dedos; aquellos bebés arrullados en brazos de sus padres y madres bajo el techo del hospital. Le encantaban sus respiraciones somnolientas, sus mandíbulas descansando blandas sobre el cuello, y también sus sueños desbocados fruto de esas mentes salvajes e indómitas.

El tiempo pasó. Esas criaturas crecieron. Se convirtieron en personas adultas. Y si el alma tenía suerte, vivían vidas largas y felices para después regresar al hospital con sus propios bebés.

Por supuesto, esa suerte estaba destinada a agotarse.

La enfermedad nunca vino antes ni después. La enfermedad fue un elemento básico y constante, pero sin duda irrumpió repentinamente. Con violencia. La enfermedad se llevó a las criaturitas con sus propias manos. Las enfermedades asesinaban a los bebés en sus cunas antes de que tuvieran la oportunidad de ver la luz reflejada en sus ojos. Asesinó a mineros, sastres, enfermeras y también médicos.

Se llevaron a todas aquellas personas y se las entregaron a la muerte, a esa ballena con la mandíbula abierta, nunca satisfecha. Se tragó a la gente del hospital. A sus hijos e hijas. A sus bebés. Y lo único que el alma podía hacer era observar cómo pasaban los años bajo el control del tiempo.

Cuanto más envejecía el hospital, más lágrimas manchaban su suelo. Lágrimas de madres, lágrimas de padres, lágrimas de amantes. Se convirtió en un lugar de último recurso. Un lugar donde la gente venía a perder a sus seres queridos. Sus cuerpos fueron entregados al suelo y sus recuerdos al duelo.

El alma recordaba a cada uno de los extraños que sufrían. Pero pasaron décadas. Y luego un siglo. Le llegó tanto dolor que se obligó a olvidar. Intentó no sentir nada. Sin dolor, sin calidez, sin alegría. Solo una patológica curiosidad en constante búsqueda por una razón que explicara toda esa carnicería.

Y así fue, hasta que surgió un niño diferente del resto.

Era un ser eterno entregado por Dios, pero al mismo tiempo no era más que un niño. Un niño solitario que buscó la mano de la esperanza cuando esta también se sentía sola. Mientras encontraban consuelo mutuo, el alma, la criatura, la esperanza, encontró la forma de estar con él.

Ya no importaba cuántas personas hubieran muerto, no importaba cuántas vidas no hubiera podido salvar. La esperanza tenía a Sam: creó un cuerpo hecho de carne y hueso. Se hizo tangible, real, convirtiéndose en parte del mundo que había pasado tanto tiempo observando.

Sam fue su primer amor. De una forma u otra, todos los primeros amores se pierden.

«A veces la muerte es más misericordiosa que la vida, y ha elegido su misericordia frente a la mía», solía decir el alma.

Aunque no solo acabó perdiendo a Sam, sino que perdió todo lo relacionado con él. Lo que compartieron. Así es que lloró sobre el dolor de aquellos recuerdos que la nieve había enterrado. Se enamoró de Sam porque pensó que podría estar con él para siempre.

«El siempre es una ilusión para las cosas mortales, pero el tiempo se compadeció de mí —declaraba el alma—. El tiempo curó mis heridas, secó mis lágrimas e hizo las cosas lo mejor que pudo, limitándose a pasar».

El tiempo dejó que olvidara, pero el alma conservó el nombre de Sam. Mantuvo su curioso cuerpo. Caminó a través de su marco mayor, el que estaba hecho de madera y piedra, y buscó respuestas en quienes cruzaban sus puertas. Eligió no sentir como eligió no sufrir, y eligió no querer como eligió no perder.

Nunca más dejó entrar al amor.

Por supuesto, eso es algo que no se puede controlar. Ya seas un ser humano, un libro, un gato o la esperanza misma. El amor no es una elección.

Fue como caer, sencillamente.

El alma se enamoró de la resiliencia.

La resiliencia es dura porque un lenguaje férreo y tirante ha ido lijando su piel. La resiliencia ha sido forjada por el odio. Es un sentimiento magullado, pero nunca roto. Al abrigo de unos huesos frágiles e impenetrables se construyó su cuerpo. Era pequeño, y no era ancho, como se supone que tiene que ser un escudo. Pero nada de eso importó. La resiliencia está en la mente. Y su cuerpo estaba hecho de poesía y cosas rotas. De terquedad y de ese humor seco. De recuerdos escritos no como prueba de sobrevivencia, sino como prueba de que vivió.

El alma se enamoró de la bondad.

La bondad siempre tuvo el nombre de un corazón quebradizo y sangrante. Quizás no muy brillante, ni muy ambicioso, pero en el que creció la bondad. Nunca fue un mero decorado, fue siempre presencia. Ese corazón sabía qué hacía falta; lo supo mientras llevó en brazos a la resiliencia, lo supo al abrazar a la pasión alrededor de su vientre y al acariciar el color perdido de la esperanza. Las melodías que compartió provocaron unas sonrisas mayores de las que los artistas lograrán captar jamás.

Se enamoró de la compasión.

La pasión era una diosa. Ella fluía y se sumergía en el mar, sus olas tallaban los acantilados. Tan solo un pedazo de su humor bastaba para conquistar el mundo. Soltaba palabras desagradables, palabras bonitas, todas las palabras que quería, pero siempre sonriendo de oreja a oreja. La vergüenza se acongojaba, temiéndola. La pasión le regaló a la bondad una amistad en la cual apoyarse, a la resiliencia le entregó una razón para reír y a la esperanza le obsequió una llama gemela con la que bailar.

Y la esperanza. La esperanza es la compañera agridulce de la soledad. Vive en criaturas del siempre, es un hogar cariñoso con más curiosidad que sentido común. Dice pequeñas mentiras piadosas y roba aquí y allá. Se pierde entre quienes la necesitan. La esperanza sabe a un día en el mar y te sostiene la mano con fuerza. Es profunda, está asustada, vacía y es valiente.

La esperanza son los sucios tenis blancos que llevan unos pies siempre que no están descalzos. Las sudaderas que compartimos. Los poemas de promesas y bordes desgastados. Los audífonos con cables permanentemente enredados y los bailes sobre fríos techos. El aburrido y cómodo zumbido de las máquinas y las frescas y emocionantes playas. La esperanza es que la persona a la que amas te pueda acariciar las sombras tras una columna protuberante. El calor de un beso y las yemas de dedos helados contra pómulos enrojecidos.

Los pequeños momentos.

Los momentos del todo.

Los momentos antes de que el sol decida salir.

Aunque algunas sombras puedan destrozar el mundo, hay algunas personas que sobreviven y salen arrastrándose de los escombros. Las personas que crearon este hogar, quienes siguen estudiando, practicando y moviéndose para seguir curando, sanando, salvando. Gente que es algo más que cáscaras huecas que sacian el hambre de la muerte. Personas llenas de pasión, de resiliencia, de bondad y de incalculable esperanza.

Mi esperanza. Mi amor. Nació de ese deseo.

Para que los extraños que sufren tengan un lugar al cual pertenecer. Para alejar la noche y los espejos. Para permitir que los artistas irrumpan en los pasillos y dibujen tantas sonrisas como puedan. Para darle al tiempo la oportunidad de que parezca interminable. Para hacer que la desolación que vive en las personas se sienta un poco menos sola.

Al salir a la calle, me mimetizo con la multitud de nuevas almas desconocidas, y veo las posibilidades en todos y cada uno de sus rostros. Esas personas no saben sus nombres, mis almas amigas. Y ni con los mayores esfuerzos del universo podrían recordarte.

Pero yo sí lo haré.

No te dejo atrás. Te llevo conmigo en este nuevo capítulo de la vida, más allá de las páginas. Les hablaré de ti a todos mis amores. Mis hijos también sabrán de ti. Moriré y, antes de hacerlo, leeré esta historia una vez más, y recordaré que sus nombres y sus historias son inmortales.

A mi amor, a mi Sam, ¿qué decirte? Antes de mi último aliento, miraré las estrellas y recordaré tu carta.

A mi sol eterno:

Mi amor por ti no comenzó. No terminó.
Lo que compartimos no es una hazaña cronológica.

Es una promesa en sí misma.

Es la forma más básica de confianza.

Se puede romper y reconstruir.

Puede desvanecerse y volver a encenderse.

Pero no puede ser robada.

Ni siquiera por la muerte.

Fuimos un eclipse.

Fuimos ese momento en el que el sol y la luna se encontraron.

Un destello de luz donde la esperanza alcanzó a la desesperación. Y ambas se abrazaron. Ya fuera un solo momento o una eternidad.

Esta noche, subiré a la azotea pensando en ti. Mis fantasmas deambulan a mi lado: un pulmón perdido, un corazón perdido y una mente perdida que la noche ha devuelto.

Te veré salir a las calles. El amarillo se mezclará con la multitud y te alcanzaré con un solo sueño. Si en tu próxima vida decides encontrarme de nuevo con otro nombre, en otro cuerpo, yo te daré un hogar. Cumpliré mi promesa.

Me enamoraré de ti cada una de las veces...

Yo también, mi amor.

Así lo haré.

Palabra final

Él solía decir que yo sería buena médica.

En retrospectiva, sé que dijo eso para hacerme feliz. Igual que yo le dije que sería un excelente jinete cuando estaba confinado en una silla de ruedas. Nos tomábamos constantemente el pelo con ese tipo de comentarios. De todas formas, incluso por teléfono, era incapaz de ponerse serio y no podía evitar decir «estoy bromeando» al acabar la frase. Es raro encontrarse con personas tan genuinamente amables que hayan sufrido ese tipo de dolor. El dolor es un sucio animal creado por el propio cuerpo. Al igual que una enfermedad autoinmune, tiende a destruir, pero sea lo que sea que destruyó en él, su bondad permaneció intacta.

Cuando murió, me tomó por sorpresa.

Al principio, me pareció algo irreal, y luego se convirtió en un dolor físico que no podía soportar. Recuerdo estar tirada en el suelo queriendo gritar cada vez que evocaba su sonrisa.

Los volubles pedazos que quedaron en pie de mi bondad fueron arrancados de raíz. Durante años, me sumergí en un bucle de cinismo y mezquindad. En la creencia general de que la vida era una especie de broma de mal gusto que no merecía la absolución de mi compasión.

Fue algo que mantuve en secreto para todo el mundo, excepto para mi madre. De alguna forma, eso me hacía sentir como si estuviera protegiendo su recuerdo. Solía mentir a la gente que me preguntaba sobre mi pasado, porque eso es lo que hacen los niños cuando quieren acaparar algo. Él fue mi primera experiencia real con la muerte. Y también con el amor. Así que deseaba que siguiera siendo algo mío. Con la llegada de la adolescencia, esa compulsión se desvaneció, como suele ocurrir con el duelo. Mi agresividad y pesimismo fueron reemplazados por una frialdad general que, según creo, es simplemente una parte inherente de mí que debo aceptar. Conservo mi capacidad de reír, mi capacidad de sentir empatía y, lo que es más importante, he aprendido a ser amable.

Los momentos que definen nuestra verdadera historia (los miles de correos electrónicos que compartimos, las llamadas telefónicas, los momentos de risas y las historias que nos escribimos) siguen siendo míos. Él y yo inspiramos esta historia, pero la nuestra siempre pertenecerá al pasado, y a mi recuerdo de él, como tiene que ser.

Al chico que me sonrió y me animó a escribir, no para el mundo, sino para mí misma. Siempre serás parte de mí.

Esta historia, así como los personajes que te he ido describiendo, surgieron hace muchos años con el ruido de fondo de un monitor cardíaco y el ajetreo de un hospital. Hoy esa historia cobra vida. Mi corazón late con truenos y relámpagos y, aunque sea débil, es el corazón que les he dado. Tanto mis latidos como esta historia serán para siempre tan tuyos como míos.

Al lector que pudo con estas páginas, a veces tan duras, mi agradecimiento no es vacío. Lo que sea que te lleves contigo, incluso si es una sola línea, debes saber que valoro el regalo que me has hecho.

Al final, sean buenas o malas, el mundo está lleno de personas similares. Somos hueso y sangre, y algo de conciencia ligada a ello. Así que no les des a tus enemigos la satisfacción de que sean testigos de cómo dejas la vida pasar. Ya sea que ames una pasión, un lugar, a una persona o simplemente una amistad solitaria anclada a tinta y papel, ama tanto y durante tanto tiempo como puedas.

Gracias.